Alina Reyes wurde in Frankreich mit ihrem Roman Le Boucher über Nacht berühmt.

Ein Mann und eine Frau betreten nacheinander einen kleinen Zirkus, hinter dem sich jedoch das Königreich des Eros verbirgt: ein Labyrinth aus dunklen Fluren. Hinter jeder Tür erwartet sie ein neues sexuelles Abenteuer.
Ein Roman in zwei Teilen: einer, in dem die Frau die Türen öffnet, und einer, in dem der Mann den Weg findet.
Der Leser möge seinen Weg selber wählen, den die Autorin durch die verschiedenen Türen anbietet – den Weg ins Reich des Eros!

Dieses Buch wurde auf chlor- und säurefreiem Papier gedruckt.

Deutsche Erstausgabe Oktober 1996

Titel der Originalausgabe »Derrière la porte«

Originalverlag Éditions Robert Laffont, S.A., Paris
Umschlaggestaltung Angela Dobrick, Hamburg
Umschlagfoto weiblicher Akt: © Ch. Bell/Bavaria, Düsseldorf
Satz: Ventura Publisher im Verlag
Druck und Bindung Elsnerdruck, Berlin
Printed in Germany
ISBN 3-426-60394-2

2 4 5 3

Alina Reyes

Er steht vor einer
geschlossenen Tür.

Er öffnet sie
und geht hindurch.

Du betrittst

das Labyrinth des Eros

Aus dem Französischen
von Sabine Schwenk und
Kristine Rohrbach
c/o Texte

Knaur

Ein Abenteuer, dessen Heldin Sie sind

Inhaltsverzeichnis

Frau, sei willkommen in der Höhle des Eros. Ich, seine ergebene Dienerin, werde Dich durch die Türen seines Reiches begleiten, wohin Dein Verlangen Dich auch führen mag, denn es wird mir eine innige Freude sein, Dir bei allen Lüsten, in die Du Dich stürzen magst, zur Seite zu stehen, alle Männer und Leidenschaften, von denen wir gemeinsam geträumt haben, mit Dir zu teilen und mit dem gleichen glühenden Entzücken die intimsten Triebe unserer Seelen und Körper auszuleben.

Frau, mein schönes Ebenbild, darf ich Dich mit dem *Du* der Hingabe oder mit dem *Sie* der Bewunderung anreden? Seien Sie jedenfalls gewiß, feurige Freundin, daß ich, sobald die Pforten des Eros hinter uns liegen und ich mit Ihnen ins phantastische Labyrinth des Phallus eingedrungen bin, Ihre ergebenste Komplizin sein werde, die Hand, die Sie führt, und mit Ihnen das märchenhafte Trugbild ergründen, das Ihren Körper beben lassen wird, und auch die Küsse, die unser Fleisch in von Lavaströmen entflammte Felder verwandeln werden.

Laß uns also spielen, wenn Du es willst. Denn nur durch das Spiel mit seinen Freuden und Gefahren kann man sich in diesem Reich verirren. Am Eingang der Höhle wirst Du einen Faden wählen und dann, von Abenteuer zu Abenteuer, weitere Fäden, die Dich nach den unbeständigen Gesetzen deiner Lust und des Zufalls durch diesen Irrgarten führen werden.

Jetzt ist es an Dir, das Labyrinth zu betreten und die Türen zu

wählen, die Du öffnen willst, um Deinen Weg, Dein Buch und Dein Schicksal zu bestimmen.
Komm und sieh, wie dunkel es hier drinnen ist.
Jetzt ist alles möglich.

Der kleine Zirkus

Ich fuhr seit dem Morgengrauen. Ich war durch einen unangenehmen Traum wach geworden. Dann hatte ich lange gebadet, mich parfümiert, weiße Spitzenunterwäsche angezogen und direkt über meine Haut meinen schwarzen Lederanzug gestreift. Ich hatte mich im Spiegel betrachtet und mich schön gefunden. Dann war ich hinausgegangen, hatte mich auf mein Motorrad geschwungen, den Motor aufheulen lassen und war losgefahren.

Von diesem Motorrad hatte ich seit meiner Kindheit geträumt. Zwanzig Fußminuten von meinen Eltern entfernt gab es ein Geschäft für Zweiräder, wo ich jeden Tag das große rote Motorrad bewunderte, das im Schaufenster thronte. Wenn der Verkäufer mich sah, machte er freundliche Scherze über meine Leidenschaft, und das mochte ich nicht. Ich hatte ein glühendes Verlangen nach dieser Maschine, wußte jedoch, daß ich zu klein war, um mir diesen Wunsch zu erfüllen. Es war mein Geheimnis, und ich wollte nicht, daß man darüber sprach, und erst recht nicht, daß man darüber lachte.

Jetzt lebte ich allein und frei, und nichts konnte mich mehr daran hindern, wenn ich Lust dazu hatte, im Morgengrauen aufzubrechen, nackt und parfümiert unter meiner zweiten Haut aus Leder, und so lange zu fahren, wie ich wollte, einsam und ungezähmt, mein rotes Motorrad zwischen den Schenkeln.

Es war Sommer. Gegen Mittag bremste ich ab, als ich durch ein einsam gelegenes Dorf fuhr. Die Hitze war drückend. Auf dem Platz hatte ein kleiner Wanderzirkus sein Zelt aufgeschlagen. Ich stellte mein Motorrad vor der einzigen Bar ab und ging hinein, um mich zu erfrischen.

Ich setzte mich an den Tresen, nicht weit von drei Männern aus der Gegend, die ihren Aperitif tranken. Sie sahen mich mit einer Mischung aus Wagemut und Schüchternheit an, dann tranken sie weiter, redeten von diesem und jenem und warfen mir ab und zu einen Blick zu.

Ich war wie ausgehungert. Der Barbesitzer erklärte sich bereit, mir ein Pilzomelett zu machen, und ich bestellte dazu ein Glas guten Rotwein. Ich setzte mich an einen der vier Tische vor den großen Fenstern, die den Platz überblickten. Dann habe ich in aller Ruhe gegessen und getrunken.

Ich trank gerade meinen Kaffee, als ein weißes Kabriolett vor der Bar parkte, gleich neben meinem Motorrad. Ein Mann stieg aus dem Auto; es traf mich wie ein Schlag.

Es war genau der Mann, den ich in der vergangenen Nacht in meinem Traum gesehen hatte, diesem schlimmen Traum, in dem ich nicht an den Mann herankam, nicht mit ihm schlafen konnte. Dieser Mann war da, und er schickte sich an, die Bar zu betreten.

In diesem Moment hörte man plötzlich das träge Knurren eines Tigers, und der Mann schien es sich anders zu überlegen, ging auf den Zirkus zu, und ich konnte ihn nicht mehr sehen. Ich wartete. Sein Auto stand vor der Tür, er mußte irgendwann zurückkommen. Nach einer Weile hatte ich das Gefühl, daß mein Alptraum wieder von vorne begann. Dieser Mann war da gewesen, ganz nah, und wieder war er mir entwischt. Ich konnte nicht mehr ruhig sitzen bleiben. Ich verließ die Bar.

Auf dem Platz war es menschenleer. Ich ging zu dem dösenden Tiger. Ein junger, muskulöser Mann kam hinter dem Käfig hervor und sagte, er würde mich im Zirkus einstellen, wenn ich Dompteuse werden wollte. Ich fragte ihn, ob er nicht den Mann mit dem Kabriolett gesehen habe. Da zeigte er auf den schwarzen Wohnwagen.

Eine kleine, braunhaarige Frau erschien vor der Tür des Wagens, über der in Goldlettern *Die Türen des Eros* geschrieben stand. »Er ist da drin«, sagte die hübsche Nomadin, indem sie auf den Vorhang hinter sich zeigte. Ich bezahlte das Eintrittsgeld und drang ins Innere.

Am Ende eines dunklen Ganges fand ich zwei Türen. Ich drückte auf gut Glück eine davon auf.

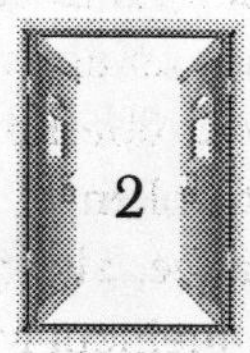

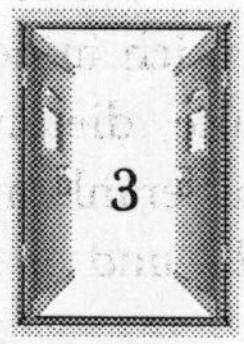

2

Der Stier

Hinter der Tür hatte es sich ein Mann auf seinem Bett bequem gemacht und zog hastig eine Hand aus seiner Hose, in der er träge herumgefummelt hatte, während er in einer Zeitschrift blätterte. Ich entschuldigte mich bei ihm und wollte wieder hinausgehen, doch er beteuerte, daß er im Gegenteil sehr erfreut über meinen Besuch sei und daß er mir gerne Auskunft geben würde, falls ich etwas suchte.

Ich dachte natürlich an den Mann mit dem Kabriolett, wollte aber das Thema nicht sofort anschneiden und setzte mich mit ihm an den niedrigen Tisch, wo er mir etwas zu trinken und eine Zigarette anbot.

Der Mann war nicht gerade ein Adonis. Er erinnerte eher an einen Stier. Dabei war er allerdings sehr höflich und schaffte es auf eine sehr gewandte Weise, davon abzulenken, daß ich ihn in einer wenig vorteilhaften Situation überrascht hatte. Seine starken Augenbrauen berührten sich fast, seine tiefliegenden Augen funkelten wie winzige Edelsteine, seine Nasenlöcher, die so groß wie Nüstern waren, öffneten und schlossen sich in regelmäßigen Abständen, und sein Mund hatte bemerkenswert volle Lippen.

Während wir einige Reiseimpressionen und Bemerkungen über die Schönheit der Welt austauschten, versuchte ich, unter seiner etwas nachlässigen Kleidung seinen Körper zu erahnen. Vielleicht hatte mich der Anblick heimlicher Intimität, den er mir bei meiner Ankunft geboten hatte, erhitzt; oder es lag an dieser Mischung aus vierschrötiger Sensualität und Selbstbeherrschung, die er ausstrahlte ... Jedenfalls erklärte ich ihm ohne Umschweife, daß ich Lust hätte, mit ihm zu schlafen.

Schweigend erhob er sich, nahm mich mit einem beruhigenden Lächeln bei der Hand und führte mich zum Bett. Ich fand ihn so liebenswürdig, daß eine warme Welle mich durchströmte. Ich wollte ihm gerne danken, mich um ihn kümmern, ihm Gutes tun. Ich sagte ihm, daß ich nur mit ihm schlafen würde, wenn er mich alles dirigieren lassen würde.

Er drehte sich um, sah mir in die Augen, und ich wiederholte noch einmal mit sanfter, aber entschlossener Stimme: »Sind Sie einverstanden, mich alles tun zu lassen, was ich will? Ohne zu protestieren?«

Er willigte ein, und ich wußte, daß ich mich auf ihn verlassen konnte.

Ich befahl ihm, sich auszuziehen. Währenddessen suchte ich das ganze Zimmer nach interessanten Gegenständen ab. Ich fand eine Kerze und einen Spiegel, die ich auf das Nachttischchen legte. Ich öffnete die Reißverschlußtasche meines Anzugs, holte meinen Lippenstift daraus hervor und schminkte damit vor dem Spiegel meinen Mund und meine Wangen.

Als er nackt vor mir stand, ging ich einmal um ihn herum, um die massige Form seines Körpers zu betrachten. Er war nicht sehr behaart, hatte feste Hinterbacken, ein ziemlich kurzes, aber dickes Glied und große Hoden. Ich hielt meine Nase an seine Achseln, um ihren Geruch zu genießen. Ich bat ihn, sich auf dem Rücken auf dem Bett auszustrecken. Meinen Lippenstift hielt ich immer noch in der Hand. Ich bestrich damit seinen Mund, bis er scharlachrot war, und malte dann auch seine Brustspitzen damit an.

»Sieh dich an«, sagte ich zu ihm und hielt ihm den Spiegel hin.

Die drei roten Flecken auf seinem kräftigen Körper verliehen ihm eine unerhörte Schönheit, aber ich wußte nicht, wie ich es ihm sagen sollte. Ich steckte den Lippenstift wieder ein und zog den Reißverschluß meines Anzugs zu.

Dann befahl ich ihm, sich auf allen vieren auf das Bett zu hocken. Ohne meine Stiefel oder meine Kleidung auszuziehen, legte ich mich unter ihn, so daß sein Geschlecht über meinem Gesicht war, aber ohne daß er mich berühren konnte. Ich begann vorsichtig an ihm zu saugen, in der Hoffnung, den Übergang von der Ruhestellung zur vollkommenen Erektion möglichst lange hinzuziehen, aber sein Schwanz wurde sehr schnell hart wie ein Knochen. Ich kniete mich hinter ihn und fing an, ihn von hinten zu lecken.

Als seine Erregung wieder ein wenig zurückgegangen war, packte ich die lange Kerze und führte sie möglichst behutsam, um ihm nicht weh zu tun, in seinen Anus, bis ich sie ganz hineinschieben konnte. Immer noch auf allen vieren, senkte er den Kopf und klammerte sich, ohne etwas zu sagen, denn er hielt sein Versprechen, an den Bettstangen fest. Während ich die Kerze in ihm vor- und zurückschob, begann ich ihm gleichzeitig einen runterzuholen. Er war wieder außerordentlich hart geworden und so dick, daß meine Hand ihn kaum umschließen konnte. Den Kopf im Kissen vergraben, brüllte er wie ein Tier. In diesem Augenblick liebte ich ihn mehr als alles auf der Welt,

und ich kam ganz allein, im Leder meines Anzugs, das sich zwischen meine Beine schob. Unmittelbar danach spritzte sein Sperma zwischen meinen Fingern hervor.
Wir ließen uns auf das Bett zurückfallen. Das Kissen, in dem er mit dem Kopf um sich geschlagen hatte, war vom Lippenstift rot verschmiert. Ich trocknete ihm mit Papiertaschentüchern das Geschlecht und den Mund ab. Dabei war ich wie trunken vor Freude, wollte mich jedoch ruhig und sanft geben, damit er mir die merkwürdige Brutalität meiner Begierde verzieh. Ich zog mich aus und schlief in seinen Armen ein, nackt und rundum glücklich.
Als ich aufwachte, war er verschwunden. Ich duschte, ließ meine Unterwäsche als Geschenk auf seinem Kissen, schlüpfte wieder in das Leder und ging hinaus.
Im Gang hoffte ich, hinter einer der folgenden Türen dem Mann meiner Träume zu begegnen:

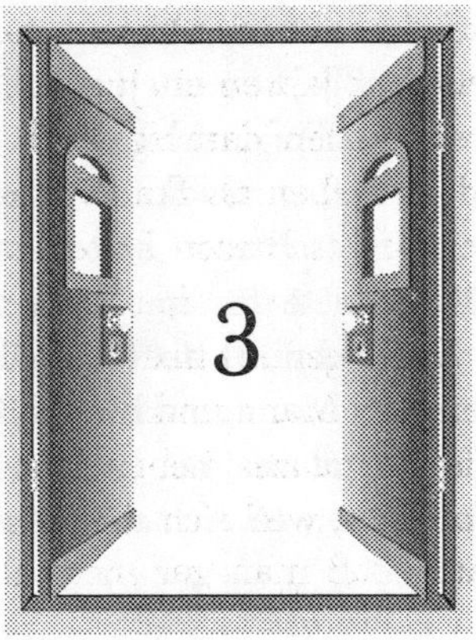

Drei Blinde

Ich fand mich im Halbdunkel eines quadratischen Zimmers wieder. Die Wände waren ganz mit Stoffen behängt, deren weite Falten dunkel schimmernd von der Decke bis auf den Boden fielen. Durch ein hohes Fenster am Ende des Zimmers, das teilweise nicht verdeckt war, drang ein wenig Tageslicht herein. Das einzige Möbelstück, ein geräumiges, breites Bett, glänzte schwach im Licht.

Mit einemmal war ich unglaublich müde. Wie hypnotisiert betrachtete ich dieses riesige gemütliche Bett und verspürte ein unwiderstehliches Verlangen zu schlafen. Ich trat an das Fenster, zog die Vorhänge zu, und es wurde völlig dunkel.

Ich zog mich aus und ließ meine Kleider auf den Teppich fallen. Man konnte absolut nichts sehen. Ich schlug das Bett auf und ließ mich zwischen die Decken gleiten. Es waren Bettlaken aus Großmutters Zeiten, aus dicker Baumwolle und mit breiten, bestickten Aufschlägen. Ins Daunenkissen gekuschelt, stellte ich mir vor, daß vor etlichen Jahren ein junges Mädchen in langen feinen Lettern ihre Initialen daraufgestickt haben mußte, um ihre Aussteuer und ihr Leben als Frau vorzubereiten.

Vielleicht hatte sie auch in diesen Laken ihre Hochzeitsnacht verbracht, vielleicht hatte sie in diesem Stoff, durch den ihre weißen Finger die Nadel geführt hatten, ihr Blut und ihre Jungfräulichkeit verloren, den Mann und die Wollust entdeckt. Oder vielleicht waren sie ihr ganzes Leben lang in einem riesigen Schrank liegen geblieben, weil sich die Aussteuer als so reichhaltig erwiesen hatte, daß man gar nicht alles hatte benutzen können.

Eingetaucht in diese rabenschwarze Nacht, sank ich langsam in Schlaf, während ich noch bruchstückhaft an die junge Braut dachte, wie sie vor Angst und Begierde unter der Spitze ihres weiten Nachthemdes bebte, und an den Mann, den ich bis hierher verfolgt hatte. Im Halbschlaf sah ich mich im Körper der Jungfrau und wartete darauf, daß dieser Mann zum ersten Mal seine Hände auf meinen Körper legen und endlich in mich eindringen würde, denn seit meiner Geburt hatte ich mich nach nichts anderem gesehnt. Dann rollte ich mich in Fötushaltung zusammen und ließ mich vom Schlaf davontragen.

Ich weiß nicht, ob ich lange geschlafen habe oder nicht. Zuerst dachte ich, daß ich träumte. Ich spürte einen harten, warmen Stab an meinem Hintern, war jedoch so müde, daß es mir nicht gelang, die Augen zu öffnen oder auch nur eine Bewegung zu machen. Kein Geräusch war zu hören; es konnte nur eine Illusion sein, eine dieser erotischen Phantasien, die nachts über einen kommen und die sich durch nichts verjagen lassen.

Doch bald spürte ich, daß sich ein ganzer Körper gegen meinen Rücken preßte, und fühlte in meinem Nacken das warme Kitzeln eines unterdrückten Atems. Ein Männerarm fuhr vorsichtig unter meinen Oberkörper, und zwei Hände legten sich sanft wie die Flügel einer Taube auf meine Brüste. Jetzt war ich eindeutig wach, aber ich bewegte mich nicht, um das Geschehen nicht zu unterbrechen. Ich wollte so tun, als sei nichts, und weiterschlafen.

Der Stab glitt in den Spalt zwischen meinen Hinterbacken, wo er sanft zu reiben begann. Alle Bewegungen des Mannes waren langsam und vorsichtig, so als wollte er mich um keinen Preis aus dem Schlaf reißen, sondern diese Inbesitznahme in einen Traum verwandeln. Das gefiel mir außerordentlich, und ich hatte Lust, es mit mir geschehen zu lassen, brennende Lust, an seine Geschichte zu glauben und mich ganz gehenzulassen.

Ich konnte es mir dennoch nicht versagen, meinen Po ein wenig nach hinten zu rücken, so unauffällig wie möglich, damit er schneller und leichter den Weg dahin finden konnte, wo ich ihn begehrte. Und tatsächlich glitt das Glied von meinen Hinterbacken zu meiner Möse vor. Unbeweglich und immer noch mit geschlossenen Augen redete ich mir die Irrealität dessen, was da geschah, so sehr ein, daß es mir gelang, einen Schrei zu unterdrücken. Ich wollte nicht mehr sein als ein Sammelbecken der Lust, ein willenloser, unbewußter Körper, der sich ganz der Phantasie meines Angreifers unterwarf.

Das Glied drang in mich ein und begann sich langsam in mir vor und zurück zu bewegen. Es glitt unwahrscheinlich leicht, und da ich ganz von Dunkelheit umhüllt war, hatte ich den Eindruck, als würde außer dieser köstlichen Liebesmaschine nichts existieren. Zwischen meinen Beinen befand sich ein tiefer Mund, ein Menschenfresser, der sich wie ein Vielfraß erquickte und saugte.

Ich erreichte sehr schnell einen ersten Orgasmus. Dabei hätte ich am liebsten gesagt: »Ich esse dich, ich esse dich.« Aber ich blieb so ruhig und schweigsam wie möglich, gerade so, daß man hätte meinen können, ich zuckte und stöhnte im Traum.

Als sich etwas auf meine Wange legte, hätte ich trotzdem beinahe einen Schrei ausgestoßen. Überrascht öffnete ich die Augen. Man sah immer noch nichts, doch ein süßlicher Moschusduft drang in meine Nase. Das, was da auf meiner Wange hart wurde, war ein zweiter Schwengel. Und die Kugeln aus weichem Fleisch, die meine Nase streiften und deren Duft mich trunken machte, waren ein Paar Hoden.

Der erste Schwanz hämmerte immer noch in meinen Bauch, der sich auf dem Gipfel der Erregung befand. Als der zweite tief in meinen Mund eindrang, hatte ich das Gefühl, niemals glücklicher gewesen zu sein. Er stieß zwischen meinen Lippen vor und zurück, ohne mir irgendeine Initiative zu überlassen, so wie er auch jede andere Öffnung gestürmt hatte.

Keiner dachte jetzt mehr daran, Phantom zu spielen oder sich schlafend zu stellen. Die beiden Männer spornten sich gegenseitig an, drangen in mich ein, bedrängten mich, schüttelten mich ohne jede Rücksicht, doch ich schwebte jetzt durch eine Art Dauerorgasmus, bei dem mein Körper durch die Lust, die gar nicht mehr schwinden wollte, wie verrückt wurde. Ich hörte, wie die beiden in ihrem Stöhnen unverständliche Worte stammelten, und sie ejakulierten beide im selben Moment, während ich mit weit aufgerissenem Mund unter den Spermaspritzern mein Entzücken hinausschrie.

Mit leiser Stimme flehte ich sie an, noch ein wenig in mir zu bleiben. Wir legten uns alle drei im Bett zurecht, und ich fiel nun wirklich in den Schlaf der Gerechten, einen Pendel im Mund und den anderen zwischen den Beinen. Ich wußte schon, daß ich mich bei meinem Erwachen würde entscheiden müssen zwischen:

- dem Versuch, meine unbekannten Liebhaber für neue Freuden zu gewinnen, mit dem Risiko, daß sie bei Tageslicht ihren Charme verlören:

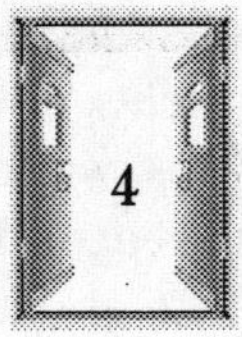
4

♦ oder ihnen zu entfliehen, um meine Suche weiterzuführen, in der Hoffnung, glücklich alle Fallen zu umgehen, die dieser Ort für mich auf Lager zu haben schien.

9

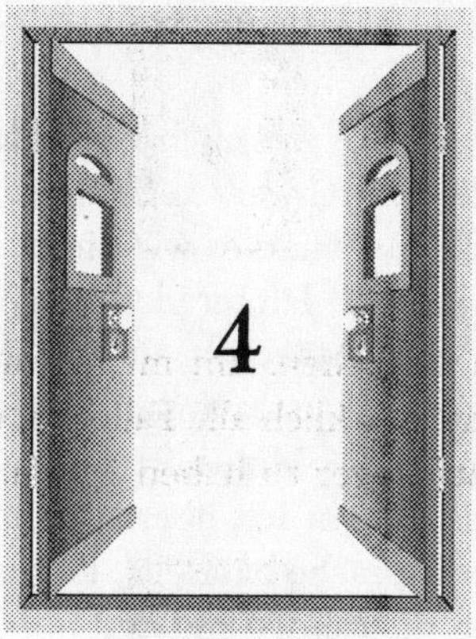

Die beiden Freunde

Ich wachte herrlich erfrischt auf, mit einem Lächeln auf den Lippen. Meine nächtlichen Begleiter waren nicht mehr da. Ein Lichtstrahl zeigte wie ein Finger auf meinen Bauch. Ich erinnerte mich an mein köstliches Abenteuer und an die beiden männlichen Glieder, an denen ich mit gütlich getan hatte, und sagte mir, daß nichts auf der Welt liebenswerter war als die Männer. Diese Schwänze hatten mir so gutgetan, daß ich es plötzlich bedauerte, nicht selbst einen zu haben, denn dann hätte ich ständig an ihm gerieben, um ihn zu ehren und ihn wissen zu lassen, wie wertvoll er für mich war.
Ich erhob mich und zog die Fenstervorhänge zur Seite. Das Tageslicht flutete ins Zimmer. Ich blickte einmal rund um mich. Irgend etwas machte mich stutzig. Ich hörte leise Geräusche eines Gesprächs, obwohl niemand zu sehen war. Ich blieb einen Moment lang reglos stehen und spitzte die Ohren. Die

Geräusche wurden immer deutlicher und erinnerten an ein leises Lied.

Auf Zehenspitzen näherte ich mich einer der Wände, die wie die anderen von diesem schwarzen Stoff verdeckt war, der das ganze Zimmer auskleidete und es wie die Dunkelkammer eines Fotografen aussehen ließ. Hinter der Wand unterhielten sich ganz offensichtlich zwei Menschen, aber es gelang mir nicht, ein Wort ihres Gespräches aufzuschnappen. Es war fast so, wie wenn Leute im Schlaf sprechen: Man hört sie etwas sagen, aber oft versteht man nichts davon. Ich überlegte mir, ob es sich vielleicht um eine Fremdsprache handelte. Es ähnelte auch wirklich dem Holländischen oder einer anderen nordischen Sprache.

Meine Neugierde steigerte sich immer mehr, doch ich wagte es nicht, mich zu zeigen. Ich fand jedoch schnell eine Öffnung in dem Stoff, so daß ich ihn leicht zur Seite schieben konnte, gerade genug, um einen Blick dahinter zu werfen. Ich war sehr glücklich über das, was ich sah.

Der Vorhang verbarg einen halbrunden Alkoven, der als Salon eingerichtet war. Auf dem Kanapee saßen zwei junge Männer von außerordentlicher Schönheit. Ich dachte sofort, daß es sich um meine beiden Begleiter der letzten Nacht handelte, und war froh darüber, bei ihnen geblieben zu sein.

Sie waren beide groß, schlank und blond, hatten blaue Augen, rosige Lippen und Engelsgesichter. Sie ähnelten sich wie zwei Brüder. Beide waren barfuß, trugen verwaschene Jeans und ein weißes T-Shirt, das ihre gebräunte Haut betonte. Sie sprachen mit sehr leiser Stimme, so daß ich immer noch nichts verstand.

Ich wollte schon durch den Vorhang treten, um mich zu ihnen zu gesellen, als einer der beiden, den ich den Einen nennen werde, eine Bewegung machte, die mich davon abhielt, weiterzugehen. Der Eine hatte sich zu dem Anderen gebeugt, um ihm etwas ins Ohr zu sagen. Der Andere lachte, dann küßten sie sich

auf den Mund, wobei sie gegenseitig mit den Händen unter ihre T-Shirts fuhren, um sich den Rücken, den Bauch und die Brust zu streicheln.
Ich hatte genau beobachtet, wie sich ihre Lippen einander näherten und vereinigten, so als würde das Ganze in Zeitlupe ablaufen. Mit so etwas hatte ich nicht gerechnet, doch es war derart erregend, daß es mir zwischen den Beinen fast weh tat.
Mein Atem wurde heftiger, und ich hielt mich weiter hinter dem Vorhang versteckt. Von meinem Platz aus konnte ich sehen, daß sich über der Schwellung unter der Jeans des Anderen der Stoff spannte. Der Eine legte seine Hand darauf, ließ sich dann vor dem Anderen, der immer noch auf dem Kanapee saß, auf die Knie fallen und öffnete ihm den Hosenschlitz. Der Andere trug keine Unterwäsche. Sein langer Stengel, der an der Spitze etwas gebogen war, schnellte zwischen den Knöpfen der Jeans hervor. Der Eine befreite auch die beiden runden festen Hodensäcke, leckte sie, fuhr mit der Zunge bis zur Eichel hoch, schob dann den Schwanz zwischen seine Lippen und begann, langsam an ihm zu saugen. Der Andere, dessen Hose jetzt um seine Knöchel lag, ließ es sich mit offenem Mund, gespreizten Armen und Beinen, den Kopf nach hinten auf das Kanapee geworfen, machen und stöhnte dabei leise.
Dann zog der Eine seinen Gefährten ganz aus und entkleidete auch sich selbst. Er hatte bereits einen Ständer, und sein langer, rassiger Schwanz ähnelte dem des Anderen. Ihre schlanken, muskulösen Körper, deren Haut goldbraun und von wenigen blonden Haaren bedeckt war, besaßen die Perfektion ganz junger Männer. Sie küßten sich wieder, Mund an Mund, Oberkörper an Oberkörper, Glied an Glied.
Die Erregung ließ mich etwas kühner werden. Ich traute mich, den Vorhang ein bißchen weiter zur Seite zu schieben, so daß ich durch den Spalt sehen konnte, ohne den Stoff halten zu müssen. Meine beiden Freunde waren so beschäftigt miteinan-

der, daß sie nichts bemerkten. Immer noch im Stehen und mit gespreizten Beinen begann ich, mich mit beiden Händen zu streicheln, ohne die beiden aus den Augen zu lassen. Diese beiden Männer, die mich in Wonne versetzt hatten, tauschten nun ihre männlichen Lüste aus. Es war wie ein Kampf, in dem ihre Manneskräfte sich gegenseitig ins Unermeßliche steigerten, und es war der verwirrendste Anblick, den man sich vorstellen konnte.

Der Eine fiel wieder vor dem Anderen auf die Knie und schob sich immer weiter leckend zwischen seine Beine. Während er wie ein Büßer vorwärtsrutschte, ließ er seine Zunge auf dem Glied, den Hoden und dann den Hinterbacken seines Freundes spielen, und als er auf der anderen Seite angekommen war, richtete er sich auf und drang mit einem gezielten Hüftstoß in seinen Hintern ein.

Diese Bewegung war so vollkommen gewesen, daß uns dreien gemeinsam ein befriedigtes Röcheln entfuhr. Dann begann der Eine mit kraftvollen Bewegungen seiner anmutigen Hinterbacken in den anderen hineinzustoßen, wobei er die Brust seines Gefährten umschlang und ihm in Nacken und Schultern biß. Der Andere masturbierte im gleichen Rhythmus, was ich hinter meinem Vorhang genauso tat. Als heimliche Zuschauerin hatte ich schon mehrere Höhepunkte gehabt. Da ich mich nicht mehr aufrecht halten konnte, war ich auf die Knie gefallen, doch diese Vorstellung gefiel mir so sehr, daß ich mit gespreizten Beinen immer noch Mittel fand, mir die größte Befriedigung zu verschaffen, wobei ich die erotische Raserei der beiden Freunde mit den Augen verschlang.

Meinen letzten Orgasmus erreichte ich, als ich sah, wie sich in einer heftigen, nervösen Ekstase ihre Hüften anspannten und ihre Gesichter verzerrten. Sie entluden sich gleichzeitig, der Eine im Hintern seines Freundes, der Andere in seiner eigenen Hand. Ich schrie im selben Moment auf wie sie, und meinen

Körper durchzuckte es, während ich den schönen, weißen Likör des Anderen weit aus seiner Quelle hervorspritzen sah.
Ich erhob mich und kehrte zum Bett zurück. Mit dem Laken der Jungfrau trocknete ich die Innenseiten meiner nassen Schenkel ab. Dann zog ich mich an. Die beiden Freunde hatten mir jetzt genug gegeben, ich verlangte nicht mehr von ihnen. Ich war entschlossen, meinen Weg fortzusetzen.

8

Die Lahme

Der lange Gang und all diese geschlossenen Türen regten meine Phantasie erheblich an. Ich kam beinahe um vor Neugier, was wohl hinter diesen Wänden vor sich ging.

Als ich an die nächste Tür kam, sah ich, daß das Schlüsselloch kunstvoll gestaltet und ungewöhnlich groß war, und ich sagte mir, daß der Schlüssel, der zu diesem Schloß paßte, ein verdammt schöner und ungeheuer dicker Gegenstand sein mußte. Ich kniete mich davor hin und preßte ein Auge daran.

Hinter der Tür befand sich ein kleiner runder Raum, der von der Decke bis zum Boden mit schwarzem Gummi ausgepolstert und in rotes, gedämpftes Licht getaucht war. An vier im Boden befestigten Haken hatte man eine nackte, auf dem Rücken liegende Frau gekettet, um deren Handgelenke und Knöchel man Eisenringe gelegt hatte und deren Beine weit gespreizt waren. Sie war allein, bewegte sich nicht, und ihre Augen waren geschlossen.

Ich dachte zuerst, sie würde schlafen, doch bald überkam mich die Furcht, daß sie bewußtlos oder sogar tot sein könnte. Ich hatte mich gerade entschlossen, die Tür zu öffnen, als aus dem hinteren Teil des Zimmers durch eine Art Bühnenaufgang eine Frau auftauchte.

Sie trug einen weißen Krankenschwesternkittel. Obwohl sie um die Fünfzig war, hatte sie ihre Haare wie ein kleines Mädchen in zwei dicke, schwarze und glänzende Zöpfe geflochten, die auf ihrer Brust lagen. Ihr Gesicht war teilweise durch eine Sonnenbrille mit Spiegelgläsern verdeckt, durch die man ihre Augen nicht sehen konnte. Sie humpelte, was ich sofort bedauerte, denn sie war groß und gut gebaut, wenn auch ein bißchen mager. Ein weißes, gefaltetes Frotteehandtuch lag über ihrem linken Arm, während sie in der rechten Hand einen Eimer trug, dessen Gewicht ihr Hinken noch zu verstärken schien.

Sie ging zu der auf dem Boden liegenden Frau, blieb auf der Höhe ihrer Schenkel vor ihr stehen und schüttete mit einem Schwung das ganze Wasser aus dem Eimer über sie, von den Füßen bis über ihre Haare. Dies hatte zur Folge, daß die regungslose Frau mit einemmal aufschreckte, ihre Augen öffnete und die Krankenschwester angstvoll ansah. Diese holte einen winzigen Schlüsselbund aus ihrer Tasche, womit sie die Eisenringe ihrer Patientin aufschloß.

Obwohl sie nun befreit war, bewegte sich die liegende Frau nicht. Sie wirkte erschöpft. Sie war schön – schlank und trotzdem füllig –, hatte eine sehr weiße Haut und befand sich in einem solchen Zustand der Selbstaufgabe, daß man Lust bekam, dies auszunutzen. Die Krankenschwester kniete sich hin und begann, sie mit dem Frotteehandtuch abzutrocknen.

Es wurde bald deutlich, daß das, was sie da tat, mehr mit Zärtlichkeit als mit Pflege zu tun hatte. Sie hatte die junge Frau auf den Bauch gelegt, trocknete ihr liebevoll den Nacken, den Rücken und die Rückseite ihrer Arme und Beine ab und verweilte jetzt auf ihrem entzückenden Hintern. Nachdem sie ihn massiert, getätschelt und beknabbert hatte, begann sie, ihn mit Küssen zu bedecken. Sie war fast wie eine Mutter mit ihrem Kind. Die Krankenschwester zog ihren Kittel aus, unter dem sie nackt war. Sie trug jetzt nur noch ihre weißen Lederschuhe, die sehr groß waren und flache viereckige Absätze hatten, ihre undurchsichtige Spiegelbrille und ihre Zöpfe, die leicht die Spitzen ihrer runden Brüste berührten, die sich merkwürdig voluminös von ihrem ansonsten so mageren Körper abhoben. Sie drehte die junge Frau wieder auf den Rücken, streckte sich neben ihr aus und küßte sie lange auf den Mund. Dann ließ sie ihre Hände über die kleinen, vollen Brüste, den flachen Bauch und die drallen Schenkel der Schönen wandern, um dann wieder bis zu der Blume hochzugleiten, die sich zwischen ihren Beinen geöffnet hatte.

Mit weit geöffneten Schenkeln gab sich die schöne Patientin den erfahrenen Zärtlichkeiten der Schwester hin, deren Mund jetzt an ihren kleinen angeschwollenen Brüsten saugte und deren Finger ihre hübsche rosafarbene Muschel zum Erblühen brachten, bis sie nur noch mit flacher, aber leidenschaftlicher Stimme flehen konnte: »Ihr Mund, bitte, jetzt Ihr Mund!« Da vergrub die Krankenschwester ihr Gesicht zwischen den Beinen ihrer zarten Freundin, der ein herzzerreißendes, lustvolles Stöhnen entfuhr, bis sie helle Schreie ausstieß und schließlich ihren Körper unter heftigen Hüftstößen wie eine Brücke nach oben wölbte.

Dann legte sich die Schwester mit der geschickten Zunge ihrerseits auf den Rücken, spreizte ihre Beine und forderte ihre Partnerin auf, sie auf den Mund zu küssen und ihre Brüste zu streicheln, während sie masturbierte. Sie erreichte ebenfalls den Höhepunkt, dann umarmten sie sich und schienen Arm in Arm einschlafen zu wollen. Die ganze Zeit hätte ich mich gerne zu ihnen gesellt, wagte es aber nicht. Sollte ich jetzt nachsehen, was hinter der nächsten Tür geschah,

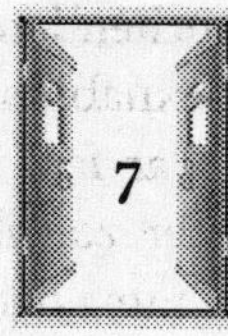

♦ **oder der Versuchung nachgeben, mich den beiden Frauen anzuschließen?**

Die Kapuzen

Ich öffnete vorsichtig die Tür und näherte mich den beiden schlafenden Frauen. Als ich in der Mitte des Zimmers angekommen war, öffneten sie die Augen und lächelten mir entgegen. Das beruhigte mich ein wenig. Die Hinkende lud mich ein, es mir bequem zu machen und mich bei ihnen auszuruhen. Ich zog mich aus und legte mich neben die beiden.
Jetzt, wo ich dort war, nackt neben diesen beiden ebenfalls nackten Frauen, wußte ich nicht mehr, was ich tun sollte. Zum Glück ergriffen sie die Initiative. Sie nahmen mich in ihre Mitte, küßten mich abwechselnd auf den Mund und ließen mich ihre Brüste und Körper berühren. Ich wurde langsam so erregt, daß ich nun auch die Initiative ergriff. Ich zog die junge Frau auf mich, um ihren Körper auf meinem Körper zu spüren, während sie mir ihre Lippen und ihre süße Zunge anbot.
Ich genoß die Küsse und die zarte Berührung ihrer Schenkel,

Bäuche und Brüste, als plötzlich ein scharfes Klacken vernehmbar wurde. Im gleichen Augenblick spürte ich, wie sich ein Eisenring um meinen rechten Knöchel schloß.
Ich wollte hochschnellen, doch das Mädchen legte sich mit ihrem ganzen Gewicht über mich und grub ihre Fingernägel in meine Arme. Ich hätte sie leicht abschütteln können, wenn die Krankenschwester ihr nicht gleichzeitig zu Hilfe gekommen wäre. So wehrte ich mich nach besten Kräften, doch es gelang ihnen, eines meiner Handgelenke und dann das andere anzuketten, und schließlich meinen zweiten Knöchel.
Es ging alles sehr schnell. Sobald ich, genauso wie die junge Frau zuvor, nackt und mit gespreizten Beinen auf dem Rücken festgebunden war, verschwanden die beiden. Ich war jetzt völlig hilflos und gezwungen, mich mit dem, was da kommen würde und von dem ich nichts ahnte, abzufinden. Würde man mich hier liegen lassen? Mich sterben lassen? Oder mich vergewaltigen? Oder würde die Hinkende zurückkommen und mich lieben, so wie sie es mit der jungen Frau getan hatte? Würde man mir Lust verschaffen oder mich umbringen? Ich wartete lange, allein, und quälte mich mit diesen Fragen. Schließlich schlummerte ich ein.
Plötzlich wurde ich aus dem Schlaf gerissen. Ich öffnete die Augen und sah über mir, überall, in einer dichten Reihe um meinen Körper herum, eine ganze Armee männlicher Glieder. Ihre Eigentümer waren von Kopf bis Fuß in Latex gehüllte Wesen. Die unbeweglich und wie in Andacht um meinen Körper stehenden Männer schienen schweigend zu beten. Sie trugen Stiefel und hatten unbedeckte Hände, doch abgesehen davon hatten ihre Gummianzüge nur zwischen den Beinen, wo ihre nackten Stengel herausragten, und in den Kapuzen um ihre Münder und Augen herum Öffnungen.
Als sie ihr Gebet beendet hatten, knieten die maskierten Männer um mich herum nieder und begannen, sich zu berühren und

zu erregen, indem sie Derbheiten auf meine Kosten von sich gaben.
– Da ist ja die neue Nutte.
– Wie findest du die Schlampe?
– Ich würd's ihr gern von hinten besorgen.
– Und ich von vorn.
– Hast du die Titten gesehen?
– Und die Möse?
– Leckst du auch, du Schlampe?
– Und schluckst du's runter, du hübsches Miststück?
– Weißt du, daß du uns geil machst?
– Willst du mal sehn, wie wir uns einen runterholen?
– Du weißt doch, wie wir's mögen, oder?
– Uns über einer Nutte wie dir einen runterholen.
– Hast du schon mal so viele Ruten auf einmal gesehen?
– Hast du gesehen, wie hart sie jetzt sind?
– Welche gefällt dir am besten?
– Guck mal, wie feucht die wird, die Zierpuppe!
– Keine Bange, Schätzchen, wir werden dich schon polieren.
– Los, du süße Schlampe, versuch meinen mal.
Einer von denen, die über meinem Gesicht masturbierten, steckte mir sein Glied zwischen die Lippen, während mir ein anderer seines in die Möse schob. Sie machten einer nach dem anderen ein paar Pumpbewegungen zwischen meinen Lippen und lösten sich dann zwischen meinen Beinen ab, drangen auch von hinten in mich ein. Währenddessen masturbierten die anderen um mich herum in aller Ruhe weiter.
All diese Schwänze zwischen meinen gespreizten Beinen und all diese Ständer, die von so vielen Händen über mir geknetet wurden, machten mich wie verrückt vor Wollust, aber sie zogen sich immer genau dann aus mir zurück, wenn sie sahen, daß ich kurz vor dem Orgasmus stand. Es waren Schwengel in den verschiedensten Größen und Farben, lange, kurze, dicke, schmale,

geäderte, schwarze, rosafarbene, braune … Sie alle strömten einen berauschenden Duft aus … Ich sah, daß sie immer härter und dicker wurden, sie würden jeden Moment explodieren … Über mir, alles über mich … Doch die Männer hielten von Zeit zu Zeit inne, um sie ein wenig abschwellen zu lassen, und setzten dann ihre Bewegungen fort. Manche steckten sich mit ihrer freien Hand einen Finger in den Hintern oder streichelten sich die Eier, andere massierten mir die Brüste, den Bauch, die Schenkel, die Knöchel und überhaupt jeden Körperteil, an den sie herankamen. Der eine oder andere vollführte ein paar Lendenstöße zwischen meinen Beinen und ließ von mir ab, sobald ich zu schreien begann. Meine Lust blieb in der Schwebe, unvollendet und schmerzhaft. Ab und zu ließen sie mich an ihnen saugen, und ihre Hoden schlugen auf mein Gesicht, ohne daß ich sie hätte berühren können.

Da sie mich nicht zum Höhepunkt kommen ließen, mich dabei aber ununterbrochen aufs äußerste erregten, glaubte ich, verrückt zu werden. Ich verlor jede Zurückhaltung und flehte sie schließlich an, mir zu meinem Orgasmus zu verhelfen. Sie zwangen mich, es mehrmals zu wiederholen.

– Du willst deinen Orgasmus?
– Ja.
– Dann sag es.
– Ich will meinen Orgasmus.
– Ach ja, wirklich?
– Ja, ja, ich bitte euch, ich bin so erregt.
– Es ist dir egal, wie?
– Ganz egal, wie, aber ich bitte euch, bringt mich zum Orgasmus …

Ich tue auch, was ihr wollt … Ich flehe euch an, schnell …

Da ging einer von ihnen zwischen meine Beine. Ich spürte, daß sich das Ende näherte. Die übrigen maskierten Männer standen jetzt alle regungslos um mich herum. Ihr Blick hinter den Ka-

puzen war hart geworden. Der Kapuzenmann spreizte meine Scham und begann mich zu lecken. Die anderen fingen wieder an zu masturbieren, immer schneller. Ich spürte, wie mich diese Zunge unermüdlich durchfurchte, ich sah, wie die dicken Schwänze anfingen, sich über mir zu entladen, und dann kam ich mit Zuckungen und Schreien unter einem Samenregen.
Die Kapuzenmänner erhoben sich und verließen den Raum. Ich war mit Sperma bedeckt und erschöpft. Ich schlief ein.
Als ich vom Eimer Wasser der Lahmen aufgeweckt wurde, begriff ich, daß alles wieder von vorne anfangen würde, wie mit der ersten Frau. Der nasse Gummiboden unter mir schmiegte sich mit saugenden Küssen an meinen Körper. Ich ließ mich von der Krankenschwester lieben, die mir nach all der Gewalt eine besänftigende Lust verschaffte. Als sie an der Reihe war, küßte ich zärtlich ihr Gesicht, ihren Hals, ihre spitzen Brüste und zog ihr im Augenblick des Höhepunktes die Spiegelbrille vom Gesicht, um zu sehen, wie sie die Augen verdrehte.
Dann zog ich mich wieder an und trat auf den Gang hinaus.

8

Der Apfel

Hinter der Tür lag ein üppiger, warmer, duftender Garten. Tiere, Vögel und Schlangen der verschiedensten Arten ließen es sich darin gutgehen, schlüpften und flatterten zwischen den Bäumen umher, die von einer überraschenden Vielfalt waren. In der Mitte strömte ein Fluß, der sich in vier Arme verzweigte, die sich in die Vegetation ergossen. An der Spitze dieses Deltas schlief oder träumte unter dem Blätterdach ein schöner nackter Mann, dessen Gesicht von einfältiger Zufriedenheit war.

Ich ließ all meine Kleider von mir gleiten und trat im Evaskostüm langsam auf ihn zu. Mit wenigen Schritten war ich bei ihm. Ich kniete mich ins Gras, um seinen schlafenden, zarten und dennoch muskulösen Körper und die Obstschale zu bewundern, die sein Unterleib zu bieten hatte, mit einer hinreißenden länglichen Banane, die auf zwei runden, appetitlichen Liebesäpfeln ruhte.

Adam schlief weiter, und ich begnügte mich damit, ihn mit den

Augen zu verschlingen, wobei es jedoch nicht ausblieb, daß gewisse Begierden in mir wach wurden, die ich zurückzuhalten versuchte, indem ich die Schenkel zusammenpreßte, während ich meine Hand fest auf meinen Schoß drückte. Kurz darauf sah ich, wie die geschlossenen Augenlider meines jungen Freundes zu flattern begannen, während seine Banane anschwoll und nur darauf zu warten schien, geschält zu werden. Es gab keinen Zweifel daran, daß ihn im Schlaf die Lust heimsuchte.

Als ich seinen von der Natur so vorteilhaft bestückten Unterleib weiter betrachtete, konnte ich es mir nicht versagen, mich ihm mit meiner Hand zu nähern. Doch ehe ich ihn berühren konnte, wachte Adam auf, packte mich brutal bei den Hüften, um mich auf alle viere zu zwingen und mich zu nehmen, wobei er sagte: »Da bist du ja endlich, Knochen aus meinem Knochen, Fleisch aus meinem Fleisch!« Das waren höchst merkwürdige Liebesworte, die nicht die geringste Wirkung auf mich hatten, zumal der Akt in drei Hüftstößen vollbracht war.

Gesagt, getan, und mein vorschneller Samenspritzer ließ sich wieder ins Gras fallen, wo er weiterschlief. Sollte ich ihm als Antwort auf seine Rüpelhaftigkeit eine Ohrfeige geben, hinausgehen und ihn seinen einsamen Träumen überlassen, oder versuchen, ihm ein Minimum an Erziehung beizubringen? Angesichts der Tatsache, daß er trotz allem ein prächtiger Leckerbissen war, den ich mir nicht gerne entgehen lassen wollte, und daß ich mich außerdem der nächsten Frau gegenüber, die in die Arme dieses Tieres fallen würde, zur Solidarität verpflichtet fühlte, kam ich zu dem Schluß, daß es wohl das Beste war, noch einmal zu versuchen, ihm vorsichtig für ein paar Dinge des Lebens die Augen zu öffnen.

In der Mitte des Gartens bog sich ein herrlicher Apfelbaum, um den zahlreiche Vögel herumflatterten, unter seiner reichen Obstlast. Ich ging hin, um einen schönen roten Apfel zu pflücken, den ich im Gras abrieb, damit er noch mehr glänzte.

Nachdem ich mich wieder neben dem schlummernden Rohling hingesetzt hatte, biß ich laut in den knackigen Apfel. Er fuhr hoch und ließ sich endlich dazu herab, mich anzusehen.
»Möchtest du?« fragte ich und hielt ihm den Apfel hin.
Sein Fleisch war fest, saftig und süß. Wir verspeisten ihn bis aufs Kerngehäuse, indem wir abwechselnd hineinbissen. So wurde die Stimmung zwischen uns zum ersten Mal freundschaftlich und heiter.
Als ich sah, daß er lächelte und zufrieden über dieses erste Vergnügen war, machte ich mich daran, ihm andere körperliche Freuden zu zeigen. Ich berührte seine Wange mit meiner Hand und begann, ihm übers Gesicht und die Haare zu streicheln. Er streckte ungeschickt seinen Arm nach mir aus, und ich half ihm dabei, mit seinen Fingern meine Gesichtszüge zu ertasten.
Dann rückte ich noch näher zu ihm hin und knabberte vorsichtig an seinem Hals, seinen Ohren, seinen Lippen und seiner Zunge. Er erwiderte meine Gesten, so gut er konnte, und lachte dabei leise. Ich streichelte seinen Oberkörper und rieb meine Brust an ihm, damit er begriff, wie interessant unsere Unterschiede sein konnten.
Gott sei Dank verstand er schnell. Er nahm von sich aus meine Brüste in die Hände, betastete sie und betrachtete sie lange, bis er sich schließlich mit seinem Mund vorwagte. Ich begann vor Lust zu keuchen und zu stöhnen. Er sah mich etwas erschrocken an, doch ich ließ ihm keine Zeit, sich weiter zu beunruhigen. Ich griff nach seiner Hand und führte sie über meine Hüften, meinen Bauch, meine Beine bis zu dem feuchten, heißen Nest zwischen meinen Schenkeln. Die Spannung war so groß gewesen, daß ich fast sofort kam, den Kopf in seiner Schulter vergraben und ohne einen Ton, um ihn nicht zu erschrecken.
Dann streichelte ich ihn, massierte ihm den Rücken, die Hinterbacken, die Füße, saugte an seinen Zehen, Knöcheln und Brüsten, leckte ihm den Bauchnabel, die Achselhöhlen und

Kniekehlen, kratzte vorsichtig über die Innenseiten seiner Schenkel, bis ich schließlich mit meinem Gesicht zwischen seine Beine tauchte, wo ich von den Früchten kostete, die ich von Anfang an so bewundert und begehrt hatte.
Wir konnten beide nicht länger warten. Ich setzte mich auf ihn, mit dem Gesicht zu seinen Füßen, und ließ ihn in mich eindringen. In dieser Position ritt ich auf seinem Glied, wobei ich ihn mit jeder Bewegung fast aus mir herausgleiten ließ, um ihn dann wieder tief hineinzuschieben. Während ich so das langsame, weiche und sehr wirkungsvolle Reiben über die besonders sensible Stelle meines Geschlechts genoß, hoffte ich, ihn durch diese neue Perspektive dahin zu führen, die ganze Wollust zu entdecken, die man bei der Paarung erleben kann. Es dauerte nicht lange, bis er kam, aber ich fand noch die Zeit, einen zweiten herrlichen Orgasmus zu erleben den ich jetzt nicht mehr zu verstecken suchte, und der mich vor Glück keuchen ließ.
Bis der Abend hereinbrach, setzten wir unsere Entdeckungsreise fort. Er war jung, kraftvoll und neugierig, und wir hatten die Muße, alles auszuprobieren, zumal er schnell lernte, seine Lust zurückzuhalten, um sie zu verstärken und länger andauern zu lassen. Er kam sogar auf die Idee, mich auf den Hintern zu schlagen, ohne daß ich es von ihm verlangt hätte. Von Zeit zu Zeit machten wir eine kleine Pause, um im Fluß zu baden oder zu trinken und von den vielen Früchten zu essen, unter denen die Bäume um uns herum sich bogen. Wir waren die glücklichsten, ausgelassensten Wesen, die man sich vorstellen kann, und schwebten ununterbrochen von neuen Lüsten zu neuen Orgasmen.
Aber als die Sonne unterging und wir uns eng umschlungen ausruhten, verdunkelte sich das Gesicht meines Partners. Er starrte zum Himmel hoch, an dem sich hübsche kleine Schäfchenwolken im fahlen Licht der Abendstunde zusammenballten, und

langsam zeigte sich in seinen Zügen ein Unbehagen, das sich bald in wirkliche Furcht verwandelte.
»Wir müssen uns verstecken!« sagte er, indem er aufsprang und mich am Arm zog.
»Warum? Was ist denn los?«
»Darum! Wir sind nackt! Siehst du denn nicht, daß wir nackt sind!«
»Ja und?«
»Er darf uns so nicht sehen!«
»Wer ist das, er?«
»Er! Der Herr des Himmels! Ich höre ihn! Er geht durch den Garten! Er kommt!«
Jetzt phantasierte er! Ich sah, wie sich der Adamsapfel in seinem Hals auf und ab bewegte; er schien sich wirklich nicht gut zu fühlen. Und dabei hatten wir es kurz vorher noch so schön gehabt ... Ich beschloß, ihm scherzend zu antworten, in der Hoffnung, die Situation etwas zu entspannen.
»Natürlich!« sagte ich. »Das weiß ja jeder: Jetzt ist die Tageszeit gekommen, wo der Herr des Himmels mit seinem Hund auf der Erde spazierengeht, damit der seine kleinen Geschäfte verrichten kann ...«
»Sei still, du Ungläubige«, sagte er verstört. »Du bist schuld ... Deinetwegen habe ich von der verbotenen Frucht gegessen ...«
Jetzt gelang es ihm fast, mich zornig zu machen.
»Ach ja, so ist das also!« schleuderte ich ihm ins Gesicht. »Du warst doch ganz begeistert davon, die Lust kennenzulernen, aber jetzt sitzt dir die Sache quer, das ist es doch! Und weißt du auch, warum? Vor ein paar Stunden warst du nichts anderes als ein Tier. Und jetzt, wo du ein Mann bist, hast du natürlich Angst! Du kommst fast um vor Schiß, ein Mann zu sein, das ist doch die Wahrheit! Anstatt zuzugeben, daß du Angst vor dir selber hast, erfindest du irgendso einen Herrn da oben und be-

hauptest, daß er dir seine Gesetze vorschreibt ... Perfekt! Dann überlass' ich dich ruhig der Gesellschaft deines abendlichen Besuchers ... Viel Glück und Mut, wenn du davon überhaupt noch etwas hast!«

Armer Junge, dachte ich, als ich den Garten verließ. Der wird sich noch lange quälen ...

Ich schlüpfte in meinen Lederanzug und tat ein paar Schritte auf dem Gang, bis ich mich entschied, eine der beiden Türen zu öffnen, vor denen ich stehengeblieben war.

8

Der Clown

Als ich meine Hand auf die Klinke legte, spürte ich zwei Atemzüge in meinem Nacken. Überrascht drehte ich mich um. Zwei Seufzer schwangen in der Luft und schienen sich dann in der Ferne zu verlieren.
Der Gang war dunkel und leer. Ich starrte eine Weile in die Dunkelheit, denn ich war überzeugt, zwei lebendige Wesen in meinem Rücken gespürt zu haben. Alles war ruhig. In den Wänden konnte man die dunklen Rechtecke der Türen erkennen, doch wenn sich eine davon geöffnet hätte, so hätte ich es auf jeden Fall hören müssen. Vielleicht waren die Geister am Ende des Gangs verschwunden, dort wo er vermutlich im rechten Winkel in einen anderen Gang mündete. Ich beschloß, mich nicht weiter zu beunruhigen, und öffnete die Tür.
Ich kam gerade in dem Moment herein, wo die Nummer der Kunstreiterin und des Trapezkünstlers damit zu Ende ging, daß

sie, auf ihrem Pferd stehend, das weiter um die Arena trabte, die Arme hochwarf, um sich von ihrem Partner am Trapez in die Lüfte emporheben zu lassen.
Das Zelt war gerammelt voll. Ich stieg zwischen den Bänken hinunter und konnte ganz unten einen Platz finden, am äußersten Ende des ersten Rangs. Es war ein kleiner Zirkus, der an denjenigen auf dem Dorfplatz erinnerte und in dem eine derartige Mischung aus Melancholie und Freude herrschte, daß es mir fast das Herz zerriß.
Jetzt kam eine Nummer mit dressierten Raubtieren; es war allerdings nur eine Schar von Ratten, die jedoch, wenn man den Schreien des Publikums Glauben schenkte, mindestens so erschreckend waren wie Löwen und Tiger. Mit knallenden Peitschen und kehligen Befehlen ließen die Dompteure ihre Nagetiere alle möglichen akrobatischen Kunststückchen vollführen, so zum Beispiel den Sprung durch einen brennenden Reifen. Ehe sie die Arena verließen, packte jeder Dompteur nach einem Trommelwirbel eine dieser dicken grauen Ratten mit zwei Fingern am Schwanz und versenkte den Kopf des Tieres in seinem aufgerissenen Mund, was in den Zuschauerreihen einen Orkan von Schreien und ängstlichem Kreischen auslöste.
Dann traten die Clowns in die Manege und wurden gleich bei ihren ersten Grimassen und Pirouetten heftig beklatscht. Merkwürdigerweise waren überhaupt keine Kinder im Publikum, sondern nur Erwachsene, die sich wie aufgeregte Gören verhielten. Dieses Phänomen sprang besonders beim Auftritt der Clowns ins Auge.
»Guten Tag, Kinder!« sagte der weiße Clown.
»Guten Tag, Zinzin!« antworteten die Zuschauer im selben Ton im Chor.
Ich sah, wie sie vor Ungeduld hin und her rutschten und nur noch mit den Hinterbacken am äußersten Rand der Bänke saßen, das Gesicht leuchtend vor fiebriger Freude.

In der allgemeinen Begeisterung begannen Zinzin und der dumme August ihre Possen. Als hinter ihnen ein Stier aus Stoff, der von zwei Komparsen bewegt wurde, auftauchte, stießen die Männer und Frauen schrille Schreie aus, genauso wie Kinder es beim Kasperl tun, wenn ihn der Knüppel des Gendarmen bedroht.
Der Clown lieferte sich dann mit dem zusammengebastelten Stoffstier eine Stierkampfmaskerade, bei der er sich eines großen roten Taschentuchs bediente, mit dem er sich zwischen zwei Gags jedesmal laut die Nase putzte. Das Publikum wurde von übertriebenem, kindischem Gelächter geschüttelt. Das Furchtbarste daran war jedoch, daß niemandem die Absurdität dieser Fröhlichkeit bewußt zu sein schien, sondern sich alle von ganzem Herzen amüsierten.
Plötzlich stürmte ein als Barbar verkleideter Reiter auf einem schwarzen Pferd im Galopp aus den Kulissen, ritt einmal um die Manege und griff, als er auf meiner Höhe angekommen war, mit einer solchen Kraft nach mir, daß er mich von meiner Bank riß. Im Nu fand ich mich hinter ihm auf dem Pferd wieder, wo ich mich an seinem Hemd festklammern mußte, um dem wilden Ritt durch die angestrahlte Arena unter dem Hohngeschrei der Menge standzuhalten.
Dann warf er mich genauso brutal, wie er mich hochgehoben hatte, in die Mitte der Manege, genau zwischen die beiden Clowns, die nun anfingen, sich meinen Körper wie eine Stoffpuppe zuzuwerfen, wobei sie dumme Späße machten, die das Publikum entzückten. Auch die als Stier verkleideten Komparsen mischten sich in das Gerangel, indem sie mir mit dem Kopf in den Rücken stießen.
Schließlich nahm mich der weiße Clown mit einer gerührten Miene in seine Arme. Aber während er so tat, als sei er von einer extrem romantischen Gefühlsduselei gepackt, hielt er mich mit eiserner Faust fest. Währenddessen band der dumme August meine Hände an die Hörner des Stiers.

Als ich festgebunden war, trat der Clown ein paar Schritte zurück, um mich zu betrachten, stieß einen bewundernden Pfiff aus, öffnete die großen Knöpfe seiner farbenprächtigen Hose und holte sein Glied hervor, das er vor dem Publikum zur Schau stellte, wobei er sich genießerisch über den Bauch rieb. Die Leute begannen, vor Freude zu kreischen.
Der Spaß ging jetzt wirklich zu weit. Ich begann, heftig zu protestieren und zu gestikulieren, um mich zu befreien. Der Stier, an den man mich gebunden hatte, gab mir ein paar Kopfstöße, um mich aus dem Gleichgewicht zu bringen. Diese Hanswurste und diese dumme Menge machten mich noch wahnsinnig. Ich zog wie wild an meinen Fesseln, aber sie schnitten mir nur um so schmerzhafter in die Handgelenke.
Aus einer Scheide, die er an seinem Gürtel trug, zog der dumme August einen Säbel, den er seinem Begleiter hinhielt. Mit der Spitze der Klinge begann dieser nun, meinen Lederanzug aufzuschlitzen. Ich hielt mich stocksteif, schließlich war ich dem kleinsten Ausrutscher gnadenlos ausgeliefert. Das Publikum hielt den Atem an und reagierte jedesmal, wenn dem Clown wieder ein Schnitt gelang und ein weiterer Fetzen meiner Kleidung zu Boden fiel, so daß mein Körper langsam freigelegt wurde, mit einem bewundernden »Ahh ...«.
Der Vorgang dauerte eine Ewigkeit. Dieses fette Schwein von einem lächerlichen Clown bekam einen immer steiferen Ständer, je mehr er mich entblößte. Als er mich ganz entblättert hatte, ließ er seinen kleinen aufgerichteten Schwengel strotzend vor Stolz von den Rängen bewundern und steckte ihm seine rote Nase auf, was den Applaus, der auf ihn niederprasselte, noch verdoppelte. Die völlig überreizten Leute begannen, alle zusammen mit ihren Füßen auf den Holzboden zu trommeln. Mitten in diesem Radau kam der Clown langsam auf mich zu.
Ich verpaßte ihm einen Fußtritt, den ich für seine Genitalien bestimmt hatte, doch er wich ihm aus. Der dumme August hielt

mir den Säbel an den Hals. Ich biß die Zähne zusammen und warf dem erbärmlichen Hanswurst mit seinen ewigen Grimassen, der es jetzt noch einmal versuchte, einen haßerfüllten Blick zu. Doch das hinderte ihn nicht daran, meine Schenkel zu spreizen und mich unter den Zurufen der rasenden Menge einfach zu nehmen.

Mir blieb nichts anderes übrig, als es geschehen zu lassen und dabei möglichst die Ruhe zu bewahren, damit dieses Mißgeschick mir möglichst wenig Leid zufügen konnte, sowohl physisch als auch psychisch. Als der dumme August meine Entschlossenheit sah, mich nicht zu bewegen, nahm er die Waffe von meinem Hals. Der Clown machte sich wie ein Karnickel in mir zu schaffen, war aber immer noch nicht am Ziel angelangt. Ich spürte ihn kaum, denn es war mir gelungen, meine ganze Aufmerksamkeit auf einen anderen Körperteil zu lenken, nämlich meine rechte Hand, die ich langsam aus ihrer Fessel herausziehen konnte.

Die Leute in der Manege und auf den Rängen waren so in ihrem Voyeurismus gefangen, daß sie nicht eine Sekunde auf die Idee kamen, sich um mein verstohlenes Tun zu kümmern. So konnte ich schließlich den Säbel packen und ihn auf Zinzins Arm niedersausen lassen, worauf er sich heulend aus mir zurückzog, sein elendes kleines Ding, das rotblau angelaufen war, immer noch ganz steif. Sofort brach eine Welle panischer Hysterie im Zelt aus. Ich schlüpfte unter die Bankreihen, fand einen Ausgang und lief nackt durch den dunklen Gang.

Die Wut überwältigte mich, und ich wäre lieber gestorben, als mich an die Dummheit dieser Leute erinnern zu müssen. Ich lief auf gut Glück durch das Labyrinth der Gänge, und je länger ich lief, desto größer wurde mein Zorn, bis er sich schließlich in einer wilden Lachlust entlud.

Ich hielt an und ging ruhig weiter, bis ich wieder das Verlangen verspürte, eine Tür aufzumachen.

10

9

Die Feuerwehr

In dem Moment, als ich die Tür öffnete, war mir so, als würde ich zwei undeutliche, flüchtige Silhouetten im Gang wahrnehmen, die hinter mir hergingen und schon wieder verschwunden waren, ehe ich die Zeit gehabt hatte, sie mir anzusehen. Schon vorher hatte ich den Eindruck gehabt, in meinem Rücken zwei Wesen atmen zu hören, hatte jedoch nicht daran glauben wollen. Wurde ich von Geistern verfolgt? Dieser Irrgarten aus Gängen war so düster, daß man nichts darin erkennen konnte; also verzichtete ich erst einmal darauf, dieses Geheimnis zu lüften.

Ich trat in einen großen, heimeligen Salon. Eine Frau in einem Bademantel trat auf mich zu und nahm mich lächelnd am Arm.

»Ich freue mich, Sie hier begrüßen zu dürfen«, sagte sie. »Sie haben die richtige Tür gewählt … wenn Sie die Freuden lieben,

natürlich ... Es wäre mir ein Vergnügen, die meinen mit Ihnen zu teilen.«
Sie zog mich in den hinteren Teil des Zimmers hinter eine Bar, bot mir ein Glas Bourbon an und fügte hinzu: »Mögen Sie Feuerwehrmänner?«
Dann erklärte sie mir, daß sie im Begriff sei, ein ganzes Regiment davon zu empfangen, schöne, sorgfältig ausgewählte Burschen in ihren glänzenden Uniformen.
»Ich bin zwar selbst sehr lüstern danach, aber ich werde sie trotzdem gerne mit Ihnen teilen«, sagte sie. »Meine Liebe, sagen Sie zu, und ich versichere Ihnen, daß Sie diesen Leckerbissen so bald nicht wieder vergessen werden ...«
Ich gab der Versuchung nach. Meine Gastgeberin wies mich an, mich auszuziehen, und wir schlüpften beide in rote Pumps und rote Spitzenunterwäsche. Wir verbrachten einen angenehmen Moment vor dem Spiegel, wo wir uns gegenseitig zurechtmachten, parfümierten, kämmten und schminkten und uns an der Aussicht dessen, was uns erwartete, aufheizten.
Als wir fertig waren, drückte sie auf einen Knopf, eine Sirene ertönte, und wir liefen zu dem Sofa, um uns daraufzusetzen. Wenig später trat ein Bataillon von Feuerwehrmännern in den Salon. Sie reihten sich aufrecht und würdevoll vor uns auf. Sie waren wundervoll. Ihre Uniformen betonten hervorragend ihre Stärke, ihre Helme funkelten, und ihre Haltung, ihre Schultern und ihre Oberkörper riefen ein unwiderstehliches Verlangen in mir hervor, mich auf sie zu stürzen.
Ich warf meiner Gefährtin einen Blick zu, um ihr meine Zufriedenheit zu zeigen und meine Ungeduld, den Beginn des Festes zu erleben. Ich betrachtete die Männer gierig und hatte das Gefühl, daß ich schon bei ihrem bloßen Anblick zum Höhepunkt kommen würde.
Die Gastgeberin kümmerte sich darum, sie in zwei Gruppen aufzuteilen, die eine für sie und die andere für mich, und ih-

nen zu befehlen, ihre Hosen herunterzulassen, was sie mit größter Disziplin taten. Nachdem sie durch ihre Reihen gegangen war, um ihre männlichen Instrumente zu inspizieren, die übrigens ausgesprochen gut entwickelt waren (ich vermutete, daß man sie auch nach diesem Kriterium ausgewählt hatte und nicht nur wegen ihrer stolzen Haltung in Uniform), kam sie wieder zum Sofa zurück, setzte sich mit gespreizten Knien hin und wartete.

Die Männer hatten sich in zwei Reihen hintereinander aufgestellt, und jeder von ihnen polierte sein Strahlrohr, um es uns in bestem Zustand zu präsentieren. Als meine Begleiterin sah, daß die beiden ersten in der Lage waren, uns einen vollkommen harten, aufgerichteten Schwanz zu bieten, klatschte sie in die Hände, und sofort lösten sich die beiden von der Abteilung ihrer Kameraden, um trotz der Hosen, die sich zwischen ihren Knöcheln verfingen, zu uns zu traben.

Mein erster Feuerwehrmann war kaum bei mir angekommen, da schrie ich schon vor Erregung auf. Ich riß mein Höschen und meinen Büstenhalter von mir und ließ mich mit einer schrecklichen Ungeduld von ihm aufspießen. Es war ein schöner Junge, der etwas Unschuldiges an sich hatte, das meine Leidenschaft nur noch mehr entfachte. Ich fiel in eine ununterbrochene Serie von Orgasmen, die mich so schwindeln ließen, daß ich bald fürchtete, ohnmächtig zu werden. Als mein hübscher Feuerwehrmann in mir gekommen war, klammerte ich mich an ihn und flehte ihn an, noch zu bleiben und wieder von vorne anzufangen. In diesem Moment war ich wie verrückt vor Liebe zu ihm. Doch er zog sich zurück, um dem nächsten seinen Platz zu lassen, der sich als ebenso bezaubernd erwies.

Ich verzehrte die ersten vier oder fünf Männer mit der gleichen exzessiven Begeisterung und hätte nun Zeit gebraucht, um die Flamme, die all diese Männer in mir entfacht hatten, ein wenig zu beruhigen. Ich schrie meine Erregung hemmungslos heraus,

was auch meine Kameradin tat, die ebenfalls über ein lebhaftes Temperament und eine unbändige Leidenschaft für diese Herren zu verfügen schien.
Als ich das Gefühl hatte, sämtliche Kräfte wären aus mir herausgesogen, überließ ich meinen Partnern die Initiative, indem ich ihnen die Erlaubnis gab, mich ganz nach ihren Vorstellungen zu nehmen. Nach einer Weile hätte ich kaum mehr sagen können, wo ich war, noch wer ich war. Ich war nur noch ein Wesen, das mit der Zeit verschmolz, und die Zeit war ein langer, überwältigender Genuß. Gegen Ende kam ich wieder zu mir und erkannte plötzlich den Mann, den ich gesucht hatte, als ich hierhergekommen war; verkleidet als Feuerwehrmann ging er auf meine Gefährtin zu. Ein heftiges Gefühl von Traurigkeit, Enttäuschung und Eifersucht stach mir ins Herz. Warum mußte er gerade in der anderen Gruppe sein? Er wußte es nicht, aber er war mein Mann, er war für mich …
Doch schon drang ein anderer Feuerwehrmann in mich ein und führte seinen Stachel ins Innerste meines glühenden Bauches … Ich vergaß alles, davongetragen von der Lust.
Als die Männer sich, nachdem sie gehorsam ihren Auftrag erfüllt hatten, zurückzogen, schlief ich mit meiner Gastgeberin auf dem Sofa ein. Später bot sie mir eine Dusche und einen Imbiß an, und ich lieh mir ein leichtes Kleid von ihr, das ich ohne jede Unterwäsche anzog, denn ich hatte meinen Lederanzug und alles, was meinen Körper einengen konnte, satt.
Dann küßte ich meine Gefährtin und trat wieder auf die Gänge hinaus, wo ich lange nachdenklich umherging. Die Geister folgten mir wieder, ich spürte ihre Gegenwart hinter mir und drehte mich oft erschrocken um, doch sie ließen sich nicht blicken, und ich weigerte mich, meiner Angst nachzugeben und mich hinter die erstbeste Tür zu flüchten.
Ich dachte an den Mann, den ich fast wiedergefunden hätte. Er hatte mich angesehen, aber er war wie seine Freunde zu der

anderen Frau gegangen, um sie zu bumsen. »Schwein«, flüsterte ich. Doch sofort bereute ich es und versuchte mit einer kleinen Handbewegung vor dem Mund, die Worte in der Luft auszulöschen, die mir entschlüpft waren. Im Grunde wußte ich gar nicht, ob es mich mehr erregt oder zur Verzweiflung gebracht hatte, zuzusehen, wie er eine andere Frau besaß. Man träumt immer davon, einen Mann ganz für sich allein zu haben, aber wäre dieser Traum genauso stark, wenn man nicht wüßte, daß der Mann in Versuchung geraten könnte, sich anderswo umzuschauen?

»Nur Mut«, schloß ich daraus. »Ich habe ihn verpaßt. Das ist nicht so schlimm. Ich werde ihn irgendwann bestimmt wiederfinden. Und bis dahin werde ich eben die Wunder genießen, die dieser Ort zu bieten scheint.« Und ich öffnete wieder eine Tür.

11

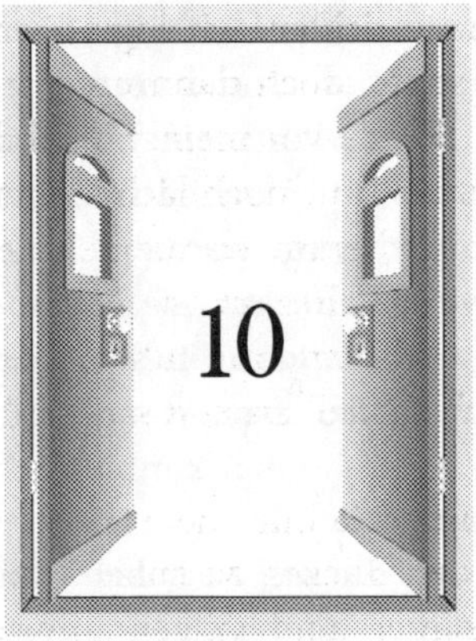

Die Rückkehrer

Hinter der Tür lag die großzügige Eingangshalle eines alten Hotels. Ich schickte mich an, sofort wieder hinauszugehen, in der Hoffnung, anderswo einen abgeschiedeneren Ort zu finden, denn ich war nackt und nicht sehr darauf erpicht, mich so an einem öffentlichen Ort zu zeigen. Aber der Portier in Livree schob mich mit einer höflichen Verbeugung hinein.

Hinter den Scheiben der Eingangsschleuse sah ich, daß die Halle voller Menschen war. Elegante Leute kamen und gingen, nahmen oder hinterließen an der Rezeption Schlüssel und Nachrichten, unterhielten sich oder lasen an runden Tischen Zeitungen. Ich wollte kehrtmachen, doch der Portier nahm mich wieder beim Arm und stieß mich wortlos, aber mit einem Blick, der keinen Widerspruch duldete, mitten in dieses elegante Treiben.

Bestimmt sahen mich alle an. Ich wagte es nicht, meinen Blick auf irgend jemanden zu richten. Ich zögerte einen Moment, wie ich mich verhalten sollte, doch dann unterdrückte ich den sofortigen Reflex, die Hände vor meinen Schoß zu halten. Denn das hätte mich sicherlich nur noch lächerlicher gemacht. Ohne irgend etwas um mich herum wahrzunehmen, ging ich möglichst entschlossen auf die Rezeption zu, sah dem Angestellten direkt in die Augen und fragte mit ruhiger Stimme nach einem Zimmer. Er sah mich schnell an und sagte: »Hat Madame kein Gepäck?«

»Haben Sie ein Zimmer, ja oder nein?« beharrte ich, denn ich hatte es eilig, mich den Blicken zu entziehen.

Um mich herum kamen und gingen Menschen, gaben ihre Schlüssel ab, zahlten ihre Rechnungen ... Ich versuchte zu vergessen, wie unschicklich und deplaziert ich ihnen erscheinen mußte, ganz nackt an diesem so ehrwürdigen, zivilisierten Ort.

Schließlich reichte der Mann an der Rezeption mir einen Schlüssel, wobei er mit einer gewissen Befangenheit betonte, daß es das letzte freie Zimmer sei, und mich fragte, ob ich wirklich sicher sei, daß ich es haben wollte. Ich gab ihm meinen Namen für das Gästebuch und floh, jede weitere Begleitung ablehnend, die Hand fest um den Schlüssel geklammert, so als sei er meine letzte Hoffnung.

Den Aufzug ließ ich links liegen, um eine Begegnung mit dem Liftboy und eventuellen Hotelgästen zu vermeiden, die in diesem engen Kasten besonders strapaziös gewesen wäre. Man hatte mir die Zimmernummer 413 gegeben. Doch bereits auf der ersten Etage war das Treppenhaus zu Ende. Ich ging den Gang entlang, der in einer Kreuzung mit unzähligen weiteren Gängen mündete, in denen Schilder mit Pfeilen die Richtungen zu den jeweiligen Zimmern anzeigten. Von Zeit zu Zeit kündigte ein nach oben gerichteter Pfeil die Zimmer der höher liegenden Etagen an, die Nummern 200 bis 484, aber ich hatte größte

Nöte, in diesem Irrgarten eine weitere Treppe zu finden. Auf jeder Etage stieß ich auf die gleichen Schwierigkeiten. Nach allerhand Umwegen von einem Gang und einem Treppenlauf zum nächsten, gelang es mir schließlich, auf der letzten Etage mein Ziel zu erreichen.

Es war ein geräumiges Zimmer mit einem Holzfußboden, alten Möbeln und zwei breiten Betten, die wie alles in dem Raum im Halbdunkel lagen. Ich machte das Licht nicht an und öffnete auch nicht die Fensterläden, so glücklich war ich, mich endlich an einem abgeschiedenen Ort wiederzufinden. Ich drehte den Schlüssel zweimal im Schloß um und ließ mich in die Bettlaken sinken. Allein. Allein und nackt in der Wärme eines gemütlichen Bettes; Stille; und vor mir alle Zeit und Freiheit der Welt zu träumen, zu schlafen, nachzudenken ... Ich ließ mich genießerisch in diese köstliche Stimmung hineinfallen.

Im Halbschlaf wurde ich von einem quälenden erotischen Traum heimgesucht. Ich war wohl doch ganz eingeschlafen, denn ich fuhr plötzlich in einer Mischung aus Schrecken und Erregung hoch. Mit weit aufgerissenen Augen brauchte ich eine ganze Weile, um mir in meinem Bett einzugestehen, daß ich in diesem Zimmer sehr wohl das ganz reale Stöhnen zweier sich Liebender hörte.

Ich richtete mich auf und starrte in die mich umgebende Dunkelheit. Gegen die Tür gelehnt, war ein Paar im Begriff, sich leidenschaftlich zu umarmen. In enger Umschlingung tauschten sie Küsse und fieberhafte Zärtlichkeiten aus, die sie an den Rand der Ekstase zu treiben schienen.

Die Szene traf mich wie ein gewaltiger Schock, der sofort eine Unmenge von unterschiedlichen und widersprüchlichen Empfindungen und Gefühlen in mir auslöste, die ich nicht entwirren konnte. Aus diesem Chaos in meinem Kopf kristallisierte sich eine einzige Frage heraus: Wie war es ihnen gelungen, herein-

zukommen, obwohl ich die Tür abgeschlossen hatte? Und genau diese Frage stellte ich ihnen. Sie drehten sich zu mir um, öffneten die Tür und gingen wortlos, vollkommen ruhig und gelassen, hinaus.
Ich stand auf, lief zur Tür und öffnete sie nun meinerseits, um in den Gang zu schauen. Nichts. Ich schloß mich wieder ein und legte mich erneut schlafen. Jetzt tat es mir leid, sie durch meine brüske Reaktion vertrieben zu haben. Als sie mich angesehen hatten, ganz kurz nur, hatte ich im Halbdunkel zwei sanfte, etwas melancholische Gesichter erkennen können. Die beiden liebten sich, soviel war sicher. Warum hatte ich mich nicht verständnisvoller gezeigt?
Ich versuchte, wieder zur Ruhe zu kommen, aber die Erinnerung an ihr Seufzen und Keuchen ließ mich nicht los. Mit gespreizten Beinen und geschlossenen Augen begann ich, mich sanft zu streicheln, wobei ich ihr Atmen und alles, was sie wohl gerade empfunden hatten, als ich sie überraschte, nachahmte. Ich brachte mich zu einem ausgedehnten Orgasmus und fiel dann wieder in den Schlaf, die Hände zwischen meinen Schenkeln vergraben.
Das nächste Mal wachte ich friedlich und ohne jede Angst auf. Ich wußte sofort, daß sie wiedergekommen waren. Von ihren Liebesgeräuschen ließ ich mich in einen Traumzustand zwischen Schlaf und Wachsein schaukeln. Als ich die Augen öffnete, sah ich sie: nackt und bleich im Lotussitz, er in ihr. Ihre Körper wogten sanft, und sie sahen sich unverwandt an. Ihr Bett stand genau unter dem Fenster, und das schwache Licht der Nacht fiel durch die Spalten der Fensterläden auf sie.
Dann beugte er sie nach hinten, bis sie auf dem Rücken lag, und legte sich auf sie. In diesem Moment drehten beide langsam ihren Kopf zu mir und sahen mich an. Aus Furcht, sie ein zweitesmal in die Flucht zu schlagen, wagte ich es nicht, ein Wort zu sagen oder mich auch nur zu bewegen. Ich hatte plötzlich größe-

re Angst als je zuvor, ohne den Grund meines Entsetzens zu kennen. Ich hatte die Tür doch zweimal abgeschlossen, sagte ich mir erneut. Doch das, was mich beunruhigte, war etwas anderes, etwas, das ich nicht kannte.

Die Liebenden streckten ihre Hände nach mir aus. Ich trat zu ihnen und legte mich neben die Frau. Sie preßte ihre Lippen auf die meinen, steckte ihre Zunge in meinen Mund und gab mir einen Kuß, der meinen vor Angst wie erstarrten Körper entflammte. Der Mann hatte sich unterdessen zwischen meine Schenkel geschoben und drang in mich ein, während sie fortfuhr, mich mit ihren Händen, ihrem Mund und ihren Brüsten, die sie zwischen meine Lippen drängte, mit Küssen und Liebkosungen zu bedecken. Die beiden Liebenden ließen mich ein einziges Mal kommen, aber dies mit einer intensiven Wollust, die alle sensiblen Punkte meines Geschlechts und meines Körpers gleichzeitig erfaßte und noch die entferntesten Stellen erbeben ließ.

Nach diesem vollkommenen Orgasmus mußte ich auf der Stelle eingeschlafen sein, denn ich erinnerte mich nicht mehr daran, was wir danach taten. Als ich morgens in ihrem Bett aufwachte, waren sie verschwunden. Auf dem Boden lag das dünne Kleid der Geliebten, das sie auf den Dielen hatte liegenlassen. Ehe ich das Zimmer verließ, schlüpfte ich, immer noch ohne Unterwäsche, hinein.

Die Rezeption wiederzufinden war ein noch komplizierteres Unterfangen. Im Gewirr der Gänge und Treppen mußte ich mir lange meinen Weg suchen, bis ich, in einer weniger peinlichen Aufmachung als bei meiner Ankunft, die Eingangshalle erreichte. Als ich meinen Schlüssel abgab, sah der Rezeptionist ängstlich auf mein Kleid und sagte:

»Sie haben sie gesehen? Normalerweise vermieten wir dieses Zimmer nicht ... Es ist das einzige Zimmer des Hotels, wo es spukt ... Das einzige ...«

»Was erzählen Sie denn da!« sagte ich mit einer Wut in der Stimme, deren Ursache ich selbst nicht begriff.

»Psst!« fuhr er mit leiser Stimme fort und zitterte dabei wie Espenlaub. »Ich flehe Sie an, keinen Skandal! In Ordnung, es war ein Fehler! Diese verfluchten Geister! Sie schulden uns nichts, aber bitte, sprechen wir nicht mehr davon, wenn Sie so gut sein wollen! Sprechen wir nicht mehr davon, sprechen wir nicht mehr davon!«

Dieser Mann ist verrückt, dachte ich. Ich zog es vor, nicht weiter nachzufragen, und verließ das Hotel. Im Dunkel des Gangs zögerte ich zwischen den beiden folgenden Türen:

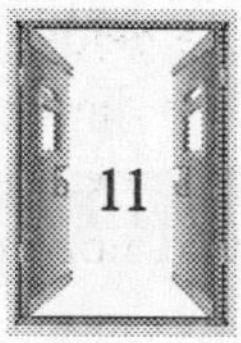

11

Der schwarze Ritter

Das Zimmer war, abgesehen von einem geöffneten Buch, das größer war als ich selbst, völlig leer. Die schwarze Tinte bildete riesige Buchstaben auf dem Papier, die mich in ihrer ganzen Fremdartigkeit und geheimnisvollen Schönheit faszinierten. Ich schritt langsam auf das Werk zu, und mein Herz klopfte vor Begeisterung und auch aus einer unbestimmten Furcht heraus, so als rechnete ich damit, daß es seine Flügel sanft über mir schließen würde, um mich zu umfangen und davonzutragen. Dann trat ich in den Schatten der Seiten.

Ich blieb zwischen den Spalten von Zeichen stehen und sah, daß es in Wirklichkeit Ameisenheere waren, die sich abmühten, einen Lichtschutz zu bauen, um das blendende Weiß der Papierseiten abzuschwächen. Mit leichtem Schwindel entzifferte ich auf der rechten Seite folgende Zeilen:

Mehr als sieben Jahr ist es schon her,
daß ich, einsam wie ein Landstreicher,
auf die Suche nach Abenteuern mich gemacht,
gerüstet mit Schild und Harnisch,
wie es sich für einen Ritter wohl gehört,
nahm ich einen Pfad rechter Hand.
Dies war ein heimtückischer Weg
inmitten eines dichten Waldes
voller Brombeergestrüpp und Dornen.
Nicht ohne Müh und Not
konnt' ich in diesem Dickicht bestehen.
Fast den ganzen Tag ritt ich voran,
bis ich aus dem Wald hinauskam,
es war der Wald von Brocéliande.

Ich näherte mich der Buchseite und nahm sie in die Hände, um weiterzublättern. Sie kippte um wie eine Tür, und ich fand mich in einem Wald, mitten auf einem von Gestrüpp überwucherten Pfad wieder. Trotz der Dornen, die sich in meinem Kleid verfingen und mir die nackten Beine zerkratzten, marschierte ich los. Schon bald stieß ich auf einen Busch voller reifer Brombeeren, die ich mir schmecken ließ.
Am Ende des Pfades sah ich Licht, und ein ziemlicher Tumult schallte zu mir herüber. Als ich näher trat, entdeckte ich auf einer gerodeten Lichtung eine ganze Horde von Stieren, die wilder als Bären und Leoparden zu sein schienen, denn sie kämpften so lautstark und mit einem solchen Stolz gegeneinander, daß ich unwillkürlich drei Schritte zurückwich.
Ein derber dunkelhäutiger Bursche, der über alle Maßen häßlich und abstoßend war, saß auf einem Baumstumpf und hielt eine große Keule in der Hand. Als ich näher kam, sah ich, daß dieser häßliche Kerl einen Kopf hatte, der größer war als der eines Pferdes, eine wilde Mähne und eine zwei Hand breite

kahle Stirn, große, behaarte Elefantenohren, riesige Augenbrauen, ein plattes Gesicht, Eulenaugen, eine Katzennase, einen Mund wie ein Wolfsrachen, spitze, gelbrote Zähne wie ein Keiler, einen roten Bart und gezwirbelte Schnurrhaare. Sein Kinn war an der Brust festgewachsen, und auf seinem langen Rückgrat prangte ein Buckel. Er stützte sich auf seine Keule und trug ein merkwürdiges Gewand, das weder aus Leinen noch aus Wolle bestand, sondern aus zwei frisch abgezogenen Fellen, die von Stieren oder Rindern stammen mußten und an seinem Hals zusammengebunden waren.

Der Kerl sprang auf, als er mich auf sich zukommen sah. Ich wußte nicht, ob er mich berühren wollte oder was er vorhatte, und war bereit, mich zu verteidigen. Er stand da, sprachlos und ohne sich zu rühren, auf einem Baumstamm. Er war bestimmt mindestens fünf Meter hoch.

Er sah mich an, ohne ein Wort zu sagen, nicht anders als ein Tier es getan hätte. Und ich nahm an, daß er weder sprechen konnte noch über Verstand verfügte. Dennoch brachte ich den Mut auf, ihn zu fragen: »Sag, bist du ein gutes Wesen oder nicht?«

Da antwortete er mir, daß er ein Mensch sei.

»Was für ein Mensch bist du?«

»So einer, wie du ihn vor dir siehst. Ich bin, wie ich bin, ich verändere mein Äußeres nicht.«

»Was machst du hier?«

»Ich wohne hier, und ich hüte die Tiere des Waldes.«

»Du hütest sie? Aber, du lieber Himmel, sie wissen doch gar nicht, was ein Mensch ist! Wie soll man denn auf einer Wiese oder in einem Wald oder sonstwo ein wildes Tier hüten, wenn es nicht angebunden oder eingesperrt ist?«

»Trotzdem, ich hüte sie. Und ich kann dir garantieren, daß sie niemals hier herauskommen.«

»Und wie schaffst du das?«

»Sobald sie mich kommen sehen, rühren sie sich nicht mehr, keins von ihnen. Denn wenn ich mir eines schnappe, dann packe ich es mit diesen beiden harten, starken Fäusten, die du hier siehst, bei den Hörnern. Sofort erzittern die anderen vor Angst und scharen sich um mich, so als wollten sie mich um Gnade anflehen. Ich bin der einzige, über den sie nicht herfallen. Jeder andere, der zwischen sie geriete, würde auf der Stelle getötet. Du siehst also, ich bin der Herr über meine Tiere, und du solltest mir jetzt lieber sagen, wer du bist und was du willst.«
»Herr«, sagte ich, in der Hoffnung, durch Schmeicheln sein Wohlwollen zu gewinnen, »ich bin auf der Suche nach Abenteuern in diesen Wald eingedrungen. Welcher Art diese sein werden, vermag ich nicht zu sagen, denn ich weiß nicht, warum ich mich hier befinde, unter den Tieren dieses Waldes, bei Euch, schöner freundlicher Herr, und diesen Euren wilden Stieren, die, wie ich sehe, bereit sind, mich auf ihre Hörner zu nehmen.«
Während der starke Riese mir lauschte, rollte er die Augen unter seinen Brauen, und ich sagte mir, daß er mich ebenso merkwürdig finden mußte wie ich ihn.
»Was für eine Frau bist du?« sagte er.
»So eine, wie du sie vor dir siehst. Ich bin, wie ich bin, ich verändere mein Äußeres nicht ...«
Der große häßliche Kerl sah mich noch einmal mißtrauisch an, dann setzte er sich wieder auf seinen Baumstumpf.
»Wenn du Abenteuer suchst«, sagte er, »dann geh bis zum Brunnen. Hier in der Nähe findest du die Stelle, wo ein Pfad beginnt. Geh auf ihm entlang, immer geradeaus, ohne dich um die anderen Wege zu kümmern. Geh bis zum Ende, und du wirst einen Brunnen finden, dessen Wasser kocht, obwohl es kälter als Marmor ist. Schatten spenden ihm die schönsten Bäume, die die Natur je erschaffen hat. Zu allen Jahreszeiten tragen sie Blätter, selbst im Winter verlieren sie sie nicht. Dort hängt an einer sehr langen Kette, die bis in den Brunnen hineinfällt, eine Metall-

schüssel. In ihrer Nähe wirst du auch einen Block aus wunderbarem, nie gesehenem Stein finden, und daneben eine Kapelle, die klein, aber von großer Schönheit ist. Wenn du aus der Schüssel Wasser schöpfen möchtest und es auf dem Steinblock zu vergießen suchst, so wird ein solcher Sturm aufziehen, daß alles Getier aus dem Gehölz, Rehe, Hirsche, Damwild, Wildschweine und selbst die Vögel, herauskommen wird. Denn du wirst solche Blitze, Winde, zerberstende Bäume, Regenstürze, Donner und Funken erblicken, daß du von größerem Glück sprechen kannst als die, die vor dir kamen, jedenfalls wenn es dir gelingt, dem ohne große Nöte und ohne Schaden zu nehmen zu entrinnen.«

Der häßliche Kerl deutete mit dem Finger auf den Weg. Da er seine Tiere um sich versammelt hatte, mußte ich um sie herumgehen, um weiter in den Wald einzudringen. Es war wohl fast Mittag, als ich den Baum und den Brunnen sah. Dieser Baum war wohl wirklich die schönste Kiefer, die jemals dieser Erde entsprossen ist, und so dicht belaubt, daß selbst bei heftigstem Regen kein Tropfen ihr nadeliges Blattwerk durchdringen würde. An einem Ast sah ich die Schüssel hängen, die aus edelstem Gold gegossen war. Das Brunnenwasser brodelte, als sei es heiß. Der Stein war ein Smaragd, den man wie eine Vase ausgehöhlt und auf vier Rubine gestellt hatte, die noch funkelnder und purpurner waren als die Morgensonne, wenn sie am östlichen Himmel aufgeht.

Ich beugte mich über die smaragdene Schale und schöpfte mit den Handflächen Wasser heraus. Es war kalt und rein. Ich tauchte meine Lippen hinein und trank in langen Zügen. Dann setzte ich mich auf den Edelstein neben dem Brunnenrand und kühlte mit seinem eisig brodelnden Wasser die Kratzer, die die Dornen des Waldes meinen Beinen zugefügt hatten. Die Lichtung war in tiefes Schweigen getaucht, als seien die einheimischen Tiere in ihren Unterschlüpfen.

Plötzlich begann es in den Zweigen der Kiefer sanft zu rauschen, und ich vernahm Vogelstimmen und ein Flattern von Flügeln. Im selben Moment tauchte ein Ritter vor mir auf, der in voller Rüstung auf einem braunen Streitroß saß. Er sprang herunter, nahm seinen Helm ab und enthüllte mir das bezauberndste Männergesicht, das jemals eine Frau erblicken durfte.

»Edle Dame«, sprach er mit einer Verbeugung, »würdet Ihr mir erlauben, an Euren Brunnen zu treten? Ein Pfeil in meinem Schenkel hat mich so arg verletzt, daß ich mich, so fürchte ich, nie mehr davon erholen werde.«

Ich sah, daß er unter der Rüstung sein Hemd um die Wunde gebunden hatte, und daß es durchtränkt von Blut war.

»Edler Herr«, antwortete ich, indem ich auf ihn zutrat, »gerne will ich Euch von Nutzen sein.«

Und ich führte ihn zum Brunnen, wo ich ihn hieß, sich niederzusetzen, und ihm half, sich seiner Rüstung zu entledigen. Als er davon befreit war, entfernte ich das Hemd von seinem verletzten Schenkel und tauchte es ins Brunnenwasser, das sich röter färbte als der Rubinsockel. Seine Hose war an der Stelle, wo der Pfeil in sein Fleisch gedrungen war, zerrissen, und ich wusch die Wunde sorgfältig aus.

Während ich ihn so pflegte, verriet er mir, daß er Gawain hieß und Ritter von König Artus war, und daß er mir, wenn ich es wollte, erzählen würde, wie es zu eben dieser Verletzung gekommen war. Ich ermutigte ihn zu sprechen, und er lieferte mir folgenden Bericht:

»Gestern abend«, sagte er, »bekam ich Lust, auf die Jagd zu gehen. Ich verständigte meine Ritter und meine Jägermeister und meine Knappen. Und da dies ein besonderes Vergnügen ist, ging ich frühmorgens in den Wald. Bald setzten wir die Hunde auf die Fährte eines sehr großen Hirschen. Die Jägermeister liefen vor, ich blieb hinter ihnen.

»Doch ehe ich den Wald wieder verließ, wollte ich gerne, und sei es nur einmal, geschossen haben. In diesem Augenblick sah ich in einem Busch eine Hirschkuh und ihr Kalb. Es war ein gänzlich weißes Tier. Der Hund bellte und sprang los. Ich spannte meinen Bogen und schoß. Am Hinterlauf getroffen, stürzte sie sofort zu Boden. Doch der Pfeil kam zurück, durchdrang meinen Schenkel und ließ mich ins dichte Unterholz sinken, gleich neben die Hirschkuh, die ich getroffen hatte. Verängstigt und wimmernd sagte die Verletzte zu mir:
›Ahh! O weh! Ich komme um! Doch du, Vasall, der du mich verletzt hast, dies soll dein Schicksal sein: Niemals, durch keine Medizin, keine Kräuter, keine Wurzeln, keinen Arzt und kein Gift wird diese Wunde in deinem Schenkel Heilung finden, es sei denn, daß die Frau, die dir Heilung bringt, eines Tages durch die Liebe zu dir so viel Kummer und Schmerz erleidet, wie ihn noch niemals eine Frau erlitten hat. Und auch du wirst leiden, aus Liebe zu ihr, und alle, die lieben, geliebt haben oder lieben werden, wird dies in Entzücken versetzen. Und jetzt geh! Laß mich in Frieden!‹«
Als er seine Geschichte beendet hatte, tauchte er seine Augen in die meinen und fügte hinzu: »Und so kam es, liebe edle Dame, daß mich das Schicksal in Eure Hände gelegt hat.«
Dieser Blick traf mich, als sei nun auch ich von einem Pfeil durchbohrt worden, von diesem Pfeil, der durch die Augen die Herzen der Liebenden trifft. Und auch ihn hatte offensichtlich derselbe Pfeil getroffen, denn während ich weiter seine Wunde verband, sah ich unter seinen enganliegenden Hosen, wie sein Liebeszapfen anschwoll.
»Edle Dame«, sagte er, »ich sterbe für Euch. Mein Herz leidet tausend Qualen. Wenn Ihr mich davon nicht heilen wollt, so werde ich sterben müssen. Ich bitte um Eure Liebe, schöne Frau, weist mich nicht zurück!«
»Edler Freund«, sagte ich lächelnd, »Eurem Wunsch nun zu ent-

sprechen, wäre ein recht schnelles Vorgehen. Dies bin ich jedoch nicht gewöhnt.«

»Zarte, edle Dame, ich flehe Euch an, seid nicht verärgert, wenn ich Euch sage, daß jede leichtlebige Frau eines gewissen Berufes sich lange bitten lassen muß, um ihren Preis zu erhöhen, und damit niemand sie für geübt in diesem Spiele halten kann. Doch eine Dame von ehrbarer Gesinnung, die um ihren Wert und Verstand weiß, wird sich, so sie einem Mann begegnet, der ihr gefällt, nicht allzu lange umwerben lassen. Sie wird ihn lieben, ohne zu zögern, und daran Freude haben. Ehe irgend jemand davon wüßte, hätte sie sich schon die größten Wonnen bereitet. Schöne Dame, ich bitte Euch, beenden wir dieses Wortgefecht!«

Wir ließen die Worte Worte sein, um uns zärtlich anzusehen. Ich spürte seinen glühenden Körper vor mir, während mein Herz sich nach ihm verzehrte. Er umschlang mich und begann, mein Gesicht zu küssen, mich zu herzen und zu drücken. Ich streckte die Hand aus und umgriff den großen, warmen Zapfen, der sich unter seiner Hose wölbte. Unter meinen Fingern spürte ich seine Trauben so voll und seinen Dolch so steif, daß ich, der Leidenschaft erliegend, an nichts anderes mehr denken konnte, als mich zerstoßen zu lassen.

Er zog mich am Fuß des Brunnens ins Gras hinunter und streichelte meine Muschel. Als ich an seinen Hosen zog, entdeckte ich einen stolz aufgerichteten Degen und zwei pralle Säckchen, die mein Feuer weiter schürten. Ich hockte mich auf alle viere, und mit einem Stoß spießte er mich auf. Schnell kamen wir gemeinsam.

Nach dieser leidenschaftlichen ersten Umarmung nahmen wir uns die Zeit, uns nackt auszuziehen. Er hatte einen herrlichen schlanken und muskulösen Körper, an dem ich mich ergötzte. Und da er ein kräftiger Kerl und auch in der Lage war, seiner Dame zur Ehre zu gereichen, tapfer wie ein Ritter steif zu wer-

den, wann immer es ihm gefiel, besaß er mich noch dreimal, nicht ohne meinem Juwel mit größtem Geschick die höchsten Freuden bereitet zu haben.
Beim vierten Degenstoß verströmte er sich zwischen meinen Brüsten und begoß mich in Hülle und Fülle bis hoch zum Kinn. Angelockt durch den Wohlgeruch seines Parfüms begann ich, an der Spitze seines schlaff gewordenen Degens zu lecken, verschlang ihn schließlich ganz und erwies ihm eine solche Gunst, daß er zwischen meinen Lippen erneut entflammte. Er brüllte auf, als ich alles, was ihm an Saft blieb, aus ihm heraussog, kostete und hinunterschluckte.
»Sagt, meine köstliche Gebieterin, werdet Ihr Mitleid mit mir haben?« sagte mein vornehmer Freund schließlich zu mir.
Und ich legte mich ruhend in seine Arme, denn eine große Mattigkeit machte sich in meinem Mund, meiner Spalte, meinem Hintern, den Beinen und auch dem ganzen Körper breit. Die Luft war klar, rein und ruhig. Strahlend und erschöpft von unseren ausgedehnten Liebesspielen, ließen wir uns in einem sanften Halbschlaf davontragen.
Unter dem grünen Blattwerk der Kiefer, durch das junge Schwalben flatterten, tauschten wir zärtliche Blicke aus.
»Schöne Freundin mit dem hellen Gesicht«, sagte mein edler Herr, »von deiner Lust und deiner Hand möchte ich sterben und leben. In dieses Begehren hat mich mein Herz versetzt.«
»Und wer hat dein Herz darein versetzt, schöner zärtlicher Freund?«
»Wer anders als meine Augen.«
»Und wer deine Augen?«
»Die große Schönheit, die ich in Euch erblickte.«
Mein Herz verzehrte sich nach ihm, der mir Glück und Unglück brachte und alles, was mir Leben gab. Ich verbarg meine gerötete Stirn an seiner Schulter, daß er meine Freude an ihm und meine Rührung nicht sähe. Geborgen lag ich in seinen Armen,

und er umfing mich, leidenschaftlich küßte ich seine Haut, wo meine Lippen ruhten, und lachte, und drückte meinen Geliebten und weinte auch, um anderes, denn große Freude ist oft Grund für große Pein.
Doch plötzlich ließ uns der Klang von Pferdehufen hochfahren. Im Gras sammelten wir unsere Kleider auf und bedeckten uns. Das Hemd fiel von seinem Schenkel, und nichts war mehr zu sehen von seiner Wunde als eine geschlossene Narbe.
»Zärtliche Freundin«, sprach er, »die Hirschkuh hat mich verdammt, doch Ihr habt mich gerettet.«
Kaum hatte er sein Wams angelegt, als eine Gruppe von Rittern in voller Rüstung und höchster Eile auf die Lichtung stürmte.
»Gnädiger Herr Gawain«, sagte einer von ihnen, »wir brauchen Euch aufs dringendste. Während wir mit Lanzelot auf der Suche nach Euch umherritten, hat uns ein buckliger, mürrischer Zwerg verraten. Mit einer List hat er Lanzelot entführt. Wir müssen ihn befreien.«
»Was ist mit der Königin?« fragte Gawain.
»Die Königin Ginevra erwartet, daß Ihr und Lanzelot zu Artus zurückkehrt. Doch es würde ihr das Herz zerreißen, wenn sie erführe, daß ihr Freund entführt worden ist.«
»Schöne zarte Freundin«, sagte Gawain, indem er sich zu mir umwandte, »Lanzelot ist mir sehr teuer, ich kann ihn nicht im Stich lassen. Könnt Ihr mir eine Woche gewähren? In sieben Tagen werde ich zurück sein, am Brunnen, und auf Euch warten. Denn bis heute ist mein Herz noch niemals von einer solchen Liebe erschüttert worden wie die, die es für Euch empfindet. In diesem Augenblick, wo Pflicht und Freundschaft im Widerstreit mit dem brennenden Verlangen stehen, bei Euch zu bleiben, fühle ich mich voller Angst. Doch ich ergebe mich ganz Eurem gnädigen Willen, meine Dame, und werde tun, wie Ihr mich heißt.«
»Edler Herr«, antwortete ich und griff nach seinen Händen, »es

ist immer so, daß Liebende nacheinander Freude und Pein erleben müssen. Fahrt mit Euren Rittern, um Lanzelot zu suchen. Und wenn Ihr Euer Versprechen haltet, so werdet Ihr in einer Woche hierher zurückkehren, um mich zu küssen.«

Am Rande des Brunnens sagte mir mein feuriger Freund Lebewohl und nahm mich seufzend in die Arme.

»Der Körper geht, doch das Herz bleibt«, sagte er dann noch. Schließlich legte er seine Rüstung wieder an und stieg auf sein Pferd. Mit seinen Gefährten verschwand er im Wald.

Als er fort war, bäumte sich mein ganzes Herz auf, und ich lernte den Liebesschmerz kennen. Alles um mich herum war still. Ich setzte mich auf den Stein des Brunnens und benetzte mein Gesicht mit seinem kalten, kochenden Wasser, um meine Tränen fortzuwischen.

»Gnädiger Herr Gawain, schöner zärtlicher Freund«, sagte ich, während ich auf das Gras blickte, wo wir uns ergötzt hatten, »seht, wie mutterseelenallein und beklommen ich mich fühle, seit Ihr mich verlassen habt. Und du, zartes Grün, wirst du die Erinnerung an unsere Liebe bewahren, bis wir in sieben Tagen wiederkehren, um uns hier auszustrecken?«

Mein Blick fiel durch Zufall auf die Goldschüssel, die vom Baum herab in den Brunnen hing, und ich erinnerte mich an die Worte des Stierhüters. Mir war es lieber, einem Sturm zu widerstehen, ganz gleich wie stark er sein mochte, als in der verdrießlichen Lage zu bleiben, in der ich mich befand. So begoß ich den großen ausgehöhlten Smaragd mit dem Wasser aus der Schüssel.

Vielleicht vergoß ich zuviel davon. Denn es begann ein solcher Sturm, daß Blitze aus mehr als vierzehn Wegstunden Entfernung mich blendeten. Aus den dicken Wolken ergossen sich in wildem Durcheinander Regen, Schnee und Hagel. Und der Sturm war so stark, daß ich tausendmal dachte, ich sei tot, erschlagen von den Blitzen, die überall niederzuckten, und von den zerberstenden Bäumen. Und solange sich das Wetter nicht beruhigte, blieb ich zutiefst verängstigt. Doch dann beschloß Gott, mich wieder zu beruhigen, und das Wetter hielt nicht mehr lange an. Bald kamen die Winde zur Ruhe und wagten es auf seinen Befehl hin nicht länger zu blasen. Als ich sah, daß die Luft wieder klar und rein war, fühlte ich mich von neuem in Sicherheit. Denn die Freude läßt einen, sobald man von ihr gepackt wird, alle Sorgen vergessen.

Als das Unwetter vorüber war, sah ich, daß sich auf der Kiefer so viele Vögel angesammelt hatten, daß man weder ihre Äste noch ihre Nadeln mehr sehen konnte. Sie war völlig von Vögeln bedeckt, was sie nur noch schöner machte. Und alle sangen sanft und in betörender Harmonie. Jeder sang sein eigenes Lied. Ich erfreute mich an ihrer Glückseligkeit und lauschte, ohne müde zu werden, ihren Melodien und ihrem Konzert, das so bezaubernd war, daß man sicher nirgendwo ein vergleichbares Fest und solch schöne Chöre hören konnte.

Plötzlich hallte das Getrappel einer sich nähernden Ritterschar zu mir herüber. Einen Moment lang glaubte ich, Gawain und seine Kameraden seien zurück. Doch nur ein einzelner Ritter tauchte auf, ein Unbekannter, der einen solchen Lärm veranstaltete, daß man denken mußte, es seien acht Männer. Kämpferisch stürmte er auf mich zu, schneller als ein Adler und wütender als ein Löwe.

Ich blieb reglos neben dem Brunnen stehen, während ich ihn kommen sah, denn ich wollte nicht den Eindruck erwecken, als ob ich ihn fürchtete oder zu provozieren gedachte. Er blieb vor mir stehen und schrie mich an: »Wer bist du? Bist du eine Fremde?«

»Ja«, sagte ich. »Ich bin fremd hier.«

»Wie bist du hierhergekommen?«

»Nicht weit von hier im Wald hat mir ein Stierhüter den Weg zum Brunnen gezeigt.«

»Weißt du, was du getan hast? Du hast auf meinen Ländereien einen solchen Sturm ausgelöst, daß mehrere Bäume zerborsten und die Tiere geflohen sind und mein Schloß davon erschüttert wurde. Das mußt du jetzt wiedergutmachen.«
Ohne mir Zeit für eine Antwort zu lassen, beugte er sich zu mir herab, hob mich hoch und setzte mich hinter sich auf sein Pferd, das er sofort losgaloppieren ließ. Ich klammerte mich an sein Kettenhemd, denn auch er war in voller Rüstung. Ich hatte noch nicht einmal sein Gesicht gesehen.
So entführte er mich auf seinem schwarzen Streitroß bis in eine Burg, die von hohen Mauern und einem tiefen Wassergraben umgeben war. Um uns Einlaß zu gewähren, ließ man eine Zugbrücke herab. Sobald wir wieder Boden unter den Füßen hatten, hielt mich der Ritter mit seiner starken, harten Faust fest und zog mich durch einen riesigen Saal und zahlreiche schöne Räume bis in das höchste Zimmer des Bergfrieds hinein. Ich sah in diesem Landsitz nicht einen einzigen anderen Menschen. Dann ließ er mich in diesem Zimmer allein und ging, nicht ohne zuvor die Tür abzuschließen.
Ich fand mich in einem großen, mit Steinplatten ausgelegten Raum wieder. In seiner Mitte stand ein gemachtes Bett mit zwei bestickten Seidendecken und feinen Laken. Ich trat ans Fenster.
Die Nacht brach herein, und draußen ging ein feiner Regen sanft, aber unaufhörlich nieder. »O weh!« sagte ich. »Wer wird mich eines Tages aus diesem Bergfried befreien, wenn nicht der Tod?« Ganz unten umgab mich der dunkle Graben mit seinen tiefen Wassern. Der Tag schwand, und damit verschwand auch der mich umgebende Wald. Schöner, zärtlicher Freund, mein Herz ertrinkt, die Geräusche fliehen, und im Wald geht mit der Abenddämmerung auch das Leben. Nur noch der Mond wird leuchten. Und die Nacht und der Wald bereiten mir großen Verdruß und mehr als Wald und Nacht noch der Regen.

Ich schlüpfte zwischen die Laken, um zu schlafen. Kurz darauf öffnete sich die Tür, und der unheilvolle Ritter erschien.
»Mein Herr«, sagte ich, »was werdet Ihr mit mir tun? Werdet Ihr mich so abgeschieden festhalten, bis ich mit dem Tode ringe?«
Er hatte prächtige dunkle Kleider angelegt, einen schwarzen, goldbestickten Umhang und einen scharlachroten Mantel, der mit Eichhörnchenfell gefüttert war. Er besaß ein langes und höchst beunruhigendes Gesicht, obwohl er versuchte, eine freundliche Miene aufzusetzen. Er hieß mich mit sehr höflichen Worten willkommen und reichte mir ein Hemd, ein Seidenkleid und einen mit weißem Hermelin gefütterten Umhang.
Er lud mich ein, ihn in den großen Saal zu begleiten, um dort zu Abend zu essen. Er sah mich an, und aus seinen schwarzen Augen, die mich anstarrten, sprühten Funken. Dieser Mann liebt dich, sagte ich mir. Und ich wußte nicht, ob ich daraus Hoffnung schöpfen oder davor erzittern sollte.
Ich zog das Kleid und den Umhang an, und er half mir dabei. Als ich mich so feingemacht sah, in diesen schönen und reich bestickten Stoffen, kam wieder ein wenig Freude in mein Herz. An seiner Seite schritt ich bis zur Schwelle des Saales, dessen Pforten weit offen standen. Auf einem langen, mit einem Tafeltuch gedeckten Tisch sah ich Teller, Kerzen in Kerzenleuchtern, Humpen aus vergoldetem Silber, einen Krug mit rotem und einen anderen mit weißem Wein. Um den Tisch herum standen so viele Kerzenleuchter, daß er hell erstrahlt war. Doch hinten im Saal lauerte die Dunkelheit. Auf einer Bank standen zwei Schüsseln mit warmem Wasser, um sich die Hände zu waschen, und ein mit Spitzen reich verziertes Tuch, um sich abzutrocknen. Wir aßen zusammen und tranken seine würzigen, honigsüßen Weine. Dann begleitete er mich in mein Gefängnis zurück.
Ins Bett begab sich der Ritter mit mir. Er zog seine Hosen und sein Hemd aus, doch ich hatte keinerlei Verlangen nach ihm. Obgleich er stattlich und schön war, drängte es mein Herz nicht

zu ihm, denn es gehörte noch ganz meinem Freund. Als er mich kalt wie Marmor in meinem Hemd am anderen Ende des Bettes liegen sah, verließ der Ritter mit sehr düsterer Miene das Zimmer und schloß mich darin ein.

Die ganze Nacht über schlief ich kaum. Der Morgen graute und vertrieb den Regen. Über den grauen Himmel glitt ein Adler, den ich durchs Fenster beobachtete. Sein sonderbarer Schrei beruhigte mich auf merkwürdige Weise, und ich kehrte ins Bett zurück, wo ich nun doch noch Schlaf fand.

Den ganzen Tag verbrachte ich in Abgeschiedenheit und Einsamkeit. Nur eine Alte kam ins Zimmer, um mir zu trinken und zu essen zu bringen und alles für meine Toilette. Am Abend kam der Ritter zurück, legte sich in mein Bett und umklammerte mich zärtlich. Er war sehr schön, und aus seinen schwarzen Augen schossen Flammen der Traurigkeit.

»Leider, schöner Herr«, sagte ich zu ihm, »kann ich Euch dieses Herz nicht geben, das schon mein Freund genommen. Nehmt meinen Körper, wenn Ihr wollt, doch meine Liebe werde ich für ihn bewahren.«

Der Ritter sagte nichts, erhob sich jedoch und ging.

Am dritten Abend kam er nicht, auch nicht am Abend darauf und auch nicht an den folgenden Abenden. Große Pein quälte meine Seele. Die Tage waren bleich wie der Tod, und nachts stand ich an meinem Fenster und lauschte unter den Sternen dem stillen Chor des Himmels. Im Morgengrauen, wenn lautlos der dunkle Adler durch die Luft schwebte, sehnte sich mein Herz, doch ich wußte nicht, nach wem. Dann kehrte ich ins Bett zurück und versuchte, Schlaf und Vergessen zu finden.

In der siebten Nacht hörte ich, wie sich der Schlüssel im Schloß drehte. In mein Zimmer trat der Ritter.

»Meine Dame«, sagte er, »Ihr seid frei.«

Und er schickte sich an, mich zu verlassen, ohne die Tür hinter sich zu schließen.

»Mein Herr!« sagte ich, verängstigt vor Liebe.
Da trat er zu mir, nahm mich in seine Arme, streichelte und liebkoste mich. Das brennende Verlangen, das so lange geschwiegen hatte, ließ uns zusammen in das weiche Lager fallen, und mit dem Mund, den Händen und dem ganzen Körper küßten wir uns wie die Verrückten. In dieser Liebesraserei fiel ich auf die Steinplatten, auf allen vieren hockend. Hinter mir stach mein dunkler Herr kniend in meinen Hintern und entlockte meiner Kehle einen merkwürdigen Schrei, der von Wand zu Wand widerhallte, im Zimmer, im Landsitz, und durch das Fenster in die Nacht entwich, über den Graben mit seinen dunklen Wassern zu den Tieren des Waldes.
Die ganze Nacht und den ganzen Tag über ergötzten wir uns an unseren Körpern. Wir fragten uns nicht, welche Köstlichkeiten wir treiben wollten, sondern trieben einfach alle, die uns unsere Glieder und unser Kopf befahlen, mit flacher Hand und Zunge, Hintern und Spalten, Säcken und Penis, Beinen und Armen, Bäuchen und Brüsten, Fingern und Haaren, Nägeln und Zähnen. Und während wir uns gegenseitig immer wieder entflammten und aufreizten, trieben wir es miteinander, ohne müde zu werden, als wollten wir uns, je länger wir spielten, gegenseitig umbringen.
Als der Abend kam, fiel ich in dem Zimmer, das nach unserem Liebeskampf vom Duft nach Freude und Qual erfüllt war, mit schmerzendem, erschöpftem Körper in Ohnmacht.
»Bin ich tot oder lebendig? Habe ich das erlebt oder geträumt?« fragte ich mich, als ich wieder zu mir kam. Es war die achte Nacht, und ich war allein im Dunkel. Die Kleider, die man mir gegeben hatte, Hemd, Kleid und der reich verzierte Umhang, lagen völlig zerrissen über den Boden zerstreut. Ich schlüpfte wieder in mein Kleid, das mich als Fremde auswies, und trat durch die weit geöffnete Tür hinaus. Ich durchquerte zahlreiche Zimmer und den großen Saal, ohne irgend jemanden zu treffen.

Über die gesenkte Zugbrücke verließ ich die Burg und ging in den Wald hinein.
Lange schritt ich durch das Dunkel und verletzte mich an Dornen und Stacheln. Lange schritt ich dahin, ohne unseren Brunnen zu finden. Der Morgen graute, und wieder sah ich den Adler am Himmel kreisen. »Adler«, sagte ich weinend, »warum kreist du allein am weiten Himmel? Hast du deine beiden Freunde verloren?«
Ich umschlang mit ganzer Kraft einen Baum und schloß die Augen.
Da kippte der Baum langsam um und beförderte mich ans andere Ufer, auf die andere Seite des Buches. Auf dem Buchdeckel las ich: *Chrétien de Troyes, Marie de France.* Ich schloß das große Buch, öffnete die Tür und ging.

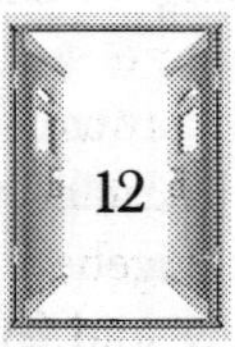

Der Schornsteinfeger

Es war ein Speicher mit schrägen Wänden, der ganz mit alten Sachen vollgestopft war. Durch eine Dachluke schien fröhlich das Tageslicht auf das Gerümpel. Durch diese Öffnung konnte man den klaren, blauen Himmel sehen. Auf einem kleinen runden Tisch lag ein reizender, etwas verblichener Sonnenschirm, der aber noch in perfektem Zustand war. Ich nahm ihn und beschloß, in die Sonne hinauszugehen.
Ich kletterte aus dem Fenster und fand mich auf einem Ziegeldach wieder. Vor mir lag ein Wald von Dächern, die sich alle ähnelten und doch verschieden waren mit ihren sanften Schrägen, den rosa Ziegeln, dem grauen Zink, ihren Kaminen in den unterschiedlichsten Formen, ihren Antennen, Regenrinnen, Glasdächern, Erkern, ihren mehr oder weniger verschachtelten Winkeln … Die Dächer der Stadt erstreckten sich bis zum Horizont, und über ihnen der Himmel, ein Frühlingshimmel, durch

den gelegentlich in schnellem Flug ein Mauersegler schoß, dessen Ruf das reflektierende Licht durchbrach.

Ich begann, über die Dachziegel zu wandern, hoch oben über der großen Stadt, von der nur ein unbestimmtes, gedämpftes Lärmen zu mir hochdrang und von der ich nur diese herrliche, fröhliche, ungeordnete Dächerschar sah. Von Zeit zu Zeit konnte ich durch ein offenes Dachfenster in ein ausgebautes Mansardenzimmer hineinblicken, das manchmal ein oder zwei Silhouetten wie chinesische Schattenfiguren durchquerten.

Ich setzte mich vor einen großen Schornstein, um in aller Ruhe den Himmel und die Stadt zu betrachten. Alles war weit und schön, offen und geheimnisvoll. Die Mauersegler stießen schrille Schreie aus, flogen in rasantem Tempo und in alle Richtungen durch die Luft und flatterten in Schwärmen von Dach zu Dach. Mein Blick wurde von einem Mansardenzimmer angezogen, das etwas unterhalb meines Beobachtungspostens lag und wo gerade ein Mann und eine Frau eingetreten waren. Sie zogen sich aus und begannen, sich auf dem Bett zu lieben. Ich dachte, daß ich es an ihrer Stelle stehend vor dem Fenster machen würde, den Mann hinter mir, um gleichzeitig den Anblick der Dächer zu genießen.

Ich drehte mich um, als ich eine bekannte Melodie aus einem Musical hörte. Leichtfüßig spazierte ein Schornsteinfeger mit einem langen Besen in der Hand von Kamin zu Kamin. Der geschmeidige, schlanke Mann, der ganz schwarz vor Ruß war, sang sich fröhlich ein Liedchen. Er kam auf mich zu, grüßte mich und steckte seinen Leinbesen in die Kaminröhre, um diese sorgfältig zu säubern.

Ich trat etwas von meinem Kamin zurück, um ihm bei der Arbeit zuzusehen. Er hatte ein hübsches Gesicht und blaue Augen, die vor Fröhlichkeit blitzten. Ich beugte mich vor, um in das dunkle Loch hineinzusehen.

»Ist das nicht ein schöner Beruf?« sagte er, amüsiert über meine

Neugierde. Dann fuhr er singend fort: »Den ganzen Tag spazier' ich mit den Wolken, den Katzen und den Vögeln über der Stadt … Von Kamin zu Kamin spazier' ich, und kehre, und kehre voller Lust …«
Er streckte mir seine Arme entgegen, und wir begannen, auf den Dachziegeln zu tanzen und miteinander sein Lied zu singen. Dann preßte er mich gegen den Schornstein. Ich lüftete mein Kleid, er öffnete den Schlitz seines Overalls und holte daraus ein schönes Werkzeug hervor, das er in meine Röhre hineinschob und dort mit der gleichen Geschicklichkeit und Kraft hin und her bewegte, die er schon bei der Handhabung seines Leinbesens an den Tag gelegt hatte. Dabei sangen wir weiter.
Immer noch engumschlungen, legten wir uns auf die sanfte Schräge des Daches, wo wir unser Tun weiterführten und dabei weitersangen, wenn auch in einem immer abgehackteren Rhythmus. Mein Rücken war gegen die Ziegel gepreßt, und mein Kopf hing über dem Dachrand in der Luft, als ich im selben Augenblick kam wie er.
Wir blieben Seite an Seite auf dem Dach liegen, denn das Tageslicht wurde schwächer, und der Sonnenuntergang nahte. Als die Sonne verschwunden war und nur noch ihre breiten roten Streifen am Himmel zurückgelassen hatte, erhob ich mich, öffnete meinen Sonnenschirm, trat an den Rand des Daches und sprang. Ganz langsam sank ich durch die Luft hinab, bis ich auf der Straße landete, wo ich einen Ausgang fand.
Im Gang flankierten mich Geister, die schwärzer waren als mein Kaminkehrer, und leisteten mir durch ihr Flüstern und ihren Atem in meinem Nacken Gesellschaft. Wieder hatte ich das Verlangen, sie endlich einmal zu sehen. Und wieder verloren sie sich im Dunkel, sobald ich mich umdrehte. Vielleicht waren sie nichts als Bruchstücke einer Schattenwelt? Manchmal jagte mir ihre unsichtbare Gegenwart Entsetzen ein. Aber in diesem Augenblick war mir eher danach, ihnen mit Wohlwollen zu begeg-

nen, wie man es mit einer schwarzen Spinne tut, die in einer Zimmerecke hockt und einem Angst einjagt, bis man so vertraut mit ihr wird, daß man das Gefühl hat, sie höre einem zu, wenn man mit ihr spricht ...
Ich war in bester Stimmung. Aus einer plötzlichen Eingebung heraus blieb ich stehen und öffnete eine neue Tür.

15

Der Mond

Ich betrat einen Wintergarten, der wie ein Salon eingerichtet war. Es war Sommer. Alle Lichter waren gelöscht. Nur durch das Licht des Mondes, den ich von meinem Platz aus nicht sehen konnte, waren in der Dunkelheit einige Korbstühle, ein Tisch, auf dem mehrere Gläser funkelten, und eine Grünpflanze zu erkennen. Ich tastete mich zwischen den Möbeln hindurch bis zu der Glastür.

Sie führte in einen verwilderten Garten. Zu beiden Seiten einer von Steinen gesäumten Allee blühten im hohen Gras große gelbe Blumen. Zwischen zwei Bäumen war eine mit Klammern gespickte Wäscheleine gespannt.

Ein leichter Windhauch ließ die Blätter rascheln, deren Spitzen von silbrigen Lichtreflexen umspielt wurden. Eine Eule schrie.

Hinter einem der hohen gelben Blütenbüsche stand direkt unter

dem Vollmond unbeweglich ein junger Mann, der in einen cremefarbenen Regenmantel gehüllt war.
Ich öffnete die Tür und trat in den Garten hinaus. Über den klaren Sternenhimmel zog sich wie ein Band die dichte, weißliche Milchstraße. Der riesige cremefarbene Mond hatte einen breiten Hof, der rötlich schimmerte wie eine Wunde. Man hörte nur das Rauschen des Windes in den Blättern, das unregelmäßige Heulen der Eule und das kaum wahrnehmbare Atmen des Gartens und des jungen Mannes. Ich trat auf ihn zu.
Er blickte auf einen unbestimmten Punkt, der irgendwo vor ihm lag, und sah nicht zu mir hoch, obwohl er mich sicherlich kommen hörte.
Als ich vor ihm stand, öffnete er leicht seinen Mantel, unter dem er ganz nackt war. Ich kniete mich inmitten der Blumen, die meine Schultern und mein Gesicht streiften, ins Gras. Sie strömten einen starken, etwas herben Duft aus. Ich nahm das Geschlecht des Mannes in meinen Mund.
Langsam saugte ich ihn aus. Als er kam, zog ich mich zurück, um seinen weißen Saft, der im Mondlicht in allen Regenbogenfarben schillerte, hervorspritzen zu sehen. Dicke Tropfen perlten über mein Gesicht und meine Haare. Ich leckte sie auf. Sie schmeckten nach Pflanzensaft.
Der junge Mann drehte sich um und verschwand im Dunkel des Gartens. Ich trat wieder auf die Veranda. Erneut hörte man den Ruf der Eule.
An meinen Knien hing frisch zerdrücktes Gras. Ich ging durch das Zimmer und verließ es.
Im Gang öffnete ich die nächste Tür.

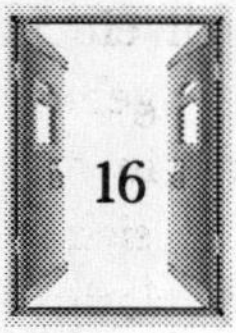
16

14

Die Raubtiere

Ich fand mich in einem Gang wieder, der ebenso düster war wie der, aus dem ich gekommen war, nur wesentlich schmaler; außerdem hallte ein erschreckendes Raubtiergebrüll durch diesen engen Schlauch. Wie gelähmt vor Überraschung und Entsetzen blieb ich einen Moment reglos stehen.
Dann ging ich weiter. Am Ende des Ganges, das nur noch drei oder vier Schritte von mir entfernt war, konnte ich vage einen Vorhang erkennen und war neugierig, was sich dahinter verbarg. Als ich den Stoff zur Seite schob, setzte das Gebrüll, das zwischendurch aufgehört hatte, wieder ein. In einem großen Käfig mitten in der Arena eines leeren Zirkus umkreisten zwei Löwen mit weit aufgerissenem Maul und hochgezogenen Lefzen ihren Bändiger und stießen wilde rauhe Schreie aus. Der Dompteur gab ihnen einen Befehl, und die Raubtiere stiegen langsam auf zwei Hocker.

Es waren herrliche Tiere. Ich trat näher an den Käfig, um sie besser bewundern zu können. Der Dompteur sah mich an, öffnete die Gittertür und wartete, ohne ein Wort zu sagen und ohne seinen Blick von mir abzuwenden.

Mit vor Angst verkrampftem Magen ging ich auf ihn zu und trat in den Käfig.

Als die Raubtiere mich sahen, fingen sie erneut an zu brüllen. Eine der Katzen sprang von ihrem Hocker und tat einen Satz auf uns zu. Ich war vor Entsetzen wie gelähmt. Der Dompteur sprach freundlich in einer Sprache, die ich nicht verstand, mit dem Tier und wies auf den Hocker. Der Löwe setzte sich wieder darauf.

Dann nahm der Mann mich an der Hand und führte mich in den hinteren Teil des Käfigs. Ich ließ die Raubtiere keine Sekunde aus den Augen, und auch sie beobachteten uns. Der Mann drückte mich mit dem Rücken an die Gitterstangen und preßte sich gegen mich. Unter seinem Ledertrikot zeichneten sich sein Oberkörper und seine muskulösen Arme ab, die einen starken Geruch ausströmten. Durch seine Strumpfhose spürte ich auf meinem Schenkel seinen Penis, der hart wie Eisen war.

Er begann mein Kleid aufzuknöpfen, das sich sofort wie von selbst öffnete, schob seine Strumpfhose nach unten und rammte mir seinen Schwanz zwischen die Schenkel. Mit geöffneten Beinen, die Arme über dem Kopf gespreizt, klammerte ich mich an den Gitterstäben fest, während er mit kraftvollen Stößen in mich hineinhämmerte.

Der Käfig begann zu beben und zu klirren. Ich sah, wie die Raubtiere von ihren Hockern sprangen und wieder durch die Arena kreisten. In völliger Panik umklammerte ich krampfhaft die Gitterstäbe, so als könnte dies mein Entsetzen mindern, rüttelte wie wild an ihnen und ließ mich schließlich vom Orgasmus davontragen; all dies wurde von einem fürchterlichen Getöse

begleitet, in dem sich das Klirren des Käfigs, meine Schreie, das Röcheln des Dompteurs, der ebenfalls kam, und das Brüllen der gereizten Löwen vermischten.
Als ich wieder zur Vernunft kam, war ich vor Angst wie gelähmt. Der Dompteur, der sich wieder seinen Tieren zugewandt hatte, versuchte mit größter Mühe, sie wieder zu beruhigen. Wenigstens war es ihm gelungen, ihre Aufmerksamkeit ganz auf seine Person zu lenken. Aber anstatt seinen Befehlen zu gehorchen, forderten die Löwen ihn mit aufgerissenem Maul heraus. Schließlich gelang es ihm, sie dazu zu bewegen, sich hinzulegen. Mit einer Handbewegung gab er mir zu verstehen, daß ich mich jetzt davonstehlen sollte.
Langsam, den Rücken fest gegen das Gitter gepreßt und ohne die Tiere aus den Augen zu lassen, näherte ich mich Schritt für Schritt der Käfigtür. Der Dompteur sprach ununterbrochen mit seinen Raubtieren, denn sie waren immer noch nervös und bereit, wieder aufzuspringen. Ganz vorsichtig öffnete ich die Tür einen Spalt und schlüpfte hindurch ... Endlich war ich draußen.
Ich hätte meinem Liebhaber gerne Lebewohl gesagt, doch er war wieder damit beschäftigt, die Löwen auf die Hocker steigen zu lassen, und schien nicht mehr das mindeste Interesse an mir zu haben. Wir hatten nicht ein einziges Wort gewechselt. Er hatte nur mit seinen Raubtieren gesprochen, und ich selbst hatte nur die Tiere beobachtet.
Ich warf einen Blick auf die leeren Zuschauerreihen und stellte mir das aufgeregte Lärmen der Menge während der Löwennummer vor. Durch den dunklen engen Schlauch gelangte ich wieder in die Gänge.
Mir wurde plötzlich bewußt, daß mir die Knie zitterten und ich völlig erschöpft war. In der Hoffnung, wieder ein angenehmes Bett zu finden, öffnete ich eine Tür.

17

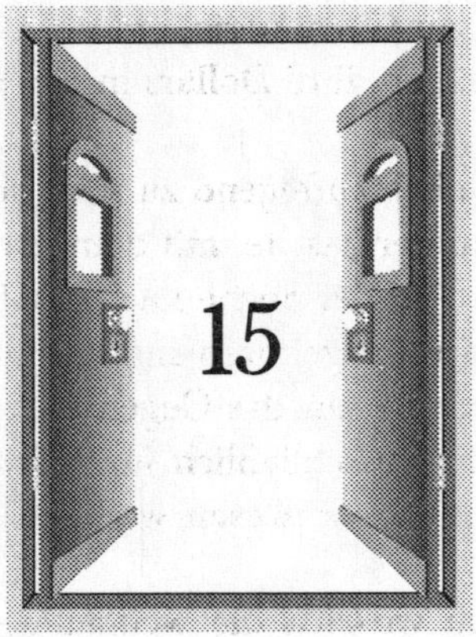

15

Der goldene Phallus

Ich trat in eine riesige Spielhalle, die so groß war, daß ich nicht einmal sehen konnte, wo sie aufhörte. Das neoklassizistische Kitschdekor des Saales, der rundherum vergoldet war, funkelte im unbarmherzigen künstlichen Licht. So weit man blicken konnte, standen überall im Saal, angeordnet in Dutzenden von Reihen, Spielautomaten.

Die Kasinoangestellten, die sich durch die Gänge bewegten, waren alles Männer, schöne junge Männer, die außer einem Stirnband und Ledersandalen, die mit Riemchen an den Knöcheln befestigt waren, völlig nackt waren. Die Spieler hingegen waren Frauen, Frauen jeden Alters, die auf einem Hocker vor ihrem Spielautomaten saßen und mit einer Hand einen dicken großen Goldphallus umklammerten, der als Hebel diente.

Die Automaten bimmelten, spuckten hier und da Geldmünzen aus, und wenn der Jackpot groß genug war, rannte einer der nackten Croupiers zur Gewinnerin, um sie zu beglückwünschen und ihr dabei zu helfen, ihre Dollars in einem Schrank zu verstauen.

All dies schien ziemlich aufregend zu sein, doch ich hatte nicht einmal Kleingeld in der Tasche, mit dem ich mein Glück hätte versuchen können. Auf der Suche nach der Rezeption des Hotels, zu dem das Kasino gehören mußte, durchquerte ich die Halle. Bestimmt war sie nur das Gegenstück zu einer anderen, ähnlichen Halle, die ausschließlich für Männer reserviert war und in der bestimmt Traumwesen weiblichen Geschlechts bedienten.

Schließlich fand ich wirklich die weitläufige, überladene Eingangshalle des Hotels. Hotels dieser Art stellen immer einen übertriebenen Luxus zur Schau und bieten gleichzeitig Zimmer zu mäßigen Preisen an, um so viele Einfaltspinsel wie möglich in ihre Spielhallen zu locken. Ich machte einen Aufzug ausfindig, vor dem ein dicker Mann wartete. Ich stieg mit ihm ein.

Als die Türen zu waren, sagte ich zu ihm: »Ich würde gerne spielen, aber ich habe kein Geld für den ersten Einsatz.«

Dabei sah ich ihm direkt in die Augen. Es schien so, als hätte er mich verstanden. Deswegen fügte ich hinzu: »Zwanzig Dollar für einmal blasen.«

Er zog die Geldscheine aus seiner Tasche und knöpfte seine Hose auf. Ich machte es ihm gleich neben den Schaltknöpfen des Aufzugs, so daß ich nur die Hand auszustrecken brauchte, um eine weitere Fahrt nach oben oder nach unten auszulösen. Auf diese Weise fuhren wir so lange, wie ich wollte, denn ich fand es unterhaltsamer, es während der Fahrt zu machen, als den Aufzug zu blockieren; das hätte unter Umständen Beklemmungen bei mir ausgelöst, auch wenn es nur für wenige Minuten gewesen wäre. Außerdem liefen wir so Gefahr, überrascht zu werden, was dem Ganzen noch mehr Würze gab.

Mit meinen zwanzig Dollar in der Hand begab ich mich wieder in die Spielhalle, fand einen freien Automaten und ließ den Goldphallus, den ich bei jeder Münze, die in den Spalt glitt, kraftvoll auf und ab bewegte, nicht mehr los. Ein wunderbar proportionierter Kellner bot mir ein Getränk an, worauf ich ihn interessiert ansah, aus Schüchternheit tat ich dies jedoch nicht allzu intensiv. Dann merkte ich jedoch, daß die anderen Frauen keinerlei Hemmungen hatten, Komplimente oder Späße an das Personal zu richten oder die Männer sogar ein bißchen zu tätscheln. Als der Kellner zurückkam, um mein leeres Glas abzuräumen, zögerte ich nicht, ihm ein strahlendes Lächeln zu schenken und dabei freundlich seine Hoden in der Hand zu wiegen.

Nach kurzer Zeit gewann ich eine ganze Menge Dollar, die ich jedoch bald wieder verlor. So mußte ich zum Aufzug zurückkehren. Diesmal hatte ich mir mein Opfer wieder gut ausgesucht, denn mein Vorschlag wurde noch besser angenommen, obwohl ich meinen Preis verdoppelt hatte. Ich hatte sogar besonderes Glück, denn in der achtzehnten Etage trat ein anderer Typ in den Aufzug und überraschte uns mitten in unserem Handeln. Ich unterbrach mich nur eine Sekunde, um ihm schnell zu erklären: »Ich arbeite, mein Herr.«

Da knöpfte er ebenfalls seine Hose auf und wartete darauf, daß er an die Reihe kam.

So konnte ich mit achtzig Dollar in der Tasche die Spielautomaten und Goldphallen wieder in Angriff nehmen.

Dieses Hin und Her dauerte eine ganze Nacht, oder vielleicht einen ganzen Tag, oder eine ganze Nacht und einen ganzen Tag – an diesem Ort, der von allem Leben, das nicht Spiel war, und von allem Licht, das nicht aus Neonleuchten drang, so abgeschieden war, hatte die Zeit keine Bedeutung mehr. Mehrmals gewann ich den Jackpot: Der Automat hörte dann gar nicht mehr auf, wackelnd seine Dollars auszuspucken, und sofort erschien der Croupier, den ich in meiner Begeisterung ausführlich betatschen mußte und ihm schließlich ein großzügiges Trinkgeld zukommen ließ.

Wenn ich Durst hatte, rief ich einen Kellner, wenn ich Hunger hatte, begab ich mich ins Restaurant, wo man rund um die Uhr bedient wurde, wenn mir die Mittel fehlten, ging ich zu den Aufzügen, und wenn ich gewonnen hatte, spielte ich weiter, um alles wieder zu verlieren.

Als ich alle Freuden dieses Ortes ausgeschöpft hatte, machte ich dem Croupier, den ich am attraktivsten fand, ein Zeichen, zog ihn ans Ende meines Ganges und schenkte ihm meinen letzten Gewinn. Er nahm mein Gesicht in die Hände und gab mir einen langen, kinoreifen Kuß auf den Mund. Als ich ihn verließ, stellte ich zu meiner Freude fest, daß sein Glied sich ebenso stolz aufgerichtet hatte wie die Goldphallen. Ich hätte ihm gerne einen geblasen, aber langsam tat mir mein Kiefer weh. Wir winkten uns zu und trennten uns.

Ich fand die Tür zu den Gängen wieder und trat hinein. Sofort tauchten wieder die unheimlichen Geister auf, um mir ihren Atem in den Nacken zu hauchen. Um ihnen zu entgehen, öffnete ich die nächste Tür.

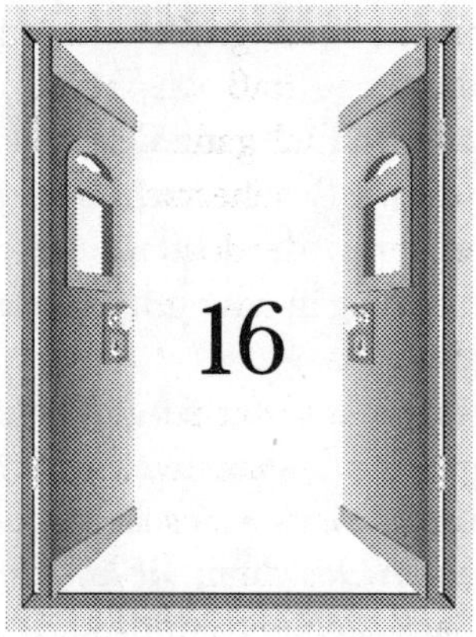

Der Mann am Fenster

Werde ich ihn eines Tages wiederfinden? fragte ich mich, während ich wieder eine Tür öffnete. Ich wußte schon nicht mehr genau, welchen Mann ich eigentlich suchte. War er nicht einer von denen, mit denen ich hier geschlafen hatte? War ich nicht einem Trugbild erlegen, als ich den Schritten dieses Mannes gefolgt war, der in den kleinen Zirkus gegangen war und bestimmt wie ich in diesem sonderbaren Reich umherirrte und mit anderen Frauen schlief? Oder hatte ich hier nichts als reine Phantasiebilder geliebt und würde die wahre Liebe erst noch finden, sobald ich diese von Lüsten, Freuden und Schmerzen geprägte Suche im Schattenreich hinter mir hatte?

Wie gerne würde man die Dinge immer klar sehen und wirklich wissen, was man tut und warum man es tut! Aber je mehr wir wissen, desto mehr wird uns das Ausmaß unserer Unwissenheit bewußt, je weiter wir im Verständnis unserer selbst und der Welt kommen, desto größer wird das Geheimnis, das uns umgibt. So kommt es, daß wir, hineingeworfen in derart dunkle Gänge, mit einemmal ganz den Phantasievorstellungen ausgeliefert sind, die uns beherrschen, anstatt von uns beherrscht zu werden, und die doch auch unsere Verbündeten sind, eine Art Armee, die immer größer wird und uns auf unseren Abenteuern begleitet.

Ich hatte ein kleines, ganz einfaches Zimmer betreten. Ich ging ans Fenster, vor dem ein leichter weißer Vorhang hing. Es lag direkt gegenüber dem Fenster eines anderen Zimmers in einem anderen Gebäude, das von dem, worin ich mich befand, nur durch eine kleine Sackgasse getrennt war. Und in diesem anderen Zimmer, das meinem ähnelte, saß ein Mann in einem Sessel und las.

Er war ein älterer, großer, stattlicher Mann, der in seiner Jugend schön und athletisch gewesen sein mußte, den das Alter jedoch ein wenig schwerfällig hatte werden lassen. Lag es daran, daß ich ihn durch ein Fenster beobachtete? In mir wurde sofort eine lebhafte Neugierde wach.

Eigenartig für einen Mann, der ruhig in seinem Zimmer saß und las, war die Tatsache, daß er einen dunklen, eleganten Anzug, ein weißes Hemd und eine dunkle feine Krawatte trug, deren Knoten er um den geöffneten Hemdkragen etwas gelockert hatte. Seine kurzgeschnittenen Haare über dem massigen Nacken fingen an, grau zu werden, und sein kräftiger Kopf, der eigentlich etwas Intellektuelles ausstrahlte, hätte mit seiner ramponierten Nase, der flachen Stirn, den vorstehenden Wangenknochen und dem eckigen Kinn auch der eines Boxers sein können. Eines seiner Hosenbeine war an seinem rechten Bein, das er über das andere geschlagen hatte, hochgerutscht, so daß ich seine Socke sehen konnte, eine elegante Socke aus grauer Baumwolle, unter der sich sein Knöchel abzeichnete. Ich versuchte vergeblich, den Titel des dicken Buches zu entziffern, das er las.

Der Mann bewegte sich nicht, und trotzdem erregte mich schon allein der Gedanke, ihn ohne sein Wissen so zu beobachten. Mir schien es, als würde ich, indem ich ihn so belauerte, in sein Geheimnis eindringen. Es war wie eine Vergewaltigung ohne Gewalt, etwas, das ein sehr süßes, heftiges Empfinden in mir auslöste.
Ich betrachtete ihn und fragte mich, was für ein Leben er führte, stellte mir seinen nackten Körper vor, seine Art zu lieben, sein Wesen ... Was beschäftigte ihn gerade? Welchen Typ von Frauen liebte er? War er sensibel, liebevoll, erotisch? Frei? Phantasievoll? Intelligent? Fröhlich? Finster? Geheimnisvoll?
Der Mann erhob sich, ging zum Fenster und blieb direkt vor mir stehen. Ich wußte nicht, ob er mich hinter dem Vorhang sehen konnte. Wir blieben einen Moment regungslos stehen, und bald konnte ich an seinem Gesichtsausdruck ablesen, daß er mich ansah. Da begann ich, langsam mein Kleid zu öffnen, das vorne ganz durchgeknöpft war.
Nachdem ich das Kleid aufgeknöpft hatte, zog ich den Vorhang zur Seite. Er sah auf meinen Körper, sah mich an. Ich ließ mich hinter meinem Fenster auf die Knie fallen und drückte meinen Mund gegen die Scheibe, genau auf der Höhe seines Penis auf der anderen Seite der schmalen Gasse. Die Lippen ans Glas gepreßt, fing ich an, daran zu saugen, wobei ich ihn mit den Augen fixierte, ihn anflehte, auf mein Verlangen zu reagieren. Er öffnete seinen Hosenschlitz und holte seinen Penis heraus. Er war steif.
Ein paar Sekunden lang schloß ich die Augen vor Glück. Er war herrlich. Ich verschlang ihn mit meinen Blicken und konnte gar nicht mehr damit aufhören. Diese Säcke und dieser Schwanz, die unter der Krawatte aus dem eleganten Anzug ragten, waren herrlich. Ich erhob mich, entledigte mich meines Kleides und begann, mich langsam vor dem Fenster um mich selbst zu drehen, wobei ich mit den Hüften kreiste, um ihn in aller Ruhe meinen Körper studieren zu lassen.

Ich preßte meine Brüste gegen die Scheibe und streichelte sie. Er nahm seinen Schwanz in die Hand und begann, langsam an ihm auf und ab zu gleiten. Daraufhin schob ich den Sessel ans Fenster, setzte mich, die Beine über die Armlehnen gespreizt, und machte es mir, ihm gegenüber, ohne meinen Blick von ihm zu wenden. Ich kam, während ich zusah, wie er sich immer schneller rieb. In dem Moment, wo meine Lenden sich verkrampften und im Sessel aufbäumten, in dem Moment, wo ich mit zurückgeworfenem Kopf aufschrie, war mir immer noch bewußt, daß er mich voller Begierde beobachtete und daß ich ihn genauso erregte, wie er mich erregte. Ich öffnete gerade rechtzeitig die Augen, um zu sehen, wie er ejakulierte und seinen kostbaren Samen auf die Scheibe spritzte, wo er langsam hinunterlief.

Dann verließ er das Zimmer und tauchte nicht mehr auf. Ich legte mich ins Bett und schlief sofort ein. Ich wachte erst wieder auf, als die Nacht hereingebrochen war. Sofort sah ich, noch von meinem Bett aus, zum Fenster. Genau in diesem Moment wurde im gegenüberliegenden Zimmer das Licht angemacht, und der Mann trat in Begleitung einer Frau ein.

Es war eine große, kräftige, geschminkte Frau. Eine Nutte, dachte ich. Sie zog ihren Mantel aus, unter dem sie ein Korsett, Strümpfe und Pumps mit gefährlich hohen und spitzen Absätzen trug. Ihre ausladenden Brüste quollen aus dem Mieder.

Ich ließ mein Zimmer weiter in tiefe Dunkelheit getaucht. Sie begannen, miteinander zu schlafen, und ich war mir sicher, daß er sie absichtlich herbeigeschleppt hatte, um vor meinen Augen bei vollem Licht mit ihr zu vögeln. Sie ließ sich vor ihm auf die Knie fallen, genauso wie ich es hinter der Scheibe getan hatte, und begann ihm einen zu blasen. Dann zog er sie aufs Bett und begann, ihre Brüste zu streicheln und zu beknabbern. Wie gern wäre ich an ihrer Stelle gewesen! Wie steif er sein mußte! Ich wünschte mir für ihn, daß er vor Lust verging, selbst wenn nicht ich sie ihm geben konnte. Doch es interessierte ihn nicht sehr lange. Mit ihrer Hilfe entkleidete er sich, legte sich dann auf sie und nahm sie.

Die Knöchel der Frau mit ihren spitzen Absätzen umschlangen den Hals meines Geliebten, dessen breiter Rücken sich ohne jede Hast zwischen ihren Schenkeln vor und zurück bewegte. Ich war gleichzeitig sehr erregt und sehr traurig, zusehen zu müssen, wie er mit einer anderen Frau schlief. Und ich weiß nicht, ob es die brennende Eifersucht oder meine Erregtheit war, die mich wie angenagelt im Dunkeln hinter dem Fenster stehenbleiben ließ, mit flachem Atem und schmerzender Brust, ohne auch nur ein Detail ihrer Kopulation zu verpassen.

Der Mann ließ sie auf allen vieren auf dem Boden kriechen, bis vor das Fenster, wo er sich hinter sie kniete und sie genau vor mir von hinten nahm. Ich starrte auf sein Gesicht, das sich vor Erregung verzerrte. Ich hätte gerne »Nein! Nein!« und »Ja! Ja!« geschrien, denn ich wollte sie, wollte er sein, ich wollte ihn, wollte, daß all dies in meinem Körper geschah … Im letzten Moment zog er sich aus ihr zurück und ejakulierte in die Luft. In meine Richtung. Das ist für mich, dachte ich, das ist mein Geschenk, er hat es für mich getan. Und ich kam im selben Moment wie er, mit offenem Mund, so als könnte ich den Samen auffangen, den er mir schickte.

Als ich das Zimmer verließ, fühlte ich mich ein wenig verloren. Niemals würde ich diesen Mann berühren können. Er hatte mir nur sein Bild gegeben und würde mir niemals mehr geben. Und doch, wenn ich ihn hätte kennenlernen können, vielleicht wäre er der Mann gewesen, den ich mehr als alles auf der Welt geliebt hätte …

Während ich lange durch die Gänge wanderte, hatte ich immer wieder die gleichen grausamen und faszinierenden Bilder vor Augen. War es richtig von mir gewesen, mich so vor ihm zur Schau zu stellen? Es war so lächerlich … Aber es wäre noch schlimmer gewesen, wenn ich nichts von meiner Lust hätte zeigen können. Was hatte er von mir gedacht? Hatte er mich auch ein bißchen geliebt? Jetzt, wo ich diesen Mann verloren hatte, diesen Mann, den ich niemals besessen hatte, machte mir nichts mehr Freude.

Die Geister folgten mir, flüsterten hinter meinem Rücken und verschwanden jedesmal, wenn ich mich umdrehte, um einen Blick auf sie zu erhaschen. Am Ende beschäftigten sie mich mehr als die Erinnerung an den Mann am Fenster. Um ihrer quälenden Gegenwart zu entkommen, entschloß ich mich, wieder eine Tür zu öffnen.

19

Die Kilts

Es war eine ruhige, graue Straße, grau wie der Nebel, der alles einhüllte und ihr eine etwas beunruhigende, sehr romantische Stimmung verlieh. Weder ein Geräusch noch eine Gestalt, noch irgendeine Spur von etwas Lebendem, und ich blieb einen Moment unbeweglich stehen, um ratlos in diesen Nebel zu starren. Dann beschloß ich weiterzugehen; in welche Richtung war gleichgültig, denn es war ohnehin unmöglich festzustellen, wohin ich ging.

Ich hatte kaum drei Schritte getan, als mich plötzlich das Gefühl überkam, unbeabsichtigt irgendeinen Alarm oder ein Signal ausgelöst zu haben. Tatsächlich ließ sich eine Musik vernehmen, die noch in weiter Ferne war oder durch den Nebel erstickt wurde, und nach und nach strömten Menschen aus dem Nichts, bis sie eine dichte, aufgeregte Menge bildeten, die sich auf dem Bürgersteig versammelte, so als würde sie das

Vorbeikommen eines Zuges abwarten. In ihrer Mitte wartete auch ich, denn es war auf einmal sehr schwer geworden, von der Stelle zu kommen.
Die Musik näherte sich. Ich erkannte jetzt den Klang von Dudelsäcken und begriff, daß es einer dieser traditionellen monotonen Gesänge aus Schottland war. Schließlich konnte man im Nebel die erste Reihe von Musikanten erkennen, die zu Fuß die Straße hochkamen. Ich versuchte, durch die Menge zu schlüpfen, um einen besseren Platz zu finden. Ich war gerade am Rand des Bürgersteigs angekommen, als plötzlich ein großes Gedrängel entstand; ich stürzte zu Boden, fiel direkt auf den Rücken, den Kopf im Rinnstein.
Im selben Moment kamen auf meiner Höhe die Musikanten vorbei. Was für ein Glück! Denn die Leute hatten jetzt nur noch Augen für sie und vergaßen darüber, sich um mich zu kümmern. Auch ich verfolgte das Schauspiel mit größter Erregung. Und es gab in dieser Menschenmenge sicherlich niemanden, der sich mehr daran ergötzte als ich. Denn nur ich hatte den eindeutigen Beweis vor Augen: Die Dudelsackspieler waren unter ihren Kilts nackt.
Oh! Was für ein schöner Aufmarsch an Schlegeln, Sackpfeifen und herrlichen Instrumenten mir hier geboten wurde! Ich hatte noch nie so viele auf einmal gesehen, fleischig und ungemein verlockend, und durch das Marschieren so herrlich durchgeschüttelt! Ich vergaß darüber die Menge um mich herum und ließ meine Hände zwischen meine Beine gleiten, nur einen Augenblick, gerade lange genug, um einen wunderbaren Orgasmus zu genießen, während vor meinem verzückten Gesicht die letzten Reihen ihre aufregenden Reize vorführten.
Sobald sie vorbeimarschiert waren, stand ich auf und verschwand mit gesenktem Kopf, aus Angst, jemand könnte mein heimliches Tun bemerkt haben; ich war außerdem begierig zu

erfahren, wohin sich dieses ansprechende Männerregiment nun begab. Ich folgte ihnen:

18

Die Pinkler

Die Gruppe der Dudelsackspieler betrat schließlich ein Pub. Ich drängte mich, ohne darüber nachzudenken, bloß weil sie mich erregten, hinter ihnen in das Lokal. Sie legten ihre Instrumente ab und machten sich am Tresen breit, wo sie gutgelaunt Bier bestellten. Ich bestellte auch eins und setzte mich auf den einzigen noch freien Platz am äußersten Ende der Bar.

Einige von ihnen, die sich auf Barhocker gesetzt hatten, hatten den Rock nicht unter ihren Hintern geschoben. Ich stellte mir erregt vor, wie ihre fleischliche Ausrüstung weich auf dem Kunstleder des Sitzes lag, ohne daß die anderen Pubgäste davon wußten, außer mir. Ich betrachtete ihre Knöchel und Waden, die bis unter die Knie in dicke Strümpfe gehüllt waren, und das kleine Stückchen Fleisch, das muskulös und behaart zwischen dem Strumpfrand und dem Saum des Kilts hervorblitzte. Ah,

wie gerne wäre ich mit meinen Händen und meinem Gesicht unter diese Röcke geschlüpft!
Ich schaute immer weiter, betrachtete, was ich sehen konnte, und stellte mir alles übrige vor ... Zwischen meinen Beinen glühte ich so sehr, daß ich beschloß, mich in der Toilette zu erleichtern.
Es geschah ohne Absicht, oder zumindest nicht bewußt, aber mir wurde klar, daß ich im Begriff war, einem der Dudelsackspieler zu folgen, der an den gleichen Ort ging wie ich. Ich hatte die Augen auf seine Beine geheftet und konnte mich wohl nicht von ihm lösen – ich betrat hinter ihm die Herrentoilette.
Wir hatten beide dem Bier allzusehr zugesprochen. Ich sah ihn ohne jede Scham an, hob vor seinen Augen meinen Rock hoch, setzte mich auf die Klobrille und pinkelte.
»Jetzt bist du dran«, sagte ich.
Und griff unter seinen Rock, um sein Glied zu packen und ihn vor das Becken zu dirigieren. Dann hielt ich ihm seine Rute fest, damit er pinkeln konnte. Ich zielte sehr schlecht, so daß wir alles durch die Gegend spritzten und dabei furchtbar lachen mußten.
Als er fertig war, kniete ich mich vor ihn hin und begann, ihm einen zu blasen. Er wurde ein wenig hart, packte mich bei den Schultern, um mich aufrecht gegen die Wand zu pressen, und wollte mich nehmen. Aber er hatte einfach zu viel getrunken. So rieb ich ihn wieder, um seinem Glied mehr Kraft einzuflößen. Was für ein herrliches Erlebnis, einem Mann unter seinem Rock einen runterzuholen! Gleichzeitig befummelte er, so gut er konnte, mit seinen großen dicken Fingern meine Muschi. Ich war in einem solchen Zustand der Erregung, daß ich fast sofort kam, schreiend und mit dem Kopf gegen die Kachelwand schlagend.
Meine Begeisterung schien wie ein letzter, notwendiger Peitschenhieb für ihn gewesen zu sein. Er drang mit einem Ruck in

mich ein, obwohl gerade ein zweiter Dudelsackspieler in die Toilette kam; wir hatten die Tür nicht abgeschlossen. Er ging um uns herum, pinkelte in das Becken gleich neben mir und masturbierte dann, während er uns zusah. Als mein Partner gekommen war und auch mich mehrmals zum Höhepunkt gebracht hatte, löste ihn der zweite Dudelsackspieler ab. Dieses Mal beugte ich mich über das Becken, an dessen Rändern ich mich festhielt, während er mich von hinten nahm.

Als ich schließlich die Toilette verließ, fühlte ich mich für eine ganze Weile abgekühlt. Ich trat wieder in die gedämpfte, friedliche Atmosphäre der Straße hinaus, bis ich einen Ausgang fand. Wieder zurück in den Gängen, nahm ich meine Suche hinter den Türen wieder auf.

Der Schlamm

Es regnete. Es war ein warmer Regen, dessen dicke Tropfen schwer von den Bäumen auf den durchweichten Weg fielen. Etwa dreißig Meter vor mir wanderte auf demselben Pfad ein Mann in Khakihemd und -hose. Der nasse Stoff klebte an seinem kleinen, runden, festen Hintern und an seiner kräftigen Rückenmuskulatur, die sich zu beiden Seiten seines geschmeidigen Rückgrats abzeichnete. Seine Haare waren im Nacken kurz geschoren, er hatte breite Schultern, schmale Hüften und lange Beine und trug an den Füßen Boots. Ich folgte ihm.

Sehr bald waren auch meine Haare und mein Kleid durchnäßt und klebten an meiner Haut. Der Wald strömte einen heftigen Geruch nach Humus und Pflanzensaft aus. Ich schlüpfte aus meinen Schuhen, um mit nackten Füßen über den schlammigen Boden weiterzugehen. Die Geräusche des Regens schienen alle anderen zu verschlucken.

Dich kriege ich schon, dachte ich, die Augen auf die Silhouette des Typen geheftet, auf den ich Jagd machte, dieses schöne Tier und diesen Hintern, der sich bei jedem geschmeidigen Schritt in regelmäßigem, provozierendem Rhythmus anspannte. Je länger ich hinter ihm herging, desto geiler wurde ich.

Der Schlamm liebkoste meine Fußsohlen, und ich grub meine Zehen hinein. Mein nasses Kleid kroch zwischen meine Beine und schmiegte sich an mein glühendes Geschlecht. Jetzt, sagte ich mir und lief schneller, um an ihn heranzukommen. Das Verlangen machte meinen Kopf leer, ich fühlte mich fiebrig und voller Kraft, so als stünde ich unter der Wirkung einer Droge.

Ich näherte mich mit schnellen, rhythmischen, sicheren Schritten meinem Ziel. Der Mann drehte sich um, sah mich einen Moment lang aus seinen braunen Augen an, und ein leichtes Lächeln trat langsam auf sein Gesicht, das dem eines pausbäckigen, aber aggressiven, großen Jungen glich. Dann setzte er seinen Weg fort.

Keuchend folgte ich ihm auf den Fersen, bis ich ganz dicht hinter ihm war. So lief ich eine Weile hinter ihm her, berührte ihn fast und atmete seinen Duft ein. Er war sehr athletisch und männlich, und doch hatte er etwas Fleischliches, Weiches, zutiefst Sinnliches. Man brauchte diesem Mann nur zu folgen, bebend und empfänglich, wie ich es tat, um festzustellen, daß er ebenso zerbrechlich wie gefährlich sein konnte. Mit einer flinken, spontanen Bewegung fuhr ich mit dem Arm zwischen seine Beine und griff nach seinen Eiern unter der Hose. Er blieb stehen. Ich hielt sie fest in der Hand. Ohne ihn loszulassen, tastete ich mich ein wenig weiter hoch, um auch seinen Stengel anzufassen. Ich fand ihn und knetete ihn durch den nassen Stoff. Wir standen immer noch unbeweglich da, ich hinter ihm. Er hatte seinen Kopf leicht nach hinten geworfen, die Beine gespreizt, und sein Schwanz schwoll unter meinen Berührungen. Sein Oberkörper hob sich bei jedem Atemzug, und er schnappte wie

ich nach Luft. Ich massierte ihn weiter, den Arm zwischen seinen Schenkeln, gegen die harten Hinterbacken gepreßt.
Er war sicher dreißig Zentimeter größer und vierzig Kilo schwerer als ich, trotzdem zog ich ihn, immer noch hinter ihm stehend, zu Boden. Wir streckten uns auf der Seite liegend im Morast aus. Ich fuhr mit einem Arm über seine Hüfte und öffnete seinen Gürtel, dann die Knöpfe seines sich wölbenden Hosenschlitzes. Dann zog ich zugleich seine Hose und seinen Slip bis zu den Knien herunter.
Ich war bereits völlig lehmverschmiert und er auch. Die aufgeweichte Erde bildete eine elastische, duftende Masse, die an den Kleidern, Haaren, Schamhaaren, Nägeln und der Haut hing. Ich nahm zwei Hände voll davon und rieb ihm damit die Hinterbacken ein, indem ich sie weit auseinanderdrückte.
Wieder schob ich eine Hand zwischen seine Schenkel, packte seinen angeschwollenen Schwengel und zog ihn nach hinten, bis unter seinen Anus, wobei ich seine Beine wieder zusammenpreßte, um sein Geschlecht dort festzuhalten. Ich tauchte mein Gesicht in dieses dunkle, warme, sinnliche Dreieck und saugte an seiner Eichel. Gleichzeitig klemmte ich eines seiner Beine zwischen meine Schenkel und rieb mich daran. Ich kam an seiner Hose, die Nase zwischen seinen Hinterbacken.
Es regnete immer noch, und der Schlamm, in dem wir uns wälzten, wurde immer schlüpfiger. Er klebte überall und machte unsere Körper ungemein weich, dreckig und glitschig. Auf der Höhe seiner Schamgegend drückte ich mit den Fingern ein Loch in den Boden. Dann befahl ich ihm, sich auf den Bauch zu legen und seinen Kolben in das Loch zu stecken. Ich preßte mich an ihn und knabberte an seinem Nacken. Mit hochgeschobenem Kleid gegen ihn gestemmt, die Klitoris an seiner Pospalte reibend, die Hände unter seinem Hemd gegen seine Brust gedrückt, begann ich, mit methodischen Hüftstößen gegen ihn zu hämmern, während er den Boden vögelte, den weichen, sau-

genden Lehm, der seine Rute umschloß. Als ich spürte, wie die Wollust in mir hochstieg, umklammerte ich seine Hüften, um ihn besser im Griff zu haben, und mit wenigen ausladenden, präzisen, nachdrücklichen Bewegungen kam ich.

Als ein letztes Röcheln in mir erstarb, merkte ich, daß auch er kurz davor war zu kommen. So begann ich wieder, ihn zu lecken und gleichzeitig seine Hinterbacken, auf denen mein Saft sich mit dem Lehm vermischt hatte, zu massieren. Seine Lenden krampften sich zusammen, und er ejakulierte, gefangen in seinem Schlammloch.

Eine Wange in den aufgeweichten Boden versenkt, ließ er sich zur Seite fallen. Ich hielt meine Hände unter den Regen, um sie zu waschen, führte sie an meinen Mund, dann an seine Stirn und schenkte ihm einen Kuß. Ich erhob mich und ließ ihn allein, der Länge nach im weichen Lehm ausgestreckt, das Hemd auf dem Rücken hochgeschoben, die Hose um die Knie, und auf seinen Hintern trommelte zärtlich der warme Regen.

Ich ging auf demselben Weg zurück und sammelte meine Schuhe wieder ein. Ehe ich den Wald verließ, fand ich eine grasbewachsene Stelle, wo es mir gelang, mich von Kopf bis Fuß zu säubern. Dann kehrte ich in die Gänge zurück. Ich war auf eine wunderbare Weise durch und durch glücklich.

20

Die Gänge

Mein Kleid, das immer noch naß war, klebte an meinem Leib. Ich ging schnell durch die Gänge, die Arme vor der Brust verschränkt. Die Kälte drang mir unter die Haut, und ich fröstelte. Dicht hinter mir spürte ich den Atem der beiden Geister, die mich verfolgten. An mir haftete noch der Geruch nach Schlamm und Liebe, und aus meinen Haaren tropften dicke kalte Tropfen, die mir den Hals und den Rücken hinunterliefen.

Ich wäre gerne zu dem Pfad zurückgekehrt, wo ich den Mann bäuchlings auf dem Boden hatte liegen lassen, die Hose um die Knie, und mir war danach, weiter seinen Hintern und seinen Sack mit Lehm einzureiben und von hinten auf ihm zu reiten, so als wäre ich ein Mann, ein Mann, der einen anderen Mann nimmt. Ich hatte mir einreden wollen, daß ich die höchste Lust erreicht hatte. Und doch mußte ich mir nun eingestehen, daß

es mir gefehlt hatte, wirklich in diesen Mann einzudringen und von ihm durchdrungen zu werden.
Ich schritt weiter durch dieses dunkle Labyrinth, ohne die Türen zu beachten, die sich an den Wänden entlangzogen. Manchmal war mir so, als würde ich die Geister reden hören, doch ihr Geflüster hatte für mich nicht den geringsten Sinn.
Langsam begann ich, dieser sexuellen Liebesirrfahrt überdrüssig zu werden; ich wollte unbedingt den Mann finden, wegen dem ich hierhergekommen war, und diesen Irrgarten verlassen. Denn selbst wenn ich hier erstaunliche Freuden erlebte, fühlte ich mich doch von einer dumpfen Angst erfüllt, die wohl der immer hartnäckigeren Gegenwart der Geister zuzuschreiben war. Der wahre Grund dieser Angst war mir unbekannt, und dieses Rätsel verwirrte mich noch mehr. Irgend etwas Entscheidendes würde mir zustoßen, ob es etwas Schlechtes oder Gutes sein würde, das wußte ich nicht.
In einem Gang legte ich mich vor der Wand auf den Boden und versuchte zu schlafen. Doch sobald ich die Augen geschlossen hatte, begannen die Geister um mich herumzutanzen und in alle Richtungen zu wirbeln, so als wollten sie mich durch diese Quälerei dazu zwingen, meinen Weg fortzusetzen.
Ich versuchte, die Hände zwischen die Beine gepreßt, ihnen zu widerstehen. Schon wieder überkam mich das Verlangen nach einem Mann, danach, in mir und an mir einen Mann zu spüren, mich ihm zu ergeben und ihn zu beherrschen, Wonne und Lust aus ihm zu ziehen und ihm zu geben, um mich durch ihn vor der Angst zu retten, der Angst vor mir selbst und vor der Welt. »Männer«, sagte ich, »ich schwöre, daß ich euch lieben und euch mein ganzes Leben lang treu sein werde.« Und meine Hände tauchten sanft in meinen glühenden Schoß, spielten mit ihm, und ich begann zu keuchen und zu stöhnen, während ich weiter mit angezogenen Beinen vor der Wand lag, inmitten der lärmenden Geister, und ich beschwor

meine Leidenschaft für die Männer, ohne die ich schon lange tot gewesen wäre.
Als ich den Höhepunkt erreicht hatte, wurde mir bewußt, daß um mich herum wieder Ruhe eingekehrt war. Die Geister waren gegangen oder hatten zumindest ihre Attacken beendet. Ich war ein wenig traurig, aber so weit besänftigt, daß ich meine Suche wiederaufnehmen wollte. Ich erhob mich, schob mein Kleid zurecht, ordnete meine noch immer feuchten Haare und öffnete die nächste Tür.

23

21

Das Geheimnis

Sofort fand ich mich in einer vergnügten Menge von Männern und Frauen in extravaganten Abendkleidern wieder, die in einer wunderbaren Sommernacht mit Sektschalen in der Hand auf einer großen, erleuchteten Terrasse hin und her gingen. Zunächst wurde keiner von ihnen auf mich aufmerksam.
Ich schlängelte mich zwischen den Leuten hindurch bis zum Schwimmbad. Dort erst schien eine Gruppe von vier oder fünf Mädchen und Jungen mich zu erkennen; sie stürzten sich auf mich und schrien:
»Ah, da ist sie ja!«
Sie wirkten einigermaßen beschwipst.
»Aber guckt doch mal, in was für einen Aufzug sie sich geschmissen hat!« fügten sie lachend hinzu.
Ich fand selbst, daß ich mich in meinem armen Kleidchen eigentlich nicht sehen lassen konnte, und genierte mich. Aber wie

sollte ich wieder aus dieser Menge verschwinden, die mit einemmal nur noch Augen für mich hatte? Angesichts des Wirbels, den diese unheilvollen Figuren um meine Person veranstalteten, kam mir dies zumindest so vor. Aber vielleicht achtete ja auch niemand auf ihr Theater. Wie dem auch sei, ich bekam unter all diesen Menschen plötzlich keine Luft mehr. So war es fast eine Befreiung für mich, als mich die junge Bande an Armen und Beinen packte und ins Wasser warf.

Ich kam ohne jede Eile an die Oberfläche, um sofort wieder unterzutauchen. Als ich das zweite Mal den Kopf aus dem Wasser streckte, traf mein Blick direkt den eines Mannes, der am Beckenrand stand und mich anstarrte. Es war ein barsch aussehender, sehr häßlicher Mann mittlerer Größe. Er war der einzige, der einen klassischen, ausgesprochen gut geschnittenen Anzug trug. Sein unschönes Gesicht, das unter einem bläulich schimmernden Dreitagebart verschwand, hatte faszinierend durchdringende Augen. Ich schwamm zum Beckenrand und kletterte hinaus.

»Sie müssen sie entschuldigen«, sagte er, indem er auf mich zutrat.

Dann stellte er sich vor. Er hieß Hans, und wir befanden uns in seinem Haus, wo er ein kleines Fest gab. Sein vornehmes Benehmen, seine Haltung und Ungezwungenheit verliehen ihm einen so einnehmenden Charme, daß man seine Häßlichkeit ganz vergaß. Er nahm mich am Arm, und ich ließ mich in sein großes, luxuriöses Haus führen, wo er mich einer jungen Angestellten anvertraute, ehe er wieder verschwand. Ich sah ihm voller Bedauern nach.

Das Kammermädchen brachte mich in die erste Etage, wo sie mir ein Zimmer anbot, das ein Bad und einen Spiegelschrank besaß, der sich über eine ganze Wand erstreckte und eine komplette Frauengarderobe beinhaltete.

»Das ist Ihre Größe, nicht wahr?« sagte sie. »Nehmen Sie, was

Sie wollen, es sind die Kleider der ehemaligen Frau von Monsieur Hans. Wie Sie sehen, sind manche davon nie getragen worden.«
»Warum? Ist sie gestorben?«
»Nein, sie ist gegangen.«
»Und hat ihm alle ihre Sachen dagelassen?«
»Sie finden Monsieur Hans auf der Terrasse oder im großen Salon. Er erwartet Sie. Brauchen Sie sonst noch etwas, Madame?«
»Nein, danke.«
Die junge Frau verschwand mit einem frechen Lächeln. Ich nahm ein Bad, parfümierte mich und wählte aus der abwechslungsreichen Garderobe einen ärmellosen Body mit einem Reißverschluß auf der Vorderseite, über den ich seidene Minishorts mit einem breiten Metallgürtel anzog. Dann vergnügte ich mich damit, meine Toilette mit Seidenstrümpfen, hochhackigen Schnürstiefeln, feinen, seidigen Halbhandschuhen, die eng anlagen und bis zum Ellbogen reichten, sowie mit einer grauen Perlenkette, die in mein Dekolleté hineinbaumelte, zu vervollständigen. Meine Haare band ich nach hinten und versteckte sie unter einer mit Perlen bestickten Kopfbedeckung aus Filz und schwarzer Seide, die ich wie eine Perücke über meinen Kopf stülpte. Ich schminkte mich sorgfältig, lackierte meine Fingernägel und prüfte dann mein Aussehen in den Spiegeln. Ich war sehr schön.
Ich ging wieder in den Salon hinunter. Jetzt entsprach mein Aufzug eher dem der anderen Gäste, die in dekadentem Dandystil miteinander wetteiferten. Die Nacht ging zu Ende. Platten wurden aufgelegt, einige Leute tanzten, andere lagen engumschlungen auf Sofas und in allen Winkeln des Salons. Als ich auf die Bar zuging, sah ich, daß mein Gastgeber Hans auf mich zukam.
Er machte mir ein Kompliment über mein verändertes Ausse-

hen, und wir tranken ein Glas zusammen. Als ich ihn ansah, kam mir der unangenehme Gedanke, daß seine Frau ziemlich schnell fortgegangen war, wenn sie sich nicht einmal die Zeit genommen hatte, ihre Koffer zu packen ... Was konnte nur der Grund für solche Eile gewesen sein? Dabei war Hans ein vollendeter Kavalier, der fast etwas Rührendes an sich hatte; hinter seiner Maske kühlen Humors konnte man eine gewisse Traurigkeit erahnen, die vielleicht von einer verletzten Empfindsamkeit herrührte.

Wegen des Lärms unterhielten wir uns kaum. Aber wir saßen nebeneinander, so als sei dies die natürlichste Sache der Welt, als hätte er auf mich gewartet, als wären wir zwei alte Geliebte oder zwei Magneten, die sich gegenseitig anzogen. Ich trank ein zweites Glas, dann ein drittes, vielleicht ein viertes. Durch das große Fenster sah ich, wie die Sterne verschwanden, während der Himmel sich langsam grau färbte. Ich weiß nicht warum, doch dieser Anblick war mir mit einemmal unerträglich. Ich stand mit einem Ruck auf, um mich davon freizumachen, und ging auf die Tanzfläche, wo ich ganz in mich vertieft zu tanzen begann.

Ich war von exzentrischen, bezaubernden Mädchen und Jungen umringt. Einer der hübschesten ließ mich nicht aus den Augen und richtete es so ein, daß er immer vor mir tanzte, doch ich brauchte lange, um dies zu bemerken, denn ich hörte und fühlte nichts als das Dröhnen der Musik in meinem Körper. Von Zeit zu Zeit löschte ich meinen Durst, indem ich ein weiteres Glas Alkohol hinunterkippte, um dann sofort weiterzutanzen. Schließlich drückte ich mich an meinen hübschen Tanzpartner, und wir küßten uns leidenschaftlich.

Irgendwann war die Tanzfläche leer, und die Musik hörte auf. Es war Tag. Durch den chaotisch aussehenden Salon schwankend, erreichte ich die Terrasse, die bereits von der Morgensonne erwärmt wurde. Ich legte mich an den Rand des Schwimm-

beckens, tauchte einen Finger ins Wasser und plätscherte darin herum, während ich die Lichtreflexe beobachtete. Ich wußte jetzt, daß Hans mit seinem Bart, der so bläulich schimmerte wie das Schwimmbecken, zurückkommen und mich nehmen würde. Ich wartete auf ihn.
Ich legte mich auf den Rücken und dachte nur noch daran, die morgendliche Luft einzuatmen und ihren kühlen Hauch über meine Haut streichen zu lassen, während sich mein Blick in den grünen Blättern des Parks verlor. In der Stille, die nur zarter Vogelgesang durchbrach, hörte ich ihn kommen.
Er kniete sich zwischen meine Beine, öffnete meinen Gürtel und zerriß meine Shorts, deren Seide zwischen seinen Händen aufzuschreien schien. Dann riß er den Reißverschluß meines Bodys auf. Ich spreizte mit angewinkelten Knien meine Schenkel und schob in Erwartung seines Mundes, seines Kusses das Becken leicht vor. Aber nichts geschah.
Ich blickte zu ihm herunter und sah, daß er immer noch vor mir kniete, unbeweglich und wie verloren in der Betrachtung meiner weit geöffneten Muschel. Etwas überrascht beschloß ich, ihn so lange schauen zu lassen, wie es ihm gefiel, denn es schien ihm offensichtlich Freude zu bereiten.
Die Zeit verging, und nichts veränderte sich. Einmal legte er sich auf den Bauch, den Kopf zwischen meinen Beinen, und ich glaubte, er würde nun endlich zur Tat schreiten. Inzwischen hatte ich genug Zeit gehabt, mir vorzustellen, wie sich sein Bart anfühlen würde, und mir die erste Berührung seiner Zunge in meiner kleinen, ungeduldigen Muschi auszumalen, darauf zu hoffen, daß sie sich als die geschickteste aller Zungen erweisen und mich aufs Köstlichste befriedigen würde, wie nur wenige Männerzungen es vermochten …
Aber offensichtlich hatte er nur sein Gesicht näher an mein aufgerissenes Geschlecht bringen wollen. Er war so dicht daran, daß ich seinen Atem spüren konnte, aber immer noch be-

rührte er mich nicht. Während ich weiter wartete, dachte ich, daß er jetzt nicht mehr lange zögern würde, mir die Ehre zu erweisen.

Nach einer Weile begann ich, mein Becken ein wenig zu bewegen und dabei ein leises, wollüstiges Stöhnen von mir zu geben, um ihm klarzumachen, daß es jetzt an der Zeit sei, seine Träumereien oder Betrachtungen zu beenden. Um die Sache noch deutlicher zu machen, packte ich ihn an den Haaren und versuchte, seinen Mund mit Gewalt in meinen Schoß zu drücken, den er so bewunderte. Aber er riß sich los, ehe er mich berührt hatte.

Zutiefst verärgert und frustriert richtete ich mich mit einem Ruck auf.

»Verzeihen Sie«, sagte er. »Ich werde in einer dringenden, sehr dringenden Angelegenheit benötigt.«

Er hatte einen merkwürdigen Gesichtsausdruck, der mir angst machte. Auf einmal wollte ich ihn nur noch gehen sehen.

»Hier sind die Hausschlüssel«, fuhr er fort, indem er mir einen Schlüsselbund reichte. »Wie Sie sehen, steht auf jedem einzelnen Schlüssel das Zimmer, für das er bestimmt ist. Ruhen Sie sich in Ihrem Zimmer aus, lassen Sie sich etwas zu essen servieren, schauen Sie sich den Park und das Haus an ... Sie sollen sich hier wie zu Hause fühlen ...«

Er sprach mit tonloser Stimme und keuchte ein wenig, so als sei er sehr erregt. Warum ließ er mich dann allein? Ich zog meinen Body aus, unter dem ich ganz nackt war. Mir war warm, vielleicht hatte ich aber auch noch eine letzte Hoffnung, ihn verführen zu können. Doch er begnügte sich damit, in fast fiebrigem Ton hinzuzufügen:

»Ich flehe Sie an, bleiben Sie. Heute abend bin ich zurück ... und ... wir werden viel Zeit für uns haben ...«

Dann ging er. Nachdem er schon ein paar Schritte getan hatte, drehte er sich noch einmal um und schrie: »An dem Schlüsselbund … hängt bestimmt auch der Kellerschlüssel … Öffnen Sie alle Räume, die Sie wollen, aber den bitte nicht. Auf keinen Fall, es ist sehr wichtig … Ich werde es Ihnen erklären …«

Ich war erschöpft. Verdammter Anmacher, dachte ich. Es gab schon verrückte Typen … Ich verzichtete darauf, mir weiter Gedanken über seinen Fall zu machen, und stand auf, um in mein Zimmer zu gehen. Ich wollte nur noch schlafen.

Auf der Treppe begegnete ich einer anderen Hausangestellten, die älter, aber ebenso verführerisch war wie die am Tag zuvor. Sie bot sich an, mir auf dem Zimmer ein Frühstück zu servieren. Während ich auf meinen Kaffee wartete, genehmigte ich mir ein Bad. Dem entstieg ich, um mich gleich vor ein dampfendes Frühstückstablett zu setzen, von dem ich kräftig aß. Dann legte ich mich ins Bett und schlief sofort ein.

Als ich mitten am Nachmittag aufwachte, sah ich durch das Fenster, daß das Wetter immer noch genauso schön war, und ich bekam Lust, im Park spazierenzugehen. Im Schrank suchte ich mir ein fließendes, luftiges Sommerkleid, weiße Tennisschuhe und einen Strohhut aus und ging hinaus. Als ich die Tür hinter mir zuzog, erinnerte ich mich an den Schlüsselbund und ging zurück, um ihn vom Nachttisch zu nehmen.

Ich blieb nicht lange im Park. Dieser Schlüsselbund war mir lästig, obwohl er ziemlich klein war. Aber ich hatte keine Tasche, in die ich ihn hätte stecken können, so daß ich ihn die ganze Zeit in der Hand halten mußte und Angst hatte, ihn zu verlieren; ich dachte an nichts anderes mehr. Warum hatte er mir diese Schlüssel gegeben? Es war mir nicht so vorgekommen, als seien die Zimmer im Haus abgeschlossen. Auf der ersten Etage hatten manche Zimmertüren auf dem Gang sogar halb oder ganz offen gestanden.

Plötzlich spürte ich ein unwiderstehliches Verlangen, das Haus zu besichtigen. Während ich mit großen Schritten wieder darauf zuging, schließlich sogar lief, machte ich mir lebhafte Vorwürfe,

nicht schon früher daran gedacht zu haben. Und doch hätte ich nicht sagen können, worauf sich dieses mächtige Verlangen gründete, wenn nicht auf eine dunkle Vorahnung, die ich nicht genauer hätte artikulieren können.
Als ich schließlich den Schlüssel im Kellerschloß umdrehte, wußte ich, daß ich nicht von Neugierde, sondern von einer Art obszöner Eifersucht getrieben wurde. Diese Eifersucht, die wie ein Höllenfeuer in mir brannte, hatte ihren Grund darin, daß mein Gastgeber, der Mann, den ich vergeblich begehrt hatte, mich hatte erahnen lassen, was für ein Heuchler er sein konnte, und daß Lügen und Geheimnisse wie eine unüberwindbare Mauer zwischen uns standen.
Die Tür führte zu einer steilen, engen Treppe. Ich schloß sie leise hinter mir und begann, schweigend und ohne das Licht anzumachen hinabzusteigen. Es kam mir so vor, als würde ich von unten Stimmen hören. Als die letzte Stufe hinter mir lag, tat ich noch ein paar Schritte auf einem Boden, der mir wie festgetretener Lehm vorkam, bis meine Hände, die ich ausgestreckt hatte, um mich in dem Raum zurechtzufinden, einen Vorhang berührten.
Ich wollte sie erst nicht erkennen. Die Stimme, die ich da hörte, war meine eigene Stimme. Sie sagte nichts, sie seufzte. Ich tastete nach dem Rand des Vorhangs und schob ihn zur Seite. Die Wahrheit sprang mir ins Gesicht. Das, was ich hatte geheimhalten wollen, war dort auf einem Bildschirm zu sehen. Im Bett befriedigte ich mich mit Gegenständen, die ich im Nachttisch gefunden hatte. Die Lust, die mein Gastgeber mir versagt hatte, gab ich mir nun allein, mit Hilfe verschiedener Instrumente. Und der Mann, der mich ohne mein Wissen gefilmt hatte, saß vor dem Bildschirm, eine Fernbedienung in der Hand, und geilte sich an diesen Bildern auf, während die kleine Brünette, die mich am Vorabend in mein Zimmer begleitet hatte, ihn aussaugte.

Ich dachte, ich müßte vor Scham ohnmächtig werden. Darauf beschränkte sich also unsere Beziehung? Einsame, versteckte Lüste, Täuschungen? Ich war voller Haß auf mich, auf ihn, auf uns beide, und dann wieder auf mich.
Die Kellertür öffnete sich. Ich blieb gegen die Wand gepreßt in einer Ecke stehen. Das Licht ging an, und die zweite Angestellte, die offensichtlich sehr geübt in der Benutzung der steilen Treppe war, kam leichtfüßig herunter. Ich bewegte mich nicht. Es war sowieso gleichgültig, nach allem, was ich entdeckt hatte. Die Frau ging, ohne mich zu sehen, an mir vorbei, schob den Vorhang zur Seite und verschwand dahinter.
Ich wäre gerne gegangen. Aber trotz des Ekels, den mir mein Tun einflößte, konnte ich es mir nicht versagen, meinen Gastgeber noch ein letztes Mal zu betrachten. Während immer noch diese obszönen, unerträglichen Bilder von mir über den Bildschirm flimmerten, kümmerte sich niemand mehr darum. Alle drei trieben es jetzt miteinander. All das, was er mir hätte geben können, gab er jetzt aus vollen Händen den beiden Frauen. Ich floh, ohne darauf zu achten, keinen Lärm zu machen. Doch sie waren ohnehin so in ihre Wollust vertieft, daß sie nichts bemerkten.
Ich wollte dieses Haus verlassen, in die dunklen Gänge des kleinen Zirkus zurückkehren. Aber es gelang mir nicht, die Tür wiederzufinden, durch die ich hereingekommen war. Ich lief von oben bis unten durch das Haus und suchte auch mehrmals die Terrasse ab, aber vergeblich. Es gab keinen Ausgang mehr.
Ich flüchtete mich in den Park. Ich wäre am liebsten verschwunden, hätte mich gerne ganz aus meiner eigenen Erinnerung ausgelöscht. Am Fuß eines Baumes rettete ich mich in einen von Alpträumen geplagten Schlaf.
Die Lust weckte mich auf. Zwischen meinen Beinen wühlte ein Kopf. Das, was er mir am selben Morgen verweigert hatte, gab Hans mir jetzt, durch den Stoff meines Höschens hindurch. Er

zog es mir aus, und ich gab mich seinem köstlichen Kuß hin, auf den ich so sehr gewartet hatte. Er war genauso geschickt, wie ich es mir erträumt hatte, unter seiner Zunge zerfloß ich zu Lavaströmen, zu sämigen Bächen, verzücktem Fleisch, und seine Zunge leckte mich, durchfurchte mich, saugte mich aus und entfachte in meinem Spalt ein immer heftigeres Zucken. Ich kam in seinem Mund, mit aufgebäumtem Körper, so als hätte die Erde mich plötzlich von sich gestoßen.

Er drehte mich auf den Bauch. Hinter mir kniend, packte er mich an den Hüften, hob mein Becken an, ließ mich die Lenden wölben und drang in mich ein. Ich spürte, wie sein harter und doch samtweicher Schwanz durch meine Scheide glitt, tief ins Innere, wo er mit dumpfen Hieben anstieß, um dann langsam in die entgegengesetzte Richtung zurückzugleiten und auf seinem Weg Wellen der Lust hinter sich zu lassen. Orgastische Krämpfe durchzuckten mein Geschlecht und die entlegensten Zonen meines Unterleibes, so daß mir fast übel davon wurde.

Er legte sich auf den Rücken, und nun war ich es, die sich rittlings mit angezogenen Beinen auf ihn setzte, eine Hand hinter mich gestreckt, um von unten seine Hoden zu greifen, während ich mich mit langen, kraftvollen Stößen auf ihm aufspießte. Wieder erreichte ich einen Höhepunkt, der mir wie ein Schluchzer in die Kehle stieg.

Ich legte mich eine Weile auf ihn, um mich auszuruhen, dann fing ich wieder an, jetzt mit weit gespreizten Schenkeln auf meinen Füßen hockend, auf seinem senkrecht in die Höhe stehenden Mast auf und ab zu gleiten. Ich kam noch einmal, im selben Augenblick wie er.

Erschöpft sank ich auf seinem Körper zusammen. Als ich meine Sinne wieder beisammen hatte, mußte ich plötzlich an das denken, was morgens am Rand des Schwimmbeckens geschehen war, und vor allem an die Ereignisse des Nachmittags. Zuerst wollte ich einfach alles vergessen. Nach den glücklichen Mo-

menten, die wir gerade gemeinsam erlebt hatten, sollte alles andere bedeutungslos sein.
Doch langsam kam ein Gefühl des Mißtrauens und der Rachsucht in mir auf. Voller Schmerz rief ich mir das, was ich im Keller gesehen hatte, vor Augen, diese versteckte Seite der Wirklichkeit, von der ich vermutete, daß sie letztlich die reale Wirklichkeit war. Er hat mich betrogen, dachte ich. Und er betrügt mich weiter. Er ist bloß gekommen, um mich zu benutzen, um mich zu einem Rädchen seiner geheimen Maschine zu machen, zu der er mir niemals Zugang gewähren wird.
Ich löste mich aus seiner Umarmung und drehte ihm den Rücken zu, den Kopf zornig in meinen Armen begraben.
»Was ist los?« fragte er.
»Nichts.«
»Nichts? Natürlich hast du irgend etwas … Und du wirst mir sofort sagen, was es ist …«
Ich brauchte mich nicht umzudrehen, um zu spüren, daß er sich plötzlich verändert hatte. Haß klang aus seiner Stimme, so als wollte er mich vernichten.
»Was ist los?« wiederholte er mit einer verhaltenen Wut, die mich lähmte. »Was habe ich getan?«
Als ob er es nicht wüßte! Er wußte sehr wohl, was er mir angetan hatte. Genau deswegen war er ja so außer sich. Bestimmt vermutete er, daß ich ihn entdeckt hatte, er hatte ja alles dafür getan, damit ich ihn entdeckte, indem er mir verbot, den Kellerschlüssel zu benutzen. Was er mir angetan hatte, war, mich nicht an seinem Spiel teilhaben zu lassen, mich verraten zu haben und vor allem, mir so brutal gezeigt zu haben, daß wir weit davon entfernt waren, Komplizen zu sein … All das drehte sich in meinem Kopf und quälte mich, doch ich konnte es ihm nicht sagen. Denn wenn ich zugegeben hätte, daß ich Bescheid wußte, hätte ich damit auch zugegeben, woher ich es wußte.
Er hatte mich am Arm gepackt, sah mir in die Augen und ver-

suchte, mich zum Reden zu zwingen. Das Verlangen, die Wahrheit zu hören, erweiterte seine Pupillen, doch der Gedanke, daß das Unsägliche gesagt werden könnte, versetzte ihn auch in Schrecken. Er war wie ein Mörder, der sich selbst beschuldigt, um das Gewicht seiner Schuld zu mindern, und der dann, sobald er tatsächlich als Beschuldigter dasteht, nur noch heftig leugnen oder seinen Ankläger sogar töten kann.

In diesem Moment hatte ich fast Mitleid mit ihm.

Welches Vergehen hat er denn begangen? fragte ich mich. War er nicht einfach nur er selber, und das heißt: anders als ich? Warum versuchte er, vielleicht ohne es zu wollen, entdeckt zu werden? Weil er selbst nicht wußte, was sich hinter seiner Maske verbarg? Weil er mich dazu bringen wollte, auch meine Maske abzulegen, die ich trug, ohne es zu wissen?

Wahrscheinlich, dachte ich weiter, spielte ich das gleiche Spiel wie er: Durch mein Verhalten zeigte ich ihm, daß ich den Schlüssel zu seinem Keller benutzt hatte und in seine Intimsphäre eingedrungen war, aber ich weigerte mich, es offen zuzugeben.

Er beharrte auf immer brutalere Weise auf einer Antwort, indem er mir den Arm zusammendrückte, um mir weh zu tun. Da überkam mich mit einemmal eine haßerfüllte Wut. Und da ich nichts anderes sagen konnte, beschuldigte ich ihn, mich im Schlaf vergewaltigt zu haben.

»Glaubst du, ich hätte mit dir gevögelt, wenn ich ganz bei Bewußtsein gewesen wäre?« brüllte ich. »Als ich aufgewacht bin, war es schon zu spät, du hattest ja schon angefangen, mich zu vergewaltigen. Dein Kopf unter meinem Rock, du Mistkerl … Was sollte ich denn tun? Mich wehren? Was hätte das denn genützt? Es war ja schon zu spät! Du hast meine Schwäche ausgenutzt, du Schwein! Du bist ein Schwein, ein Widerling, du widerst mich an!«

Er lachte höhnisch und erinnerte mich in allen Details daran, wie ich mich an unserem Spiel beteiligt hatte. Ich hätte ihn am liebsten umgebracht. Ich versetzte ihm einen Fausthieb ins Gesicht, den er mir sofort in Form einer Ohrfeige wiedergab. Wir begannen, uns zu schlagen. Die Wut verzehnfachte meine Kraft, doch es gelang ihm schnell, meinen Unterarm auf den Rücken zu drehen und mich zu zwingen, stillzuhalten, weil er ihn mir sonst gebrochen hätte.

Sobald er mich wieder losgelassen hatte, floh ich in den Wald, ohne mir noch die Zeit zu nehmen, mich anzuziehen. Bald wurde mir klar, daß er, ebenfalls nackt, hinter mir herlief. Während ich weiterlief, drehte ich mich von Zeit zu Zeit um und sah, wie sein haßerfülltes Gesicht immer näher kam. Ich war sicher, daß er mich töten würde … In panischer Angst und völlig außer Atem lief ich im Zickzack zwischen den Bäumen hindurch.

Jetzt spürte ich, daß er da war, unmittelbar hinter mir … In diesem Moment strauchelte ich über einen dicken Ast, der im Gras lag, und stürzte brutal zu Boden; ich verlor das Bewußtsein.

Als ich wieder zu mir kam, erinnerte ich mich an das letzte Bild, das ich während meines Sturzes wahrgenommen hatte. Beinahe im selben Augenblick wie ich war auch Hans über den Ast gestolpert und auf den Boden geknallt.

Inzwischen war die Nacht hereingebrochen. Mir taten die Hände, der Kopf, der ganze Körper weh, und mir war kalt. Durch die Äste drang schwaches Mondlicht, so daß ich neben mir den leblosen Körper von Hans erkennen konnte. Sein mir zugewandter Kopf lag auf einem Stein. Ich streckte die Hand nach ihm aus und berührte seinen Arm. Er war kalt. Ich glitt zur Innenseite seines Handgelenks herunter, um seinen Puls zu fühlen. Nichts.

Sofort erhob ich mich und tauchte schwankend ins Dunkel des Parks ein, ohne auch nur den Versuch zu unternehmen, mich zu orientieren. Schließlich erblickte ich die Terrasse, die wie am Abend zuvor erleuchtet war. Ich ging darauf zu.

Kein Mensch war zu sehen, und alles war still. Ohne die Nachtschwärmer war der Ort von einer schwindelerregenden Leere.
Ich tauchte auf den Grund des Schwimmbeckens. Aus der Tiefe des Wassers rief ich nach Hans. Aber alles war dunkel und stumm, und ich lief Gefahr zu ersticken. Hustend und spuckend kam ich wieder an die Oberfläche. Wenn wir Seite an Seite gestorben sind, dachte ich, dann heißt das vielleicht, daß wir uns trotz allem geliebt haben. Doch dann fiel mir wieder ein, daß ich gar nicht tot war.
Am Ende der Terrasse fand ich mein Kleid und die Tür wieder, die mich zurück in die Gänge führte. Ich irrte eine Weile darin umher, ehe ich eine neue Tür öffnete.

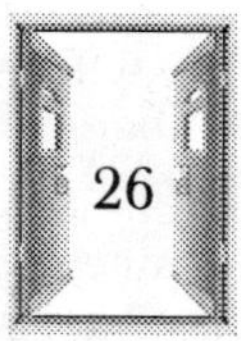

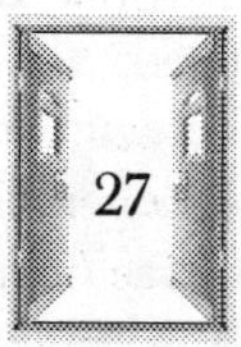

22

Der See

Die Luft war wunderbar mild und frisch, ein Sommermorgen brach herein, und durch die Stille drang nur das leichte Plätschern des Wassers gegen die Böschung. Um den See herum breitete sich ein Kiefernwald aus, dessen grüne Fläche sich bis zum Horizont jenseits des anderen Ufers hinzog.

Ich legte mein Kleid und meine Schuhe am Fuß eines Baumes ab und schritt durch den von Nadeln übersäten Sand bis ans Wasser; auf meinem Weg mußte ich über eine breite Straße dicker schwarzer Waldameisen hinwegsteigen.

Der schmale Strand bildete eine kleine Bucht, die an einer Seite durch riesige Rosenbüsche begrenzt wurde. Alles war wie ausgestorben.

Ich trat ins Wasser, das meine Knöchel umfing wie zärtliche Hände. Ich watete geradeaus in den durchsichtigen See hinein, dessen warme Liebkosung langsam an meinen Beinen hochstieg. Ich war schon einige Meter vom Strand entfernt, und das Wasser reichte erst bis an meine Brüste. So tauchte ich ganz ein und schwamm los. Ich sah zu den Rosenbüschen links hinter mir. An dieser Stelle sah es so aus, als würde eine breite dunkle Schicht auf dem Wasser liegen. Ich schwamm darauf zu.

Das Wasser war dort tiefer. Inmitten der Rosenbüsche befand sich, was vom Ufer aus nicht sichtbar gewesen war, eine winzige Sandinsel. Ich steuerte darauf zu. Um die Tiefe des Wassers zu testen, stellte ich mich auf, und meine Füße versanken in einer weichen, schleimigen Masse, einer feinen dichten Algenschicht, die auf den Steinen wucherte und sie glitschig machte.

Ich streckte mich auf der Insel in der Sonne aus. Die Rosenzweige wiegten sich langsam hin und her, so als wären sie von Geistern beseelt. Ich hob den Kopf und sah, daß ein Schwimmer auf mich zukam, der mich jedoch hinter den Pflanzen noch nicht erblickt hatte. Ich legte mich wieder hin und wartete auf ihn.

Als er die Insel betrat, sah ich ihn an und reichte ihm die Hand. Er gefiel mir. Er war ebenfalls nackt, schlank und schön gebräunt. Er ließ sich neben mir in den Sand fallen und streichelte mich zärtlich.

Er drang in mich ein, und wir vergnügten uns damit, engumschlungen durch den Sand zwischen den Rosen ins Wasser zu rollen. Als das Wasser zu tief wurde, zog er seinen Schwanz aus mir heraus, und wir tauchten spielerisch einer unter dem anderen her, wobei wir jedesmal unsere ganzen Körper mit Küssen und Zärtlichkeiten bedeckten, besonders zwischen den gespreizten Beinen, wo unsere Geschlechtsteile an Wassertiere erinnerten.

Da inzwischen einige Leute am Strand eingetroffen waren, blieben wir zwischen den Rosenbüschen neben der Insel, wo er wieder begann, in mich einzudringen. Unsere Körper waren ein wenig ölig geworden, was unserer Umarmung eine besonders weiche, zärtliche Note verlieh. Er stand im See, der ihm bis an die Brust reichte, und ich umklammerte seinen Hals, die Knie auf seinem Rücken zusammengedrückt, die Füße auf seinen Hintern gestützt. Im Wasser war alles einfach und leicht. Langsam wuchs unsere Erregung, und wir kamen gleichzeitig, mit einem Stöhnen und Seufzen, das dem Rascheln des Windes in den Rosenblättern glich.

Dann ruhten wir uns eine Weile auf der Insel aus. Als er eingenickt war, verließ ich ihn geräuschlos und kehrte zum Strand zurück, wo sich ein paar Leute niedergelassen hatten. Die magische Stunde war vorüber. Ich zog mein Kleid an und ging.

Im Gang erinnerte mich das Flüstern der Geister an das leichte Säuseln des Windes auf der Wasseroberfläche, und ich mußte lächeln, während ich auf eine neue Tür zutrat, um sie zu öffnen.

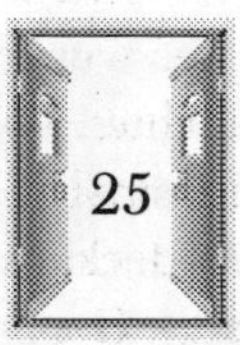

Die alte Frau

In einem Krankenhausbett lag eine alte Frau, die mich ansah, als ich eintrat. In ihrem müden, mageren, faltigen Gesicht funkelten ihre dunklen Augen wie zwei Perlen. Zwei Kakteen inmitten einer öden Wüste.

Sie starrte mich ohne jede Diskretion an, und auch ich konnte meinen Blick nicht von ihr abwenden, denn ihre Gesichtszüge waren mir schmerzlich vertraut. Ich hatte diese Frau mit Sicherheit bereits irgendwo getroffen, und sie erinnerte mich an etwas Trauriges, doch mein Gedächtnis weigerte sich, mir den Schlüssel zu diesem Geheimnis zu liefern.

»Komm«, sagte sie mit schwacher, zitternder Stimme.

Wie hypnotisiert gehorchte ich ihr.

Ihr Bett roch nach Tod. Ich schaffte es, meine Augen von ihrem Gesicht abzuwenden und mich auf den Weg des Serums von dem Plastikfläschchen, das über ihrem Bett hing, bis in ihren

Arm zu konzentrieren. Und erst in diesem Moment, als ich sie nicht mehr betrachtete, wußte ich, wer sie war.

Als mein Blick wieder auf ihrem Gesicht ruhte, wurde die Wahrheit, die in meinem Geist Form angenommen hatte, durch das, was ich sah und von Anfang an gesehen hatte, ohne es mir eingestehen zu wollen, auf eklatanteste Weise bestätigt. Zwischen dieser Frau und mir lag nur ein kleiner Zeitraum, ein paar Jahre vielleicht, nicht viel mehr als ein Augenblick, denn dieser zeitliche Abstand hinderte uns nicht daran, hier zusammenzutreffen. Diese Frau war ich.

Sie beeindruckte mich jetzt so sehr, daß ich zögerte, sie anzusehen. Aber ich war doch auch sehr neugierig zu sehen, was aus mir geworden war. So blickte ich sie also, soweit meine Kräfte es zuließen, immer wieder an und schloß dann die Augen, um mich ganz in mir selbst wiederzufinden, meinem augenblicklichen Körper, meiner jetzigen Seele. *Man kann nicht zweimal im selben Fluß baden.* Wenn der Körper sich verändert, bleibt dann die Seele dennoch gleich? Alles in dieser Welt ist so flüchtig …

Wie soll man glauben, daß das kleine Mädchen, das ich einst war, die Frau, die ich nun bin, und diese Alte, die ich bald sein werde, exakt die gleiche Person sind?

Die Alte tat ihren Mund auf, diesen Mund, der voll und lieblich gewesen war, und sagte:

Ihr werdet genug Zeit haben, / die Sterne zu beobachten, / wenn Euch ohne Hast / die Würmer auffressen.

Ich erkannte ein Gedicht von García Lorca wieder, das ich einige Tage zuvor gelesen hatte. Dann werde ich mich also bis an mein Lebensende daran erinnern? überlegte ich.

»Leg dich neben mich«, sagte die Alte.

Ich schlüpfte neben sie ins Bett und spürte ihren dürren Leib an meinem. Ich war hin und her gerissen zwischen dem Gefühl, sie liebkosen und ihr ein wenig Trost spenden zu müssen, und dem Verlangen, sie schonungslos im Stich zu lassen, um diese abstoßende, traurige Gestalt zu vergessen. Warum hatte sie mir diese Begegnung aufgezwungen, fragte ich mich voller Wut, und dabei alle Gesetze der Natur gebrochen?

»Sei keine Idiotin«, sagte die Alte. »Du bist schließlich zu mir gekommen.«

Ich erstarrte vor Furcht, als ich spürte, wie sie unter dem Laken meine Hand in ihre nahm und hinzufügte: »Leih sie mir. Sie ist zarter als meine ...«

Und sie legte sie zwischen ihre welken Schenkel in ihren verschrumpelten Schoß, der immer noch glühte. Beinahe wäre mir ein Schrei des Entsetzens entschlüpft.

Ich versuchte, mich zu befreien, doch sie hielt mich mit erstaunlicher Kraft fest. Dann fing sie an, mit meinen Fingern zu masturbieren.

Ich schloß die Augen und sah mich, wie ich in meiner jetzigen Haut mit gespreizten Beinen auf dem Krankenhausbett lag. Jetzt reicht mir dieses Herumgestochere aber, dachte ich in meinem halben Traum. Ich hätte mich gerne ausgeruht, um dieser Versessenheit, deren Opfer ich war, zu entkommen.

Die Alte kam schließlich. Ich spürte, wie ihr Körper bebte und sich neben meinem aufbäumte. Sie ließ ihren Kopf in die Kissen zurückfallen und schlief ein.

Meine Finger waren immer noch in ihren gefangen wie in den Fängen eines Raubvogels. Mit der anderen Hand bog ich ihre Finger auseinander und stieg aus dem Bett.

Ich war ihr nicht böse. Du hast recht, gestand ich ihr insgeheim zu. Du hast mich mißbraucht, aber schließlich bin ich zu dir gekommen. Vielleicht habe ich dich genauso gestört, wie du mich verwirrt hast.

Ich kehrte in die Gänge zurück, wo ich lange herumlief. Aber die Geister zeigten sich nicht.

Um mich herum war nichts als Leere.
Als dieses Empfinden zu schwindelerregend wurde und ich das Gefühl hatte, am Rande der völligen Erschöpfung zu stehen, öffnete ich eine neue Tür, wie jemand, der durch einen Notausgang stürzt.

24

Der Schwätzer

Das Licht war gelöscht, die Fensterläden geschlossen. Als sich meine Augen an die Dunkelheit gewöhnt hatten, sah ich, daß ich mich in einem behaglichen Zimmer befand. In einem breiten Bett schlief ein Mann. Mir kam es so vor, als sei es mitten in der Nacht, denn in diesem Zimmer, das in einer Wohnung zu liegen schien, herrschte eine ganz besondere Stille. Der Mann atmete langsam und regelmäßig.

Ich hatte große Lust, mich auszuruhen. So beschloß ich, das Bett auszunutzen, ohne den Schlafenden zu wecken. Ich zog mich aus und schlüpfte unter die Decke. Es war warm und weich darin, und ich seufzte vor Behagen.

Ich rückte ganz dicht an den Mann heran, denn mir war nach Zärtlichkeit zumute, und es gefiel mir, gewärmt durch einen anderen Körper in den Schlaf zu sinken. Aber bald mußte ich mir eingestehen, daß der Wunsch zu schlafen bei mir immer schwächer wurde, je mehr ich die Gegenwart des Mannes spürte, seinen Duft roch, und je klarer mir wurde, daß ich nur meine Hand nach ihm auszustrecken brauchte. Ich begann, mich im Bett herumzuwälzen, um mich zu beruhigen. Schließlich blieb ich mit angezogenen Beinen neben ihm liegen, denn ich glaubte, daß diese Position mir dabei helfen würde, mich ganz auf mich selbst zu konzentrieren und dabei eine relative Distanz zu ihm zu bewahren. Aber als ich die Beine hochzog, streifte mein Bein aus Unachtsamkeit den Penis des Mannes.

Er war hart, lang, warm und an der Spitze sogar ein bißchen feucht. Angesichts dieser herrlichen Überraschung dachte ich keinen Moment mehr daran, mich auszuruhen. Langsam umschloß ich den schönen, geschwollenen Schwanz mit meiner Hand.

Der Schlafende wachte auf und begann, mich zu umarmen und lieb zu streicheln, jedoch ohne übermäßige Leidenschaft. Als wir nach einer Weile immer noch bei diesem Vorspiel waren, beschloß ich, unter die Decke zu tauchen, um ihm den Schwanz zu saugen. Dieser war perfekt *al dente*, ein Genuß. Aber ich wollte mich nicht damit begnügen.

Als ich wieder zu ihm hochkam, fuhr er fort, mich zu küssen und zu streicheln. Ich wollte nicht den Eindruck erwecken, daß ich es allzu eilig hatte, zu ernsthafteren Dingen zu kommen, doch das Verlangen brannte in mir. Ich drückte mich leidenschaftlich an ihn und bewegte mein Becken, um ihm zu verstehen zu geben, daß es nun an der Zeit war, in mich einzudringen.

Mein Unterfangen schien zu gelingen, denn er drehte mich auf den Rücken, um sich auf mich zu legen. Mich vor Ungeduld und Erregung verzehrend, spreizte ich weit die Beine.

Endlich würde er mich nehmen. Genau in diesem Augenblick klingelte es zweimal.

»Entschuldige mich«, sagte er.

Er stand auf, um die Tür zu öffnen. Ein anderer Mann trat ins Zimmer. Mein Liebhaber in spe schaltete das Licht an, und ich sah, daß beide Männer bezaubernd waren, nicht mehr ganz jung, aber immer noch schlank und locker, wie zwei Studenten oder zwei jugendlich gebliebene Typen. Dieser Besuch mitten in der Nacht kam mir allerdings merkwürdig vor und geschah auch nicht gerade im richtigen Moment, aber schließlich kam ich zu dem Schluß, daß es vielleicht ein unverhoffter Glücksfall war, da nun vielleicht beide das Bett mit mir teilen würden.
Statt dessen boten sie mir an, etwas mit ihnen trinken zu gehen. Natürlich war ich sehr enttäuscht und frustriert. Ich versuchte, mit einem Scherz darauf zu reagieren:
»Warum denn aufstehen? Ich fühle mich sehr wohl hier in diesem Bett ... Wollt ihr nicht auch?«
Aber sie schienen mein Angebot nicht zu verstehen und luden mich erneut ein, mit ihnen zu kommen. Resigniert erhob ich mich, nackt wie ich war, und zog mein Kleid an, während sich auch mein Bettgenosse anzog.
Wir gingen hinaus, um uns in einer kleinen, gemütlichen Kneipe an einem rustikalen Holztisch wiederzufinden. Es herrschte ein zwangloses Treiben, die Leute kamen und gingen, tranken und redeten wie wir. Meine beiden Gefährten hörten gar nicht mehr auf, ernsthaft über alles und nichts zu plaudern.
Anfangs beteiligte ich mich an ihrem Gespräch. Doch als immer mehr Zeit verstrich, schwand meine gute Laune. Ich erhob mich jäh und verließ die Kneipe, ohne ein Wort zu sagen.
Mein Liebhaber in spe holte mich auf der Straße ein und fragte, was denn los sei. In Anspielung auf die Tatsache, daß wir nicht miteinander geschlafen hatten, antwortete ich verärgert: »Wenn man Versprechungen macht, dann hält man sie auch.«
Er rechtfertigte sich, indem er wieder wie ein Wasserfall zu reden begann und mir in seinem Wortschwall klarmachte, daß

man, wenn man etwas vom Leben kennenlernen wollte, besser ausging, als zu Hause zu hocken und Sex zu haben.
»Das ist mir scheißegal!« erwiderte ich aggressiv. »Was ich will, ist Sex! Sofort! Immer!«
Endlich schien ihn die Macht meines Verlangens zu beeindrucken. Er nahm mich am Arm und sagte, daß wir sofort nach Hause gehen würden.
Wieder bei ihm, fand ich in einer Kommode neben dem Badezimmer weibliche Unterwäsche. Da ich sichergehen wollte, daß diesmal alles klappte, beschloß ich, in großer Aufmachung vor ihm zu erscheinen. Ich trat in einem eng taillierten Mieder, schwarzen Seidenstrümpfen und hohen Absätzen in sein Zimmer. Ich beugte mich über ihn und ließ, während ich ihm seine Brust, die Innenseiten seiner Schenkel und die Eier streichelte, meine aus dem Mieder quellenden Brüste, die vor Erregung ganz hart und geschwollen waren, über sein Gesicht wandern. Ich ließ ihn daran saugen, eine nach der anderen, während meine Hand sich um seinen Schwanz bemühte, der hart wie ein Stück Holz wurde.
Ich war jetzt wie verrückt vor Ungeduld. Rittlings setzte ich mich auf ihn und schickte mich an, mich auf ihm aufzuspießen.
In genau diesem Moment klingelte es wieder. Es war mir, als würde ich durch eine Ohrfeige brutal aus dem Traum gerissen. Ich sah perplex, wie er aus dem Bett sprang, um den Wecker abzustellen, und hörte, ohne seine Worte wirklich zu verstehen, wie er mir erklärte, daß es Zeit sei aufzustehen und daß er sich um keinen Preis verspäten dürfe.
Schon war er unter der Dusche verschwunden. Während ich mir wütend die Wäsche vom Leib riß, beschimpfte ich ihn als dreckigen Schwätzer. Ich hätte ihn umbringen können. Doch ehe ich zu solch extremen Maßnahmen griff, zog ich mich lieber wieder an und ging türenknallend hinaus.

Dann lief ich eine Weile mit großen Schritten durch den Gang, bis ich eine neue Tür öffnete.

26

25

Die Maske

Es war ein herrlicher, großer Schloßsaal, in dem ein Maskenball gegeben wurde. Ich hatte sofort das Gefühl, in eine andere Epoche geraten zu sein, denn keiner der vielen Gäste trug zeitgenössische Kleider, nicht einmal solche aus dem letzten Jahrhundert. Ein Orchester spielte erlesene Melodien, zu denen die Leute elegante und wohlgeordnete Gruppentänze ausführten. Alle Männer trugen Perücke, Wams und Strumpfhosen, unter denen sich die Beine, der Hintern und ihr Geschlecht abzeichneten. Die Frauen hatten Schönheitsflecken, lange Kleider und tief ausgeschnittene Dekolletés. Alle waren gepudert und maskiert, meist mit großen venezianischen Satinmasken, die reich verziert waren.

Sobald ich eingetreten war, eilte ein Lakai auf mich zu und führte mich in ein anliegendes Zimmer, das als Garderobe diente. Dort bemühte sich eine Kammerfrau, mir ein passendes Kostüm zu verschaffen, ein Korsett, dessen Bänder sie mit aller Kraft zusammenzurrte, weiße Seidenstrümpfe mit Samtbändern, seidene Schuhe, und ein weiß-rosa Kleid mit Gestell, das traumhaft schön war, handgenäht aus feinsten Stoffen und über und über mit Spitzen, Stickereien und Dutzenden von Perlen, den schönsten, die ich jemals gesehen hatte, besetzt.

Nachdem sie mich parfümiert, geschminkt, frisiert und gepudert hatte, bot mir die Kammerfrau eine zu meinem Kleid passende Maske an, die goldbestickt und mit Perlen und weißen Federn geschmückt war. Sie sprach eine Sprache, die ich nicht kannte, die aber sehr dem Italienischen ähnelte, und ich brauchte nicht viele Worte, um ihr meine Zufriedenheit und meinen Dank auszudrücken.

Der Lakai geleitete mich in den Ballsaal zurück, wo die Tänzer mich in ihre Gruppe aufnahmen. Indem ich mich führen ließ und sie beobachtete, gelang es mir ganz gut, ihren Schritten zu folgen. Obwohl ihre Tänze ausgesprochen gehemmt und artig wirkten, erwiesen sie sich in der Praxis doch sehr schnell als ebenso erotisch und flott wie jeder zeitgenössische Tanz.

Man mußte ununterbrochen den Partner wechseln, von Hand zu Hand und von Arm zu Arm wandern, ehe man seinen festen Partner wiederfand. Dadurch entstand eine Art sinnlicher Strudel, der durch die Masken noch aufregender wurde. So war es nicht selten, daß man seinen Partner im Zustand sichtlicher Erregung wieder auf sich zukommen sah, welcher durch die flüchtigen, aber wiederholten Berührungen mit einer unglaublichen Vielzahl an Kleidern und Frauen hervorgerufen wurde.

Ich tanzte lange und amüsierte mich sehr. Gegen Ende fand ich immer denselben Partner wieder, einen großen, schwarz maskierten Mann, der mich mit seinen Aufdringlichkeiten verfolgte. Bei jedem neuen Tanz sprühten seine Augen mehr, schwoll sein Geschlecht weiter an, so daß ich schon Angst bekam, er würde

während einer unserer Drehungen durch seine Strumpfhose auf meinem Kleid kommen.
Am Ende eines Musikstückes verschwand ich im hinteren Teil des Saals. Auch ich war sehr erregt. Ich sah, daß mein Partner ebenfalls die Gruppe verlassen hatte und sich ohne jede Eile einen Weg in meine Richtung bahnte. Ich sah ihn fest an und ging aus dem Raum.
Im Gang des Schlosses wartete ich auf ihn. Als ich seine Silhouette auftauchen sah, raffte ich meine Röcke und begann davonzulaufen.
Ich hörte, wie er hinter mir herlief. Von Zeit zu Zeit blickte ich mich nach ihm um, womit ich ihm gleichzeitig Angst vortäuschen und ihn herausfordern wollte.
Am Ende eines dunklen, stillen Ganges, weit vom Ballsaal entfernt, packte er mich. Ich stieß schrille Schreie aus, die ihn dazu bewegten, mich ein wenig grob zu behandeln. In dem Augenblick, in dem er am wenigsten damit rechnete, legte ich meine Hand auf seinen riesigen Schwanz unter der Strumpfhose. Er nahm mich zuerst im Stehen, wobei er mich brutal von einer Wand zur nächsten schleifte, dann stieß er mich auf den Boden, wo er mich mit den schlimmsten Schmähungen bedachte.
Er kam dreimal, und ich so oft, daß ich es nicht hätte zählen können. Ich nutzte die Abgeschiedenheit des Ortes aus, um einen Höllenlärm zu veranstalten und aus voller Brust zu schreien und zu stöhnen. Da wir nicht dieselbe Sprache sprachen, überschüttete ich ihn ohne jede Scham mit allen Unflätigkeiten, die mir in den Sinn kamen, was er mir offensichtlich gleichtat, denn auch er drückte sich recht geräuschvoll aus. Nicht ein einziges Mal nahmen wir unsere Masken ab, weder er noch ich. Wir trennten uns, ohne irgend etwas übereinander zu wissen, außer dieser sexuellen Raserei, die wir miteinander geteilt hatten.
Da mein Kleid nun ziemlich zerrissen, verknittert und schmutzig, und ich selbst völlig erschöpft war, durchquerte ich den

Ballsaal so unauffällig wie möglich, um mich im Nebenraum umzuziehen. Als ich meine ursprüngliche Kleidung wieder angelegt hatte, verließ ich dort, wo ich hereingekommen war, wieder das Schloß und kehrte in das dunkle Labyrinth mit seinen flüsternden Geistern und Türen zurück.

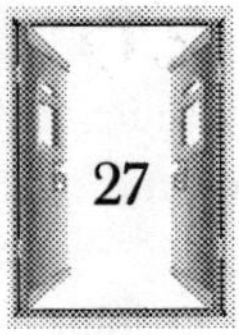

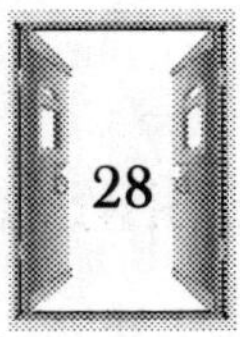

Die Stimme

Ich betrat ein dunkles Zimmer, in dem ich in der Finsternis nur ein breites Bett erkennen konnte. Ich war so müde, daß ich schnurstracks darauf zuging, ohne das Licht anzumachen. Ich zog mein Kleid aus und legte mich hin.
Kaum war ich in einen Halbschlaf getaucht, da hörte ich, wie ein dünnes Stimmchen rief: »Hep! Hep!«
Ich reagierte nicht, denn sobald es wieder still geworden war, glaubte ich, geträumt zu haben. Ich drehte mich auf die andere Seite, kuschelte meinen Kopf ins Kissen und wartete darauf, in einen schönen, tiefen Schlaf zu fallen. Da erklang wieder die leise Stimme.
»Hep! Hep! Bitte!«
Alarmiert riß ich jetzt im Dunkeln meine Augen weit auf.
»Bitte! Schlafen Sie nicht sofort ein! Ich brauche Sie!« sagte die dünne Stimme.

Es war eine sanfte Stimme, nicht viel lauter als ein Flüstern, aber klar und deutlich zu hören. Und obwohl ich noch niemals solch eine Stimme gehört hatte, kam sie mir vertraut vor. Es war die Stimme von jemandem, der mich brauchte, und ich wußte sofort, daß ich, auch wenn die Müdigkeit oder ein anderer Grund mir die Augen schließen wollten, ihrem Ruf nicht widerstehen konnte, denn ich spürte die Notwendigkeit in mir, dem Wesen, dem diese Stimme gehörte, die Hilfe zu geben, die es von mir erhoffte.

»Ich bin hier!« sagte die zarte Stimme.

Es gab keinen Zweifel. Sie drang aus dem Bett, zwischen den Laken hervor. Ich fuhr ängstlich hoch, so als rechnete ich damit, eine Maus zwischen meinen Beinen laufen zu sehen. »Jetzt hör aber auf«, sagte ich zu mir, »Nagetiere mögen ja intelligent sein, aber sprechen können sie dann doch nicht.« Und indem ich Laken und Decke vom Bett riß, begann ich, die Matratze abzutasten.

»Hier! Weiter unten! Weiter oben! Noch ein bißchen weiter! Ja! Genau, Sie sind da!«

Meine Hand legte sich auf einen zarten, harten, warmen Zylinder, der am Ende feucht war.

»Ahhh«, tat die zarte Stimme.

In diesem Augenblick trat der Mond hinter den Wolken hervor und warf durch die Fensterläden seine Strahlen aufs Bett. Jetzt erst sah ich, daß direkt neben mir ein Mann schlief, dessen Pimmel ich in der Hand hielt. Ich ließ ihn sofort los und betrachtete das Gesicht des Mannes. Er schien tief zu schlafen.

»Hep!« tat die dünne Stimme wieder.

Die Lippen des Mannes hatten sich nicht bewegt. Ich starrte intensiv darauf, während ich auf die nächste Äußerung der dünnen Stimme lauerte, die nicht auf sich warten ließ.

»Mach dir keine Sorgen«, sagte sie. »Er schläft. Ich bitte dich, komm zu mir … Du riskierst nichts dabei …«

Ich mußte mich den Tatsachen beugen. Der Mann schlief tief und fest, und sein Mund war genauso regungslos geblieben wie sein restlicher Körper. Er lag auf dem Rücken und trug nur ein T-Shirt. Das, was mich da ansprach, war sein Glied, das sich vor seinem Unterleib aufrichtete und mich aus seinem einzigen Auge anzusehen schien. Sein Glied konnte sprechen.
Gerührt beugte ich mich darüber.
»Bist du das?« fragte ich. »Hast du mich angesprochen?«
»Aber ja doch, meine Schöne. Ich weiß, daß du meine Freundin bist ...«
»Ich bin so glücklich ... Wie oft habe ich zu ... so schönen Schwänzen wie dir gesprochen ... und keiner hat mir geantwortet ... Ja, ich bin deine Freundin ... Deine beste Freundin ...«
»Dann nimm mich in deine Hand.«
»Aber ... wenn er aufwacht ...«
»Wer? Er? Keine Angst, ich habe ihn unter Kontrolle. Er wacht nur auf, wenn ich ihm Bescheid sage. Aber wir können doch unter uns bleiben, oder? Wir brauchen ihn doch nicht?«
»Oh, nein, nein ... Wir beide, nur wir beide ...«
»Dann beeil dich, nimm mich in deine Hand ... Ich halt' es nicht mehr aus ... Ahhh ... Reib mich ...«
Ich tat alles, was er von mir verlangte, mit klopfendem Herzen, tiefbeglückt und mit aller Hingabe und Liebe, zu der ich fähig war. Der Schwanz wurde immer härter und wärmer, er füllte meine Hand und stöhnte leise, während er mir gleichzeitig von Zeit zu Zeit Anweisungen gab.
»Langsamer ... Geh bis ganz nach unten ... Ja, so ... Ich liebe deine kleine, zarte Hand, mein Schatz ... Du tust mir gut ... Oh, jetzt ein bißchen schneller ...«
Während ich ihn rieb, tat ich genau das, wonach ihn verlangte, und den Mund dicht an seiner Eichel flüsterte ich:
»Ich liebe dich ... Ich liebe dich ... Du bist schön ... Und du wirst mir alles geben ... Ich werde alles tun, was du von mir

verlangst ... Oh, ich spüre, wie deine Sahne hochkommt ... Das ist gut ... Mein Angebeteter, wirst du sie mir mitten ins Gesicht spritzen, ja ...?«
»Jaaaa ...«, tat die zarte Stimme.
Und der wunderbare, cremige Saft spritzte mir auf die Wange, in die Mundwinkel und auf die Finger.
Mein geliebter Schwanz schlaffte langsam ab und sagte nichts mehr. Ich hielt ihn immer noch in der Hand, während ich mich mit der anderen und mit der Zunge säuberte. Sein Sperma hatte einen erlesenen Nußgeschmack.
Als er wie ein Stück Chagrinleder in meiner hohlen Hand zusammengesackt war, ließ ich meinen Geliebten los, der jetzt wieder zu sich zu kommen schien.
»Entschuldige«, sagte er, wieder im Schoß des Mannes ruhend. »Ich befand mich schon zu lange in diesem Zustand, ich mußte mich um jeden Preis so schnell wie möglich entspannen ...«
»Du brauchst dich doch nicht zu entschuldigen. Es war eine solche Freude für mich ...«
»Er schläft, verstehst du, und träumt, ich weiß nicht, was er da anstellt ... Jedenfalls erregt er mich, und dann gibt es niemanden, der sich um mich kümmert ... Noch nicht einmal er selbst ...«
»Denk nicht mehr dran. Jetzt bin ich ja da ...«
»Oh, mein Engel ... Wir beide werden unseren Spaß haben ... Würde dir das gefallen?«
»Ich kann mir nichts Schöneres vorstellen ... Mit dir zu kommen ... Immer und immer wieder ...«
»Dann nimm mich in deinen Mund. Und dann ... dann tu mit mir, was du willst. Ich bin jetzt dein, ich gehöre jetzt ganz dir ...«
Mit der Zungenspitze leckte ich mit kleinen Bewegungen um die Eichel herum, über die Vorhaut, den ganzen Schaft entlang ... Dann schob ich ihn tief in meinen Mund hinein, bis zum Gau-

men, und saugte an ihm ... Ganz sanft, ganz langsam ... Ich war so bewegt, daß ich fast geweint hätte. Von Zeit zu Zeit unterbrach ich mich, um ihn zu streicheln und anzusehen.

»Ich liebe dich so ... Ich liebe dich so sehr ... Es gibt nichts auf der Welt, das ich mehr liebe ... Mein Schatz ... Mein süßer Engel ... Meine Güte ... ich habe mich noch nie vor dir niedergekniet ... Mein Idol ... Ziel, Herz, Salz meines Lebens ... Laß mich dich anbeten ... Nur du allein, ohne den nicht immer angenehmen Körper und Menschen, an dem du hängst ... Du, mein Schöner, schön, wenn du ruhst, mit deiner kleinen rührenden Spitze, schön, wenn du pinkelst, schön, wenn du anschwillst, steif wirst, dich aufrichtest und zitterst, schön, wenn du ejakulierst, und auch schön, wenn du wieder abschwillst ... Mein Hübscher, mein immer Schöner ... Mit deiner unschuldigen Eichel, die so zart ist wie Babyhaut ... Dein hübscher Strahl, wie ein Weg ... Deine weiche, zarte Haut ... Deine Adern, in denen das Blut bisweilen so pulsiert ... Dein Duft ... Der Zauber dieses Stengels, der sich verändert, wächst und sich zusammenzieht, hart und wieder weich wird, vibriert und sich ergießt, auf Zärtlichkeiten reagiert und manchmal auch nur seinen Kopf durchsetzt, ungebändigt, der reagiert, wenn man es gar nicht will, oder sich nicht rührt, wenn man ihn umwirbt ... Denn man muß mit dir umgehen können, oder? Man muß dich lieben, stimmt's? Und ich liebe dich, liebe dich mehr als alles ...«

Mein Geliebter schwoll schließlich zwischen meinen Lippen an. Ich ließ ihn über meinen ganzen Körper gleiten, von den Fußsohlen über die Kniekehlen, den Bauchnabel, meine Brüste, Achselhöhlen, den Hals, die Ohren bis zu meinen Augenlidern ... Ich liebkoste ihn, massierte ihn zwischen meinen Zehen, schnupperte an ihm, verdrehte ihn, schlug ihn gegen meine Haut, kitzelte ihn mit meinen Wimpernspitzen, zerkratzte, beleckte, kniff und biß ihn zärtlich, betrachtete ihn, sprach mit ihm, knetete ihn, kostete von ihm, betete ihn an ... Und als er schön steif war, bestieg ich ihn mit dem Gesicht zu dem Schlafenden, und dann mit dem Rücken zu ihm, auf daß er mir Orgasmus über Orgasmus gäbe, bis ich vor Erschöpfung wie in einem Krampf zurücksank. Da hauchte ich ihm zu: »Jetzt du«, und in einem letzten Aufbäumen tat ich noch ein paar Lendenstöße, die ihn tief in meinem Leib, der sich erneut vor Lust zusammenzog, zum Orgasmus brachten.

Als ich mich auf den Körper des Schlafenden legte, sah ich durch die Fensterläden, daß der Tag bald anbrechen würde. Sicher würde auch der Mann in Kürze aufwachen. Ich beugte mich zu meinem schönen Freund.

»Leider werde ich dich nun verlassen müssen. Wenn ich dich doch nur mit mir nehmen könnte … Aber das ist nicht möglich, und mir liegt nicht daran, das Wesen kennenzulernen, dem du gehörst … Adieu, mein Geliebter, ich werde dich nie vergessen.«

»Adieu«, sagte er. »Auch ich werde dich in meinem Herzen bewahren.«

Ich küßte ihn zärtlich und wandte mich ab. Schließlich hatte ich ausreichende Freuden mit ihm erlebt und brauchte ihn nun nicht mehr. Ich zog mein Kleid an und verließ leise das Zimmer.

Im Gang folgten mir wieder die Geister auf Schritt und Tritt. Anstatt mich durch ihre unsichtbare Gegenwart beunruhigen zu lassen, sagte ich mit lauter Stimme zu ihnen: »Warum habe ich nicht auch einen?«

Und da mir niemand Antwort gab, trat ich in eine der beiden Türen, die auf meinem Weg lagen.

29

30

27

Das Rosenbett

Inmitten eines Raumes, dessen Boden und Säulen aus Marmor waren, ruhte in einem breiten Bett, das die Form einer Badewanne besaß und mit Rosenblättern gefüllt war, ein schöner Jüngling mit weißer Haut und dem vollkommenen Körper einer griechischen Statue. Er wandte mir seinen anmutigen Kopf zu und hielt mir die Hand entgegen. Ich entkleidete mich und ging zu ihm.

Er ließ träge seine Hände über meinen Körper wandern. Ich streichelte seine Locken und küßte seine Brust. Sein Fleisch war zart und fest und seine unbehaarte Haut so weich, als sei sie in Milch gebadet worden.

Die Rosen waren uns eine liebliche, flauschige und samtweiche Decke mit auserlesenem Duft. Er nahm ein Blütenblatt zwischen seine weißen fleischigen Finger und ließ es zwischen meine Lippen gleiten. Ich biß hinein, kostete davon und reich-

te ihm dann ebenfalls eines, das ich zwischen seine vollen Lippen schob; er aß es sofort, während ich sanft an seinem Mittelfinger saugte. Sein kleines, überaus hübsches Glied begann hart zu werden. Ich berührte es leicht, um seine Rosenknospe hervorzubringen.
Er legte sich auf mich und drang in mich ein. Ich schlang meine Beine um seinen Rücken, stemmte meine Fersen zwischen seine Pobacken und begleitete seine rhythmischen Bewegungen. Er ließ sich nicht drängen, sondern vollführte seine Hüftstöße mit meisterhafter Kunstfertigkeit, so als würden wir ein Ballett tanzen, das ohne Zweifel in eine ebenso vollkommene wie sublime Befriedigung münden würde. Tatsächlich wurde auch die gesamte Umgebung meines Geschlechts in Anspruch genommen, denn ich spürte nicht nur sein Glied in mir, sondern auch seine Säcke, die darunter, zwischen meinen Schenkeln, weich und gleichmäßig gegen meine Hinterbacken schlugen, während sein Schamberg sich an meinem rieb und meine Klitoris erregte.
Er vergaß auch nicht, sich oft über mich zu beugen, um mich an den Ohrläppchen zu knabbern und zu lecken, und mir Gesicht, Hals, Schlüsselbein, Arme und Brüste zu küssen. Ich meinerseits reizte seine Brustwarzen, streichelte ihm den Bauch oder die Hoden, packte ihn an den Haaren oder den Hinterbacken. Unsere Lust wuchs mit einer solchen Gleichmäßigkeit und Harmonie, daß wir nicht das Bedürfnis hatten, die Position zu wechseln. Gemeinsam erreichten wir in einem zweistimmigen, hingebungsvollen Stöhnen den Orgasmus.
Er legte sich auf mich, und ich umschlang ihn glücklich. Wir blieben eine ganze Weile Arm in Arm liegen, mit geschlossenen Augen und einem Lächeln auf den Lippen. Dann zog er sich aus mir heraus, und wir trockneten in den Rosenblättern unsere vom Liebessaft benetzte Haut.
Ich küßte ihn auf die Stirn, schlüpfte aus dem Bett und zog mich wieder an. Als ich die Tür aufmachte, drehte ich mich noch ein-

mal nach ihm um. Unbekümmert in den Rosen liegend, sah er mich an und blies mir einen Kuß zu.
Erfüllt von einem süßen Glücksgefühl trat ich wieder in den Gang und ging eine Weile voran, bis ich die folgende Tür öffnete.

30

28

Ali Baba

Es war ein breiter Sandstrand, über den ein lauer Seewind fegte, der nach Jod roch. Das Meer, dessen Brandung ich hören konnte, lag hinter einer Dünenkette verborgen, wie abgeschirmt hinter einer Barriere. Ich schlüpfte aus meinen Schuhen und ging darauf zu.

Der Sand unter meinen Fußsohlen war kühl und an manchen Stellen von Pflanzen bewachsen, die stachen. Doch es war ein köstliches Gefühl, zu spüren, wie er sich vollkommen an jede Bewegung meiner Fußmuskeln anpaßte.

Als ich auf dem Dünenkamm ankam, erstreckte sich vor mir unter einem von schweren Wolken zerfurchten Himmel der immense Ozean mit seinen grauen, weiß gekrönten Wellen. Das Donnern des Meeres war ohrenbetäubend. Ich schritt geradeaus darauf zu, das Gesicht im Wind.

Eine Weile lief ich parallel zu den heranrollenden Wellen, mich ihrem Kommen und Gehen anpassend, am Strand entlang und amüsierte mich damit, mir die Füße zu benetzen oder mich sogar mit geschürztem Kleid bis auf die Schenkel mit Schaum bespritzen zu lassen. In der versickernden Spur der Wellen sammelte ich kleine Steine, die ich mir in den Mund schob, um daran zu lutschen, bis sie ihren Salzgeschmack verloren hatten. Ich behielt einige von ihnen, und auch ein paar Muscheln, deren Form, Glanz oder Farbe mir gefielen.

Die Ebbe ließ einen breiten Streifen nassen Sandes zurück. Ich kniete mich vor dem Meer nieder und öffnete meine Hand, um den kleinen Schatz, den ich gesammelt hatte, auf den Boden zu legen. Dann begann ich, eine Burg zu bauen.

Ich arbeitete lange daran. Ich konstruierte die Außenmauern, die Türme, den Bergfried, den Wehrgang, die Burgwarten und die Zinnen. Um das Bauwerk herum grub ich einen tiefen Graben, in dem sich das Meerwasser ansammelte, von dem der Sand getränkt war. Dann grub ich mit den Fingernägeln Schießscharten und andere Öffnungen in das Mauerwerk.

Als ich die Eingangspforte gegraben hatte, sah ich voller Staunen, daß der Sand in der kleinen Öffnung, die ich ausgehoben hatte, weiter in sich zusammenfiel, so als würde ein großer Sandfloh mein Werk fortsetzen. Zu meinem noch größeren Erstaunen sah ich dann, wie aus derselben Tür ein winzig kleiner, splitterfasernackter Mann heraustrat.

Ich mußte eine Art weiblicher Geist für ihn sein, eine übernatürliche Riesin, die einer vom Meer angeschwemmten Flasche entstiegen war. Ich legte mich flach auf den Boden, um auf seiner Höhe zu sein und ihn besser betrachten zu können.

Als er sah, daß meine Augen, die für ihn gigantisch groß sein mußten, auf ihm ruhten, hielt er seine Hände über sein Miniaturgeschlecht. Doch dann begann er, trotz unserer unterschiedlichen Größe, vor mir herum zu stolzieren und mich mit einem

leichten Macho-Gehabe zu betrachten, so als sei er der Meinung, mich beeindrucken und verführen zu können.
Ich hielt über dem Graben meine flache Hand vor ihn, als Aufforderung, an Bord zu gehen. Das tat er auch, nachdem er sich galant verbeugt hatte, um mir einen Fingerkuß zu schenken. Seine kleinen Füße kitzelten mir auf angenehme Weise die Handfläche. Er klammerte sich an meinem Daumen fest, und ich setzte mich ganz vorsichtig in den Sand, um ihn nicht aus dem Gleichgewicht zu bringen. Dann hob ich die Hand mit ihrem wertvollen Inhalt vor mein Gesicht. Er war ausgesprochen hübsch. Gut gebaut und männlich, mit winzigen, feingezeichneten Muskeln, einem klitzekleinen Geschlecht und einem hübschen Lausbubengesicht, das von natürlicher Eleganz war und von pomadisierten Haaren umrahmt wurde, die ebenso schwarz waren wie seine Augen, deren weicher, verführerischer Blick auch etwas Dümmliches hatte.
»Na, Puppe«, meinte er, indem er vorteilhaft seine Brust herausstreckte, »gefall' ich dir? Hast du schon mal einen so schönen … und männlichen Körper gesehen?«
Jetzt erst wurde mir bewußt, daß sein Minipimmel sich stolz zu meiner Nase hochreckte. Ich verkniff mir ein Lachen, um ihn nicht zu verärgern und ihn nicht herunterstürzen zu lassen. Verschämt senkte ich wie eingeschüchtert meinen Blick.
»Sei nicht so schüchtern«, sagte er in gewollt beruhigendem Ton. »Na los, zieh dein Kleid aus … Hab keine Angst …«
Ich setzte ihn im Sand auf der anderen Seite des Grabens ab, falls er auf die Idee kommen sollte, zu fliehen. Denn ich hatte keinesfalls die Absicht, mir ein so unterhaltsames Wunderwerk entwischen zu lassen. Ohne die Augen von ihm zu lassen, zog ich mich mit der Miene einer unschuldigen Jungfrau und der Geschicklichkeit einer Stripteasetänzerin aus, um ihn mit meinen – für ihn gewaltigen – Reizen gekonnt anzumachen. Dann legte ich mich auf den Rücken, umschloß ihn (vollständig, denn

er war nicht größer als der Penis eines normalen Mannes) mit meiner Hand und setzte ihn auf meinen Bauch.
Er begann, auf allen vieren und wie kopflos vor Geilheit diese frauliche Landschaft zu durchlaufen. Zuerst kletterte er zu meiner linken Brust hoch und lehnte sich mit gespreizten Beinen und ausgestreckten Armen dagegen, um sie zu umfassen. Mit weit aufgerissenem Mund gelang es ihm, meine riesige Brustwarze zu verschlingen, um an ihr zu saugen. Gleichzeitig sah ich, wie seine kleinen Arschbacken vor meinem Fleisch kreisten, und spürte, wie sich seine kleine Keule vor meiner Brust bewegte. Schließlich zerlief ein dicker Tropfen einer warmen, klebrigen Flüssigkeit auf meiner Haut.
Ich vergaß darüber fast die Größe meines Partners. Lag nicht das Wesentliche darin, daß er ein Mann war? Zwischen meinen Schenkeln war ich nun ganz feucht. Gott sei Dank hatte er die gute Idee, sich an diesen Ort vorzuwagen, der für ihn sicher eine wahre Höhle Ali Babas darstellte, der er nun die größte Ehre erwies.
Er hielt sich an meinem Schamhaar fest, um zwischen meinen gespreizten Beinen hinabzuklettern. Dann begann er, sich zwischen meinen Lippen zu bewegen, bis in meine Vagina hinein. Er berührte und kitzelte mich überall, und seine winzigen Glieder verliehen seinen Zärtlichkeiten eine solche Präzision, daß er mich in einem Zustand gesteigerter Lust hielt. Als er mich an den Rand der Ekstase geführt hatte, drang er mit seinem ganzen Körper in mich ein. In diesem Moment kam ich, aufgebäumt im Sand und laut ins Meer hinausschreiend.
Der kleine Mann kletterte wieder auf meinen Bauch hoch, wo er sich triefend ausstreckte. Wir schliefen zusammen im Wind ein.
Ich wurde durch eine kalte Welle geweckt, die unter meine Hüften glitt. Schnell erhob ich mich. Das Wasser stieg wieder. Es hatte die Burg bereits fast vollständig zerstört, und der kleine Mann war verschwunden. Ich sammelte mein Kleid ein, das der Wind

einige Meter fortgetragen hatte, und machte mich auf die Suche nach meinem Mini-Liebhaber. Zuerst wühlte ich in den Überresten der Burg, dann im Sand um sie herum. Schließlich stieg ich bis zu den Knien ins Wasser, in der Hoffnung, ihn irgendwo in den Fluten treiben und kämpfen zu sehen. Aber alle meine Bemühungen waren vergebens, und ich gab schließlich auf.
Das Meer hatte meine Burg jetzt völlig weggeschwemmt. Der Himmel war in ein stählernes Grau getaucht, die riesigen, bedrohlichen Wellen brandeten auf mich zu, und der Wind schwoll an, tosend, salzig, und trieb ab und zu eine Wolke von Verwesungsgeruch heran. Ich riß mich von dem gewaltigen, beunruhigenden Zauber der gigantischen Wassermassen los, drehte dem Ozean den Rücken zu und ging zurück. Wieder stieg ich über die Dünenkette, hinter der ich bald meine Schuhe und auch den Ausgang wiederfand.
Wieder im Labyrinth der Gänge, begann ich darüber nachzudenken, wie angenehm es gewesen wäre, den kleinen Mann überall mit hin zu nehmen, unauffällig in der gewölbten Hand, in einer Tasche, zwischen meinen Brüsten im Büstenhalter oder sogar in meinem Höschen versteckt. Und ich bedauerte es zutiefst, ihn verloren zu haben.
Doch indem ich versuchte, das Murmeln der Geister zu verstehen, die wieder dicht hinter mir herliefen, gelang es mir, ihn zu vergessen. Und obgleich mir der Sinn ihrer geflüsterten Worte entging, schienen sie eine beruhigende Wirkung auf mich zu haben. An der Ecke eines Ganges stieß ich eine der beiden ersten Türen auf, die ich im Dunkel ausmachte.

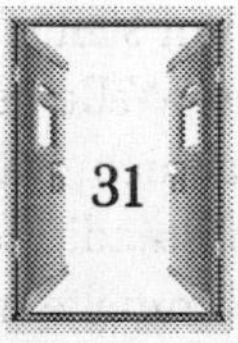

30

Abenteuer in Gotham City

Ich fand mich mitten in Gotham City wieder, im Herzen der großen, nachtblauen Stadt, im Dschungel der gotischen Wolkenkratzer und belebten Straßen mit ihrem lärmenden, hektischen Autoverkehr, ihren dichtbevölkerten Bürgersteigen, auf denen ein vollständiges Spektrum aller Arten und Sonderlichkeiten des Menschengeschlechts aufmarschierte, während ihre Gullys aus infernalischen Tiefen gespenstische Wolken ausspuckten, ihre Metroeingänge so düster wie Rattenfallen erschienen und ihre Scheinwerfer gelbe Strahlenbündel über den schwarzen Himmel jagten ... Gotham City vibrierte, bebte, lebte.
Am Ende der Straße stieß ich auf einen Platz, auf dem sich eine Menschenmenge gebildet hatte, die schnell größer wurde. Die Leute schrien und schüttelten die Fäuste, um ihre Unzufriedenheit über ein Projekt des Bürgermeisters kundzutun. Ich mischte mich unter die Menge, denn ich wollte verstehen, worum es ging.

In diesem Augenblick stürzte sich eine Gruppe von Ganoven auf uns und verbreitete Panik. Sirenen heulten, und die Leute stoben auseinander, um den Knüppelhieben zu entkommen, die von allen Seiten auf uns niederprasselten. Zwei Männer fielen über mich her und begannen, mir zuzusetzen. Bei dem Versuch zu fliehen, stürzte ich zu Boden, worauf sie begannen, mich windelweich zu schlagen. In der allgemeinen Aufregung konnte ich gerade noch eine elegante dicke Limousine mit zwei metallbesetzten Kotflügeln heranrollen sehen, die nichts anderes war als das Batmobil.

Batman selbst schoß daraus hervor und entriß mich mit einem Satz, der seinen dunklen Umhang flattern ließ, meinen Angreifern.

An Bord des Batmobils erreichten wir schnell Batmans Keller, wo der Held und sein Butler mich mit größter Aufmerksamkeit empfingen. Dann verschwand letzterer und ließ mich mit Batman allein.

Ich sah ihn ergriffen und bewundernd an. Alles war vorhanden: sein weiter nachtblauer Umhang, seine schwarzen Stiefel und Handschuhe, seine Strumpfhosen und sein graues Trikot, sein schwarzer Slip, sein gelber Gürtel, seine Maske mit den Fledermausohren und auf seiner Brust das berühmte schwarze Symbol auf gelbem Grund. Einfach alles, und ich hatte sofort Lust, mehr zu erfahren, den Mann kennenzulernen, der sich hinter dieser Heldenausrüstung verbarg.

»Sie haben mich vor diesen Banditen gerettet«, sagte ich.

»Das waren keine Banditen, es war die Polizei.«

»Aber …«

»Polizisten, die sich als eine Bande von Kriminellen verkleidet hatten … Sie sollten wissen, daß die Polizei immer und überall mindestens genauso gefährlich ist wie die Ganoven …«

»Ich weiß gar nicht, wie ich Ihnen danken soll«, sagte ich, indem ich bescheiden meinen Blick senkte (in Wirklichkeit schielte ich neugierig auf seinen Batslip, unter dem sich eine einladende Ausbuchtung abzeichnete).

»Wenn Sie es mir gestatten, dann werde ich mich ein wenig ausruhen«, sagte er.

Er ging durch den Keller, an dessen Ende sich ein tiefer Abgrund auftat, der von einer natürlichen Steinbrücke überspannt wurde, die schmal wie ein Balken war. An einer Wand über dem Abgrund war eine Sprossenwand befestigt. Batman hängte sich mit dem Kopf nach unten daran, so daß sein schwarz und blau schillernder Umhang unter seinem Kopf ins Leere baumelte.

Ich zögerte sehr, mich zu ihm zu gesellen. Schließlich hatte ich nichts von einer Fledermaus. Aber immerhin war es Batman, und ich hätte es mir immer vorgeworfen, eine so gute Gelegenheit, ihm näherzukommen, nicht genutzt zu haben. Mein Schwindelgefühl bekämpfend, tat ich ein paar Schritte auf dem schmalen Gesims über dem Abgrund, bis ich die Leiter erreichte.

Ich klammerte mich an die Stangen und begann daran emporzuklettern. Als ich auf der Höhe des großen schwarzen Batslip angekommen war, klopfte mein Herz wie wahnsinnig. Ängstlich auf die Reaktion von Batman wartend, der nicht als Frauenheld gilt, wagte ich meine Hand vor. Aber weder bewegte er sich noch protestierte er. Ich sah nur, wie seine Batbeule hübsch an Umfang gewann.

Das war mehr als eine Ermutigung. Ich vergaß meine gefährliche Lage und begann, mit einer Hand den Batslip zusammen mit der Strumpfhose bis zu seinen Knien hochzuziehen. Der Batstab aus Fleisch und Blut lag nun frei; er war genauso wundervoll wie das übrige Zubehör des Helden und ragte horizontal über den Abgrund, so als wolle er die Leere und die Gesetze der Schwerkraft herausfordern.

Ich kletterte die Leiter noch ein wenig höher, bis mein Geschlecht sich auf der Höhe des Batstabes befand. Ich spreizte

meine Beine darüber, und indem ich mich mit beiden Händen an der letzten Sprosse festklammerte, nahm ich ihn in mir auf. Ich begann auf dem Batstab, der von einer unerhörten Wirksamkeit war, vor und zurück zu gleiten. Mehrmals schrie ich auf, und jedesmal hallte mein Schrei im Abgrund wider, wo er Dutzende von Fledermäusen aufflattern ließ. Bald spürte ich, daß mein Liebhaber sich meinem Orgasmus anschloß und sein üppiger Batsaft in mich strömte.
Zuvorkommend nutzte Batman seine nächste Mission, um mich über Abkürzungen zum Ausgang zurückzubegleiten, was bedeutete, daß wir mit Hilfe eines Taus, das aus einer an seinem Gürtel befestigten Waffe herausschoß, und eines Hakens, mit dem man das Tau an jedem Vorsprung befestigen konnte, in schwindelnder Höhe von Gebäude zu Gebäude flogen.
Gotham City war in ein nächtliches Blau getaucht, und während wir am Nachthimmel kreisten, wurden wir ab und zu von einem der gelben Lichtbündel erfaßt, die am Boden von den Scheinwerfern hochgeworfen wurden. Unten wimmelte das komplizierte, konfliktreiche Leben der Stadtbewohner, das ich voller Schrecken und Bewunderung betrachtete und mir dabei vornahm, irgendwann in dieses Reich der Phantasie zurückzukehren, wo ich noch den Joker, Robin, den Pinguin, das Doppelgesicht und so viele andere treffen konnte …
Nachdem mich Batman abgesetzt hatte, sah ich, wie er davonflog, mit ausgebreitetem Umhang hoch über der Stadt schwebend. Er landete bald auf dem Dach eines Gebäudes, wo sich seine stolze Silhouette vor der großen, gelben Mondkugel abhob. Es kam mir so vor, als würde er in meine Richtung blicken. Dann verschwand er.
Nach diesem Abenteuer fand ich mich in ziemlich konfusem Zustand in den Gängen wieder. Der Kopf drehte sich mir noch, als ich die nächste Tür öffnete:

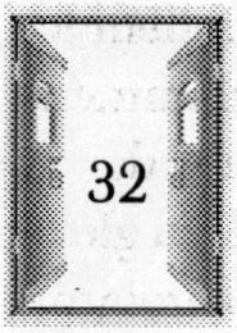
32

33

Der Räuber

Ich hatte kaum die Tür geöffnet, da wurde ich schon fast von einem Auto überfahren, das mit Höchstgeschwindigkeit über den Bürgersteig donnerte. Ich wich mit einem Satz zurück und fiel auf den Rücken.

Während das Auto weiterraste, versetzte es nicht nur die Fußgänger, sondern auch die anderen Wagen in Panik, die diesen beiden schwarzen Autos, die sich eine sonderbare, gefährliche Verfolgungsjagd lieferten, ausweichen mußten. Ja, sie waren zu zweit, zwei Leichenwagen, die mit allergrößter Geschwindigkeit versuchten, sich gegenseitig zu überholen und aus dem Weg zu räumen, indem sie immer wieder heftig ihre Karosserien aneinanderprallen ließen.

»Haben Sie sich weh getan?« hörte ich eine Stimme fragen.

Ein junger, schlanker und braungelockter Mann beugte sich über mich; er war sonnengebräunt und trug ein weißes T-Shirt

und eine alte, verwaschene, löcherige Jeans, die so eng war, daß seine Konturen sich deutlich abzeichneten.
»Alles in Ordnung«, sagte ich lächelnd.
Er streckte mir die Hand hin, um mir beim Aufstehen behilflich zu sein.
Er war nicht sehr groß und sah ein wenig ungehobelt aus, hatte aber einen elastischen, muskulösen und gut proportionierten Körper, eine glatte, braune Haut, ein charmantes Gesicht, sehr dunkle Augen, hochliegende Backenknochen, hohle Wangen und volle Lippen.
Am Ende der Straße schoß der erste der beiden Leichenwagen, dem es gelungen war, sich leicht vor den anderen zu schieben, durch das offene Tor in einer langen Mauer, die offensichtlich zu einem Friedhof gehörte. Im selben Moment versuchte der andere, ihn einzuklemmen, indem er auf seinen linken Rückflügel aufprallte. Die Motoren heulten auf, Reifen quietschten, Blech schepperte mit großem Lärm gegeneinander, und obendrein drückten die beiden Rowdys wie rasend auf die Hupen und beschimpften sich durch die heruntergekurbelten Fenster. Die Leute auf der Straße schüttelten mißbilligend, aber keineswegs überrascht die Köpfe, so als stünden sie vor einem Schauspiel, an das sie unglücklicherweise gewöhnt waren.
Mein Gefährte sah mich amüsiert an.
»So etwas hast du wohl noch nie gesehen?« sagte er. »Das ist immer so, wenn die beiden Parteien zusammen eine Beerdigung haben.«
»Welche Parteien?«
»Die Laizisten und die Religiösen. Die Laizisten legen ihre Leichen ohne Entgelt in die Erde, aber die Priester lassen ihre Leute dafür blechen. Deswegen beschimpfen sie sich als Gauner und schlagen sich die Schnauzen ein, um als erste auf dem Friedhof zu sein ...«
Ohne sich weiter um mich zu kümmern, marschierte er in

Richtung Friedhof. Und ohne nachzudenken, lief ich hinter ihm her.
»Wie heißt du?« fragte ich ihn.
Ich kam mir so vor, als würde ich ihm wie ein Hündchen hinterherlaufen. Oder als würde ich wieder in die Kindheit zurückversetzt, in eine dieser Situationen, wo man versuchte, sich einer Gruppe Älterer anzuschließen, die sich nicht groß um einen scherten.
»Don Juan«, antwortete er; es klang nicht wie ein Witz.
Er fragte nicht nach meinem Namen. Ich ging weiter hinter ihm her. Wir betraten den Friedhof, in den die beiden Leichenwagen schließlich einer nach dem anderen hineingefahren waren und nun ihre Ladung in zwei entgegengesetzten Ecken ausluden.
Auf dem Friedhof herrschte ein enormes Treiben. Zwischen den Gräbern, Gruften, Steinsärgen und Grabstätten bewegte sich eine bunt zusammengewürfelte Menge laut und zügellos. In den Alleen zwischen den Grabdenkmälern liefen, schrien und rollten Kinder auf Skateboards oder Rollschuhen im Zickzack und benutzten die Grabhügel und -platten als Trampoline für ihre Sprünge und akrobatischen Kunststückchen. Studenten spielten Ballspiele, Jogger jeden Alters rannten in Shorts und Turnschuhen umher, fliegende Händler verkauften Eis, gegrillte Eßkastanien, Dosengetränke, Drogen, Diebesgut, und Prostituierte aller drei Geschlechter warteten auf Interessenten, die sie dann in eine Kapelle oder ein Mausoleum führten, Mütter fuhren ihre Babys spazieren …
Hier und da waren Schlagzeuger, Sänger, die verschiedensten Musiker, Prediger oder Aktivisten von kleinen Gruppen umringt, die tanzten oder zuhörten oder diskutierten. Auf manchen Grabplatten hielten sich Verliebte – Heteros oder Homos – umschlungen, manchmal sehr eng und sehr heiß. Andere Platten wurden von Fixern, die voll auf dem Trip waren, oder von Säufern, die ihren Rausch ausschliefen, besetzt. Hinter den Zypres-

sen sah man nicht selten einen nackten Hintern, denn die Leute verzogen sich dorthin, um ihre Notdurft zu erledigen.

Hunde balgten sich um mehr oder weniger verwesende Fleischbrocken, ein paar Hühner pickten in allen möglichen Resten herum, eine Ziege spazierte umher und fraß alles auf, was sie an Gräsern und Klatschmohn finden konnte, oder an Trauerkränzen und Blumen – ob künstlich oder nicht –, die man auf die Gräber gelegt hatte. Hinter einer Wegbiegung sah ich zu meinem Erstaunen eine Gruppe von Mädchen und Jungen, die mit Totenköpfen und als Kegel aufgestellten Schenkelknochen Bowling spielten.

Ich holte Don Juan wieder ein, der zwei Schritte vor mir lief, zog ihn am Ärmel und bat um eine Erklärung.

»Komm«, sagte er.

Und er führte mich zum Ende des Friedhofes, wo man den Leichnam beisetzte, den einer der beiden Leichenwagen, die eben mit großem Getöse hereingefahren waren, mitgebracht hatte. Der Körper war nur in ein Leichentuch gewickelt. Die Totengräber warfen ihn in ein großes Massengrab, in dem sich bereits ein unförmiger, abscheulich stinkender Haufen türmte. Fünf Menschen begleiteten den Toten, darunter eine ältere Frau, die in ihr Taschentuch weinte.

Zwei Arbeiter begannen, Erde von einem Haufen neben dem Loch zu schaufeln, um das Grab wieder zu schließen. Da es bis zum Rand mit sterblichen Überresten voll war, war die Sache schnell erledigt. Dann begannen sie, die Nachbarparzelle auszuheben. Unter ihren Spaten tauchten sehr schnell Dutzende von menschlichen Gebeinen auf, die sie in einen großen Kippkübel häuften, bis sie die Grube ganz ausgehoben hatten.

»Das machen sie, weil die Erde immer mehr ansteigt«, erklärte Don Juan. »Im Laufe der Zeit gab es immer mehr Leichen, und das Erdniveau stieg immer höher … Hast du nicht gemerkt, wie niedrig die Türen der Kapellen sind? Die sind halb eingegraben.

Wenn man nichts gemacht hätte, wäre der Friedhof irgendwann über die Mauer gequollen ...«
»Und wie habt ihr das verhindert?«
»Die glauben, daß sie es verhindert haben ... Aber sie haben die Sache nur verzögert ... Ihr Trick heißt Rückgewinnung. Man legt die Leichen alle zusammen in die Gruben. Wenn eine Grube voll ist, schließt man sie und gräbt eine ältere wieder auf, in der nur noch Knochen liegen. Die Knochen werden wieder eingesammelt, und niemand weiß genau, was sie damit machen. Am Anfang wurden sie in Beinhäuser gebracht, aber da ist jetzt auch kein Platz mehr ... Klar, daß es immer irgendwo undichte Stellen im System gibt ... Kinder, die sich Knochen holen, um damit zu spielen, Hunde, die von den Körpern, die noch relativ frisch sind, Fleischstücke abreißen ...«
»Aber warum sind all diese Leute hier auf dem Friedhof?«
»Na, weil es woanders keinen Platz gibt ... Tagsüber gibt es woanders nur Platz für die, die arbeiten. Abends und nachts ist es umgekehrt. Siehst du den Scheinwerfer da, mitten auf dem Friedhof? Gleich, wenn die Sonne untergegangen ist, wird er angehen, und alle werden von hier verschwinden. Nachts ist das hier nämlich ein Parkplatz, ein bewachter Parkplatz für die Leute, die in die Stadt kommen, um sich zu amüsieren. Und in der Stadt gibt es nicht genug Platz, um alle Karren zu parken ...«
»Und du? Was machst du?«
»Komm mit, dann wirst du es ja sehen ...«
Der Nachmittag ging zu Ende. Je dunkler es wurde, desto mehr leerte sich der Friedhof. Ich folgte Don Juan bis zu einem Mausoleum, dessen Eingang von einer besonders dramatischen Statue flankiert wurde. Oben auf einer Klippe überragte der Tod in Gestalt eines beeindruckenden, in ein Leichentuch gehüllten Gerippes, das seine Sense hochhielt, mit leerem Blick ein am Fuß des Felsens zerschelltes Schiff. Don Juan betrat das Grabmal und kam mit einer Laterne wieder daraus hervor.

Wir waren unter den letzten, die den Friedhof verließen. Schutzmänner begannen auf Patrouille zu gehen, um Verspätete aufzuspüren. Ein paar Straßen weiter sahen wir, wie der Scheinwerfer anging, um den Lebenden den Aufenthalt der Toten anzuzeigen sowie einen sicheren Ort, um ihre Autos zu parken.

Don Juan führte mich auf ein unbebautes Gelände, das dunkel und verlassen war. Obwohl es dort nicht die geringste Beleuchtung gab, weigerte er sich, seine Lampe anzumachen. Der Mond ging auf, es war fast Vollmond, und auch einigen Sternen gelang es, durch die verschmutzte Luft hindurchzudringen. Mitten auf dem Gelände erhob sich eine zerbröckelte Mauer, der letzte Überrest eines Gebäudes, das schon seit langem zerstört war. Aus den Brennesseln am Fuß der Mauer holte er eine Leiter hervor, die er vor einem Fensterloch an die Ruine anlegte.

»Steig da hoch«, sagte er. »Setz dich ins Fenster, stell die Lampe neben dich, mach sie an und beweg dich nicht, bis ich dich holen komme.«

Ich nahm die Laterne und tat, ohne zu protestieren oder Fragen zu stellen, was er mir gesagt hatte. Als ich dort oben saß, hatte ich das Gefühl, zwischen Himmel und Erde zu schweben. Ich hatte mich selten so gut gefühlt. Unten war trotz des Mondes alles in Finsternis getaucht, und Don Juan war verschwunden. Die Luft war kühl, und man hörte die Geräusche der Stadt. Es war so, als wäre ich zugleich ganz nah und ganz fern von allem. Ich wartete eine Weile, ohne es als Warten zu empfinden, denn ich hatte kein Zeitgefühl mehr.

Dann sah ich die Scheinwerfer eines Autos und hörte, wie das Geräusch eines Motors näher kam. Als ein paar Sekunden lang ein Teil des unbebauten Geländes brutal erleuchtet wurde, sah ich Don Juan durch das Licht laufen. Fast unmittelbar darauf wurde alles abgestellt, Scheinwerfer und Motor, und man hörte Stimmen und eine zuschlagende Tür. Wenig später tauchte Don

Juan wieder am Fuß der Mauer auf und bat mich, die Lampe auszumachen und herunterzuklettern.
Als ich am Fuß der Leiter ankam, nahm er mich in die Arme und trug mich zum Auto.
»Du hast Glück«, sagte er. »Heute abend ist es ein Kabrio.«
Und er setzte sich mit mir auf den Rücksitz. Er hatte in lässigem Ton gesprochen, doch in seiner Stimme lag etwas, das ich bis dahin noch nicht bei ihm gehört hatte, etwas Ernstes, das er zu verbergen suchte und das mich beunruhigte.
Als wir einander im Schneidersitz auf der Rückbank gegenübersaßen, begannen wir uns heftig zu küssen und zu streicheln, so als hätte uns plötzlich ein unbezwingbarer Hunger gepackt. Er hatte eine lange, geschmeidige Zunge und weiche, volle Lippen, mit denen er mir durchdringende, feurige Küsse gab. Meine Brüste spannten sich, mein Unterleib glühte und machte mir die Schenkel naß. Da ich zum Glück keine Unterwäsche trug, konnten seine Finger unbehelligt, mit großem Geschick und sicherem Instinkt unter meinem Kleid umherwandern.
Ich schob meine Hand unter sein T-Shirt, bewunderte die Rundung seiner Schulter, fuhr mit meinen Fingern in seine wenigen Brusthaare, kniff zärtlich in seine Brustwarzen, glitt dann sanft an seinen Bauchmuskeln hinab, über den Bauchnabel bis zum Unterleib und schob meine Finger unter den Jeansrand. Ich spürte das warme, feuchte Ende seines angespannten Schwanzes und begriff, daß auch er nackt unter seiner Jeans war.
Hastig öffnete ich seinen Hosenschlitz, und sein herrlich steifer Schwanz sprang heraus. Ich betastete auch seine festen, geschwollenen Hodensäcke. Sein Schwanz war ziemlich lang und von großer Klasse. Mit meiner Hand umschloß ich den Stab, der so hart wie ein Knochen war. Juan war derweil mit seinen Fingern in meine Muschi geglitten, wo er mich mit großer Fingerfertigkeit streichelte, und ich kam, während ich mich noch an ihm festhielt.

Dabei hatte ich mich auf den Rücken fallen lassen. Er legte sich auf mich und drang in mich ein. Er vögelte mit einer Mischung aus kunstvoller Geschmeidigkeit und Wut, indem er sich bald von der fordernden Kraft seines Verlangens überwältigen ließ, bald mit einer Art spielerischem Sinn und einer an Humor grenzenden Leichtigkeit wieder die Kontrolle übernahm. Sobald ich zum Orgasmus gekommen war, änderte er trotz der Unbequemlichkeit unserer Umgebung Rhythmus und Position.

Wir liebten uns, ohne ein Wort zu sagen. Die Nacht war erfüllt von unserem Stöhnen und Keuchen, und in der Enge unseres Rücksitzes waren wir die feurigsten und innigsten Liebhaber der Welt. Er kam, und als ich in meiner flammenden Möse seinen zuckenden Schwanz spürte, der vom hochschießenden Samen durchschüttelt wurde, kam ich mit ihm.

Wir begannen noch einmal, uns zu lieben, diesmal nackt, und indem wir uns zuerst in aller Ausführlichkeit gegenseitig leckten. So zärtlich und geschickt er während des Vorspiels war, so radikal wurde er beim eigentlichen Akt, ergab sich dann bedingungslos der Gewalt seiner Begierde und bearbeitete mich mit brutalen Hüftstößen, ohne sich um meine Lust zu kümmern, die dennoch kam, und dies mit ebensolcher Brutalität und einer Kraft, die mir Übelkeit verursachte.

Anschließend rauchten wir gemeinsam eine Zigarette, plauderten und sahen in den Himmel.

»Als du mich mit der Lampe hochgeschickt hast«, sagte ich, »wolltest du damit den Friedhofsscheinwerfer imitieren und ein Auto herbeilocken?«

»Du hast es kapiert.«

»Dann bist du also ein Räuber?«

»Und du … du bist die Räuberbraut …«

»Und wo ist der Besitzer des Autos?«

»Irgendwo, da, wo er hingehen wollte …«

»Und wo ist das?«

»Das weiß ich doch nicht. In der Stadt ...«
»Wie hast du es angestellt, daß er dir dein Auto gegeben hat?«
»Mach dir keine Sorgen. Das ist alles kein Problem, alles ist okay. Der Typ kriegt morgen sein Auto zurück, und dann wird niemand mehr daran denken.«
»Wirst du auch nicht mehr daran denken? Wirst du nicht mehr an mich denken?«
Lachend nannte er mich freundlich eine Idiotin, kletterte auf den Vordersitz und suchte im Radio einen guten Sender mit Hard Rock. Er drehte die Musik voll auf, und wir sprangen ins Gras, um wie die Verrückten zu tanzen. Schließlich nahm er mich stehend vor der Motorhaube unter dem Getöse der Musik.
Dann drehten wir das Radio aus und kehrten auf den Rücksitz zurück, wo wir eng aneinandergeschmiegt den Rest der Nacht verbrachten, Zärtlichkeiten austauschten, gemeinsam lachten und zusahen, wie die leuchtenden Sterne langsam erloschen.
Ehe die Nacht zu Ende war, begleitete mich Juan dorthin zurück, wo er mich gefunden hatte, auf den Bürgersteig, auf dem ich beinahe überfahren worden wäre. Ich begriff, daß wir uns nun trennen mußten, und hatte Tränen in den Augen.
»Machst du das jeden Abend?« fragte ich ihn dumm, weil ich mir die Frage einfach nicht verkneifen konnte.
»Was?«
»Das weißt du ganz genau ... Die Laterne ... Mit einem Mädchen.«
»Ja«, sagte er.
Und er sah dabei so traurig aus, daß ich nichts mehr hinzufügte.
Dann fing er an zu lachen und machte sich über mich lustig.
»Na, was soll denn dieses lange Gesicht?« sagte er und hob mein Kinn hoch. »Du weißt genau, daß wir beide ganz allein sind, du und ich ...«
Er nahm mein Gesicht in seine Hände, und wir sahen uns an.

Ich preßte mich an ihn, dann drehte ich mich um, öffnete die Tür und ging hinaus.
Im Gang ließ ich meinen Tränen freien Lauf, während ich durch die Dunkelheit lief. Ich weinte so laut, wie ich wollte, schreiend und mit dem Kopf gegen die Wand schlagend. Als ich mich beruhigt hatte, trat ich durch eine neue Tür.

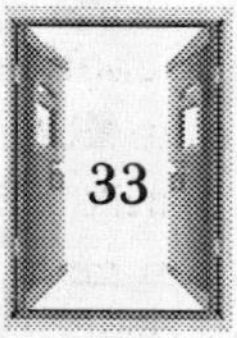

31

Der nackte Soldat

Ich ging auf einem geraden Betonweg, der durch einen Kiefernwald führte. Die Bäume knarrten unter der Hitze und verströmten einen Duft nach Harz. Zwischen den alten, zerfressenen Betonplatten wuchs Gras.
Am Ende des Weges stieß ich auf ein zerfallenes, düsteres Blockhaus, dessen Fenster wie schwarze, beunruhigende Löcher aussahen. Hinter dem Blockhaus stand eine ausgediente Tränke, die ebenfalls aus Beton gegossen und von Moos überwuchert war. Und neben der Tränke ruhte auf einem Teppich aus Piniennadeln ein lebloser Mann in Soldatenuniform.
Ich kauerte mich neben ihn und versuchte, ihn aufzuwecken. Er atmete, lag aber in tiefer Bewußtlosigkeit. Ich untersuchte ihn, um mich zu vergewissern, daß er nicht verletzt war. Er hatte ein schönes Gesicht, das noch kindlich und unschuldig war, und einen athletischen Körper, der perfekt in seine Uniform paßte.

Da er auf der Vorderseite seines Körpers keine Verletzung hatte, drehte ich ihn auf den Bauch, um seinen Rücken zu inspizieren. Auch hier war alles in Ordnung. Er hatte einen schönen kleinen, runden und muskulösen Hintern, doch ich verkniff es mir, ihn zu betasten, auch wenn es nur durch den Stoff hindurch gewesen wäre. Ich rollte ihn wieder auf den Rücken.

Ich versuchte noch einmal, ihn aufzuwecken, doch vergeblich. Vielleicht ist er unter seiner Uniform verletzt, sagte ich mir und entschied, daß ich das Recht und sogar die Pflicht hatte, ihn zu entkleiden.

Während ich ihm seine Kleidungsstücke eines nach dem anderen auszog, hatte ich das Gefühl, wieder ein Kind zu sein und mit einer Puppe zu spielen. Als er ganz nackt war, stellte ich fest, daß sein Körper keinerlei Spuren irgendeiner Verletzung aufwies. Dafür war er jedoch ebenso stramm wie zart, und ausgesprochen gut proportioniert. Ich drückte einen Kuß auf seine Schulter; es war ein Jammer, ihn so leblos zu sehen.

Jetzt, wo er ganz nackt war, fürchtete ich, daß die Kiefernnadeln seine Haut reizen würden. Das beste war wohl, ihn in die Tränke zu betten, die so mit Moos bewachsen und von schrägfallenden Sonnenstrahlen übergossen war, daß sie ihm ein weiches warmes Lager bieten würde. Ich hockte mich hinter seinen Kopf, griff ihm unter die Arme, hob ihn hoch und begann ihn fortzuschleifen. Er war sehr schwer, und ich mußte mehrmals innehalten, ehe ich ihn bis zur Tränke geschleppt hatte.

Ihn hineinzuhieven war noch eine Sache für sich. Nach einer Weile war mir durch meine Anstrengungen so heiß geworden, daß ich mich nackt ausziehen mußte, ehe ich meine Arbeit fortsetzen konnte. Unglücklicherweise ließ ich seinen Körper aus Erschöpfung oder Ungeschicklichkeit mehrmals zurückfallen, was meistens genau in dem Moment geschah, wo ich kurz davor stand, mein Ziel zu erreichen, da es mir bereits gelungen war, eine seiner Schultern über den Brunnenrand zu ziehen.

Aber ich ließ mich nicht entmutigen. Jedesmal begann ich nach einer kurzen Pause wieder und setzte alle meine Kräfte darein, ihn hochzuheben und auf das Lager zu legen, das ich für ihn vorgesehen hatte. Schließlich wurde meine Hartnäckigkeit belohnt, und ich konnte mich am Anblick meines schönen nackten Soldaten erfreuen, der wie ein Schmuckstück in einer Schatulle in seinem Moosbett lag.
»Du schuldest mir ein kleines Dankeschön«, sagte ich zu ihm.
Und ich rieb meine Nase ausführlich an seiner, denn dies ist ein harmloses, aber wirkungsvolles Vergnügen, das die Männer oft als lächerliche Kinderei ansehen und einem niemals länger als ein paar Sekunden zugestehen. Nasenflügel an Nasenflügel, erst links, dann rechts, gab ich mich diesem Spielchen hin, solange es mir gefiel, und konnte es sogar durch alle möglichen Verfeinerungen bereichern. Ich zog daraus eine große Befriedigung.
Dann begann ich wieder, mir über den Gesundheitszustand meines Soldaten Gedanken zu machen. Während des Transports hatte ich ihn bestimmt ziemlich verletzt, besonders am Rücken, der immer wieder über den Betonrand der Tränke geschürft war. Ich war so besorgt, daß ich ihn auf den Bauch rollte.
Tatsächlich war sein Rücken von Striemen, blauen Flecken und Kratzern, die bereits Blutkrusten bildeten, schrecklich gezeichnet. Aus Angst, seine Verletzungen könnten sich entzünden, beschloß ich, sie zu säubern.
Mit den Nägeln kratzte ich die Krusten ab. Sofort perlte das Blut wieder hervor. Ich leckte ihm sorgfältig jede Wunde aus, denn mir war, als hätte ich einmal gehört, daß der Speichel ein hervorragendes Antiseptikum ist.
Als ich damit fertig war, drückte ich seine Hinterbacken auseinander, um nachzusehen, ob er dort nicht auch verletzt war. Zuerst sah ich nichts. Dann hatte ich den Eindruck, als würde gleich neben seinem Anus ein Splitter in seiner Haut stecken.

Ich nahm ein spitzes Stück Holz, mit dem ich versuchte, ihn von diesem kleinen Stachel zu befreien, der sich als höchst schmerzhaft herausstellen und sich entzünden konnte. Doch ich erreichte lediglich, daß ich ihm ein weiteres Stück Haut abschürfte, worauf er erneut zu bluten begann.

Es kam mir nicht so vor, als sei der Splitter herausgekommen. Da ich ihm nicht weiter weh tun wollte, versuchte ich, ihn ihm herauszusaugen. Ich vergrub meinen Mund tief zwischen seinen Hinterbacken, die ich mit beiden Händen fest auseinanderspreizte. Trotz langer und wiederholter Bemühungen kam ich zu keinem Ergebnis und beschloß, es aufzugeben. Wenigstens war er jetzt schön sauber.

Das Blut auf seinem Rücken war wieder geronnen. Ich nutzte dies aus, um ihn umzudrehen. Auf der Vorderseite seines Körpers hatte er fast keinen Kratzer, aber ich beschloß, ihn auch dort zu säubern. Eifrig begann ich ihn mit kleinen Zungenschlägen von den Zehen bis zur Stirn abzulecken.

Als ich sah, daß der Soldat trotz meiner Pflege immer noch nicht aufwachte, spürte ich, wie ich wütend wurde. Vielleicht brauchte er eine kraftvollere Medizin. Ich hob die Hand und versetzte ihm eine schallende Ohrfeige. Er reagierte nicht. Da begann ich, ihn am ganzen Leib immer wieder mit aller Kraft zu schlagen. Er bewegte sich nicht.

Am Ende brach ich weinend und ihn um Verzeihung anflehend über ihm zusammen. Ich glitt zu seinem Geschlecht hinab, streichelte es und saugte daran, um ihn, wie ich mir vorstellte, zu trösten. Doch trotz meiner Hartnäckigkeit blieb es weich und kühl, verlockend, aber lächerlich schlaff. Ich hätte vor Zorn aufschreien können.

Wieder spürte ich eine unbändige Wut in mir hochsteigen, die mich fast wahnsinnig machte. Ich sah den armen Teufel an, den ich vergeblich an seinem Schwanz zog und den ich jetzt sogar mit meiner Rache zu überschütten drohte. In einem letzten Auf-

lodern meines Gewissens bekam ich plötzlich Angst vor mir selbst, raffte mein Kleid zusammen und floh Hals über Kopf, weit weg von diesem unheimlichen Blockhaus, weg von dem zerfallenen Wassertrog, so weit und so schnell wie möglich, über den Betonweg zum Ausgang.
Als ich wieder im Gang war, zog ich mich an. Ich hätte gerne sofort alles vergessen oder mich von den Geistern quälen lassen, doch ich blieb allein mit meinem Unbehagen und meinem Nichtverstehen. Ich wagte es nicht mehr, noch irgendwohin zu gehen. Dennoch drückte ich irgendwann eine neue Tür auf, denn es mußte ja schließlich weitergehen.

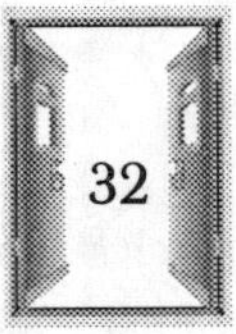

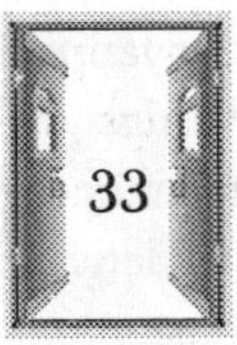

32

Der König

Ich nahm meinen Platz in der langen Schlange von Frauen ein, die vor dem Thron des Königs warteten. Er war ein dicker Mann, der mit prätentiöser Kleidung protzte. Auf mich wirkte er sofort unsympathisch und zugleich anziehend. Sein großer aufgerichteter Penis ragte waagerecht aus seiner mit Diamanten bestickten Hose, und in dem Augenblick, als ich dazutrat, steckte ihn sich die erste Frau der Schlange tief in ihren Mund, so daß nur noch ein kleiner Teil davon zu sehen war. Zu beiden Seiten des Throns befanden sich zwei riesige Sanduhren, die von zwei Dienern in Livree genau in dem Moment umgedreht wurden, wo sich die Frau ans Werk machte.
Sie saugte mit der Kraft der Verzweiflung am königlichen Phallus. Doch sobald der Sand durchgelaufen war, erhob sie sich und verließ weinend den Raum. Sofort nahm die nächste Frau ihren Platz ein.

Der König schien ungerührt von alldem, was da mit ihm veranstaltet wurde. Er ließ an sich herumhantieren, ohne auch nur etwas von seiner Erhabenheit oder Kaltblütigkeit zu verlieren. Ich sah mehrere Frauen an seinem Glied vorbeiziehen, die es rieben, daran saugten, darauf ritten. Aber er blieb völlig ungerührt, ohne auch nur im mindesten seine Haltung zu verlieren, und wenn der Sand durchgelaufen war, liefen die Frauen, die sich an ihm abgemüht hatten, weinend hinaus.

Ich bat meine nächste Gefährtin, die in der Warteschlange vor mir stand, um eine Erklärung.

»Das ist der König Zeit«, sagte sie zu mir. »Er hat versprochen, daß diejenigen, denen es gelingt, ihn zum Orgasmus zu bringen, unsterblich werden. Aber wie du siehst, gelingt es niemandem, irgend etwas aus ihm herauszuholen. Sie weinen, weil sie wie die anderen gescheitert sind. Aber trotzdem, wer würde nicht sein Glück versuchen?«

Bald war sie an der Reihe, und trotz all ihrer Anstrengungen blieb der König ebenso steif und kalt wie bei meiner Ankunft im Saal. Sie ging weinend davon.

Ich trat auf den König zu, hielt mich aber in respektvoller Distanz. Selbst wenn ich die Hand ausgestreckt hätte, hätte ich ihn nicht berühren können. Ich erinnerte mich an eines der wundervollsten erotischen Erlebnisse, das ich hinter den Türen des kleinen Zirkus erlebt hatte, und begann ihm dies zu erzählen, wobei ich bestimmte Details besonders betonte. Als der Sand zu zwei Dritteln durchgelaufen war, hörte ich auf zu sprechen.

»Und?« sagte der König nach einem kurzen Moment.

Es war das erste Mal, daß man seine Stimme vernahm.

»Bitte, Majestät?« fragte ich arglos.

»Na, die Fortsetzung! Wie ist das ausgegangen?«

»Würden Sie sich bereiterklären, zum Orgasmus zu kommen, wenn ich es Ihnen erzähle? Ich verspreche Ihnen, Sie werden nicht enttäuscht sein …«

»Nun gut, meinetwegen. Aber jetzt machen Sie weiter.«
Ich fuhr mit meiner Geschichte fort, wobei ich all meine Gefühle hineinlegte, um sie so aufregend wie möglich wiederzugeben. Der König keuchte. Als ich zum Ende kam, sah man einen reichlichen Strahl weißen, glitzernden Spermas aus seinem Glied hervorspritzen. Ein erregtes Raunen ging durch die Menge. Gerade war der Sand auf beiden Seiten des Throns durchgelaufen.
»Werde ich unsterblich sein, Eure Majestät?« fragte ich.
»Nun ja … Kommen Sie morgen wieder und erzählen Sie mir noch eine Geschichte, dann werden wir uns mit dieser Frage beschäftigen.«
»Aber … Sie haben versprochen, daß diejenige …«
»Man diskutiert nicht mit dem König Zeit«, sagte er in entschiedenem Ton.
Ich verbeugte mich und kehrte ans Ende des Saales zurück. Dieser König ist nichts weiter als ein Gauner, das hätte ich mir denken können, sagte ich mir. Dann kehrte ich schulterzuckend in die Gänge zurück, wo ich eine neue Tür aufstieß.

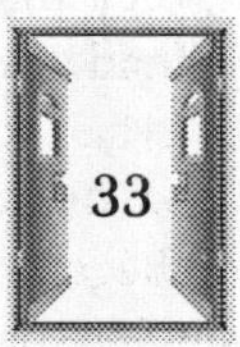

33

Der Austausch

Der Nebel klebte an den Scheiben, ein dichter Nebel, grau wie Greisenhaar, der sich über alle Öffnungen des Hauses, die in dicke Steinmauern hineingeschlagen waren, legte. An den vier Wänden des rustikalen rechteckigen Raumes befanden sich ein Vorrat an Holzscheiten, ein Kamin, ein Kühlschrank und ein Fenster – ziemlich alles, was man zum Leben braucht.

Neben dem Holzhaufen ragte ein dicker Felsbrocken des Berghanges, an dem das Haus lag, in den Raum hinein. Mitten auf diesen Felsen hatte jemand auf einigen getrockneten Aststückchen und Reisig einen groben, häßlichen rosafarbenen Morgenrock gebettet, auf dem eine Katze und ihr Junges lagen. Auf der Seite liegend ließ sie ihr Neugeborenes, das von weitem wie eine dunkle Fellkugel aussah, an ihren Zitzen saugen.

Ich trat näher. Es war eine hinreißende kleine Katze mit langen gelbroten, weißen und schwarzen Haaren und einem anmutigen, femininen Gesichtchen. Während sie zufrieden schnurrte, verhakte sie ihre Krallen im Stoff und ließ sich mit dem größten Vergnügen streicheln.

Auch das Katzenjunge, dessen Augen noch geschlossen waren, hatte ein dreifarbiges, aber etwas brauneres Fell.

Ich kletterte über eine alte Holzleiter ins obere Stockwerk. Das Dachgeschoß bestand aus drei Zimmern, die nur durch an Balken genagelte Stoffvorhänge und den stufenförmig höher liegenden Dielenboden voneinander getrennt waren. Vor einem großen Fenster saß in einem breiten Bett mit weißen Eisenstäben eine Frau, die sich auf mehrere Kissen stützte und schrieb.

»Guten Tag«, sagte ich.

»O lala! O lala! Ich komme viel zu spät«, murmelte sie, als habe sie es sehr eilig.

Sie glich vollkommen dem Hasen von Alice, aber anstatt zu laufen, blieb sie weiter in ihren Kissen liegen und bedeckte ein weißes Blatt Papier, das auf einem Aktendeckel aus Karton auf ihren Schenkeln ruhte, mit blauer Tinte. Offensichtlich hatte sie keinen wirklichen Grund zur Panik. Mir lag ein Lachen auf den Lippen, doch ich hielt es zurück, da sie ernsthaft durcheinander zu sein schien.

Ich setzte mich auf die Bettkante. Da sie sich nicht einmal die Zeit nahm, zu mir aufzublicken, sondern wie angenagelt unter ihrer Bettdecke liegenblieb, sah ich mich inzwischen um. Ihr Zimmer war in völliger Unordnung. Zwischen einem Balken und einem Stein klemmte ein Strauß getrockneter Minze. Auf einem kleinen Möbelstück neben dem großen ovalen Spiegel thronten ihre Kosmetika, so als seien es Nippes. Und hinter der Glastür lag immer noch dieser Nebel, wie ein riesiger Wattebausch.

Ich war entschlossen zu gehen und erhob mich. Da geruhte die junge Frau, ohne jedoch ihr Schreiben zu unterbrechen, endlich einen Blick auf mich zu werfen.

»Bitte bleiben Sie«, sagte sie. »Sie müssen mich entschuldigen … Es ist keine leichte Begegnung für mich …«

Mir war völlig unklar, was sie damit sagen wollte, und auch sie schien peinlich berührt, denn so als wollte sie das Thema wechseln, fügte sie gleich hinzu:

»Haben Sie Dinah gesehen?«

»Dinah?«

»Die Katze …«

»Oh, ja! Die habe ich gesehen. Sie ist sehr süß … Sie hat ein Junges bekommen?«

»Sie hat drei Junge bekommen. Sie ist die Katze der benachbarten Bauern, die im Sommer hier leben. Im Winter bringen sie die Kühe nach unten und richten sich wieder in ihrem anderen Haus ein, weiter unten im Tal. Das hier liegt sehr hoch. Dinah war verschwunden, als sie aufgebrochen sind. Sie ist ein paar Wochen ganz allein gewesen, um dann kurz vor Weihnachten zu uns zu kommen … Sie ist süß, nicht?«

»Sehr hübsch.«

»Wir mußten zwei von den Jungen beseitigen, ein braunes und ein weißes. Ich glaube, sie hat nichts gemerkt. Aber ich habe diese Nacht von den beiden Kätzchen geträumt. Es waren zwei große, behaarte Spinnen, die wie Katzen aussahen, eine weiße und eine schwarze, und mich aus ihren Spinnetzen heraus ansahen. Ich hatte solche Angst, daß ich aufgewacht bin. Es war noch sehr früh für mich, und ich hatte nicht viel geschlafen, aber ich bin aufgestanden. Ich bin dermaßen im Verzug …«

Jetzt phantasiert sie wieder, dachte ich.

»Ist es immer noch so neblig?« fragte ich, um wieder das Thema zu wechseln.

»Gestern schien herrlich die Sonne. Ich habe mich draußen auf

einen Stein gesetzt, um zu schreiben. Da, wo der Schnee geschmolzen ist, fängt das Gras an zu duften ...«
»Was schreiben Sie denn?«
»Ihre Abenteuer. Alles, was Sie erleben, und zwar während Sie es erleben. Zum Beispiel jetzt.«
Ich beugte mich über das Blatt, das sie gerade umgedreht hatte, und sah, daß sie unser Gespräch exakt aufgeschrieben hatte und in diesem Augenblick einen Satz beendete, in dem sie erzählte, daß ich gerade über ihre Schulter blickte und las.
»Sie notieren alles, was ich tue?« fragte ich ziemlich unwillig. »Ist das ein Bericht, oder was? Spionieren Sie mir nach?«
»Ich erfinde Sie. Es ist ein Roman.«
»Sie wollen mir erzählen, daß ich gar nicht existiere? Daß ich vielleicht nur träume? Oder nur der Traum von jemand anderem bin?«
»Sie sind der Traum von vielen Leuten. Aber das hindert Sie nicht daran zu existieren, im Gegenteil.«
Sie schrieb weiter. Einen Moment lang sagten wir nichts. Ich hatte keine Lust, sie um weitere Erklärungen zu bitten. Das, was ich selbst von meiner und ihrer Situation verstehen konnte, war ebenso gut wie alles, was sie mir würde sagen können.
»Ich ähnele dir nicht besonders«, sagte ich schließlich.
»Du bist viel schöner ... Ich wäre gerne so gewesen wie du ... Und das Motorradfahren? Das gefällt dir?«
Sie sah mich mit träumerischem, vielleicht neidischem Blick an. Dann wirkte sie plötzlich wie eingeschüchtert.
»Ich fühle mich oft bei Jungs wohler als bei Mädchen«, sagte sie. »Ich hoffe, du hast dich in diesem kleinen Zirkus genauso amüsiert wie ich ...«
»Was mich beunruhigt, ist, daß ich inzwischen den Mann vergessen habe, den ich suchte. Werde ich ihn wiederfinden?«
»Komm.«
Sie stieg aus ihrem Bett, und ich folgte ihr ins Erdgeschoß. Sie

öffnete die Tür, und wir traten in den Gang. Da sah ich endlich, zum ersten Mal, die Geister, die mich so lange verfolgt hatten. Da es sehr dunkel war, konnte ich nur ihre Umrisse erkennen, der eine fahl, der andere schwarz.
»Darf ich dir den Geist deiner selbst vorstellen?« sagte die Frau, indem sie auf den schwarzen Geist deutete. »Und den Geist der verlorenen Liebe«, fuhr sie fort und zeigte auf den bleichen Geist.
»Komm«, sagten die beiden Geister nacheinander, indem sie mir den Arm reichten.
Ich hörte, wie die Tür hinter mir knarrte.
»Und der Mann?« konnte ich gerade noch fragen, ehe die Frau die Tür hinter sich schloß.
»Draußen!« sagte sie. »Du wirst ihn draußen finden!«
Dann verschwand sie.
Am Ende des Ganges zeigte ein schwaches Leuchtschild den Ausgang an. Ich betrachtete nacheinander die beiden Geister und fragte mich, ob ich:

♦ dem Geist meiner selbst folgen:

35

♦ oder dem Geist der verlorenen Liebe folgen sollte:

34

♦ oder ob ich, obgleich ich sehr neugierig auf die beiden Geister war, sofort den kleinen Zirkus verlassen sollte, um draußen so schnell wie möglich den Mann wiederzufinden:

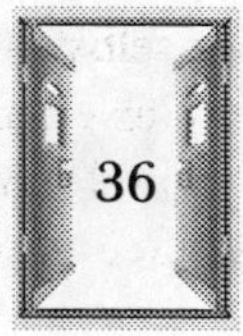

34

Der Geist der verlorenen Liebe

Nur wenige Schritte vor mir zeigte das kleine grüne Neonlicht den Ausgang an. Im Gang gab es nur noch zwei Türen, die genau einander gegenüber lagen. Bald würde ich draußen sein und den Mann treffen, den ich so sehr gesucht hatte.
Ich drehte mich zu der bleichen Silhouette des Geistes der verlorenen Liebe um, die im Dunkel einen langgezogenen Fleck bildete, dessen phosphoreszierendes Weiß etwas Gespenstisches hatte. Er streckte mir wieder seine Hand entgegen und wiederholte mit seiner warmen, melancholischen Stimme: »Komm …«
Ich sah den Geist meiner selbst an, der mich ebenfalls einlud, ihm zu folgen, doch ich konnte dem traurigen, verliebten Ruf des bleichen Geistes, der mich so sehr zu brauchen schien, nicht widerstehen.
Ich folgte ihm zu der linken Tür, und wir betraten ein kleines

rundes Zimmer mit einer hohen Decke, das einem Zylinder glich und nur mit einem ungemachten Bett ausgestattet war, dessen Seidenlaken im gedämpften Licht der Lampen, die rund um das Zimmer befestigt waren, schimmerten.
Der Geist der verlorenen Liebe war in einen weiten weißen Umhang gehüllt und trug eine grob gearbeitete, sackartige Kapuze aus weißem Stoff über dem Kopf, in die an der Stelle der Augen und des Mundes drei runde Löcher geschnitten waren. Er trat auf mich zu, nahm mich an der Hand, und nachdem er seinen rätselhaften, glühenden Blick in meine Augen versenkt hatte, beugte er sich sanft zu meinem Mund vor und gab mir den zärtlichsten, leidenschaftlichsten und verführerischsten Kuß, den ich jemals bekommen hatte. Dann schlug er seinen Umhang auf und warf ihn auf den Boden.
Er war herrlich. Sein langer, schlanker, muskulöser Körper besaß eine seltene Anmut und Harmonie, als sei er von einem Künstler erdacht und erschaffen worden. Anstelle eines Slips hatte er mehrere Seile um seine Hüften gewickelt, deren Enden zwischen seinen Schenkeln baumelten.
Auch die Kapuze war mit einem Seil um seinen Hals herum festgebunden. Ich griff danach, um den Knoten zu lösen und sein Gesicht zu enthüllen. Doch er wich heftig zurück.
»Tu das nicht«, sagte er. »Du darfst mich nicht sehen.«
»Aber warum denn?«
»Stell keine Fragen, bitte. Wenn du mich sehen würdest, wäre für uns alles zu Ende.«
Ich sah ihn ungläubig an. Würde er wirklich diese Kapuze anbehalten? Von mir verlangen, einen Mann ohne Gesicht zu lieben?
»Ich bitte dich …«, fügte er leise hinzu und strich sanft über mein Haar.
In den beiden runden Löchern blitzten seine dunklen Augen. Er nahm meine Hände und legte sie auf die Seile um seine Hüf-

ten. Ich begann sie mit gesenktem Kopf aufzurollen, um die Tränen zu verbergen, die mir in den Augen standen, und die Enttäuschung, sein Gesicht nicht betrachten zu dürfen. Doch wichen, während ich die Seile um seinen Unterleib aufrollte, diese Gefühle einer immer größer werdenden Erregung.

Als ich schließlich sein Geschlecht, das so frisch und appetitlich wie eine Obstschale aussah, freigelegt hatte, zog er mich auf die seidenen Laken des Bettes. Die Seile hatten Abdrücke auf seiner Haut hinterlassen. Ich küßte zärtlich seine Arme, seine Schultern, seinen Oberkörper, seinen Bauch und dann die geschundene Haut auf seinen Hüften und seiner Scham.

Sein Penis schwoll leicht an, doch ich war so aufgewühlt, daß ich Angst hatte, ihn in den Mund zu nehmen. Ich kreiste bewundernd und eingeschüchtert um sein Glied herum, ohne mich entschließen zu können, es zu berühren. Schließlich griff der Geist mir in die Haare und führte meine Lippen an ihn heran.

Als ich sein Glied in meinem Mund spürte, war mir, als sei ich in die Ewigkeit eingetreten. Ich saugte an ihm, und mit einemmal gab es nichts anderes mehr als dieses feste, harte, warme und köstliche Fleisch zwischen meinen Lippen, an meiner Zunge, meinem Gaumen. Ich saugte an ihm wie ein Säugling, und seine dicke Titte schien der Mittelpunkt der Welt zu sein und ließ mich alles andere vergessen. Sie lag zwischen meinen Lippen, um mich zu nähren und mich in Entzücken zu versetzen.

Ich hätte mich stundenlang so festsaugen und vielleicht sogar in dumpfer Glückseligkeit dort sterben können. Mein Geschlecht vollführte die gleichen Bewegungen wie mein Mund. Es zog sich im Rhythmus meiner Lippen zusammen, als wollte es ebenfalls saugen. Als er ejakulierte, hatte auch ich einen Orgasmus, ohne daß ich mich hätte berühren müssen. Ich schluckte seinen Saft, während ich kam.

Er drehte sich auf die Seite, und ich behielt ihn im Mund, erfüllt von unendlicher Dankbarkeit und einer wohltuenden Mattigkeit. Ich schloß die Augen, bereit einzuschlafen. Ich muß schon ein wenig gedöst haben, als mir plötzlich bewußt wurde, daß sein Penis wieder zu schwellen begonnen hatte und meinen Mund erneut beachtlich ausfüllte. Wieder packte er mich bei den Haaren, zog mich dieses Mal jedoch zu seinem Gesicht hoch.

Er legte mich auf den Rücken, nahm meine Beine in die Hände und drang in mich ein. Zuerst versuchte ich mich auf seinen Oberkörper zu konzentrieren, um mich nicht von seinem Kapuzengesicht und von dem Seil, das er wie ein Gehenkter um den Hals trug, beeindrucken zu lassen.

»Liebst du mich noch?« fragte er.

»O ja!« antwortete ich leidenschaftlich.

Obwohl ich ihn mir nicht mehr richtig vorstellen konnte, war mir eine heftige, schmerzliche Erinnerung an die Liebe geblieben, die ich einst für ihn empfunden hatte, und an die unendlich lange Zeit, die ich auf seine Rückkehr gewartet hatte.

»Ich liebe dich so sehr ...«, sagte ich, während ich ihn an mich zog, um mein Gesicht in seiner Schulter zu vergraben. »Ich habe niemals aufgehört, dich zu lieben ... Mein Geliebter ... Meine schöne verlorene Liebe ... Erinnerst du dich? Du hast einmal gesagt: ›Der Dieb des Mondes wird wiederkommen, um die Sterne zu holen ...‹ Ich dachte, daß du uns meintest ... Warum bist du nicht zurückgekommen, um mich zu holen, Geliebter?«

Und während ich ihm solche Liebesworte zuflüsterte, kam ich.

Er blieb lange in mir, ließ mich meine Lust bis zum äußersten ausschöpfen. Ich hatte jetzt keine Angst mehr vor seiner Kapuze, sondern starrte sie im Gegenteil jedesmal, wenn ich einen neuen Orgasmus erreichte, an, bis ich wie ein Pfeil losschoß, so als würde mich dieses unheimliche Ding in eine unwiderstehliche Leere hineinziehen.

Es mögen Stunden verstrichen sein, bis auch er kam. Dann erst ließ er sich aufs Kissen zurückfallen und schlief ein.
Ich sah ihn gerührt an. Ich war in jedes winzige Stückchen seines Körpers verliebt, ich war in seine ganze Person verliebt, selbst in das, was er vor mir verbarg, und vielleicht sogar besonders darin. Bald sah ich, daß er zu träumen begonnen hatte. Seine Augen rollten unter den Lidern, und sein Atem hatte sich verändert. Was geschah in seinem Kopf? Was sah und erlebte er, was ich nicht sehen und mit ihm erleben konnte? Ich kniete mich über ihn und begann ganz vorsichtig, den Knoten zu lösen, der das Seil um seinen Hals zusammenhielt.
Er wachte nicht auf. Ich zog vorsichtig an der Kapuze. Und während ich mich darauf gefaßt machte, unter der Maskierung auf ein häßliches Gesicht zu stoßen, das er vor mir hatte verbergen wollen, entdeckte ich ein schönes, ausgeprägtes ovales Gesicht mit feinen reinen Zügen, hochliegenden Wangenknochen über den leicht eingefallenen Backen, und mit einer vollkommen glatten, blühenden Haut.
Er war so schön, daß ich sprachlos war und es nicht mehr wagte, ihn zu berühren oder auch nur anzuschauen. Ich vergaß, daß er mir verboten hatte, ihn zu sehen, und dachte nicht einmal mehr daran, ihm seine Kapuze wieder überzuziehen, um meine Tat zu vertuschen. Statt dessen ließ ich mich dazu hinreißen, einen Kuß auf seine Lippen zu drücken, der in meiner Vorstellung der letzte sein sollte. Da wachte er auf.
Als er sah, daß er entdeckt worden war, fiel er in eine wilde, verzweifelte Wut und begann zu schluchzen und zu weinen. Dann schlug er mich mit dem Seil, das ich von seinem Hals gelöst hatte. Außer mir vor Traurigkeit ließ ich es mit mir geschehen; ich sah ja selbst, daß ich ihn verraten hatte.
Als ich unter den Schlägen zu Boden fiel, nahm er mich in seine Arme, und wir weinten zusammen, die tränenüberströmten Gesichter aneinandergepreßt.

Uns in den Armen haltend, weinten wir wie von Krämpfen geschüttelt, und ich spürte, wie die Innenseiten meiner Schenkel feucht und sein Glied vor meinem Bauchnabel hart wurden. Schließlich benetzte er, ohne sich bewegt zu haben, auch meinen Bauch, nur durch die Tränen, die uns vereinten.
Ich sammelte kriechend meine Kleider ein und floh verwirrt und unglücklich. Als ich wieder im Gang war, zog ich mich an und trocknete meine tränennassen Wangen.
Der Geist meiner selbst öffnete seine Tür und trat aus dem Dunkel. In seinem Zimmer konnte man durch das Fenster eine hohe Gebirgskette sehen, die in den Himmel ragte.
»Hier«, sagte der schwarze Geist.
Und er reichte mir eine Handvoll bunter Steine.
»Behalt sie«, fügte er hinzu. »Sie werden dir helfen.«
Ich spürte, daß ich bei ihm Hilfe gefunden hätte, daß es jedoch zu spät war. Ich umschloß die kleinen Steine in meiner Hand. Ich mußte jetzt gehen.
Ich dachte an den Geist der verlorenen Liebe. Ich wollte ihn nicht verlassen. Ich fragte mich, ob ich

♦ versuchen sollte, den Geist der verlorenen Liebe mit mir zu nehmen.

38

♦ oder ob ich den Geist meiner selbst, zu dem ich mich unwiderstehlich hingezogen fühlte, an der Hand nehmen und mit mir zum Ausgang führen sollte.

39

35

Der Geist meiner selbst

Das ist die letzte Etappe, dachte ich, während ich auf die weißen Buchstaben des Wortes *Ausgang* sah, die sich am Ende des Ganges schwach vom grünen Grund des Leuchtschildes abhoben. Es blieben nur noch zwei Türen, und nichts zwang mich, sie zu öffnen. Doch die dunkle Silhouette des Geistes meiner selbst, die ich vage im Dunkel erkannte, machte mich neugierig.

Ich sah auch zum Geist der verlorenen Liebe herüber, der viel fieberhafter auf mich zu warten schien. Doch der dunkle Geist zog mich wie ein Magnet an, und ich wußte sofort, daß es mir nicht gelingen würde, seinem stummen Ruf zu widerstehen. Ohne irgendeine Geste oder ein weiteres Wort setzte er sich in Bewegung, und ich folgte ihm.

Ich trat mit ihm in ein helles, viereckiges Kämmerchen. Neben dem Fenster lag auf einem Tisch ein großes, in der Mitte aufgeschlagenes Buch. Auf der anderen Seite war ein Tisch für zwei

Personen gedeckt, und ein dampfendes Essen wartete darauf, verspeist zu werden. Zur Einrichtung des Zimmers gehörten außerdem zwei Stühle, ein kleines Eisenbett und ein schmaler Schrank. Merkwürdigerweise rief die strenge Einfachheit dieses Ortes ein starkes Glücksgefühl in mir hervor.

Der Geist, ein reifer Mann in einer langen dunklen Tunika, mit stolzer Haltung, extrem hellen, grünen Augen und einem stechenden Blick, erinnerte an einen orientalischen Hohepriester. Die moralische Stärke, die seine ganze Person ausstrahlte, hätte eine unüberwindbare Distanz zwischen ihm und seinem Nächsten aufgebaut, wenn sie nicht durch eine natürliche Freundlichkeit ausgeglichen worden wäre, der nichts Geziertes oder Schroffes anhaftete. Ich fühlte mich glücklich in seiner Gesellschaft, unter diesem Blick, aus dem Klarsicht und Güte, aber auch eine gewisse Grausamkeit sprachen.

Ich trat ans Fenster und sah, daß wir uns auf einem felsigen Berggipfel befanden, inmitten einer dürren, verlassenen Berglandschaft. Vor dem Kämmerchen lag auf diesem schmalen Gipfel noch ein winziger Garten, der von einer Steinmauer umgeben war. Zwei Raubvögel schwebten durch das morgendliche Licht. In der Ferne, unten im Tal, schien ein Dorf zu liegen.

Der Geist lud mich ein, die Mahlzeit mit ihm zu teilen. Ich hatte großen Hunger. Wir nahmen am Tisch Platz, um uns ein einfaches karges Mahl schmecken zu lassen, das jedoch aus hervorragenden Zutaten zubereitet war.

»Warum haben Sie mich in den Gängen verfolgt?« fragte ich ihn.

»Ich habe Sie nicht verfolgt. Ich war bei Ihnen. Wie immer …«

»Aber hinter den Türen waren Sie nicht bei mir …«

»Natürlich war ich das … Sie waren nur zu beschäftigt, um es zu bemerken, aber ich war da … Wie sollte ich Sie denn verlassen können? Ich bin der Geist Ihrer selbst, vergessen Sie das nicht ...«

Ich sah auf meinen Teller hinunter, denn ich spürte, wie ich errötete. Er sah also alles und wußte alles von mir. Ich wäre am liebsten im Boden versunken. In einem Zustand halber Bewußtlosigkeit fiel ich ihm unter dem Tisch zu Füßen und umschlang seine nackten Knöchel mit beiden Armen, genau am Saum seines Mönchsrocks. Seine großen, etwas unförmigen Füße steckten in Ledersandalen mit Riemen.

»Ich gehöre Ihnen«, keuchte ich.

»Du gehörst mir, so wie ich dir gehöre. Die Stunde ist gekommen, uns wirklich kennenzulernen.«

Ich steckte den Kopf unter seinen Rock, küßte seine kräftigen, behaarten Waden und atmete im Schatten und in der Wärme seines Körpers. Ich drückte seine Knie an meinen Kopf, glitt langsam mit meinen Händen an seinen Schenkeln entlang und hielt dann, als meine Finger die Schamgegend erreicht hatten, so lange wie möglich mit geschlossenen Augen inne, um diesen köstlichen Moment der Ungeduld voll auszukosten. Dann ließ ich unter der dunklen Tunika ganz behutsam meinen Mund an seinen Schenkeln hochgleiten, bis meine Lippen seine dicken vollen Säcke trafen und sein harter Schwanz gegen meine Stirn prallte.

Mir war, als müßte ich vor Glück ohnmächtig werden. Jede Zurückhaltung vergessend, rieb ich wie eine Verrückte mit Händen und Gesicht an seiner geschwollenen Traube, die ich in einem unbezwingbaren Anfall erotischer Raserei streichelte, küßte und beknabberte, überwältigt von der Lust, mich damit vollzustopfen, sie herauszureißen und zu verschlingen, einer Lust, deren Bestialität ich eindämmen mußte, um sie in eine reine Liebeswut zu lenken, befreit von ihrem gewalttätigen Trieb, der mich dazu hätte bringen können, ihn zu verletzen.

Es war, als würde ich urplötzlich zur Besinnung gebracht, als er seinen Rock lüftete, mit beiden Händen meinen Kopf ergriff und mich aufrichtete. Er entkleidete mich und zog ebenfalls seine Tunika aus, unter der sein kraftvoller, massiger Körper nackt zum Vorschein kam.

»Wir müssen als erstes wissen, was wir sind und in was für einer Welt wir leben«, sagte er.

Er steckte mir einen Finger in den Po und ließ mich ebenfalls den Mittelfinger in seinen stecken. Wir wühlten uns gegenseitig im Anus herum. Als wir unsere Finger wieder herauszogen, ließ er uns daran riechen, wobei er sagte: »Das sind wir: Wesen, die Fleisch in Exkremente verwandeln, in einer Welt, die sich ununterbrochen in Scheiße verwandelt und aus ihrer Scheiße wiedergeboren wird.«

Dann setzte er mich auf den Tischrand, wo er mich mit jähen groben Stößen nahm.

Mit beiden Händen an den Tischrand geklammert, die Schenkel weit geöffnet, spürte ich, wie er in mich hineinstieß, bis mein Fleisch Feuer fing und zu beben begann, bis mein ganzer Leib von einem Orgasmus überschwemmt wurde, dem noch einige folgten.

Dann begann er, abwechselnd von vorne und von hinten in mich einzudringen, unermüdlich, und immer weiter mit derselben Kraft. Mir drehte sich der Kopf, die Sinne schwanden mir, so restlos ausgeliefert war ich und Opfer einer Serie von Zuckungen, die nicht mehr aufhören wollten, hinauskatapultiert aus der Welt und aus mir selbst durch eine ununterbrochene Wollust, die mich wie ein Tier, das sich paart oder dem man die Kehle durchschneidet, schreien und knurren und klagen ließ. Denn wenn die Lust die Sinne auf eine solche Weise erregt, verwandelt sich der Körper in ein infernalisches Chaos, ein Schlachtfeld der Ekstase.

Gegen Ende klammerte ich mich an seine Brust, seinen Kopf, seinen Hals, den ich zerkratzte, klammerte mich an ihn wie an

einen Rettungsring, um ihm weh zu tun, und auch, um ihn um Gnade anzuflehen. Da sah ich, wie er seinen Kopf zurückwarf, spürte wie sein dicker Schwanz in mir zitterte, und dann ejakulierte er in langen Stößen.
Immer noch in mir, zog er mich auf den Dielenboden, wo wir uns ausruhten, Arm in Arm, Körper an Körper.
Später legte er mich mit dem Rücken aufs Bett. Während ich völlig erschöpft vor mich hindämmerte, spreizte er meine Beine, schob seinen Kopf dazwischen und berührte und leckte mich unendlich lange. Manchmal kam ich sanft, und manchmal gaben wir uns beide einem köstlichen Halbschlaf hin, während sein Mund oder seine Finger weiter zwischen meinen Schenkeln eingetaucht blieben.
Dann bat ich ihn, sich über mich zu hocken und sich einen runterzuholen. Seine dicken Eier baumelten vor meinen Augen, ich knetete sie und berührte sie mit Zungenschlägen, ohne dabei seine Hand aus den Augen zu verlieren, die über seinen Stab glitt und ihn erbeben ließ. Er spritzte einen Strahl glänzenden weißen Saftes hervor, der sich auf meiner Haut in bunte Steinchen verwandelte, die über meine Brüste kullerten.
Dieser zauberhafte Anblick machte mich sprachlos. Er nahm diese feinen Steinchen in seine Faust und legte sie dann in meine Hand, wobei er mir riet, sie für alle Zeiten zu behalten.
»Hast du eine Schere?« fragte ich ihn.
Und ich bat ihn, mir die Haare in Genickhöhe abzuschneiden. Ich setzte mich auf einen Stuhl, er stellte sich neben mich und fing an zu schneiden. Als alle langen Strähnen auf dem Boden lagen, sammelte ich sie auf und schenkte sie ihm.
Im Augenblick des Abschieds zog sich mein Herz zusammen. Ich sah ihn lange an und fragte mich, ob ich nun, wenn ich den kleinen Zirkus verlassen würde:

♦ den Mann wiederfinden würde, den ich suchte:

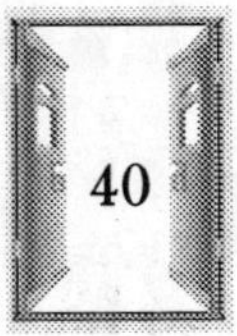

♦ oder lieber allein gehen sollte:

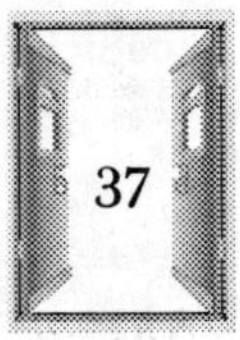

♦ oder versuchen sollte, den Geist meiner selbst mitzunehmen:

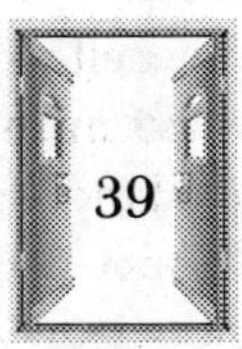

36

Das Monster

Die beiden Geister, der eine hell und der andere dunkel gekleidet, warteten regungslos auf mich. Gerührt drückte ich beiden in der Dunkelheit die Hand, und dann verließ ich sie, denn es war Zeit für mich, mein Leben draußen wiederaufzunehmen und dort den Mann wiederzufinden, den ich hier gesucht hatte.

Ich schritt mit klopfendem Herzen auf das Leuchtschild zu. Ich war nur noch drei Schritte davon entfernt, als ich hinter mir ein Stöhnen hörte. Ich drehte mich um.

In der Dunkelheit konnte ich die Umrisse der beiden engumschlungenen Geister erkennen. Man hätte meinen können, daß sie sich auf den Mund küßten. Dann sah ich sie hinter einer der beiden Türen verschwinden.

Ich begann mich zu fragen, ob es nicht ein Fehler war, hinauszugehen, ohne diese beiden Geister, die mir während meiner ganzen Irrfahrt durch das Labyrinth gefolgt waren, kennenzulernen. Konnten nicht auch sie mir etwas beibringen? Und würde ich eine zweite Gelegenheit haben, ihre Bekanntschaft zu machen? Ich kehrte um und öffnete die Tür, in der ich sie hatte verschwinden sehen.

Ich betrat eine Mönchszelle, die viereckig, schlicht und hell war. Sie schienen mich nicht zu hören. Am Fenster, durch das man eine karge, verlassene Berglandschaft erahnen konnte, war der Geist meiner selbst damit beschäftigt, den anderen zu entkleiden, ihm seinen weiten weißen Umhang auszuziehen, unter dem er nackt war.

So entdeckte ich, daß der Geist der verlorenen Liebe ein Mann von unglaublicher Schönheit war, zumindest was seinen Körper betraf. Denn sein Gesicht blieb weiter unter einer weißen Kapuze versteckt, einem Stoffsack, in den für die Augen und den Mund drei Löcher geschnitten waren, und der mit einem Seil um den Hals zusammengebunden war. Merkwürdigerweise trug er auch um die Hüften herum Seile. Ihre Enden baumelten zwischen seinen Schenkeln, wo sie sein Geschlecht verbargen.

Der Geist meiner selbst hingegen behielt seine lange schwarze Tunika an. Seine Kleidung, seine Haltung, sein Blick und diese Zelle, die ihm offensichtlich als Zimmer diente, schienen die eines Hohenpriesters oder orientalischen Weisen zu sein. Seine Gesten waren von einer vollkommenen Ruhe und Präzision, und aus seinem Gesicht sprachen eine Entschlossenheit und moralische Stärke, die vermuten ließen, daß er das Kommende aus Pflichterfüllung und nicht aus Lüsternheit tun würde. Er war sehr beeindruckend.

Er begann, die um das Becken des schönen bleichen Geistes geschlungenen Seile aufzuwickeln. Als er ihn davon befreit hatte, kniete dieser sich mit dem Rücken zu mir vors Fenster und hielt seinem Kameraden stöhnend den Hintern hin.

Da drehte sich der dunkle Geist zu mir um und bedeutete mir

vorzutreten. Als ich bei ihm stand, wollte ich ihn am Arm berühren, doch er stieß mich zurück. Da streckte ich meine Hand nach dem nackten Körper des bleichen Geistes aus. Doch wieder stieß er mich zurück.
»Berühren Sie uns nicht«, sagte er. »Weder mich noch ihn, vor allem nicht ihn. Was auch immer geschehen mag, berühren Sie ihn auf keinen Fall. Es würde großes Unheil über uns drei bringen. Aber sehen Sie zu und bleiben Sie, denn wir werden Sie später brauchen.«
Und er bot mir einen Stuhl neben dem Tisch an, der für zwei Personen gedeckt war.
Der Geist meiner selbst hob eines der Seile auf, die die Hüften des jungen Mannes mit der Kapuze umschlungen hatten, und begann ihn damit zu schlagen. Ohne sich zu wehren, stöhnte und klagte der Geist der verlorenen Liebe. Er begann sogar, im Zimmer umherzulaufen, während sein Verfolger ihm nachstellte und das Seil munter auf sein Fleisch klatschen ließ.
Zuerst war ich entsetzt über die Brutalität dieser Szene und wollte schon eingreifen. Doch dann wurde mir bewußt, daß der bleiche Geist inzwischen einen Ständer hatte. Und daß er sich, die Flucht bloß vortäuschend, freiwillig den schmerzhaftesten Hieben auszusetzen schien und alle Teile seines herrlichen Körpers ihnen geradezu anbot.
Sein Glied wurde immer steifer und bläulichrot. Ich glitt mit einer Hand unter mein Kleid, denn trotz des Unbehagens, das mir die Szene verursachte, merkte ich, daß ich sehr erregt war.
Der junge Mann mit Kapuze war zu Boden gefallen, wo er sich auf dem Rücken liegend die Brust auspeitschen ließ. Er wand sich, versuchte aber nicht, sich mit den Armen zu schützen. Sein Schwanz richtete sich auf und schwankte über seinem Unterleib.
Da vergaß ich die Anweisungen des schwarzen Geistes. Dieser Mann brauchte mich, ich mußte ihm helfen.
Ich ließ mich auf den Boden gleiten und rutschte auf allen vieren

auf ihn zu. Als er in meiner Reichweite war, packte ich sein Glied, das wahnsinnig hart und heiß war, und rieb es schnell. Sofort stieß er einen Schrei aus und kam in meiner Hand. Der schwarze Geist wich mit ernster, unruhiger Miene zurück. Ich war erleichtert, so als wäre ich selbst gekommen. Doch der bleiche Geist sprang auf und riß sich mit verstörtem Blick die Kapuze vom Kopf. Sein Gesicht, das ebenfalls von großer Schönheit war, verzerrte sich vor Angst. Er schwankte und sah ungläubig von einem zum anderen.

Kurz darauf begann er sich in atemberaubender Geschwindigkeit zu verwandeln. Seine Haare wurden weiß und immer länger, sein Rücken krümmte sich, sein Fleisch wurde welk, seine Haut schrumpelig, sein Gesicht faltig, Zähne fielen aus seinem Mund, und seine Nägel wurden unverhältnismäßig lang. Er stürzte sich auf den Geist meiner selbst und zerkratzte ihm den Hals.

Der ließ sich zu Boden fallen. Über seinen Hals zog sich eine lange, tiefe Wunde, die so heftig blutete, daß dicke Blutstropfen auf den Dielenboden fielen.

Dem bleichen Geist schwanden die Kräfte. Sein sich bläulich verfärbendes Fleisch klebte schlaff an seinen Knochen. Auch er stürzte zu Boden, auf den Rücken, in die gleiche Position, in der ich wenige Augenblicke zuvor sein glühendes Geschlecht ergriffen hatte, das jetzt völlig zusammengeschrumpft war. Sein Körper strömte Leichengeruch aus, und er bewegte sich nicht mehr, atmete nicht mehr.

Von Beginn seiner Verwandlung an stand ich wie erstarrt mit dem Rücken an der Wand, die Hände an den Kopf gepreßt, und schrie. Der Geist meiner selbst erhob sich und sagte: »Er muß jetzt getötet werden.«

Dort, wo der bleiche Geist gelegen hatte, war der Dielenboden von einer Blutlache bedeckt. Doch er schien nicht mehr zu bluten. Ich schrie weiter. Der Geist meiner selbst brachte mich

mit einer Ohrfeige zum Schweigen und drückte mir eine Schere in die Hand, indem er wiederholte: »Er muß jetzt getötet werden.«
»Aber er ist doch tot! Sehen Sie denn nicht, daß er tot ist?« schluchzte ich.
»Wenn du ihm diese Schere nicht ins Herz rammst, wird er niemals sterben. Du mußt es tun, wenn du nicht willst, daß er bis in alle Ewigkeit leidet und zurückkehrt, um auch dich dein ganzes Leben lang zu peinigen.«
Ich trat zu dem Leichnam und kniete vor ihm nieder. Ich weinte so sehr, daß alles vor meinen Augen verschwamm. Ich umklammerte die Schere mit beiden Händen, hielt sie hoch über seine abgemagerte Brust und ließ sie schluchzend mehrmals niedersausen. Nichts trat aus seinem Körper aus, so als hätte er bereits all sein Blut verloren. Ich fiel in Ohnmacht.
Als ich wieder zu mir kam, sah ich, daß neben mir ein rechteckiges Loch im Boden klaffte.
»Hilf mir«, sagte der Geist meiner selbst.
Wir wickelten den Körper in seinen weißen Umhang ein und legten ihn in das Grab. Dann rückten wir die Holzdielen wieder an ihren Platz. Ich war völlig entkräftet, aber merkwürdig ruhig.
»Du wirst über ihm leben?« fragte ich den schwarzen Geist.
»Wir leben alle über den Toten«, antwortete er.
Dann nahm er mich in den Arm. Ich weinte leise, den Kopf auf seine Brust gelegt.
»Ich liebe dich«, flüsterte ich.
»Vergiß niemals«, sagte er, »daß ich immer bei dir bin und sein werde. Besonders in deinen intimsten Momenten, deinen Träumen, deinen Freuden und deinen Leiden. Wenn du meine Gegenwart spüren und mich in diesen Momenten erhören und lieben kannst, dann wird alles gut.«
Er küßte mich.

Ich wusch die Wunde an seinem Hals aus, die bereits vernarbte. Dort, wo sein Blut den Dielenboden gefärbt hatte, war nichts mehr zu sehen, außer einem kleinen Häufchen bunter Steine. Er hob sie auf, legte sie in meine Hand und riet mir, sie gut aufzubewahren. Ich küßte ihn noch einmal und ging. Ich wußte jetzt, daß er mich niemals verlassen würde.
Im Gang fragte ich mich, während ich langsam auf den Ausgang zuschritt, ob ich jetzt, wenn ich den kleinen Zirkus verließ:

♦ den Mann wiederfinden würde, den ich hier gesucht hatte:

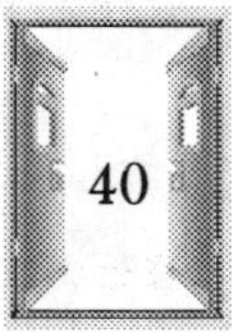

♦ oder beschließen sollte, allein hinauszugehen:

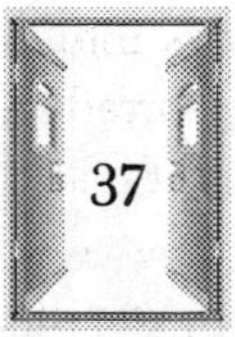

37

Die Eremitin

Ahmed hat mich heute nachmittag besucht. Ich habe den Motor schon von weitem gehört. Ich wußte sofort, daß er es war. Er hatte mir gesagt, daß er sich ein Motorrad kaufen würde. Wir haben die Maschine lange bewundert, und dann schlug er mir vor, sie auszuprobieren. Ich habe ihm gesagt, daß ich nicht mehr jung genug sei, ein Moto-Cross zu fahren, war aber bereit, hinter ihm aufzusteigen, und wir haben eine ausgiebige Tour durch den Wald, über die Straße und schließlich am Strand entlang gemacht. Ich hielt mich an seinem Lederblouson fest, und all das hat mich in die Zeit vor vielen, vielen Jahren zurückversetzt …
Dann sind wir wieder nach Hause gefahren, aber Ahmed blieb nicht lange. Ich glaube, er hatte es eilig, sein Motorrad wieder zu besteigen. Wir haben eine Zigarette geraucht, und dann ist er losgefahren. Ich habe mein Kleid ausgezogen und bin bis zum Strand gewandert.

Ich lebe jetzt schon seit Jahren in dieser Hütte mitten im Wald. Am Anfang hielten mich die Leute auf der Insel für eine Verrückte. Doch ich glaube, daß die Gewohnheit dazu beigetragen hat, daß ich heute einfach als ein Original gelte. Ehrlich gesagt ist mir das sowieso egal. Aber obwohl nie irgend jemand hierherkommt, sprach sich schnell herum, daß eine alte Frau nackt mitten im Wald in dem ehemaligen Holzschuppen des Försters lebt.

Jedesmal, wenn ich Besuch bekomme oder ins Dorf gehe, um einzukaufen, ziehe ich natürlich mein Kleid an. Doch die restliche Zeit lebe ich so, wie es mir gefällt. Es tut so gut, die Luft und die Sonne direkt auf der Haut zu spüren. Ich finde meinen Körper nicht häßlich, auch wenn die Zeit ihre Spuren darauf hinterlassen hat. Ich finde, daß ein nackter Körper, der glücklich darüber ist, nackt zu sein, niemals häßlich ist. Ich fühle mich wohl in diesem Körper, der so viele Abenteuer mit mir erlebt hat. Dieser Körper, mein alter Kumpel, der das Leben immer noch so liebt, manchmal sogar mehr als ich selbst …

Das einzige, was ich immer trage, ist das Armband, das ich aus den bunten Steinchen, die mir der Geist meiner selbst gegeben hat, gemacht habe. Er ist mir während meines langen, schönen Lebens, das voller Liebe, Dazulernen und Veränderung war, immer gefolgt. Denn so ist das Leben für mich: niemals festgelegt und definitiv, sondern in ständiger Entwicklung begriffen, genauso wie in meinen Kinderjahren. In meinem Leben ist das kleine Steinarmbändchen das einzige, was sich niemals verändert hat.

Wer kann sagen, was morgen sein wird? Ich bin glücklich.

Ich hab's der Polizei schon gesagt. Ich bin sicher, Ahmed war's nicht. Ist doch gar nicht mal sicher, daß sie überhaupt umgebracht worden ist, die Alte. Warum hätte er sie denn töten sollen? Die sagen, daß sie wahrscheinlich Geld hatte, aber die Kröten hat noch nie jemand bei ihr gesehen. Ich glaube, daß die gar nichts hatte. War auch nicht ihre Art. Außerdem kann sie ebensogut ertrunken sein. Weil Ahmed am selben Tag verschwunden ist, hat er sie noch lange nicht um die Ecke gebracht. Der mochte sie doch auch gern. Ein Kumpel von mir hat sogar gesagt, daß er die beiden zusammen auf dem Motorrad gesehen hat, gestern morgen. Sie ist sogar selbst gefahren. Ich weiß, das ist kaum zu glauben, zumal sie ja dann ihren Körper aus dem Wasser gefischt haben. Noch merkwürdiger find' ich, daß sie angezogen schwimmen gegangen ist. Das war nun wirklich nicht ihre Art ... Jedenfalls war sie 'ne tolle Frau. Ich mochte sie auch gern. Das erste Mal bin ich mit Ahmed zu ihr gegangen, um sie zu einer Vorstellung einzuladen. Acht Vorstellungen haben wir auf der Insel gegeben. Eine in jedem Dorf. Klar, daß Ahmed uns fehlen wird, falls er nicht wiederkommt. In so einem kleinen Zirkus wie unserem gibt es schließlich nicht hundert Seiltänzer. Aber wir sind Leute, die das Reisen im Blut haben ... Ganz egal, was passiert, wir werden nicht ewig bleiben ...

Die Verrückte

Ich will von dem kleinen Zirkus überhaupt nicht reden, das versteht sowieso niemand. Die Ärzte haben sich mit ihrem lächerlichen Rettergehabe mit mir beschäftigt und gesagt, daß ich sprechen soll. Wovon soll ich ihnen denn etwas erzählen? Von dem, was sie selbst verloren haben und wiederzufinden versuchen, indem sie das Hirn von andern Leuten durchforsten? Geht doch dahin, wo der Pfeffer wächst, und löst eure Probleme ohne mich; ihr seid doch nichts als eine Bande mittelmäßiger Wichser! Ich weiß ja selbst, daß ich nicht hätte versuchen sollen, den Geist der verlorenen Liebe mit nach draußen zu nehmen, ich brauche niemanden, der mir das erklärt, ich weiß, daß ich ihn in seinem Zimmer hätte lassen sollen, in diesem Labyrinth ohne Licht. Dabei habe ich ihn fest an der Hand gehalten, aber trotzdem: pfftt! Sobald ich in die Sonne getreten war, keine Spur mehr von ihm.

Nur noch ich allein, sonst nichts. Ich habe nicht einmal geschrien oder geweint; ich begriff ja gar nicht, was da passiert war. Ich erinnerte mich nicht einmal mehr daran, daß ich die verlorene Liebe hatte mitnehmen wollen. Oh, oh, wie schön du warst, verlorene Liebe, mit deinem Seil um den Hals, wie gut du mich mit deinem Seil geschlagen hast, wie sehr habe ich dich geliebt! Einen Moment lang blieb ich wie angewurzelt mitten auf dem Platz in der Sonne stehen und hatte das Gefühl, etwas vergessen zu haben, aber was?

Eine ganze Weile habe ich mich nicht erinnern können, ich sah selbst, daß ich irgend etwas suchte, aber was? Wenn ich mich hätte erinnern wollen, dann hätte ich mich natürlich erinnert, doch ich wollte es nicht, das war einfach so. Zuerst hatte ich bei dem Leben, das ich führte, keine Zeit dazu, und dann hatte ich Geliebte, ich verliebte mich in alle Männer, die mich ansahen, ich nahm sie an der Hand, aber nach kurzer Zeit wollten sie mich nicht mehr sehen, das war immer gleich, und ich sagte mir, wie unwichtig, es gibt so viel anderes im Leben.

Und dann fing ich etwas anderes an, oh, ich konnte mich sehr gut selbst verwirklichen, ich habe alles versucht und ausprobiert, die Komödie, den Alkohol, die Frauen, das Spiel, die Meditation und sogar die Philosophie, die Rückkehr zu den Wurzeln, die zeitgenössische Kunst, die Geheimwissenschaften, die Nächstenliebe und sogar den Ruhm, ich habe große Dinge geleistet. Lacht nicht, ihr armen Idioten, die ihr glaubt, daß ihr nichts habt und nichts verloren habt, die ihr die Lebenslust schon vor viel längerer Zeit verloren habt als ich, denn ihr seid schon tot und begraben in eurem kleinen armseligen Leben.

Ihr werdet bestimmt nicht eines schönen Sommertages im Meer sterben, nachdem ihr in einer Hütte tief im Wald eure Doppelgängerin getroffen habt, eure Doppelgängerin, die mit einem schönen jungen Mann auf dem Motorrad ihrer Jugend davonfuhr, während ihr in den Wellen mit eurer schönen verlorenen Liebe sprechen wolltet. Oh, oh, meine schöne verlorene Liebe, wirst du mich immer lieben?

Die Tote

Endlich habe ich Besuch bekommen. Ein fabelhaft aussehender Polizist, der durchaus Stil hatte. Er trat verblüfft auf mich zu, dann beugte er sich langsam über mich, starrte mich dabei an, wagte sich mit seiner Hand vorsichtig zu meiner Brust vor … und schob zwei Finger zwischen meine Rippen, um die Kreditkarte herauszuziehen, die er mit noch größerer Neugierde untersuchte als mein Skelett.
Mehr war nicht von mir übriggeblieben: meine Knochen und meine Kreditkarte. Die Raben hatten wohl sogar meine Schuhe aufgefressen, es sei denn, die Elemente hatten sie davongetragen. Einen ganzen langen Winter lag ich dort. Oh, man hatte mich schon lange gesucht! Die Erben, versteht sich. Ohne Todesnachweis saßen sie in der Klemme. All diese Monate müssen ihnen sehr lang erschienen sein, weitaus länger als mir … Und jetzt werden sie anfangen, sich um meine sterbli-

chen Überreste zu streiten … Um meine Karte natürlich, weniger um meine Knochen … Soll diese Bande von Hunden sich doch gegenseitig umbringen, das wäre das beste Geschenk, das sie der Menschheit machen könnten!
Was mich betrifft, ich bereue nichts. Als ich im letzten Herbst hierherkam, wollte ich den Geist meiner selbst wiederfinden. Ich hätte nicht versuchen sollen, ihn aus dem kleinen Zirkus mitzunehmen. Deshalb habe ich ihn verloren. Ich war draußen, aber allein. Er, den ich noch einen Augenblick zuvor an der Hand gehalten hatte, war plötzlich nicht mehr da. Verschwunden, in Luft aufgelöst. Genauso wie die Steine, die er mir gegeben hatte. Seitdem hatte ich keine Träume und keine Wollust mehr.
Zuerst begann ich, Männer zu sammeln. Da keiner mir das geben konnte, was ich verloren hatte, wurde ich verbittert und dann voller Haß. Ich nahm ihnen alles, was ich ihnen nehmen konnte, und schenkte ihnen dafür die Verachtung, die mein heuchlerisches Herz erfüllte. In der Mitte meines gesellschaftlichen Aufstiegs habe ich dann den dümmsten und eitelsten derer, die in mein Bett gefallen waren, geheiratet, um mit ihm Katz und Maus spielen zu können, während ich mich weiterhin für nichts anderes als Macht und Geld interessierte.
Ich habe alles mit Füßen getreten, um Karriere zu machen, Freunde, Geliebte, Kinder, und als ich am Gipfel angelangt war, sah ich, daß ich ganz allein vor dem Nichts stand, und daß es mir vollkommen egal war. Denn seit ich den kleinen Zirkus verlassen hatte, hatte ich niemals anders gelebt.
Dann kam dieser Traum, im vergangenen Herbst. Es war seit all diesen Jahren mein erster Traum, und ich begegnete darin dem Geist meiner selbst. Ich sah ihn am Fenster seiner Zelle auf seiner Bergspitze, und er streckte die Arme aus, so als wollte er mich rufen. Mehrere Nächte lang wartete ich darauf, daß er zurückkäme. Ich konnte darüber nicht mehr einschla-

fen. Und wenn ich endlich in den Schlaf fiel, dann war er so tief und schwarz, daß ich beim Erwachen das Gefühl hatte, aus dem Tod aufzutauchen. Nicht ein einziger Traum suchte mich mehr heim. Eines Morgens habe ich ein Flugzeug und dann einen Mietwagen genommen und bin allein in die Berge gefahren. Am nächsten Tag, sobald die Sonne aufging, stieg ich einen Bergpfad hoch; ich hatte mich zu einem langen Wanderweg auf den Gipfel entschlossen. Ich hatte die wirre Vorstellung, daß er dort oben, in einer Umgebung, die der seinen ähnelte, vielleicht doch bereit sein würde, sich wieder zu zeigen.

Nach ein paar Stunden kam dichter Nebel auf. Man hatte mich bei der Touristeninformation davor gewarnt. Aber ich bin es nicht gewöhnt, auf das zu hören, was andere mir sagen. Ich konnte kaum noch die Hand vor Augen sehen. So kam ich vom Weg ab und rollte die Böschung hinunter. Es gelang mir, wieder hochzukommen, und trotz des Schmerzes im Knie und der ungenügenden Sicht versuchte ich weiterzugehen, wobei ich mich von Stein zu Stein tastete.

Ich weiß nicht, wie lange all das gedauert hat. Es war kalt, und ich hatte nicht den geringsten Orientierungspunkt. Ich legte mich zwischen die Steine und war bereit zu sterben.

Tagelang habe ich gehört, wie sie nach mir suchten, mit Hubschraubern und Hunden. Dann kehrte die Stille zurück, Schnee fiel und tauchte mich in einen langen weißen, traumlosen Schlaf. Schließlich ist dieser Polizist durch Zufall auf mich gestoßen, als er nach der Schneeschmelze abseits vom Weg pinkeln wollte. Ich weilte schon nicht mehr in meinem Körper.

Es ist jetzt Monate her, daß ich den Aufstieg zum Gipfel begann. Für mich ein wesentlich langsameres und schwierigeres Unterfangen, als man meinen sollte. Denn merkwürdigerweise ist meine körperlose Seele weitaus schwerfälliger und ungeschickter geworden. Ich muß ununterbrochen befürchten, daß sie kapituliert. Doch ich schleppe mich weiter den Hang hoch, denn ich habe immer noch die Hoffnung, dort oben das einzige Wesen wiederzufinden, das mir auf dieser Erde gefehlt hat, den Geist meiner selbst.

Die Jongleure

Warum habe ich ihn nicht wiedererkannt, als ich aus dem kleinen Zirkus trat? Diese Frage stelle ich mir immer noch. Sein Kabrio war immer noch da, und ich ließ meine Blicke über den ganzen Platz schweifen, ich habe sogar im Café nachgesehen. Ich dachte, er sei noch nicht wieder herausgekommen, und wartete.

Doch er war schon draußen und wartete ebenfalls auf mich. Doch wir haben uns beide nicht gesehen, bis zum Abend.

Wir gingen, jeder für sich, in die Zirkusvorstellung, und da erst haben wir uns getroffen. Der Rest ist wie ein Traum. Nach der Vorstellung haben wir uns mit den Zirkusleuten angefreundet, und die Jongleure liehen uns ihren Wohnwagen für die Nacht.

Es war die Nacht vor dem Johannistag. Die kürzeste Nacht, aber auch die längste. Die anderen amüsierten sich weiter auf dem Platz, wir hörten, wie sie am Feuer zur Musik tanzten und lachten und schrien, während wir uns liebten. Und wir hatten uns so viel Liebe zu geben, ich ihm und er mir.

Natürlich war ich verliebt in ihn. Nur ist es manchmal schwierig, dem anderen das nach einer einzigen Nacht zu sagen. Am nächsten Morgen haben wir uns sehr zärtlich voneinander verabschiedet und unsere Telefonnummern ausgetauscht. Dann sind wir aufgebrochen, jeder für sich, jeder zurück in sein Leben.

Noch am selben Abend wollte ich ihn anrufen. Ich suchte überall, doch ich mußte mich der Tatsache stellen: Ich hatte seine Nummer verloren. Es gab nicht die geringste Möglichkeit, ihn wiederzufinden, denn ich kannte nicht einmal seinen Namen. So wartete ich auf seinen Anruf.

Ein ganzes Jahr lang litt ich. Ich fühlte mich so, als hätte man mir etwas herausgerissen und mich mit offenem Bauch einfach liegengelassen. Ich wußte nicht, daß auch er meine Telefonnummer verloren hatte. Und trotzdem hatte ich das Gefühl, daß er ebenfalls litt. Ich wußte genau, daß wir aneinander gebunden waren, und es tat mir für ihn ebenso leid wie für mich, daß er von mir getrennt war. Ich versuchte, mich durch andere Begegnungen abzulenken, doch sie brachten mir nur flüchtigen Trost und ließen mich mit einem noch größeren Gefühl der Traurigkeit zurück.

Aus den farbigen Steinchen des Geistes meiner selbst hatte ich mir ein Armband gemacht. Wenn Niedergeschlagenheit mich überfiel, nahm ich es in die Hand und bewegte die Steinchen zwischen meinen Fingern.

Im folgenden Sommer stieß ich auf einer Motorradtour durch Zufall wieder auf den kleinen Zirkus. Und er war auch da. Durch denselben Zufall, wenn man dieses Zusammentreffen noch als Zufall bezeichnen kann. Wir sind eine Weile dort geblieben. Wir wollten ein neues Leben beginnen. Wir haben das Jonglieren gelernt und sind Teil des Reisevolks geworden.

Dann sind wir weggegangen und haben viele andere Sachen

gemacht. Für uns ist das Leben von Anfang an immer spannend gewesen, und es gab in der Welt immer etwas Neues zu entdecken. Genauso wie in der Liebe.
Natürlich haben wir Streit und Trennung durchgemacht und vor allem die Gewohnheiten und das Eingesperrtsein gefürchtet. Doch es gelingt uns am Ende immer, alle Bälle aufzufangen, indem wir wie die versiertesten Künstler mit ihnen jonglieren und sie uns gegenseitig zuspielen. Er ist mein Geliebter, mein Bruder, mein Kamerad, mein Freund, mein Komplize. Weder ich ohne ihn noch er ohne mich, mit diesen Worten jonglieren wir.

Alina Reyes wurde in Frankreich mit ihrem Roman Le Boucher über Nacht berühmt.

Ein Mann und eine Frau betreten nacheinander einen kleinen Zirkus, hinter dem sich jedoch das Königreich des Eros verbirgt: ein Labyrinth aus dunklen Fluren. Hinter jeder Tür erwartet sie ein neues sexuelles Abenteuer.

Ein Roman in zwei Teilen: einer, in dem der Mann die Türen öffnet, und einer, in dem die Frau den Weg findet.

Der Leser möge seinen Weg selber wählen, den die Autorin durch die verschiedenen Türen anbietet – den Weg ins Reich des Eros!

Dieses Buch wurde auf chlor- und säurefreiem Papier gedruckt.

Deutsche Erstausgabe Oktober 1996

Titel der Originalausgabe »Derrière la porte«

Originalverlag Éditions Robert Laffont, S.A., Paris
Umschlaggestaltung Angela Dobrick, Hamburg
Umschlagfoto männlicher Akt: Herbert List, TORSO, 1937

Satz: Ventura Publisher im Verlag
Druck und Bindung Elsnerdruck, Berlin
Printed in Germany
ISBN 3-426-60394-2

2 4 5 3

Alina Reyes
Sie steht vor einer
geschlossenen Tür.
Sie öffnet sie
und geht hindurch.
Du betrittst
das
Labyrinth
des Eros
Aus dem Französischen
von Sabine Schwenk und
Kristine Rohrbach
c/o Texte
Knaur

Ein Abenteuer, dessen Held Sie sind

Inhaltsverzeichnis

Mann, sei willkommen in der Höhle des Eros. Ich, seine ergebene Dienerin, werde Dich durch die Türen seines Reiches begleiten, wohin Deine Lust Dich auch führen mag, denn mein ganzes Streben und Verlangen geht dahin, Dir alle Freuden zu verschaffen, in die Du Dich stürzen magst, mich Dir als Königin und Untergebene anzubieten, alle Lüste und Erregungen mit Dir zu teilen und gemeinsam mit Dir die geheimsten Wünsche und intimsten Triebe unserer Seelen und Körper auszuleben.
Mann, Du meine Wonne und meine Qual, soll ich Dich mit dem *Du* des Herzens oder mit dem *Sie* der Begierde anreden? Seien Sie jedenfalls gewiß, feuriger Freund, daß ich, sobald die Pforten des Eros hinter uns liegen und ich mit Ihnen ins phantastische Labyrinth meines Herrn eingedrungen bin, Ihre leidenschaftlichste Komplizin sein werde, die Hand, die Ihre Hand führt, und alle stummen Münder, deren Vampirküsse Ihre Männlichkeit zu glühenden Vulkanen entflammen werden.
Laß uns also spielen, wenn Du es willst. Denn nur durch das Spiel mit seinen Freuden und Gefahren kann man sich in diesem Reich verirren. Am Eingang der Höhle wirst Du einen Faden wählen, und dann, von Abenteuer zu Abenteuer, weitere Fäden, die Dich nach den unbeständigen Gesetzen Deiner Lust und des Zufalls durch diesen Irrgarten führen werden.
Jetzt ist es an Dir, das Labyrinth zu betreten und die Türen zu wählen, die Du öffnen willst, um Deinen Weg, Dein Buch, Dein Schicksal zu bestimmen.

Komm und sieh, wie dunkel es hier drinnen ist.
Jetzt ist alles möglich.

Der kleine Zirkus

Es war Sommer, und ich hatte keine Lust, auf der Autobahn im Stau steckenzubleiben. So fuhr ich bei der ersten Ausfahrt ab und rollte auf die Asphaltstraße, die geradeaus durch den Wald führte. Es war heiß, und die Luft, durch die mein Kabriolett hindurchschoß, peitschte über meine Haut. Keine Menschenseele. Ich legte eine neue Kassette ein, stellte die Musik lauter und gab Gas. Alleiniger Herr an Bord. Das Auto raste dahin, schnell, gefügig, und die wütende Stimme von Kurt Cobain übertönte das Geräusch des Motors.
Plötzlich wurde die Straße kurvenreich, dann gabelte sie sich. Ich fuhr nach links. Kurz darauf mußte ich leicht abbremsen, um an einer Reihe von Häusern vorbeizufahren, die dicht gedrängt auf beiden Straßenseiten standen und deren Fensterläden man halb geschlossen hatte, wie es bei großer Hitze und zur Mittagszeit üblich ist.

Die Luft war jetzt zum Ersticken heiß. Ich machte die Musik aus. Mitten im Dorf standen die Autos und Wohnwagen eines kleinen Wanderzirkus auf dem leeren Platz in einem Kreis. Völlige Stille. Vor der einzigen Bar parkte ein rotes Motorrad. Ich stellte mein Auto direkt daneben ab, weil ich etwas trinken wollte. Doch ich sollte dieses Café niemals betreten.
Als ich die Autotür zuschlug, wurde mein Blick durch ein dumpfes Fauchen auf den Zirkus gelenkt. Neben dem Tigerkäfig stand ein schwarzer Wohnwagen. Über der geschwungenen Tür befand sich eine ungewöhnliche Aufschrift in langgezogenen, etwas zittrigen Goldbuchstaben: *Die Türen des Eros.* Im Türrahmen stand eine kleine brünette Frau mit nackten Armen, an deren Körper sich ein schillerndes Kleid schmiegte. Sie machte kein Zeichen, sah mich vielleicht nicht einmal an, doch ich hatte das Gefühl, daß ihre leuchtenden Pupillen mich herbeiriefen. Es war ein Befehl und eine Bitte zugleich, so als hätte sie ein dringendes Verlangen nach mir. Ich trat in den Kreis der Wohnwagen und ging zu ihr.
Sie lächelte, und ich sah, daß ihr Gesicht hübsch war und eine gewisse Arglosigkeit ausstrahlte, auch wenn die Zeit bereits ihre Spuren darauf hinterlassen hatte. Sie hatte etwas von einer Zigeunerin, aber ihre Haut war weiß, und ihre zarte Gestalt, deren feine, aber rundliche Formen sich offensichtlich nackt unter dem engen Kleid verbargen, hatte etwas Kindliches. Sie sagte mir einen Preis, und ich glaubte, sie meinte damit ihren Körper. Gleichzeitig drehte sie sich wie selbstverständlich um und schob den Vorhang zur Seite, der den Eingang verdeckte. Ich sah, wie der Stoff des Kleides sich über ihrem Hintern spannte. Er war so rund, daß ich mich zurückhalten mußte, um nicht meine Hand daraufzulegen. Ich zahlte und trat ins Innere.
Der Vorhang fiel hinter mir zu, und ich fand mich im Dunkeln wieder. Ich machte langsam ein paar Schritte, drehte mich dann wieder um, um auf sie zu warten. Da ich weder etwas sah noch

hörte, rief ich nach ihr. »Madame! Sind Sie da?« Es war mir schrecklich, so dazustehen und betteln zu müssen, aber ich kannte ihren Namen nicht, und das Biest hatte mich sitzenlassen. Es sah irgendwie nach einer Falle aus, und ich sagte mir, daß es besser wäre, sofort wieder zu gehen. Aber sie hatte es geschafft, mich zu erregen, und so allein im Dunkeln, geriet meine Phantasie in Wallung. Eins war sicher: Ich konnte nicht gehen, ohne bekommen zu haben, was mir zustand.
Vielleicht hatte die kleine Hure einen anderen Eingang benutzt und erwartete mich schon auf dem Bett ihres Wohnwagens. Wenn dem so war, würde ich sie bestimmt finden, wenn ich weiterging. Oder sie war noch auf der anderen Seite des Vorhangs, und ich sollte lieber kehrtmachen, um sie zu holen, anstatt hier im Dunkeln zu bleiben, wo ich – wer weiß? – vielleicht Gefahr lief, von einem Komplizen erstochen zu werden. Ich hatte also die Wahl zwischen:

♦ im Dunkeln weitergehen

♦ kehrtmachen, um die Frau zu suchen

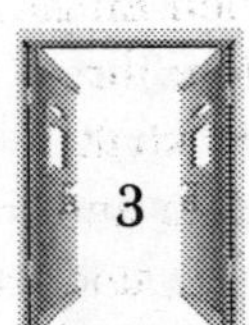

2

Kontrolle

Ich beschloß, noch drei Schritte zu tun und dann umzukehren, wenn ich keinen Ausgang aus diesem dunklen Gang fand, in den ich offensichtlich geraten war. Die Arme in der Dunkelheit vor mir ausgestreckt, ging ich vorsichtig weiter. Meine Hände stießen an eine Wand, gegen die ich unwillkürlich drückte. Eine Tür öffnete sich.

Ich schloß sofort die Augen, weil mir eine blendende Helligkeit entgegenschlug. Eine herrische Stimme befahl mir einzutreten.

Als ich die Augen wieder öffnete, sah ich, daß ich auf der Schwelle eines kleinen Zimmers stand, das an eine Polizeidienststelle oder vielleicht an das Anmeldezimmer eines alten Krankenhauses erinnerte. Es war ein altmodisches Büro mit verblichenen Wänden und unmodernen Möbeln. Ein Tisch, ein eiserner Aktenschrank, ein Stuhl – alles wirkte armselig, selbst der

antiquierte Computer, um den herum eine Menge grauer Kabel lagen. Vier Spotlights, die in den Ecken der Zimmerdecke angebracht waren, warfen ein hartes Licht auf das Ganze.
Hinter dem Tisch thronte in einem abgewetzten Sessel aus Kunstleder eine dicke Frau in Uniform. Sie hatte graumelierte Haare, die sie zu einem tadellosen Dutt hochgesteckt trug, und ein volles, trotz seiner Strenge recht charmantes Gesicht. Der Strich, den ihre allzu schmalen Lippen bildeten, war tiefrot geschminkt, ihre schwarzen Augen waren blau umrandet und mit falschen Wimpern versehen, und die Wangen wurden durch dicke Flecken Rouge betont. Die ganze Schminke, die auf eine Schicht sehr helles Make-up aufgetragen war, wirkte zugleich abstoßend und faszinierend.
Trotzdem wurde ich durch ein Mädchen abgelenkt, die ich noch nicht bemerkt hatte und die nun meine Hand ergriff, um mich hereinzubitten. Sie trug ein minikurzes Sommerkleid mit Rosenblüten und wirkte mit der roten Schleife in ihrem dunkelbraunen Haar lebhaft und fröhlich. Sie hielt meine Hand fest und führte mich zum Tisch in der Mitte des Zimmers.
Die dicke Frau hieß mich mit einer Freundlichkeit willkommen, mit der ich nicht gerechnet hatte. Sie sagte, ich sei ins Reich des Eros eingetreten und könne nun darin alle meine Wünsche erfüllen. Aber zunächst einmal müsse ich einen kleinen Fragebogen ausfüllen, »völlig vertraulich, versteht sich, aber Sie wissen ja, für unsere Statistiken …«. Dann forderte sie mich auf, näher zu treten.
Ich ging um den Tisch herum zu ihr. Sie schaukelte auf ihrem Bürosessel zurück und ließ ihren Blick von Kopf bis Fuß prüfend über mich schweifen. Sie trug ein khakifarbenes Leinenkostüm mit Schulterpolstern und einer Reihe Medaillen, die auf ihrer stattlichen Brust prangten und einem russischen General Ehre gemacht hätten. Ihre dicken, aber wohlgeformten Beine steckten in fleischfarbenen Nylonstrümpfen, und ihre

Oberschenkel zeichneten sich prall unter ihrem gerade geschnittenen Rock ab.
Die dicke Frau hatte wieder ihre strenge Haltung eingenommen. Ohne sich aus ihrem Sessel zu erheben, streckte sie plötzlich ihre Arme aus und begann, meinen Gürtel zu öffnen. Irgendwie, ich weiß nicht warum, hatte ich Lust, es mir gefallen zu lassen. »Reine Kontrolle«, sagte sie. Sie knöpfte in aller Ruhe meinen Hosenschlitz auf, zog an meiner Hose, dann an meiner Unterhose und rollte ihren Sessel ein bißchen vor, um näher an mich heranzukommen.
Plötzlich wurde mir bewußt, daß das Mädchen auf der anderen Seite des Tisches stehengeblieben war und den Blick starr auf mein Geschlecht gerichtet hielt. Die dicke Frau bemerkte, daß ich unwillkürlich zurückwich, und sagte: »Machen Sie sich keine Gedanken, sie ist blind.« Das Mädchen fing an zu lachen. Ich betrachtete noch einmal ihre Augen und sah, daß sie verdreht waren. Konnte es denn sein, daß ich das vorher nicht bemerkt hatte? Die Frau sagte dann noch: »Wenn Sie sich nicht der Kontrolle unterziehen, läßt man Sie nicht weitergehen«, und ich ließ sie weiteragieren.
Die dicke Frau nahm vorsichtig meine Eichel zwischen ihre rundlichen Finger, deren Nägel lang und rot waren, schob die Haut zurück und betrachtete das Ganze mit großer Aufmerksamkeit. Dann rollte sie, indem sie sich rasch mit den Füßen am Boden abstieß, ihren Sessel wieder vor den Tisch und begann, etwas in den Computer zu tippen.
Mit der gleichen Schnelligkeit kam sie wieder zu meinem Geschlecht zurück und fing an, mein Glied in der Hand zu wiegen und dann meine Hoden, die sie eingehend und von allen Seiten musterte, ehe sie zu ihrem Bericht zurückkehrte. So rollte sie mehrmals zwischen mir und dem Computer hin und her. Ihre Brüste, die durch einen Büstenhalter, dessen starkes Gestell man erahnen konnte, nach oben geschoben wurden, sahen wie zwei

Kanonenkugeln aus. Wenn man aufmerksam hinsah – was ich jedesmal tat, wenn sie damit beschäftigt war, meine Geschlechtsteile unter die Lupe zu nehmen –, konnte man die Stelle entdecken, an der sich die beiden weißen, weichen Fleischpakete hervorwölbten, die so massiv waren, daß sie nur durch eine schmale Spalte voneinander getrennt wurden, in der winzige Schweißtröpfchen perlten, je länger die Kontrolle dauerte.

Ich traute mich nicht, zu dem Mädchen hinüberzusehen, um mich davon zu überzeugen, daß ihre Augen, von denen ich gedacht hatte, sie ruhten auf meinem Geschlecht, verdreht waren. Die Wärme der Spotlights brachte mich zum Schwitzen.

Die dicke Frau erklärte mir, daß die Kontrolle beendet sei. Ich hatte begonnen, Spaß an ihrem Herumtasten zu finden. Anstatt mich wieder anzuziehen, ließ ich die Hose auf dem Boden um meine Knöchel liegen. Ich bat sie um nichts, aber sie sollte wissen, daß mein inzwischen leicht angeschwollener Schwanz ihr zur Verfügung stand, falls sie noch ein bißchen damit spielen wollte.

Sie sah mich auch wirklich recht interessiert an. Dann kam sie wieder auf mich zu. Aber alles was sie tat, war, mich wieder anzuziehen, als wäre ich ein kleiner Junge. Sie steckte mein Glied in meine Unterhose, stopfte mir das Hemd in die Hose, knöpfte den Hosenschlitz zu und machte meinen Gürtel zu.

»Und jetzt«, sagte die dicke Frau, »können Sie gehen. Sie werden hier Erfahrungen machen, von denen Sie vielleicht noch nie zu träumen gewagt haben. Aber ich nehme an, daß Sie vor allem sie wiederfinden wollen.«

»Wen?«

»Man hat mir gesagt, sie sei gleich nach Ihnen hereingekommen. Das macht die Sache für Sie nicht einfacher. Sie werden sie nicht wiedererkennen können. Offensichtlich ein sehr hübsches Mädchen, die einen eng anliegenden schwarzen Motorradanzug trägt. Aber Sie werden so viele hübsche Mädchen tref-

fen … Und außerdem wird sie genug Zeit haben, sich hundertmal umzuziehen, die Frauen lieben das …«
»Von wem reden Sie?«
»Na, von der Frau, der Frau deines Lebens natürlich!«
Sie duzte mich jetzt.
»Wie dumm du bist! Beeil dich! Sie liebt dich bereits leidenschaftlich, und sie sucht dich! Sie sucht dich! Sie sucht dich!«
Das Mädchen stand vor mir und zog mich an der Hand fort. Ich konnte ihre Augen nicht sehen. Sie ließ am Ende des Zimmers eine Tür aufschwingen. Ich drehte mich nach der Frau um, die mir mit einer Kopfbewegung bedeutete, das Zimmer zu verlassen. Ich hätte mich gerne von dem Mädchen verabschiedet, aber sie hielt Kopf und Augen hartnäckig gesenkt. Mit ihrer Hand drückte sie meine Hand etwas fester, dann ließ sie mich los. Als die Tür sich hinter mir schloß, hörte ich, wie sie lachte.
Ich befand mich in einer Art Rundgang. Eine Neonleuchte gab gerade so viel fahles Licht, daß man drei Türen erkennen konnte. *Sie sucht dich! Sie sucht dich!* Die Worte der Kontrolleurin waren wahrscheinlich reiner Hohn. Aber ich war nun erregt und wollte wissen, sehen und, wenn möglich, nehmen, was mich an diesem merkwürdigen Ort erwartete.
Als ich eine der Türen aufdrücken wollte, glaubte ich zu spüren, wie ein Schatten von hinten auf mich fiel. Aber da die Ungeduld mich gepackt hatte, drehte ich mich nicht um, sondern wählte einen der beiden Eingänge:

Tür 2

oder

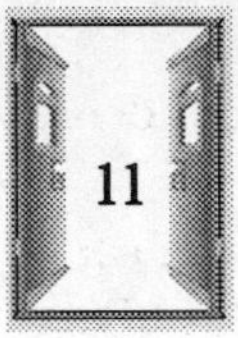

Die Ammen

Ich begann wieder in die gleiche Richtung zu gehen, aus der ich gekommen war, und hielt wegen der Dunkelheit die Arme leicht vor dem Körper ausgestreckt, als meine Hände plötzlich auf zwei Brocken warmen Fleisches stießen, in denen ich sofort zwei dicke Brüste erkannte. Überrascht blieb ich einen Moment stehen, ohne mich zu bewegen, und spürte, wie die Brustwarzen sich unter meinen Handflächen aufrichteten.

Ich begann, die Brüste zu streicheln. Sie waren riesig und etwas schwer, aber fest, und wurden immer härter und dicker, je länger ich sie knetete. Es waren die phantastischsten Titten, die ich je in die Hände bekommen hatte. Ich vergrub meinen Kopf so in diesen Gebilden, daß er zwischen ihnen versank. Es roch so gut nach Frau, wie damals, als es mir als kleiner Junge gelungen war, mich verstohlen an die Brust meiner Mutter zu lehnen.

Ich fühlte mich in dieser Dunkelheit wie ein blindes Kind, und

es gab nun nichts anderes mehr auf der Welt als diese beiden großen Brüste in meinen Händen und vor meiner Nase. Ich schloß die Augen und begann an ihnen zu saugen, eine nach der anderen. In der Finsternis verging die Zeit.

Über mir hörte ich ein Keuchen, dann ein Stöhnen. In meiner Hose war mein Glied so gespannt, daß es weh tat.

Da fingen plötzlich Hände an, meinen Gürtel zu öffnen und meinen Hosenschlitz aufzuknöpfen. Zuerst dachte ich, es seien die Hände des Wesens, dem die beiden Herrlichkeiten, an denen ich gesaugt hatte, gehörten, aber mir wurde schnell bewußt, daß diese Hände von hinten kamen. Es war eine zweite Frau, und diese zweite Frau ließ jetzt meine Hose zu Boden fallen, schob mein Hemd hoch und rieb ihre Brust an meinem Rücken.

Ich versuchte meinerseits, die beiden Frauen auszuziehen, doch sie ließen es nicht mit sich geschehen. Sie schienen lange Kleider zu tragen, die ihren ganzen Körper bedeckten und nur ihre Brüste frei ließen. Es tat mir leid, diesen Anblick nicht genießen zu können, zwei Paar Brüste, die aus zwei engen Kleidern hervorsprangen. Meine Augen gewöhnten sich zwar an die Dunkelheit, aber ich konnte nur zwei weiße Flecken erkennen, die einsam in der Finsternis zu schweben schienen.

Ich stellte die Frauen nebeneinander, damit ich die vier Brüste gleichzeitig berühren konnte. Sie kicherten leise. Dann stellten sie sich einander gegenüber, um ihre Brüste gegeneinander zu reiben. Ich drängte meine Zunge und meine Hände dazwischen, so gut ich konnte. Sie begannen zu stöhnen und immer stärker zu keuchen. Dann zogen sie mich zu Boden, wo ich mich zu meiner Überraschung auf einem dicken Wollteppich wiederfand.

Eine der Frauen, die auf allen vieren über mir hockte, ließ ihre Brüste sanft schaukelnd über meinem Gesicht hängen; mal hielt sie mir eine Brustwarze zum Saugen hin, mal drohte sie mich

unter ihren beiden Brüsten zu ersticken. Währenddessen rieb die andere, die sich über meine Beine beugte, meinen Schwanz zwischen ihren Brüsten.
Bei dieser Gangart konnte ich mich nicht lange zurückhalten. Brüllend und beißend kam ich, den Kopf zwischen den beiden großen Brüsten vergraben, während mein Schwanz in rhythmischen Stößen meinen Samen in den üppigen Busen ergoß, der ihn aufgenommen hatte.
»Hast du gespürt, wie warm und hart er war?« fragten sich meine Begleiterinnen, während sie mich weiter berührten.
Ich fühlte mich schon wieder bereit, sie von neuem in den Genuß meiner Männlichkeit kommen zu lassen.
»Aber du möchtest bestimmt weitergehen«, meinten sie, indem sie mich losließen. »Weißt du, daß du hier alle Türen öffnen darfst, die du öffnen möchtest, und alle Abenteuer erleben darfst, nach denen es dich verlangt? Und dann diese Frau, die dich sucht ...«
»Wer? Die Frau am Eingang?«
»O nein, das war nur die Türsteherin.«
Sie lachten.
»Wer dann?«
»Diese Frau von draußen natürlich, die gleich nach dir hereingekommen ist ... Diese Frau ist die Frau deines Lebens«, flüsterten sie im Chor.
Dann lachten sie wieder leise.
Ich versuchte noch einmal herauszufinden, wer diese Frau war, doch anstatt mir zu antworten, begannen meine beiden Freundinnen zu gähnen und sanken einander in die Arme. Wie sie sagten, müßten sie sich ein bißchen ausruhen.
Es war nicht einfach, sie ernst zu nehmen, aber diese Geschichte hatte mich neugierig gemacht. Falls die Unbekannte überhaupt existieren sollte, war sie eine Frau, der ich schon einmal begegnet war? Oder eine, die ich geliebt hatte? Gesichter fielen mir

ein, und ich versuchte zu erraten, welche von denen, deren Liebhaber oder Freund ich gewesen oder immer noch war, das Bedürfnis haben konnte, mir an einen Ort zu folgen, wo man mir eine Sex- und vielleicht sogar Liebesorgie versprach. Oder war es eine völlig Fremde, die von einem geheimnisvollen Verlangen nach mir befallen war?
Meine Begleiterinnen ruhten sich weiter aus, eng umschlungen, Busen an Busen. Ich konnte sie in der Dunkelheit kaum erkennen. Wo war ich? Ich hatte plötzlich das Gefühl, daß mich Schatten belauerten, und ein Gefühl der Erregung, Unruhe und gleichzeitigen Neugierde überkam mich; es waren heftige, widersprüchliche Begierden, die aus meinem Unterleib empordrängten:

♦ bei den beiden Frauen zu bleiben, die ich doch gerne ausgezogen hätte:

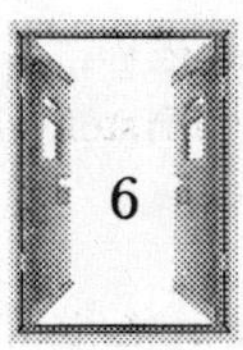

♦ dieses phantastische Reich, in dem ich offenbar viele andere Frauen und vielleicht sogar die Frau meines Lebens treffen würde, weiter zu erkunden:

♦ oder weg von hier, solange es noch nicht zu spät war, denn eigentlich hatte ich jetzt genug für mein Geld bekommen und wußte ja auch nicht, was mich noch erwartete, und diese Geschichte von der Frau, die mich suchte, hatte doch etwas Beunruhigendes:

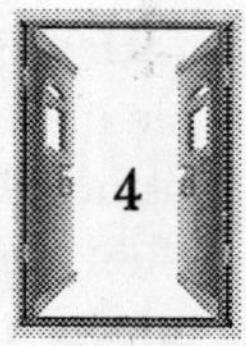

Zu spät

Da, es ist soweit. Man denkt sein ganzes Leben daran oder, besser gesagt, tut alles, um nicht daran zu denken, und dann kommt der Moment schließlich wirklich. In ein paar Stunden, in ein paar Minuten vielleicht, werde ich tot sein.
Es heißt, daß im Augenblick des Todes das ganze Leben vor einem abläuft. Ich weiß nicht, ob ich mein ganzes Leben vor mir sehe. Woher soll ich das wissen? Man kann doch immer nur das sehen, was einem in Erinnerung geblieben ist. Und das, was ich in Erinnerung behalten habe, ist ein Gefühl großen Bedauerns. Was ich jetzt wieder vor mir sehe, ist der Augenblick, in dem ich das Reich des Eros verlassen habe, nachdem ich erst ein paar Minuten zuvor eingetreten war. Bloß weil ich das Gefühl hatte, mich ausreichend erleichtert zu haben, nachdem ich zwischen den Brüsten zweier Frauen gevögelt hatte. Bloß weil ich in Wirklichkeit Angst hatte. Ich starb vor Angst, könnte man

sagen. Aber, mein Gott, wovor hatte ich denn Angst? Vor der Lust? Vor der Frau, die mich suchte? Vor mir?

Jetzt ist es zu spät. Ich hatte in meinem Leben einige Freuden, aber warum habe ich so viele vernachlässigt, ja abgelehnt? Ich habe einige Frauen gehabt, sogar eine ganz besondere Frau unter den vielen anderen, aber wie kann man denn sicher sein, daß es wirklich sie war, die Frau meines Lebens? Wie kann man sicher sein, daß es nicht die andere war, diese Unbekannte, die mich suchte und vor der ich geflohen bin?

Ja, ich hatte bestimmt vor mir selber Angst. Angst davor, mich wirklich zu ergründen. Zu spät. Eine solche Gelegenheit wird sich nie mehr bieten. Es ist so, als wäre mein Leben ein Buch, von dem ich nur die ersten Seiten gelesen habe. Ich bin aus meinem Leben weggegangen, und ich hatte nur ein Leben. Zu spät, zu spät.

Der Sekretär

Es war ein leeres Büro. Ich setzte mich hinter den breiten Sekretär und wartete.
Ich öffnete ein Schriftstück, das in meiner Reichweite lag, und begann darin zu lesen. Es ging darin offenbar um ein internationales Handelsgeschäft.
Es klopfte. Das Klopfen kam von einer Seitentür, nicht von der, durch die ich hereingekommen war.
»Herein«, sagte ich mit einer gewissen Erleichterung.
Eine entzückende junge Frau in einem himmelblauen Kostüm, mit zurückgestecktem Haar, grünen Augen hinter einer Schildpattbrille, schlank und wie aus dem Ei gepellt, mit lackierten Fingernägeln, feinem Goldschmuck, Seidenstrümpfen und Pumps trat in Erscheinung.
»Ich bin Ihre neue Sekretärin«, sagte sie, während sie an den Schreibtisch herantrat.

Sie hielt einen Notizblock und einen Kugelschreiber in der Hand.

»Wenn Sie für heute Anweisungen haben …«, fügte sie hinzu, bereit, meine Anordnungen entgegenzunehmen.

»Hören Sie, ich glaube, daß wie beide zusammen gute Arbeit leisten werden«, fing ich völlig ernsthaft an. »Sehr gute Arbeit …«

Da ich mit dem Versuch beschäftigt war, unauffällig auf ihre Beine zu schauen, wußte ich nicht weiter.

In diesem Augenblick fiel ihr der Kugelschreiber aus der Hand und rollte unter meinen Sekretär. Ich wollte mich bücken, um ihn aufzuheben, doch sie hockte schon selbst am Boden, schneller als der Blitz.

»Machen Sie sich keine Umstände«, sagte sie, während sie unter dem Tisch verschwand.

Sie brauchte nicht lange, um mir klarzumachen, daß sie in Wirklichkeit auf der Suche nach etwas ganz anderem war. Durch meine Hose hindurch spürte ich, wie sie zunächst ihre Hand auf meine Eier legte und wie dann ihre Finger einen Knopf meines Hosenschlitzes nach dem anderen öffneten. Als sie sich schließlich direkten Zugang zu meinem intimsten Teil verschafft hatte, legte sie alles frei und nahm das Objekt ihrer Begierde in den Mund. Ich ließ mich in den Sessel zurückgleiten, den Kopf auf die Rücklehne gekippt, um in bequemer Lage diese Annehmlichkeit zu genießen, die mir geboten wurde.

Ich schwebte im höchsten Genuß, als sich die Tür öffnete. Blitzartig richtete ich mich in meinem Sessel auf, griff nach dem Schriftstück auf dem Tisch und gab mir so unbefangen wie möglich den Anschein, als würde ich darin lesen. Ein junger Mann im Bürokratenanzug kam hereingestürmt.

»Sie hätten anklopfen können«, sagte ich in autoritärem Ton, soweit ich dazu in der Lage war.

»Es tut mir leid«, erwiderte er, »aber es ist dringend. Man hat

mich gewarnt, daß sich eine Frau in die Firma eingeschlichen hat, die sich als Ihre Sekretärin ausgibt. Sie ist eine Schwindlerin, eine Agentin, mit einem Wort eine Spionin, deren Auftrag darin besteht, uns unsere Akten zu stehlen, um sie an unsere Konkurrenz zu liefern.«

Nun ja, dachte ich, während die Gesuchte unentdeckt weiter an mir saugte, was für eine zwielichtige Frau, in der Tat … Aber welche Art von Informationen, die unsere Konkurrenz interessiert hätten, sollte sie da, wo sie sich gerade befand, einholen?

Unter dem Schreibtisch fuhr sie unermüdlich und mit Feuereifer fort, und es fiel mir etwas schwer, den beunruhigenden Worten des Eindringlings zu folgen.

»Ich habe niemanden gesehen«, sagte ich. »Sie können jetzt gehen.«

»Sehr gut«, sagte er, nur halb überzeugt. »Wenn Sie etwas brauchen … Vergessen Sie nicht, daß ich Ihr Sekretär bin …«

Und er ging widerwillig zur Tür.

In diesem Moment fabrizierte meine Spionin im Eifer ihres leidenschaftlichen Gefechts ein leises, saugendes Geräusch.

Der Sekretär drehte sich abrupt um und schoß ebenfalls unter den Tisch, von wo ich ihn rufen hörte:

»Ich habe sie! Ich habe sie erwischt!«

Es entstand große Unruhe dort unten. Offensichtlich hatte die schöne Agentin nicht im mindesten die Absicht, von ihrem Vorhaben abzulassen. Sie hatte ihren Mund freigeben müssen, um die eine oder andere Erklärung zu liefern, hielt aber meinen Schwanz weiter fest in ihrer Hand, entschlossen, ihn nicht loszulassen.

Schließlich senkten sie ihre Stimmen und beendeten die Auseinandersetzung. Mein strapaziertes Glied tauchte erneut in die Behaglichkeit eines Mundes ein.

Der Sekretär war nicht wieder aufgetaucht, und die Fellatio, in deren Genuß mich die Spionin kommen ließ, war jetzt noch

gekonnter und energischer. Bestimmt war sie durch den Mann erregt, der sich jetzt mit ihr unter dem Tisch befand und wahrscheinlich im Begriff war, sie zu nehmen, während sie mir ihre Dienste erwies. Eigentlich dachte ich aber weder viel noch lange darüber nach, denn die Lust war stärker als alle anderen Erwägungen. Es war ein Gefühl, als würde man mich im wahrsten Sinne des Wortes aufblasen. Ich sank noch tiefer in meinen Sessel, dann kam ich.

Als ich aus dem Mund geglitten war, in dem ich mich befriedigt hatte, rückte ich den Sessel zurück, denn ich war neugierig, was sich dort unten abspielte – und bekam einen heftigen Schock, als ich gegen das Gesicht des Sekretärs stieß. Denn er war derjenige, der immer noch auf allen vieren vor mir hockte.

Doch sah er weder mich noch irgend etwas anderes, weil er sich just in diesem Moment einem Orgasmus hingab. Am anderen Ende des Sekretärs lag die Frau unter ihm und holte ihm einen runter.

Er hatte mir also ... Ich konnte mich nicht über seine Leistung beklagen, aber trotzdem ... So etwas war ich nicht gewöhnt. Ich richtete mich wieder auf und verließ verärgert das Zimmer, ohne ein Wort an die beiden.

Im Flur folgten mir zwei unsichtbare Schatten, deren Gegenwart ich jedoch genauso deutlich spürte wie die irgendeines Wesens aus Fleisch und Blut. Ich schüttelte sie ab, indem ich eine Tür aufstieß.

11

Das Bad

»Ich glaube, ich bleibe noch ein bißchen bei euch«, sagte ich zu meinen beiden Freundinnen.
Sie erhoben sich, indem sie Freudenschreie ausstießen, die mir übertrieben erschienen, und nahmen mich an der Hand, an jeder Seite eine, und führten mich durch den dunklen Gang. Nach einigen Schritten bogen wir nach rechts ab, worauf wir uns am Eingang eines sehr langen Ganges wiederfanden, der von Türen gesäumt und von schwachen Neonlampen beleuchtet war. Ich drehte mich zu meinen Begleiterinnen um, die ich endlich einmal sehen wollte.
Wie ich es in der Dunkelheit vermutet hatte, trugen sie lange, strenge, sehr dunkle Kleider, die ein bißchen an die Kleider erinnerten, die klassische Musikerinnen oder Chorsängerinnen bei ihren Konzerten anziehen. Aber in diese Kleider mit ihrem hohen Kragen hatte man mit groben Schnitten um die Brust

herum große Löcher geschnitten. Ihre Brüste brachen regelrecht aus dem Stoff hervor, der so brutal zerschnitten worden war, daß die Ränder in Fransen um das Fleisch herumhingen.

Ich hatte schon wieder Lust, sie zu berühren. Ich legte meine Hand nacheinander auf ihre Brüste, und sie lachten.

Die eine der beiden war brünett, hatte dunkle Haut, schmale Hüften, einen großen Mund und feurige Augen. Sie hieß Anna. Die andere war blond, ein bißchen dicker, sehr hellhäutig und hatte kleine, rosafarbene Lippen und fahlblaue, fast durchsichtige Augen. Sie hieß Aurélie.

Ich sagte ihnen, daß sie schön seien und daß ich sie begehrte.

Sie öffneten eine Tür und ließen mich eintreten. Es war ein Zimmer, dessen Boden, Wände und Decke völlig mit Spiegeln bedeckt waren. Alle Möbel, mit Ausnahme des Bettes und einer riesigen Badewanne, waren aus einer Art durchsichtigem Plastik.

Kaum waren wir eingetreten, da entledigten sich die beiden Frauen schon ihrer Kleider und bewegten sich völlig nackt, ohne jede Scham durch das Zimmer. Anna hatte einen festen, fein geschnittenen Körper mit langen Beinen und einem wohlgeformten Hintern, dem wunderbaren Hintern einer Afrikanerin. Aurélie, die Molligere, besaß viele sanfte Kurven. Beide hatten lange Haare, die wie ein glänzender Vorhang tief über ihren Rücken hingen, hellblond bei der einen, dunkelbraun bei der anderen. In den Spiegeln reflektierten sich ihre Körper unzählige Male, und diese Spiegelbilder ihrer Intimität machten mich schwindelig.

Sie setzten sich eine nach der anderen auf das Sitzbecken der Toilette, das ebenfalls durchsichtig war, um in aller Ruhe zu pinkeln. Ich sah, wie der kraftvolle Strahl unter ihrer Klitoris hervorsprudelte und perlend an der durchscheinenden Wand herunterlief, während ihre geöffneten Schenkel die rosafarbenen Falten ihrer Mösen enthüllten. Als Aurélie fertig war, hob sie

ihren Hintern, schüttelte ihn ein wenig, um den letzten kleinen Tropfen herabfallen zu lassen, überließ dann Anna den Platz und begann ein Bad einlaufen zu lassen.
»Na los! Zieh dich aus«, sagte Anna, während ich ihr beim Pinkeln zusah.
Keine der beiden lachte jetzt. Aurélie sah mich unter ihren blonden Wimpern beinahe schüchtern an, als würde sie sich für etwas schuldig fühlen. Und Annas Stimme hatte einen herrischen, fast Angst einflößenden Ton bekommen.
Ich hatte mich kaum bewegt, da drängten sie sich schon an mich, und Annas dunkle Hände knöpften mein Hemd auf, während Aurélies weiße Finger sich mit meinem Hosenschlitz abmühten. Ich hatte einen Ständer wie ein Esel, aber sie wiesen meine Avancen zurück. Sie wollten nur eins: mit mir in das Bad steigen.
Die Badewanne aus grauem Marmor erinnerte an einen Sarg. Sie war jetzt mit einem dickflüssigen Wasser gefüllt, das so aussah, als hätte man Schlamm darin aufgelöst. Ich tauchte mit beiden Frauen hinein, und wir begannen uns alle drei in der warmen Flüssigkeit zu berühren. Ich streichelte ihre Mösen, ihre Hintern, ihre Brüste … Sie stritten sich um meinen Oberkörper, meinen Schwanz, meine Eier … Sie streichelten sich gegenseitig … Durch das ölige Wasser wurde unsere Haut noch zarter, noch schlüpfriger.
Die Mädchen waren jetzt sehr erregt. Anna, die eine gewisse Macht über die sanfte Aurélie zu haben schien, befahl ihr, sich in der Wanne auszustrecken, während sie sie unter den Achseln festhielt, so daß ihr Kopf und ihre Schultern aus dem Wasser ragten. Dann befahl sie Aurélie, sich selbst zu streicheln.
Sobald Aurélie zwei Finger ihrer linken Hand in ihr Hinterteil gesteckt hatte, wo sie sie rhythmisch vor- und zurückschnellen ließ, während sie mit ihrer rechten Hand in kreisförmigen Bewegungen über ihre Klitoris glitt, fing ihre kleine blonde Möse

wie rasend zu zucken an. Ihre großen weißen Brüste schwebten wie zwei Ballons auf der Wasseroberfläche, und ihre Hüften wiegten sich auf dem Wannenboden. Währenddessen rieb ich langsam meinen Ständer, wobei ich in ihr Gesicht blickte und mich gegen Annas Brüste lehnte, völlig gefangen von Aurélies heißer Fahrt zum Orgasmus. Anna küßte ihre Haare und Augen und spornte sie sanft an: »Ja, mein Schätzchen ... Du bist schön ... Er sieht dich auch an, und er findet dich so schön, daß er es auch macht ... Und mich erregst du auch ... Zeig uns, wie gut du kommen wirst, mein schöner Liebling ...« Aurélie keuchte und biß in die Brust ihrer Freundin. Plötzlich schnellten ihre Schenkel krampfhaft aus dem Wasser hervor, sie riß ihren Kopf nach hinten und kam leise wimmernd.

Wir kletterten aus der Wanne, um uns auf den kalten Spiegelboden zu legen, auf dem sich, obwohl er jetzt voller Pfützen und Dampfflecken war, immer noch unsere Körper und unsere erregten Geschlechtsorgane widerspiegelten. Ich schob meine Hand zwischen Annas Beine, und allein diese Geste brachte sie zum Schreien. Sie glühte, konnte sich nicht länger zurückhalten und stieg auf mich, um mit kräftigen Bewegungen auf mir zu reiten. Sie kam fast sofort, wobei sie einen langen kehligen Schrei ausstieß. Ich konnte mich jedoch noch zurückhalten, drehte sie herum und legte mich auf sie.

Als Aurélie, die bei unserem Anblick wieder angefangen hatte zu masturbieren, sah, daß ihre Freundin jetzt auf dem Rücken lag, setzte sie sich auf ihr Gesicht, um sich von ihr, in die ich gleichzeitig hineinstieß, lecken zu lassen. Während in dieser Position Aurélies dicke Pobacken vor meiner Nase schaukelten, sah ich plötzlich, daß Annas Brüste nicht im entferntesten so üppig waren, wie ich im Dunkeln angenommen hatte, sondern klein, fest und einfach hinreißend. Im selben Moment spürte ich, wie der Ring ihres Geschlechts sich um meinen Penis zusammenzog, beide Frauen schrien gemeinsam vor Lust,

und ich kam gleichzeitig mit ihnen, in langen, tiefen Stößen aus der Hüfte.
Uns in den Armen haltend, schliefen wir alle drei ein.
Als ich aufwachte, zögerte ich lange. Sollte ich:

♦ noch eine Weile bei meinen reizenden Freundinnen Aurélie und Anna bleiben:

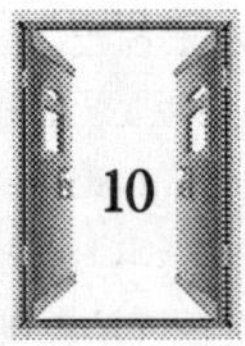

♦ oder dieses Zimmer verlassen und mich auf die Suche nach *der* Frau machen, nach anderen Frauen und anderen Abenteuern?

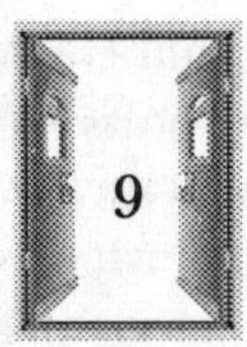

Die Bühne

Ich tauchte wieder in den dunklen Flur ein und ging nach links, während ich mit der Hand an der Wand entlangtastete. Meine Augen hatten Zeit gehabt, sich an die Dunkelheit zu gewöhnen, und ich kam ohne allzu große Mühe voran. Doch hatte ich fast sofort das Gefühl, verfolgt zu werden. Ich hörte leise Schritte hinter mir, ein Schatten fiel auf meinen Rücken. Ich drehte mich mehrmals um. Beim ersten Mal glaubte ich eine Silhouette zu erkennen, doch sie verschwand sofort und tauchte nicht wieder auf. Schließlich redete ich mir ein, daß es eine reine Folge meiner Müdigkeit gewesen sein mußte, und es gelang mir, nicht mehr daran zu denken.

Nach einer Weile stieß ich an eine Ecke. Als ich mich tastend näherte, konnte ich zwei Türen erkennen. Ich wollte schon die erste öffnen, doch ich überlegte es mir anders und wandte mich der anderen Tür zu.

Dahinter empfing mich eine kleine Tänzerin im Ballettröckchen, die erleichtert aufseufzte. »Ah! Wir warten auf Sie!« Sie zog mich hinter sich her durch etwas, was wie Theaterkulissen aussah.

In ihren rosa Ballettschuhen bahnte sie sich einen Weg durch unzählige Stromkabel und sagte: »Kommen Sie schnell! Man erwartet Sie voller Ungeduld!« Ich folgte ihr mit großen Schritten. Sie führte mich in eine Garderobe, wo eine alte beleibte Dame mich mit der gleichen Erleichterung und Hast begrüßte. »Da sind Sie ja! Schnell, ziehen Sie das an!« Sie reichte mir zwei Slips, von denen der eine nur aus einem winzigen Stückchen Stoff bestand.

Ich protestierte. Aber sie bestanden darauf; ich dürfte sie – ich wußte nicht wen – schließlich nicht enttäuschen und vor allem keine Zeit verlieren. Angesichts der Dringlichkeit, die meine Begleiterinnen zum Ausdruck brachten, gab ich jede weitere Diskussion auf. Während ich meine Jeans zu Boden gleiten ließ, beobachtete mich die Alte mit kundigem Blick. »Sie werden ihnen sehr gefallen«, sagte sie. Ich zog die beiden Slips an, einen über den anderen, so wie man es von mir verlangte, und schlüpfte dann wieder in meine Hose und meine Schuhe.

Die Garderobiere setzte mich vor einen Schminktisch, griff nach einer Puderquaste, tauchte sie in den Puder und fuhr mir damit über Stirn, Nase und das ganze Gesicht. Dann nahm sie einen Lippenstift, drehte den blaßrosafarbenen Stift heraus, strich mit einem kleinen Pinsel darüber und schminkte meinen Mund. Dann kämmte sie meine Haare nach hinten und sprühte sie mit einer Wolke von Haarlack ein. Währenddessen zeigte sich die kleine Tänzerin höchst ungeduldig. Sobald ich fertig war, zog sie mich wieder im Laufschritt in die Kulissen.

Als ich schließlich hinter dem geschlossenen Vorhang stand, öffnete ich ihn einen Spalt und sah einen Theatersaal, der voller Frauen war, die schrien und mit den Füßen auf den Boden

stampften, damit die Vorführung begann. Plötzlich öffnete sich der schwere rote Vorhang, und die kleine Tänzerin zog mich an der Hand hinter sich her, mitten auf die Bühne. Donnernder Beifall, Schreie und Pfiffe brachen über uns herein. Die kleine Tänzerin, die ein Mikro in der Hand hielt, das ich bis dahin nicht gesehen hatte, brachte die Frauen mit großer Autorität zum Schweigen und sagte, indem sie einen Schritt zurücktrat und ihre Arme ausbreitete, um mich besser vorzustellen: »Und jetzt, meine Damen, präsentiere ich Ihnen den, auf den Sie alle warten, den schönen Ritter ohne Furcht und Tadel, der Ihnen den heißesten Striptease bieten wird, an den Sie sich Ihr ganzes Leben erinnern werden. Beifall, meine Damen!«

Wieder fing das Publikum wie verrückt zu toben an. Die Lichter der Rampe blendeten mich, aber ich konnte trotzdem erkennen, daß dort Hunderte von Frauen jeden Alters saßen, junge und alte, schöne und häßliche, und daß sie über alle Maßen erregt waren.

»Sie haben seit Jahren keinen Mann gesehen«, brüllte mir die kleine Tänzerin ins Ohr. »Falls Sie sie enttäuschen, werden sie auf die Bühne stürmen und Sie in kleine Stücke reißen.«

Sie zeigte noch einmal aufs Publikum, dann kehrte sie in die Kulissen zurück, wobei sie einige Schritte auf der Spitze tanzte.

Da ich nicht wußte, was ich tun sollte, näherte ich mich dem Bühnenrand und begrüßte die Frauen mehrmals, die Hand aufs Herz gelegt. Daraufhin gingen die Lichter aus, Musik erklang, und mehrere Scheinwerferlichter richteten sich auf mich. Im Saal kehrte wieder Stille ein. Ich hatte das Gefühl, daß alle ihren Atem anhielten.

Gut. Da sie seit Jahren keinen Mann gesehen hatten, würde ich ihnen einen zeigen. In einer schnellen Bewegung drehte ich dem Publikum meinen Rücken zu und kehrte im Rhythmus der Musik zum Mittelpunkt der Bühne zurück. Die Scheinwerfer folgten mir.

Ich begann mit den Hüften zu wackeln, so wie ich es bei Profis im Fernsehen gesehen hatte, und mir dabei das Hemd aufzuknöpfen. Dann drehte ich mich, immer noch die Hüften schwingend, zum Publikum um, die Hände vor mein offenes Hemd gepreßt, bis ich es plötzlich mit einem Ruck aufriß, langsam über meine Schultern gleiten ließ und dann hinter mich warf. Die Frauen hatten wieder zu schreien begonnen, wie vor einem Idol.

Der Gedanke, daß ich allein ihnen ein solches Vergnügen bereitete, machte mir Mut. Mit den gleichen suggestiven Gesten ließ ich meine Hose zu Boden fallen. Ich trug jetzt nur noch die Slips und durchmaß mit langsamen großen Schritten die Bühne, stellte mich von allen Seiten zur Schau und spannte meine Muskeln. Sie waren inzwischen so hysterisch, daß sie mir wie ein riesiger, Orgasmen feiernder Harem vorkamen. Ich stellte mich wieder in die Mitte der Bühne und zog – mit dem Rücken zum Publikum – den ersten Slip aus.

Als ich mich umdrehte, sah ich, daß einige Frauen dabei waren, auf die Bühne zu klettern, wobei sie mit großen Geldscheinen wedelten. Bald umringten sie mich, zwanzig, dreißig oder mehr Frauen, kämpften darum, an mich heranzukommen, mich zu berühren, mir ihren Geldschein in den Slip zu stecken.

Der Druck wurde sehr schnell so groß, daß ich mich am Boden wiederfand, ausgestreckt auf dem Rücken liegend. Dutzende von Händen betasteten meinen Körper, die Geldscheine quollen aus meinem Slip und flogen um mich herum. Ich konnte mich nicht mehr bewegen. Die Aufgeheiztesten lüfteten ihre Röcke, um mir ihre Dessous zu zeigen, öffneten ihre Blusen, um sich ihre Brüste zu streicheln. Ich spürte, daß mein Slip zerrissen wurde, hörte kreischende Schreie, und dann begann so etwas wie eine Vergewaltigung.

Sie begannen damit, mir einen runterzuholen und zu blasen, dann ritten sie auf mir, eine nach der anderen. Wenn eine sich

zu viel Zeit nahm, rissen die anderen sie an ihren Haaren von mir herunter, und die nächste nahm ihren Platz ein. Sie hatten jegliche Zurückhaltung verloren und kämpften darum, zuerst an die Reihe zu kommen, während mehrere Frauen mich am Boden festhielten. Diejenigen, die von mir Besitz ergriffen hatten, ohne genügend Zeit für einen Orgasmus gehabt zu haben, führten die Sache vor meinen Augen selbst zu Ende oder setzten sich einfach auf mein Gesicht, um sich daran bis zum Orgasmus zu reiben. Ich ejakulierte mehrmals wie eine Maschine, ohne überhaupt wahrnehmen zu können, ob es eine dicke oder dünne, eine brünette oder blonde, eine junge oder alte Frau war. Jedesmal hoffte ich, daß meine Pein nun ein Ende hätte, doch jedesmal machten sie meinen Schwanz hartnäckig wieder steif, um ihre dämonische Sitzung weiterführen zu können.
Als sie sahen, daß sie nichts mehr aus mir herausholen konnten, mußten sie schließlich von mir ablassen, und ich tauchte offensichtlich sofort in eine tiefe Ohnmacht, denn als ich wieder zu mir kam, konnte ich mich nicht mehr daran erinnern, wie all dies zu Ende gegangen war. Ich lag immer noch ausgestreckt auf den Brettern der Bühne, nackt, den Körper voller Prellungen und mit schmerzenden Geschlechtsteilen. Die kleine Tänzerin saß an meiner Seite.
»Kommen Sie«, sagte sie leise. »Ich werde Sie pflegen.«
Sie hob meine Kleider und die auf dem Boden verstreuten Geldscheine auf, die sie in meine Jackentasche steckte. Sie war lieb und mütterlich. In dem Zustand, in dem ich mich befand, hatte ich keine andere Wahl, als ihr zu folgen:

15

Der Krüppel

Ich betrat ein Vorzimmer, wo mich ein sympathischer junger Mann begrüßte.

»Falls Sie Madame sehen wollen«, sagte er, »fürchte ich, daß Sie einen Moment werden warten müssen …«

Er führte mich zu einem Vorhang, den er einen Spalt öffnete.

»Sehen Sie«, sagte er, »Madame ist dort hinten, auf der anderen Seite des Vorhangs. Sie hat ihn auch ein Stückchen zur Seite geschoben, genauso wie wir, und Sie werden sie durch die beiden Schlitze hindurch sehen können.«

Ich beugte mich bis dicht an den Spalt vor und sah ein gemütliches Wohnzimmer, in dem zwei blonde, schöne, athletische Typen es miteinander trieben.

Ich drehte mich zu meinem Begleiter um und warf ihm einen fragenden Blick zu. Er deutete mit seinem Kinn in eine Richtung, um es mir noch einmal zu bestätigen.

»Da! Da! Sehen Sie dahin!«

Am anderen Ende des Zimmers konnte man tatsächlich hinter einem leicht geöffneten Vorhang eine junge nackte Frau hocken sehen. Sie sah gebannt den beiden sich liebenden Männern zu und befriedigte sich dabei.

»Oh, diese Frauen!« sagte ich zu meinem Begleiter. »Zwei Typen, und das geilt sie auf. Aber wenn sie merken, daß ihr eigener schwul ist, dann gibt's ein Drama!«

Ich steckte noch einmal meinen Kopf in den Vorhangspalt. Auch mein Begleiter rückte näher, um hindurchzusehen.

»Jedenfalls hat sie Glück, es sich selbst machen zu können«, flüsterte er.

Ich mußte wieder lachen.

»Was hindert dich denn daran, das gleiche zu tun, wenn du dazu Lust hast?« fragte ich ihn.

Da zeigte er seine Hände, die in Handschuhen steckten.

»Ich bin ein Krüppel. Das ist alles mechanisch«, sagte er, indem er mit den Augen auf seine Arme und Hände zeigte. »Und für solch delikate Vorgänge taugt die Technik nichts ...«

»Du Ärmster«, sagte ich, denn er tat mir von Herzen leid.

Um sein Unglück zu vergessen, sah er wieder hinter den Vorhang, und ich tat das gleiche. Die beiden Typen streichelten und küßten sich, erregten sich gegenseitig wie jedes andere feurige Liebespaar, während die Frau hinter ihrem Vorhang weiter ihrer einsamen Lust frönte. Was für ein Jammer! Sie war wirklich hübsch und offensichtlich ziemlich heiß ...

Ich fing selbst an, erregt zu werden. Plötzlich merkte ich, daß mein Begleiter keuchte. Ich drehte mich zu ihm um. Er schien kurz vor einem Herzinfarkt zu stehen. In seiner Hose zeichnete sich eine riesige Beule ab, aber er konnte sich nicht selbst berühren.

»Das ist immer so«, sagte er etwas verlegen. »Wenn ich niemanden finde, der mir dabei hilft, mich zu erleichtern, wird der

Druck so groß, daß manchmal sogar mein Herzschlag aussetzt und ich ohnmächtig werde ...«

Ich zögerte ein wenig, denn sein Geständnis und die implizite Bitte darin verwirrten mich. Aber er sah wirklich elend aus. Und es war ja auch ein wahres Unglück, seine Arme zu verlieren, wenn man ein so gutaussehender und kräftiger Junge von zwanzig Jahren war wie er.

»Okay«, sagte ich schließlich.

Und ohne ihn anzusehen öffnete ich seinen Hosenschlitz, holte seinen Schwanz heraus und nahm ihn in meine Hand. Wir schauten wieder gemeinsam durch den Vorhang. Ich versuchte mir vorzustellen, daß ich mir selber einen runterholte, aber sein Glied in meiner Hand war riesig und viel dicker als meines.

Während ich ihn rieb, beobachtete ich die Frau und dachte mir, daß es sie bestimmt erregen würde, wenn sie uns sähe. Das machte mir Mut. Doch gleichzeitig hoffte ich sehr, sie würde mich nicht in dieser Position erblicken. Denn je länger ich den anderen wichste, desto mehr erregte sie mich. Ich nahm mir vor, sie später wiederzufinden, um sie in den Genuß größerer Lüste zu bringen als dieses wilde Gereibe, das sie dort veranstaltete.

Als ich spürte, wie der andere kam, ließ ich ihn los, damit er in den Vorhang ejakulierte. Dann ging ich wieder durch die Tür, durch die ich gekommen war. Ich hatte immer noch einen Steifen, denn ich hatte niemanden gefunden, der mich erleichtert hätte.

Im Gang hatte ich wieder das Gefühl, als wären da Schatten, die Streit mit mir suchten, aber es war mir egal. Ich öffnete die erste Tür, die sich mir anbot, wild entschlossen, die nächste Schönheit, die mir unterkommen würde, nicht entfliehen zu lassen:

Der Krüppel

17

Die Witwe

Als ich die Tür aufstieß, schlug mir eine Duftwolke entgegen, ein Parfüm aus Moschus- und Veilchenduft. Die Tür fiel hinter mir ins Schloß.

Ich befand mich in einem Gang, der einer engen Straße ähnelte und an dessen Ende gerade eine elegante, ganz in Schwarz gekleidete Frau verschwand. Ohne groß nachzudenken, folgte ich ihr.

Bis sie links vom Gang abbog, konnte ich nicht mehr von ihr sehen als ihre schlanke Silhouette mit Hut, doch ihre sinnliche Figur traf mich wie der Blitz. Ihre Gestalt wurde durch ein Kostüm betont, das sich eng an die Linien ihrer Hüften, ihres Hinterns und ihrer Taille schmiegte und dessen Rock, der bis über ihre Knie reichte, in der Mitte einen Schlitz besaß, wodurch die rhythmischen Bewegungen ihrer wohlgeformten Beine aufs angenehmste ins Auge stachen. Ihre Beine waren in schwarze

Strümpfe gehüllt, deren Nähte über den geschwungenen hohen Absätzen zunächst ein Dreieck bildeten, um dann der Wölbung ihrer Wade folgend durch die Kniekehle hochzulaufen, bis sie unter dem geschlitzten Stoff, der sich beim Gehen über den Schenkeln spannte, verschwanden.

Um sie einzuholen, fing ich zu laufen an und versuchte dabei, lautlos zu atmen, denn ich wollte sie weder erschrecken noch das Risiko eingehen, sie in die Flucht zu schlagen. Aber als ich an der Biegung des Ganges ankam, sah ich, daß sie nur ein paar Meter entfernt vor mir stand, so als hätte sie eine Weile gewartet; sie drehte sich zu mir um. Diese Bewegung dauerte nur einen Augenblick. Ihre schwarzen, glänzenden Augen hinter dem Hutschleier tauchten in meine Augen. Dann ging sie weiter, mit schnelleren Schritten.

Ich wußte nicht, ob ihr Blick eine Aufforderung oder eine Herausforderung gewesen war oder ob sie mir damit sagen wollte, daß ich sie in Ruhe lassen sollte. Doch selbst wenn mein Verstand es mir diktiert hätte, mein Körper, mein ganzes Ich hätten sich geweigert, sie aufzugeben. Diese Frau zog mich an, als hätte man uns beide magnetisiert.

Mein Herz schlug mir bis zum Hals, als meine Augen von ihren Pfennigabsätzen zu ihrem Rockschlitz hochwanderten, wo ich bei jedem Schritt die breiten dunklen Ränder ihrer Strümpfe sehen konnte. Als dann mein Blick von dem schwarzen Dreieck an ihren Fersen, wo die Naht begann, über das feine Nylon ihrer Strümpfe bis zu den Kniekehlen hochglitt und ich bei jedem ihrer Schritte das Wiegen ihrer Hüften und ihres Hinterns verfolgte, hatte ich mit einemmal das Gefühl, als würde mein Herz in meinem Unterleib schlagen.

Ich mußte noch schneller gehen, um ihr folgen zu können. Ihre Absätze klapperten rhythmisch auf dem Boden, das Geräusch hallte von den Wänden wider. Ich war nur noch drei Schritte hinter ihr, noch drei Schritte, und ich konnte mich auf

sie stürzen, sie an den Hüften packen ... Vielleicht würde sie sich wehren, vielleicht würde ich die Angst in ihren Augen sehen, und plötzlich würde sich mein Verlangen nach ihr in den Wunsch verwandeln, sie vor mir zu beschützen, vielleicht würde sie das erkennen, dieses Verlangen, sie zu beschützen, diesen Wunsch nach Vergebung, und dann würde sie jeden Widerstand aufgeben, würde in meine Arme sinken, weich und ergeben wie eine Stoffpuppe, und ich würde ihren Schleier ein wenig heben, um meine Lippen auf ihre Lippen zu legen, ihren Mund mit meiner Zunge öffnen und dabei mit beiden Händen ihren Rock hochschieben, mit beiden Händen ihr Höschen durchwühlen, und dann würde sie sich mir zu Füßen werfen, ihre Finger würden unter der schwarzen Spitze ihrer Handschuhe meinen Hosenschlitz öffnen, mein steifer Schwanz würde zwischen ihren langen Fingernägeln hervorspringen, und dann würde sie leise vor Lust stöhnen, und ihre schönen roten Lippen würden unter dem Schleier meine dicke Rute verschlingen. Oder sie würde sich gar nicht wehren, sondern, sobald sie meine Hände spürte, ihren Rock über ihre Gesäßbacken hochschieben, ihr Höschen ausziehen und mir brennend vor Ungeduld ihren Hintern hinstrecken.

Nachdem sie im Labyrinth der Gänge immer wieder abgebogen war, öffnete sie schließlich eine Tür, hinter der sie verschwand. Das gleichmäßige Geräusch der Absätze, der Hintern, der sich einige Meter vor mir wiegte, die hypnotische Bewegung ihrer Beine und diese faszinierende Strumpfnaht, deren Linie ich immer wieder auf und ab verfolgte, hatten mich in eine Art Schwebezustand versetzt. Nichts anderes zählte mehr als diese Beine und dieser Hintern, nichts anderes zählte mehr, als in der Erwartung eines günstigen Augenblicks, in dem ich sie würde packen können, hinter dieser Frau herzugehen.

Sie hatte die Tür nur angelehnt, was mir als Aufforderung, ihr zu folgen, mehr als genügte. Ich trat langsam hinter ihr ein und war mir meiner Beute nun sicher. Sie kniete in einem Zimmer, das an einen Altarraum erinnerte, in dem lange Kerzen brannten. Immer noch mit dem Rücken zu mir, verharrte sie wie in Andacht vor einem Grab. In dieser Haltung zeigten ihre Absätze waagerecht auf mich, und ihr schwarzer Rock spannte so stark, das er jeden Moment zu zerreißen drohte.

Ich hockte mich dicht hinter sie, nahm ein Stück ihres Rockes in jede Hand und zog so kräftig daran, daß er laut knirschend am Schlitz entlang bis zur Taille auseinanderriß. So entdeckte ich ihren wunderbaren Hintern, dessen Weiß durch einen winzigen, durchsichtigen, schwarzen Slip betont wurde, den ich langsam zu ihren Knien hinunterschob. Ich hatte noch nie etwas Herrlicheres gesehen. Geschwind ließ auch ich meine Hose herunter, kniete mich hinter sie und drang in sie ein.

Mein Entzücken war so groß, daß ich beinahe sofort gekommen wäre. Aber auch die Witwe schien diese Übung zu schätzen, und ich wollte ihr noch etwas mehr geben. Ihre Versenkung wurde von immer heftigeren Seufzern unterbrochen, und sie ließ sich mit dem Bauch auf die Granitplatte fallen, klammerte sich mit beiden Händen am Rand fest und begann wild mit den Hüften zu kreisen. Als ich mich auf sie legte, fiel mir auf, daß die Naht des Strumpfes an der Stelle, wo der Stumpfhalter befestigt war, in ein Loch mündete, das merkwürdig an ein weibliches Geschlecht erinnerte. Sie war das größte Miststück, das ich je kennengelernt hatte, und als sie über dem Grab desjenigen, der sie einst selbst zum Schreien gebracht hatte, ihre Lust hinausschrie, hielt ich mich nicht länger zurück und kam gleichzeitig mit ihr, in langen Stößen.

Ich war erschöpft. Die Witwe lag bäuchlings da, die beiden Fetzen des zerrissenen Rocks neben sich, das Höschen um die Knie, mit verschränkten Armen, die Wange auf dem Stein. Sie

gab einen tiefen Seufzer der Befriedigung von sich, schloß die Augen und lächelte. Ich zog meine Hose hoch und verließ diesen Ort:

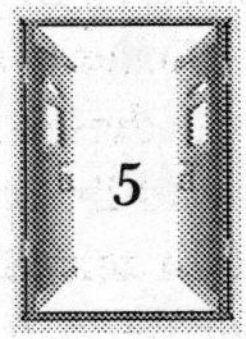

Die drei Komplizen

Wir lagen alle drei mit angezogenen Beinen da und hielten uns eng umschlungen. Aurélies weiße Brust drückte gegen meinen Rücken, ihr kleines blondes Haarbüschel schmiegte sich an meinen Hintern, während ich in beiden Händen Annas kleine feste Brüste hielt und mein Glied zwischen ihren herrlichen afrikanischen Pobacken schön im Warmen lag. Ich nahm mir vor, noch einmal mit ihnen zu schlafen, ihre Körper noch stärker als vorhin, wirklich bis zum Äußersten auszukosten, doch ich hatte mich wahrscheinlich schon zu sehr verausgabt, denn ich schlief wieder ein und war dabei wohl der glücklichste Mann auf der Welt, eingequetscht zwischen ihren beiden wollüstigen Körpern.
Ich wurde durch ein Liebesstöhnen aus dem Schlaf gerissen. Ich lag allein im Bett, mit gespreizten Beinen, an den Handgelenken und Knöcheln mit Seidenbändern an die Sprossen des Bettes gebunden. Ich versuchte mich aufzurichten, konnte mich jedoch

kaum bewegen. Wie hatten die beiden mich anbinden können, ohne daß ich aufgewacht war? Entweder besaßen sie ein teuflisches Geschick oder – und das erschien mir wahrscheinlicher – sie hatten mir unbemerkt irgendein Schlafmittel verabreicht. Ich mußte außerdem annehmen, daß sie mir daraufhin auch noch ein höchst wirksames Aphrodisiakum injiziert hatten, denn mein Glied war steifer als je zuvor – und die Szene, die sich vor meinen Augen abspielte, war nicht dazu angetan, es zu beruhigen.

Auf dem Boden lagen Aurélie und Anna, immer noch nackt, und küßten sich inbrünstig, Busen an Busen, die Hände zwischen ihren ineinander verschlungenen Schenkeln vergraben. Über ihnen stand ein ebenfalls nackter Schwarzer von etwa vierzig Jahren, groß und athletisch, der seinen ungeheuer großen Apparat wichste und meine beiden Freundinnen anspornte, ihnen manchmal sogar Befehle erteilte, die sie sofort ausführten.

»Und jetzt«, sagte er zu ihnen, »macht mir 'ne hübsche 69. Ich will euren Orgasmus sehen.«

»Ja, Meister«, antworteten sie gehorsamer als abgerichtete Hunde.

Sie legten sich übereinander, der Kopf der einen an den Füßen der anderen, mit weit gespreizten Schenkeln, und fingen heftig zu stöhnen an, indem sie gierig aneinander leckten.

Der Mann holte sich weiter einen runter, in aller Ruhe, den Blick auf seine Beute geheftet. Ich konnte nicht mehr. Ich flehte ihn an, mich loszubinden, doch der Schwarze lachte nur und blickte mich spöttisch an, so als hätte er mich noch nie zuvor gesehen, wobei er mit der Zunge über seine Lippen fuhr und auf obszönste Weise sein Becken kreisen ließ; dabei massierte er mit der freien Hand seine Eier, um noch offenkundiger unter meinem machtlosen Blick zu masturbieren.

Die Mädchen wurden durch meine wütenden Schreie und mein Bitten nur noch geiler und gaben sich geräuschvoll ihrer Lust hin, während ich alles versuchte, um mich zu befreien oder mich

wenigstens umzudrehen, um wenigstens die Chance zu haben, mich am Laken zu reiben, denn das hätte in dem Zustand, in dem ich mich befand, schon gereicht, um mich zum Orgasmus zu bringen.

Sobald die Mädchen ihren Orgasmus erreicht hatten, befahl der Mann ihnen, ihm einen zu blasen. Ihre beiden Münder machten sich an das riesige Glied heran, steckten es nacheinander hinein (keiner von beiden gelang es jedoch, mehr als ein Viertel davon zu verschlingen), die eine leckte die Eichel, die andere den Ständer … Der enorme Penis zuckte, brachte sie zum Lachen und entriß ihnen erschreckte Schreie.

Während Anna ihn nun ohne Unterbrechung in schnellem Rhythmus leckte, kroch Aurélie zwischen die Beine des Mannes und begann ihm die Eier und den Anus zu lecken und zu beknabbern, den Kopf genießerisch zurückgelegt. Als sie spürte, daß der Moment gekommen war, kehrte sie zu Anna vor den Schwanz zurück und steckte ihren Mittelfinger in den Anus des Mannes. Der warf mit einem abgehackten Röcheln seinen Kopf in den Nacken. Anna ließ sofort den Schwanz los, aus dem in langen, kraftvollen Stößen Samen auf ihre vor Bewunderung erstarrten Gesichter spritzte.

Ich begann wieder, mich zu winden, im verzweifelten Versuch, mich zu befreien. Mein Schwanz, der härter als ein Baumstamm war, tat mir weh, und ich war bereit, zu brüllen, vor Verlangen zu schluchzen. Da fragte der Mann, der jetzt Mitleid mit mir zu haben schien, die Frauen, ob sie sich nicht schämten, mich in diesem Zustand daliegen zu lassen, und zerrte sie rücksichtslos vor mein Bett.

Ich war gleichzeitig hoffnungsvoll und ängstlich, da ich keine Ahnung hatte, was dieser Koloß beabsichtigte. Aber die schreckliche Lust, die mich so peinigte, ließ mich meine Angst vergessen – es ist sogar möglich, daß die Angst meine Begierde noch verstärkte. Ich fühlte mich jämmerlich, wie ich da so ans Bett

gebunden dalag und den drei Komplizen mit meinen gespreizten Gliedmaßen und meinem Ständer erbarmungslos ausgeliefert war. Vielleicht würden sie mich befreien, vielleicht würde mich der Mann die beiden Frauen, wie es mir gefiel und so oft es mir gefiel, genießen lassen, denn ich fühlte mich in der Lage, sie ein dutzendmal hintereinander zu nehmen, ehe ich erleichtert wäre.

Sie stiegen alle drei aufs Bett, banden mich aber nicht los. Aurélie kniete sich über mein Gesicht und der Mann ebenfalls, hinter sie. Er hatte schon wieder ein steifes Glied. Sie spannte ihren Hintern an, und er drang zuerst vorsichtig und dann mit aller Kraft in sie ein. Die Blonde, deren Schenkel innen feucht glänzten, schien an solche Praktiken durchaus gewöhnt zu sein, denn sie ließ es ohne mit der Wimper zu zucken geschehen; trotz seines Durchmessers drang das Ding sanft in ihr enges Loch ein, indem er es langsam, aber sicher nach vorne gleiten ließ. Das hatte er gut gemacht – schließlich war ich an der richtigen Stelle, um dies beurteilen zu können.

Gleichzeitig spürte ich – endlich –, wie mein Schwanz von Annas großem Mund umschlossen wurde. Ich entlud mich sofort und stieß dabei einen Schrei aus, in dem sich Erleichterung, Schmerz und Lust ausdrückten.

Anna leckte mich jetzt sanft weiter. Über meinem Gesicht schaukelten so dicht, daß sie mich beinahe berührten, die Hoden des Mannes, während sein Glied in Aurélies geöffneter Rosette vor und zurück stieß, wobei sie ihren weißen und etwas dicken Hintern zwischen den großen schwarzen Händen bewegte, die sie fest umklammerten. Die runden, harten Eier schwangen gleichmäßig vor und zurück, genau in dem Rhythmus, in dem sich die riesige Rute vor und zurück bewegte, auf eine fast methodische Weise, als ginge es darum, eine Tür mit einem Rammbock zu durchbrechen. Aurélie massierte mit einer Hand ihre Brüste, dann ihre Pussy, in die sie schließlich einen Finger steck-

te, dann zwei. Sie waren fast über mir, ihre sich bewegenden Geschlechtsteile nahmen mein ganzes Gesichtsfeld ein, ihre brünstigen Gerüche stiegen mir zu Kopf, und gleichzeitig saugte, leckte und knetete Annas Mund meinen Schwanz. Als der Mann seine Vor- und Rückbewegung beschleunigte, nahm sie meine Eier in ihre beiden Hände und begann noch leidenschaftlicher, mir einen zu blasen, wobei sie sich auf das Tempo der Lendenstöße ihres Komplizen einstellte. Plötzlich schien Aurélie den Verstand zu verlieren, sie schrie und zappelte wie eine Besessene. Nach einem letzten heftigen Stoß zog sich der Mann schnell aus ihr zurück und spritzte seinen Saft über ihre Gesäßbacken, von wo aus er auch mir ins Gesicht tropfte. Im gleichen Moment ejakulierte ich von neuem.

Aurélie und der Mann ließen sich neben mir aufs Bett fallen, Anna leckte mir vorsichtig mein Gesicht sauber und löste dann meine Fesseln. Jetzt war ich frei:

♦ weiter bei den drei Komplizen zu bleiben:

22

♦ oder mein Glück woanders zu versuchen:

8

Die Schlafende

Ich erkannte sie wieder. Es war Dornröschen. Sie ruhte auf einem hohen alten Bett, prachtvoll gekleidet, heiter und schöner als der Tag. War ich auserwählt worden, sie aufzuwecken? Ich trat näher und setzte mich auf den Bettrand an ihre Seite.

Das Zimmer und das ganze Schloß waren in tiefes Schweigen gehüllt. Nur manchmal hörte man das Knarren von Balken und, wenn man sich über sie beugte, das leise, gleichmäßige Geräusch ihres leichten Atems.

Ihr Gesicht war hinreißend und sah in seinem Rahmen aus goldenen Locken wie lichtumflutet aus. Die Reinheit ihrer Stirn und die Blässe ihrer Haut wurden durch eine zarte Krone aus kleinen weißen Blüten, die ihren Kopf schmückte, noch hervorgehoben. Ihr pfirsichfarbenes Seidenkleid fiel von der Taille an glockig bis auf ihre winzigen Füße hinab, die in seidenen Schuhen mit eckigen Absätzen und Bändern steckten. Das tiefe De-

kolleté, das nach alter Mode geschnitten war, gab den Blick auf ihren wunderbaren, zierlichen Hals und zwei runde, bebende Brüste frei, die sich, jedesmal wenn sie einatmete, sanft hoben. Ich beugte mich über ihr Gesicht und drückte einen Kuß auf ihre rosa Lippen. Sie reagierte nicht. Ich wartete eine Weile, dann tat ich noch einmal das gleiche, diesmal jedoch mit etwas mehr Nachdruck.

Sie wachte immer noch nicht auf. Das war ein Punkt, der natürlich in den Märchen niemals präzisiert wurde: Vielleicht mußte man ihr einen richtigen Kuß geben? Aus einem hundertjährigen Schlaf konnte man bestimmt nicht so leicht erweckt werden. So vorsichtig wie möglich öffnete ich ihr mit meiner Zunge den Mund und küßte sie sehr lange.

Dornröschen schlief weiter. Ich versuchte es noch einmal mit meinem Kuß, und um auch das richtige Maß zu finden, liebkoste ich gleichzeitig ihre Brüste. Sie hatte eine Pfirsichhaut, die unglaublich zart war.

Ihre Brust glitt fast gegen meinen Willen aus ihrem Kleid. Ich bedeckte ihr ganzes Gesicht mit Küssen, ihre Ohren, ihren Hals ... Bis ich schließlich der Versuchung nicht mehr widerstehen konnte, genüßlich auch ihre Brüste zu küssen, die wie zwei frische, feste Früchte aus dem Dekolleté hervordrängten. Ich beruhigte mich wieder, beobachtete ihr Gesicht, nahm ihre Hand und versuchte, mit ihr zu sprechen. Doch sie behielt ohne eine einzige Bewegung den gleichen heiteren und trägen Gesichtsausdruck bei, außer daß ihr Mund leicht offen geblieben war, was ihren reinen Zügen etwas fast Obszönes verlieh.

Ihre Schuhe, auf deren Spann schleifenförmige Bänder saßen, waren wirklich zauberhaft. Sie schien Seidenstrümpfe zu tragen. Ich hob den Saum ihres Kleides ein wenig in die Höhe. Darunter befanden sich mehrere Unterröcke. Ich erlaubte mir, sie bis zu den Knien hochzuschieben, um ihre Beine zu sehen. Was für schöne Beine! Ich ließ den Rock und die Unterröcke wieder fal-

len. Es fiel mir immer schwerer, meiner Erregung Herr zu bleiben.

Ich küßte sie noch einmal und nahm die Zunge zu Hilfe. Vergeblich.

Schließlich konnte ich mich nicht mehr zurückhalten. Ich schob ihre Röcke bis zur Taille hoch.

Ich wollte nur hinschauen. Schließlich konnte ihr das nichts anhaben, sie schlief ja.

Und ich schaute hin. Sie trug kein Höschen. Ihre Seidenstrümpfe reichten bis zur Schenkelmitte, wo sie mit einem Band befestigt waren, und von da an aufwärts lag die weiße Haut ihres Körpers frei. Unter dem zarten blonden Flaum sah man deutlich ihren hübschen rundlichen Spalt.

Ich nahm ihre Schenkel in beide Hände und spreizte sie vorsichtig auseinander. Ihre Schamlippen waren ebenso rosa und zart wie ihr Mund. Ich beugte mich darüber und küßte sie; ich konnte gar nicht genug bekommen, so weich und fleischig und duftend waren sie.

Als ich mich wieder zu ihr aufrichtete, sah ich, daß selbst diese Küsse sie nicht aus ihrer Erstarrung gerissen hatten. Das machte mich beinahe wütend. Ihr geöffneter Mund machte mich wahnsinnig.

Ich zog meine Hose aus und schob meinen Schwanz zwischen ihre Lippen. Ich ließ ihn vor- und zurückgleiten. Aber dadurch verzog sich ihr Gesicht, und ich schämte mich ein bißchen.

Ich wandte mich wieder ihren Schenkeln zu und drang in sie ein, wobei ich ihre Brüste knetete. Ich hatte dabei ein solches Glücksgefühl, daß ich mir gar nicht mehr wünschte, sie würde aufwachen. Ihr unbeweglicher Körper erfüllte mich mit einer außerordentlichen Lust.

Ich blieb bestimmt mehrere Stunden bei ihr. Ich entkleidete sie völlig, zog ihr mehrmals die Schuhe und Strümpfe an und wieder aus, drehte sie in alle Richtungen, küßte sie, streichelte sie und

nahm sie von allen Seiten und in allen Positionen, die ich mir vorstellen konnte. Nichts von all dem, was ich mit ihr tat, konnte sie aufwecken. Ich mißbrauchte sie im gleichen Maße, wie sie mich erregt hatte, und meine Lust wurde um so größer.
Als ich am Ende meiner Kräfte war, zog ich sie wieder an, machte das Bett, legte sie sorgsam darauf zurecht, ordnete ihre Haare und schloß ihr den Mund, damit ihr Märchenprinz sie genauso schön vorfinden würde, wie es mir vergönnt gewesen war.
Pfeifend kehrte ich in den dunklen Gang zurück, wo ich das Gefühl hatte, von zwei Schattenmegären verfolgt zu werden, um die ich mich aber nicht im mindesten kümmerte.
Ich beschloß, einmal ganz woanders hinzugehen. Nachdem ich verschiedene Korridore und Gänge durchquert hatte, stieg ich eine kleine Treppe hoch, an deren Ende ich mich vor zwei Türen wiederfand:

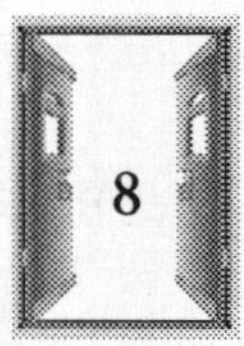

Die Braut

Was für ein merkwürdiger Ort, dachte ich, während ich meinen Weg durch den dunklen Gang fortsetzte. Ich hatte schon fast vergessen, warum ich hierhergekommen war, doch die Neugier trieb mich zu bleiben. Die Neugier und die Begierde, aber auch etwas, das an Angst erinnerte, denn seit ich mich in diesen Gängen befand, spürte ich eine unbestimmte Bedrohung in meinem Rücken, so als würde ich von jemandem oder von etwas verfolgt, das ich nicht sah.

Ich hatte in meinem Leben bereits einige Frauen gehabt. Aber bis jetzt waren weder meine Sehnsucht nach Liebe noch meine fleischlichen Begierden völlig befriedigt worden. Irgend etwas verweigern einem die Frauen immer. Oder sie wollen zu viel geben, und dann fangen sie an, einen zu ersticken. Die Frau meines Lebens, sofern sie existierte, wäre gleichzeitig liebevoll und lüstern, gefügig und dreist, geheimnisvoll und schön. In der

Dunkelheit stellte ich mir vor, was ich mit solch einer Frau alles machen könnte, und bekam sofort wieder einen Ständer. »Genug geträumt«, sagte ich mir. »Finde diese Frau, dann wirst du dir alle Freuden erfüllen können, die du dir erträumst.« Und ich öffnete die Tür, vor der ich stand.

Es war ein völlig weißes Zimmer, das von morgendlichen Sonnenstrahlen durchflutet wurde.

»Bist du es, Liebster?« hörte ich.

Ich blinzelte, da mich das viele Licht blendete. Vor einem Frisiertisch saß eine hinreißende junge Frau, die sich die Augen schminkte.

»Ich komme sofort«, sagte sie, ohne sich umzudrehen.

Sie trug ein Hochzeitskleid aus weißer Spitze, das ihren schmalen Oberkörper eng umschloß und von der Taille an glockenförmig zu Boden fiel. Aus ihrem blumengeschmückten Dutt fielen ein paar kastanienfarbene Locken in ihren zarten Nacken.

»Entschuldigen Sie«, sagte ich, indem ich mich umdrehte, um zu gehen.

Als ihr die Verwechslung bewußt wurde, wandte sie mir ihr Gesicht zu und stieß einen kleinen Schrei aus. Ich wiederholte meine Entschuldigung und wollte durch die Tür verschwinden, da stürzte sie aufgeregt auf mich zu und hielt mich am Arm fest.

»Nein, warten Sie«, stieß sie hervor, wobei sie sich unruhig im Zimmer umsah, so als würde sie etwas suchen.

Man hörte Schritte, und ich begann zu begreifen, wovor sie sich fürchtete.

»Mein Mann«, sagte sie. »Wenn er Sie findet …«

Sie ließ sich nicht die Zeit, ihren Satz zu beenden. Mit einer verzweifelten Geste lüftete sie ihren weiten Unterrock und zwang mich mit einer Bestimmtheit, die bei einer so zerbrechlichen, zarten jungen Frau ganz erstaunlich war, darunterzu-

schlüpfen. Fast im gleichen Moment hörte ich unter dem ausladenden Hochzeitskleid, wie sie – als sei es ein Echo – ihren kurzen Satz wiederholte.
»Bist du es, Liebster?«
»Wie schön du bist«, antwortete eine Männerstimme.
Die Schritte näherten sich, bis der Mann offensichtlich am Rand des Rockes, unter dem ich hockte, stehenblieb.
Obwohl meine Lage nicht gerade bequem war, hatte sie doch einen gewissen Reiz. Um mich so unauffällig wie möglich zu verstecken, hatte die Braut mich in den hinteren Teil ihres Kleides, das in eine Schleppe mündete, manövriert. Ich blieb einen Moment lang völlig regungslos, denn ich war wie gelähmt durch die Angst, entdeckt zu werden, aber auch durch das plötzliche Glücksgefühl über die erfreuliche Tatsache, daß meine Nase, die sich an das seidene Unterhöschen der Schönen anschmiegte, praktisch zwischen ihren hübschen Pobacken versank.
Dann begann sich der Körper der Braut zu bewegen, ich sah, wie ein schwarzer, glänzender Männerschuh sich zwischen die kleinen weißen Frauenschuhe schob, und begriff, daß er sie in den Arm genommen hatte, um sie zu küssen. Bei dieser Bewegung hatten sich die Beine der Frau ein wenig geöffnet. Sie waren in weiße Strümpfe gehüllt, die auf der einen Seite an einem spitzenbesetzten Mieder befestigt waren, während sie auf der anderen Seite von einem Strumpfhalter mit rosa Bändern gehalten wurden, wie ihn Bräute traditionsgemäß trugen. Ihre ganze Unterwäsche war weiß, schimmernd und zart.
Da sie ihre Schenkel gespreizt hatte, wagte ich mich vorsichtig so weit vor, daß ich in ihr Höschen hineinsehen konnte. Der Mann war immer noch dabei, sie zu küssen, und ich hörte, wie sie miteinander lachten und kleine Albernheiten austauschten. Ich legte meine Hände auf ihre Waden. Sie zuckte zusammen. Ich glitt langsam bis zu den Strumpfrändern an ih-

ren Beinen hoch, die Augen immerzu auf ihr Höschen geheftet. In diesem Moment kam ich in den Genuß eines der freudigsten Erlebnisse meines Lebens: Während ich dort unter dem Kleid der jungen Braut hockte, die von ihrem Zukünftigen geküßt wurde, und ihre Beine streichelte, wurde mit einemmal die feine Seide ihres Höschens feucht, nur wenige Millimeter vor meinen Augen.
Da sie die gute Idee gehabt hatte, sich nicht zu parfümieren, war die Luft unter ihrem Rock schwer vom Duft ihrer Wollust. Ich atmete ihn in tiefen Zügen ein, bis mir davon schwindelig wurde. Mit einer Hand schob ich das Stückchen Seide zur Seite und entdeckte eine bezaubernde rosafarbene, glänzende Möse, deren Haare so sorgfältig zurechtgeschnitten und rasiert waren, daß sie einen hübschen Busch bildeten, der weder zu dicht noch zu dünn war. Ich reckte meinen Kopf noch näher heran und berührte sie zum ersten Mal mit der Zunge.
Die großen Lippen schoben sich weit auseinander, um mir zwei kleinere, glühende Lippen darzubieten, die ebenfalls geöffnet waren, und eine begierige Knospe, der es nach der Gunst meiner Zunge verlangte. Ich hielt mich zurück, um nicht vor Lust zu stöhnen, aber sie ließ es sich nicht nehmen, einen lauten Seufzer auszustoßen, den der eifersüchtige Bräutigam auf die Wirkung seiner Küsse zurückführen mußte. Doch mein Mund küßte den aufregenderen Mund der Verlobten. Ich wurde jetzt so kühn, daß ich meinen Hosenschlitz öffnete und meinen schon sehr harten Schwanz herauszog, den ich sofort zu reiben begann, während ich mit der anderen Hand das Höschen über ihrer hübschen Spalte zur Seite hielt, um sie mit aller Kraft zu lecken.
Auch die Braut wurde immer mutiger, stöhnte und wagte es sogar, ihr Becken leicht zu bewegen, um sich noch mehr an meiner Zunge zu ergötzen. Ich wollte gar nicht soweit kommen, aber der Druck war zu groß: Ich ejakulierte in ihren Spitzenunter-

rock, und meine Zuckungen waren so heftig, daß ich ein Röcheln nicht unterdrücken konnte, das glücklicherweise in dem noch lauteren Seufzen der Schönen unterging, die ebenfalls vor Lust zusammenzuckte.

Da sah ich plötzlich voller Schrecken, wie ihr Kleid auf einer Seite hochgeschoben wurde und die Hand des Bräutigams, den die Leidenschaft seiner Verlobten sicherlich anspornte, an einem ihrer Beine hochglitt. Glücklicherweise war sie so geistesgegenwärtig, ihn mit einem vielversprechenden Stöhnen zu bitten, die Tür zu schließen. Sobald ich merkte, daß er sich entfernte, ergriff ich, ohne weiter darüber nachzudenken, durch eine andere Tür, die hinten im Zimmer offenstand, die Flucht. Ehe ich ganz verschwand, mußte ich doch noch einen letzten Blick auf die beiden riskieren. Während der zukünftige Gatte zu ihr zurückging, schritt auch sie auf ihn zu, kniete sich vor ihn hin und begann, seine Hose zu öffnen. Dies tat sie bestimmt sowohl in der Absicht, ihre Missetat, von der er nichts wußte, wiedergutzumachen, als auch um die Begierde, die ich in ihr geweckt hatte, zu befriedigen. Ich war an ihrem Brauttag der erste, der sie sexuell erregt und ihre Röcke mit seinem Saft bespritzt hatte.

Ich fand mich in einem Gang wieder, der erneut in tiefe Dunkelheit getaucht war, doch offensichtlich handelte es sich nicht um den Gang, aus dem ich gekommen war. Da ich meine Suche fortsetzen mußte, blieb mir nur eine Möglichkeit: eine der Türen des Korridors aufzudrücken, hinter der ich bestimmt neue Begegnungen machen würde.

13

16

Der Hammam

Warme, feuchte Luft schlug mir entgegen. Die Tür fiel von allein hinter mir zu, leise und schwer.
Ich stieg widerwillig eine Treppe aus rohen Steinen empor, die durch den Wasserdampf glitschig geworden waren. Die Treppe verengte sich und mündete dann in einen runden Absatz. Das Ganze war wie ein riesiges Schlüsselloch, für das meine Person allerdings einen recht kleinen Schlüssel abgab. Doch ich drang weiter vor, und obgleich ich nicht wußte, was mich im Inneren erwartete, schlug mein Herz voller Hoffnung und Lust auf diese Frau, die man mir versprochen hatte und die sicherlich auch auf der Suche nach mir war.
Mitten auf dem kleinen runden Plateau, das ebenfalls mit großen glänzenden Steinen gepflastert war, stand eine Art geschlossene Bretterbude mit spitzem Dach, aus der jeden Moment ein Wachtposten hätte herausschießen können. Sie war

aufs lächerlichste in grellen Farben angemalt und mit geometrischen Zeichnungen verziert, die jemand mit Filzstift daraufgeschmiert hatte, Augen, Münder, Blumen, von Pfeilen durchbohrte Herzen, Pimmel, Totenköpfe, sentimentale und obszöne Graffitis; auf halber Höhe befand sich ein schmales, mit Holzstäben vergittertes Fenster, wie in einem Beichtstuhl. Als ich näher herantrat, gab plötzlich die Steinplatte, auf der ich stand und die in Wirklichkeit eine Falltür war, unter meinem Gewicht nach. Ich stürzte einige Meter tief, direkt in ein Becken mit warmem Wasser, aus dem ich nach Luft schnappend auftauchte.
Ich zog mich am Rand des kleinen runden Schwimmbeckens hoch. Jetzt befand ich mich mitten in einem ovalen Gewölbe aus weißem Marmor. Holzbänke säumten die Wände. Ihre feuchten Latten waren von Männer- und Frauenkleidern bedeckt. Besonders die weibliche Unterwäsche fiel mir auf, Höschen und Büstenhalter in allen Größen. Es war sehr heiß. Ich legte meine durchnäßten Kleider ab, die ich auf einer Bank liegenließ. Durch die einzige Öffnung des Raumes, ein rundes Fenster am anderen Ende, drang ein Gemurmel, in das sich leises Gelächter, Stöhnen und Liebesgeräusche mischten.
Ich ging zu dem Fenster hin und wischte mit der Hand darüber, denn es war beschlagen. Hinter der Scheibe befand sich ein Hammam, der so groß war, daß man von meinem Platz aus gar nicht erkennen konnte, wo er aufhörte. Auf den Steinplatten, in den Becken, auf den Beckenrändern und an den Marmorsäulen gaben sich Dutzende von Männern und Frauen, allesamt nackt, den Freuden des Wassers und der Liebe hin. Ihr Glück schien mir so vollkommen, und mein Verlangen, sich zu ihnen zu gesellen, war so groß, daß ich mein bisheriges Leben vollkommen vergaß und auch den Grund, sofern es wirklich einen gab, aus dem ich in das verheißungsvolle Reich des kleinen Zirkus eingedrungen war, das sich als noch reicher und wunderbarer entpuppte, als ich jemals geglaubt hätte.

Ich entriegelte mit einem Griff das Fenster, das wie bei einer Waschmaschine funktionierte, und glitt durch die Öffnung in den Badesaal. Das Murmeln, das ich vom Umkleideraum aus gehört hatte, schwoll zu einer vibrierenden Geräuschkulisse sich liebender Menschen an, in der jedem deutlich vernehmbaren Stöhnen sofort tausendfache Echos folgten, die sich in den weiten, unbestimmten Ausmaßen der Halle verloren. Die zu zweit, dritt, viert oder mehr miteinander verschlungenen Körper und ineinander getauchten Geschlechter sahen wie phantastische Tiere aus, die sich aus einer Unmenge an Gliedern zusammensetzten und sich in aufeinanderfolgenden, ununterbrochenen Wogen der Lust verdrehten. In der feuchten warmen Luft hing ein Geruch von menschlichen Säften, der allein schon genügt hätte – als begnügte man sich damit, eine Droge einzuatmen, die von einem anderen geraucht wird –, mich bis zur Ekstase trunken zu machen.
Ich ging um ein erstes Paar herum, das entgegengesetzt aufeinanderlag und sich mit den Mündern verführerische Lüste verschaffte, und zögerte einen Moment, mich auf ihre Aufforderung hin zu einer wundervollen Rothaarigen zu gesellen, die jedoch schon zwischen zwei Männern eingeklemmt war – mein Verlangen war zu groß, als daß ich hätte teilen wollen. So wählte ich schließlich eine Gruppe von sechs übereinanderliegenden Mädchen, die sich leidenschaftlich küßten und leckten. Aus diesem Berg weißen Fleisches, das durch den Dampf noch weicher geworden war, drang ein Schwall herzzerreißenden Stöhnens.
Da sie vollkommen in ihr Spiel vertieft zu sein schienen, blieb ich einen Moment regungslos mit steifem Glied über ihnen stehen, ohne recht zu wissen, wie ich mich ihnen nähern sollte. Es war eine köstliche Mischung aus Kleinen und Großen, Rundlichen und Schmalen, Brünetten und Blonden, birnen-, apfel- und granatförmigen Brüsten, runden, ausladenden und kleinen Hintern, mehr oder weniger enthaarten und

mehr oder weniger gewölbten Schößen, Engelsgesichtern und wahren Teufelinnen.
Als ich meine Hand auf einen schönen Hintern legte, wußten die Frauen gleich, wie *sie* mich nehmen konnten. Eine Blonde mit kurzen Haaren und hellen Augen wandte sich von der riesigen Brust einer Freundin, an der sie gerade saugte, ab, um mein Glied zu ergreifen, das sie zwischen ihre dicken rosa Lippen schob und es nun mit verzehnfachter Hingabe aussaugte, während sich ein Dutzend Hände auf meinen Körper legten und ihn gierig betasteten, unzählige Finger meine Pobacken auseinanderschoben, Zungen an meinen Eiern und meinem Hintern leckten und Zähne meine Brustwarzen reizten.
Sie hatten mich direkt in ihre Mitte gezogen und wechselten sich an meinem Schwanz ab, den alle kosten wollten. Um soweit wie möglich einen kühlen Kopf zu behalten, nutzte ich jede Gelegenheit, alle Hintern und Brüste, die in dem Durcheinander in meine Nähe kamen, zu betasten. Doch trotz meiner besten Vorsätze war der Kampf zu ungleich, und die Frauen hatten mich ziemlich schnell überwältigt. Die Nase in der blonden Muschel des jüngsten Mädchens versenkt, das sein breites Hinterteil auf mein Gesicht gesetzt hatte, ejakulierte ich im Mund der geschicktesten Bläserin, einer kleinen Brünetten mit muskulösen Wangen, die mich in ihrem Mund behielt, bis ich von neuem funktionstüchtig war. Sobald mein Schwengel wieder steif war, was angesichts der Wollust, die mich beim Anblick und bei der Berührung all dieser ineinander verschlungenen Frauenkörper erfaßte, nicht lange auf sich warten ließ, wollten sie mich nun alle zwischen ihren Beinen spüren. Ich erfüllte ihr Begehren gern. Ich legte sie eine neben die andere auf den Rücken, mit hochgezogenen Knien und gespreizten Beinen, und machte mich daran, auf methodische Weise in sie einzudringen, eine nach der anderen; jedesmal wartete ich darauf, daß die Frau sich im Orgasmus aufbäumte, um dann

in die nächste hineinzustoßen. Als ich in der letzten ejakulierte, schrie sie, und ich sah vor meinen geschlossenen Augen noch einmal die fünf anderen Mädchen vor mir, deren Gesichter sich vor Wonne verzerrten.

Unmittelbar darauf wurde ich hochgehoben und wie ein nutzlos gewordener Gegenstand in das nächste Becken geworfen. Im Wasser ausgestreckt, beobachtete ich lächelnd, wie die Frauen langsam ihre sapphischen Spiele wieder aufnahmen, so als könnte nichts auf der Welt sie jemals wieder davon ablenken.

Meine Kräfte wurden wieder wach. Während ich die anderen Liebesgruppen um mich herum betrachtete, beschloß ich, diesen Ort der Wonne weiter zu erkunden, denn ich war sicher, dort noch einige aufregende Gefährtinnen und gute Geschlechtsgenossen zu finden. Gerade als ich aus dem Wasser steigen wollte, wurde ich plötzlich auf den Grund gezogen. Ich versuchte, gegen die Kraft, die mich mit sich riß, anzukämpfen, doch ich sank mit großer Geschwindigkeit immer weiter in die Tiefe. Ich dachte, mein letztes Stündlein hätte geschlagen.

Ich muß wohl das Bewußtsein verloren haben, denn ich fand mich, ohne zu wissen wie und warum, an der Stelle wieder, wo ich angekommen war: vor der Bretterbude am Eingang. Diesmal stand ein Wächter darin. Als er mir meine getrockneten und gefalteten Kleider reichte, machte er einen Scherz, der mir gar nicht gefiel.

»War das Wasser angenehm?« fragte er.

Ich sah ihn böse an, aber es war schwer zu sagen, ob er nur versuchte, höflich zu sein, oder ob er sich über mich lustig machte. Ich zog mich an, ohne ihm zu antworten, ging zur Treppe und verschwand.

Ich lief eine Weile durch die Gänge, deren Anordnung ich zu verstehen versuchte. Doch in dieser Unmenge von Korridoren, Gängen und Treppen, die in alle möglichen Richtungen führten,

konnte man sich nur verlaufen. Schließlich öffnete ich aufs Geratewohl wieder eine Tür.

Es brennt

Ein Gewirr männlicher Stimmen und klappernder Geräusche schlug mir entgegen. Etwa fünfzig Männer waren dabei, sich in dem kleinen Raum umzuziehen. Einer von ihnen warf mir eine Uniform zu, die ich in der Luft auffing, und sagte: »Trödel nicht rum, es brennt!«

»Schnell, schnell«, sagten auch die anderen.

Ich begriff, daß man mich brauchte. So beeilte ich mich, die Uniform eines Feuerwehrmanns anzuziehen, und fragte, während ich meinen Helm geraderückte: »Wo denn? Wo brennt's denn?«

»Am Arsch«, antworteten alle im Chor, mit schallendem Gelächter.

Ich war perplex, doch dann gab es plötzlich ein Gedränge in Richtung Ausgang, und ich wurde mitgerissen.

Ich hatte damit gerechnet, mich in einer Garage wiederzufin-

den, wo wir, die Spritzen in der Hand, auf Löschfahrzeuge gesprungen wären. Statt dessen wurde ich von den anderen in einen großen behaglichen Salon gedrängt, an dessen Ende auf einem langen Kanapee aus rotem Leder zwei Frauen mit übereinandergeschlagenen Beinen auf uns warteten.

Sie waren beide in rote Unterwäsche gehüllt und trugen Strümpfe, Strumpfhalter, Höschen und Büstenhalter. Auch ihre Pumps waren rot, sie hatten rot lackierte Nägel, rot geschminkte Lippen und Wangen, und als sie uns eintreten sahen, ruhten ihre, man könnte sagen, glühenden Blicke auf uns. Eine der beiden, die offensichtlich die Chefin war, wies uns an, uns in Reihen vor einer Wand aufzustellen. Dann stellte sie sich vor uns hin und befahl: »Präsentiert das – Gewehr!«

Sofort ertönte das gehorsame Klicken der Gürtel, die meine Kameraden alle gleichzeitig öffneten, um ihre Hosen auf den Boden rutschen zu lassen und der Dame, die den Befehl erteilt hatte, ihren männlichen Schweif zu präsentieren. Ich tat es ihnen gleich, um nicht aufzufallen. Ich hoffte nur, man würde uns nicht sofort »Stillgestanden!« zurufen, denn so schnell hätte ich nicht gehorchen können.

Die Dame ging an uns vorbei, so als wollte sie das Material prüfen, und teilte uns dann in zwei gleich große Gruppen auf. Ich beachtete vor allem die andere Frau, die drüben auf dem Kanapee sitzen geblieben war. Ich fand sie schön, und mir war so, als hätte ich sie schon einmal irgendwo gesehen.

Die Chefin trat wieder zu ihrer Freundin, und beide setzten sich jeweils in eine Ecke des Sofas. Ich sah, daß die Männer in der ersten Reihe anfingen, sich einen runterzuholen, und begriff, warum: Sie mußten sich bereit machen, um die feurigen Begierden dieser Damen zu löschen.

Die beiden vordersten jeder Gruppe gingen auf die Frauen zu und nahmen sie auf dem Sofa. Als sie fertig waren, überließen sie den nächsten ihre Plätze, und immer so weiter. Man mußte

hinlaufen, um den Vorgänger abzulösen, wobei die Füße durch die heruntergerutschten Hosen wie gefesselt waren.
Jeder hatte dann aber alle Freiheiten und konnte die Frau, der seine Gruppe zugeteilt war, in jeder beliebigen Position nehmen. Die meisten schlugen sich nicht mit großen Phantasien herum, sondern wählten die klassischste Methode, indem sie es auf dem Sofa trieben, die Beine der Dame in der Luft. Manche ließen sich lieber einen blasen, manche taten es auf dem Boden, indem sie ihre Partnerin auf alle viere zwangen oder sie auf sich reiten ließen …
Als ich sah, daß ich bald an der Reihe sein würde, begann ich mich vorzubereiten, um steif genug zu sein. Es fiel mir übrigens nicht besonders schwer, da dieses Schauspiel doch recht erregend war. Die beiden Frauen hatten einen Orgasmus nach dem anderen, ohne müde zu werden, und stießen ohne jede Zurückhaltung hysterische Schreie aus.
Es tat mir nur leid, daß ich mich in der Gruppe befand, die sich um die Chefin kümmern mußte, obwohl auch sie äußerst scharf war. Als ich an sie herantrat, sah ich, daß auch die andere Frau mich ansah. Aber jemand anderes war mit ihr beschäftigt, so daß ich nicht länger daran dachte.
Da einer meiner Kameraden der Chefin ihren Büstenhalter ausgezogen hatte, lagen ihre schweren, wogenden Brüste nun frei vor mir. Weil ich zu den letzten gehörte, erschien es mir sauberer, sie zwischen ihren beiden Titten zu vögeln, wo anscheinend noch niemand vor mir seine Rute hineingeschoben hatte. Ich legte sie halb auf das Sofa, hockte mich über sie und begann, zwischen ihren Brüsten, die sie freundlicherweise um meinen Schwanz zusammendrückte, um ihn besser einzubetten, vor und zurück zu gleiten.
Diese Frau schien unglaublich geil zu sein. Sie spornte mich mit vertraulichen Rufen wie »Mach es, Liebling« an, die mich regelrecht aufbrachten. Nach einer Weile konnte ich mich nicht

mehr zurückhalten, ihr ein »Halt den Mund, Schlampe« zu erwidern. Ich zog mich aus ihren dicken Titten zurück, um in ihre von Saft durchtränkten Schenkel einzutauchen. Dann begann ich, sie mit aller Kraft zu durchbohren. Sie krallte sich an den Knöpfen meines Waffenrockes fest und verzog wollüstig das Gesicht. Im letzten Moment zog ich mich mit einer heftigen Bewegung aus diesem unersättlichen Loch zurück und ergoß alles auf sie. Sie war wie verzückt.

Als ich mich erhob, warf ich einen letzten Blick auf die andere Frau, die, die ich gewollt hätte, und die sich nun mit einem anderen verlustierte. Ich ging, ohne mich noch einmal umzudrehen.

Ich suchte meine Kleider zusammen und begab mich wieder auf den Gang. Zuerst wollte ich einfach nur eine Weile gehen, um auf andere Gedanken zu kommen. Doch während ich ging, dachte ich weiter nach. Und sobald ich nachdachte, mußte ich an diese Frau denken, die ich genommen hatte, und daran, daß sie sich mindestens zwanzig Spritzer genehmigt hatte, und diese Vorstellung war mir nicht angenehm. So blieb ich stehen und öffnete eine neue Tür.

12

Die kleine Tänzerin

Die kleine Tänzerin nahm mich am Arm und zog mich durch die Kulissen in ihre Garderobe.
Es war ein winziger Raum, in dem gerade ein Frisiertisch mit einem von Glühbirnen umrahmten Spiegel, ein Drehstuhl, ein Waschbecken, eine spanische Wand, an der mehrere Tutus hingen, und ein kleines Bett, auf dem ein riesiger Plüschbär thronte, Platz hatten.
Die kleine Tänzerin legte meine Kleider über die Stuhllehne, nahm einen Badeschwamm und drehte den Warmwasserhahn auf.
»Komm«, sagte sie mit ihrer hellen, sanften Stimme.
Ich trat zu ihr an das Waschbecken. Sie begann, mich zu waschen, indem sie mit dem Schwamm über meine Stirn, meine Haare und meinen Hals fuhr. Sie mußte sich dabei auf ihre Fußspitzen stellen und ihren Arm hochrecken, um an mein Ge-

sicht heranzukommen. Es war so, als würde sie um mich herum Ballettfiguren tanzen, und ihr zarter, sich streckender Körper war dabei so anmutig, daß ich davon absah, mich zu bücken, um ihr ihre Aufgabe zu erleichtern.

Als sie meinen Kopf gesäubert hatte, preßte sie den in Wasser getränkten Schwamm auf meine Schultern, meinen Oberkörper, meinen Rücken und meine Arme. Ihre Bewegungen waren sicher und gelassen, was mich bei einer so jungen Frau erstaunte. Sie fuhr schließlich über mein Geschlecht, meine Beine und meine Füße. Ich ließ es mit mir geschehen und vergaß jedes Schamgefühl, denn nichts schien für sie selbst natürlicher zu sein. Das Wasser, das sie über meinen Körper laufen ließ, spritzte manchmal auch auf ihr Balletträckchen, ihr Trikot und ihre Strümpfe, doch sie schien es nicht zu bemerken, so sehr war sie in ihr Tun vertieft. Als sie fertig war, nahm sie ihren winzigen Bademantel, der neben dem Waschbecken hing, und benutzte ihn als Handtuch, mit dem sie mich vorsichtig abtrocknete, wobei sie auf die schmerzenden Kratzer und Prellungen achtgab, die all die Frauen, die sich an mir abgewechselt hatten, hinterlassen hatten.

»Komm«, sagte sie dann.

Sie setzte den Teddybären auf den Boden und schlug ihr Bett auf, damit ich mich darin ausstrecken konnte.

Ich war so müde, daß ich sofort in einen Tiefschlaf hätte fallen können. Doch sie war noch nicht mit ihrer Behandlung fertig. Aus einer Schublade im Frisiertisch holte sie ein Paket Watte und ein Fläschchen Antiseptikum, womit sie alle Wunden, Kratzspuren und blauen Flecken, von denen mein Körper übersät war, vorsichtig abtupfte. Mit besonderer Aufmerksamkeit widmete sie sich meinem Geschlecht, betupfte die Hoden, den Penis und die Eichel, die sie heraus- und wieder zurückschob, mit Rosenwasser, ehe sie mit einer Puderquaste eine Wolke von Talkumpuder darüberstäubte, die schließlich das Brennen linderte.

Die Frauen hatten mich in ihrer Raserei dermaßen erschöpft, daß ich nicht die mindeste sexuelle Erregung mehr verspürte. Dies war sicherlich der Grund, weshalb ich mich in aller Ruhe den kundigen Händen der kleinen Tänzerin hingeben konnte, die mit der Professionalität, Sicherheit und Freundlichkeit einer Krankenschwester vorging, ohne sich in ihrer engelsgleichen Gelassenheit erschüttern zu lassen.

»Schlaf jetzt«, sagte sie lächelnd.

Während sie sich neben meinem Kopf aufs Bett setzte, nahm sie meine Hand.

Ich schloß die Augen und schlief ein, ihre kleine Hand in der meinen.

Ich weiß nicht, wie lange ich so dalag, in einem zwischen Träumen und Phasen halbwachen Bewußtseins wechselnden Zustand. In meinen Träumen behandelte mich die kleine Tänzerin weiter und setzte Blutegel auf meinen Körper, doch waren diese Blutegel nichts anderes als ihre Lippen, ihr Mund, mit dem sie über mich fuhr; dann massierte sie mich, zog sich aus und bearbeitete mich mit ihrem nackten Körper, ihrem kleinen nackten Körper, der wie eine Schlange über meinen Körper glitt; sie hatte nur ihre Tanzschuhe und das rosa Diadem in ihren Haaren anbehalten und verschaffte mir eine langsame, sanfte Lust, eine Lust, die mich halb aufweckte, und dann spürte ich, daß ich schon wieder einen Steifen bekam und erregt war, aber ich bewegte mich nicht, dachte an die Kleine und spürte, wie ich voll Liebe für sie war, dachte, daß sie vielleicht die Frau meines Lebens war, und daß ich sie mit mir nehmen würde, daß ich dann noch ein paar Jahre warten würde, um sie zur Frau zu nehmen, denn sie war ja fast noch ein Kind, doch sie gehörte schon mir, dessen war ich gewiß. Ich würde ihr die Liebe und die Lust beibringen, und sie würde mir alles geben, was sie zu geben hatte, würde bis ans Ende unserer Tage meine Frau sein, sie, die mir die anderen Frauen verleidet und mich vor ihnen gerettet hatte,

diese Frauen, die sich auf mich gestürzt hatten, brutal und gierig, während sie mich gewaschen, gepflegt und mir die Hand gehalten hatte, mit ihrem immergleichen klaren und bewundernden Blick, denn ich war ihr erster Mann, der einzige Mann, den sie gekannt hatte und den sie jemals kennen würde …

Ich fiel wieder in tiefen Schlaf, glücklich und entspannt, und sah im Traum wieder meine kleine Tänzerin, spürte ihren nackten Körper auf meinem Körper, die unzähligen kleinen Spiele, denen sie sich auf mir hingab, ihren Atem auf meiner Haut, ihre Finger auf meinem Geschlecht … Dann gab es plötzlich einen Moment, da wurden diese Gefühle so stark, daß ich die Augen öffnete.

Ich lag auf der Seite, das Gesicht zum Spiegel des Frisiertisches gewandt. Was ich darin sah, ließ mich sofort meine Augen wieder zuschlagen. Zuerst glaubte ich mich noch in meinem Traum, denn die Kleine war nackt. Sie war nackt und kniete vor meinem Geschlecht. Doch dann mußte ich mich den Tatsachen beugen: Was ich an meinem Schwanz spürte, waren ihre Finger, und es war eine durch und durch reale Wahrnehmung.

Ich begann zu schwitzen. Um mich nur ja nicht zu bewegen, machte ich mich ganz steif und öffnete die Augen, während ich leicht den Kopf neigte, um sie zu betrachten. Sie hatte nichts gemerkt. Nackt wie sie war, hielt sie meinen steifen Schwanz in ihren beiden Händen, ohne sich zu bewegen, mit dem ekstatischen Ausdruck einer Heiligen vor einer göttlichen Erscheinung. Ihre Wangen waren rot, ihre Lippen glänzten. Als ich sah, daß sie, als folgte sie einer plötzlichen Eingebung, ihren Mund näherte, wich ich unwillkürlich zurück. Ich befand mich auf dem Gipfel der Erregung, aber ich hatte sie mir so rein vorgestellt, und sie war noch so zerbrechlich … Da sah sie zu mir hoch. In ihren Augen lag ein Flehen, ein unverständliches und unwiderstehliches Flehen, das mich auf eine fast schmerzhafte Weise antrieb, und dessen Sinn ich begriff, während ich mich blitzartig

umdrehte, um sofort im Laken des Bettes zu kommen, allein, von ihr ungesehen.
Als ich mich aufrichtete, war die Kleine schon wieder angezogen und stand singend vor dem Spiegel, wo sie sich kämmte. Sie also auch! Gelingt es den Frauen denn immer, einem alles zu nehmen, was sie wollen, während sie einen selbst daran hindern, alles von ihnen zu nehmen, was man gerne von ihnen nehmen würde? Ich zog meine Kleider wieder an, wobei ich mir schwor, hinter der nächsten Tür ein befriedigenderes Abenteuer zu finden.
»Auf Wiedersehen«, sagte die kleine Tänzerin, während sie mich zurückbegleitete.
Sie wirkte so vernünftig wie im ersten Augenblick unserer Begegnung, so als sei überhaupt nichts passiert. Aus ihrer Haltung hätte man schließen können, daß ich alles nur geträumt hatte, doch ich erinnerte mich zu genau an ihren Blick, als ich mich kurz vor dem Höhepunkt befand.
»Auf Wiedersehen«, sagte ich zu ihr.
Ich küßte sie auf die Stirn.
Mit ihrer Taschenlampe beleuchtete sie den Gang, so daß ich zwei Türen erkennen konnte.

Die Stunden

Als ich gerade die Tür öffnen wollte, rief jemand meinen Namen, zweimal hintereinander. Zwei wispernde Stimmen, dicht hinter mir. Im gleichen Moment öffnete sich vor mir die Tür, und eine wunderbare brünette Frau lud mich ein, einzutreten.
Ich vergaß die Stimmen sofort. Die Brünette, die wie ein Zimmermädchen in ein enganliegendes, schwarzes Kleid gehüllt war, mit einer kleinen, gestärkten Schürze und dazu passendem Häubchen im Haar, besaß atemberaubende Kurven. Sie war groß, hielt sich wie eine Königin, besaß einen mehr als üppigen Busen, eine sehr betonte Taille, leicht gerundete Hüften und Schenkel, deren schlanke und gleichzeitig volle Formen man erahnen konnte … und ein wie gemaltes Gesicht, mit zwei riesigen mandelförmigen Augen, die blau und glänzend waren, und einem großen, vollen Mund.
Die Brünette bat mich, ihr zu folgen. Wir durchquerten einen

großen Teesalon, der von Kristallüstern beleuchtet und dessen Decke und Wände stuckbesetzt waren. Der Salon war voller Menschen, Männer und Frauen jeden Alters, die auf roten Samtbänken und -sesseln saßen, vor kleinen Tischen mit weißen Baumwolldeckchen, auf denen in goldumrandetem Porzellan warme Getränke und Gebäck serviert wurden.

Der phantastische Hintern der Brünetten, auf dessen Mitte die Schürzenschleife ruhte, wogte bei jedem Schritt vor mir her, während die Absätze ihrer schwarzen Pumps, die ebenso nüchtern waren wie ihr Kleid, rhythmisch auf das gewachste Parkett schlugen. Zwischen den Tischen gingen, Silbertabletts in der Hand, andere Kellnerinnen hin und her, die alle die gleiche Uniform trugen und hinreißend aussahen, wenn sie auch nicht mit der ungewöhnlichen Schönheit meiner Führerin vergleichbar waren. Niemand, weder die Gäste noch das Personal, sah mich an. Es kam mir so vor, als würde ich unbemerkt durch eine Kulisse schweben. Nur die brünette Frau vor mir mit ihren drei plastischen, wollüstigen Dimensionen wirkte trotz ihrer Starallüren real. Es gab offensichtlich keinen freien Platz mehr, aber darum schien meine Gastgeberin sich nicht im mindesten zu kümmern. Ich ging hinter ihr her quer durch den Salon bis in die Küche. Dort wimmelte es wie in einem Ameisenhaufen von Kellnerinnen, von denen ich einige schon um die Kundschaft hatte herumschwirren sehen. Sie trugen alle die gleiche schwarze, eng am Körper anliegende Uniform, die gleiche kokette Schürze um die Taille, das gleiche weiße Häubchen im Haar, und sie waren alle hübsch, gut gebaut, lebhaft und fröhlich.

Sobald ich eintrat, umdrängten sie mich, zogen mich zu einem großen runden Tisch, auf dem sich Teekannen, Milchtöpfchen, Tassen und verschiedenes Gebäck türmten, und luden mich zu einem Imbiß ein. Ich gestand, daß mir der Sinn mehr nach einer Erfrischung stand, und sie brachten mir ein alkoholisches Getränk mit Eiswürfeln.

Merkwürdigerweise stand an diesem Tisch und auch in der ganzen Küche kein einziger Stuhl herum. So blieb ich stehen, schlürfte mein Getränk und bewunderte dabei das Kommen und Gehen meiner Gastgeberinnen, die manchmal an den Tisch traten, um einen Schluck Tee oder einen Bissen Kuchen zu sich zu nehmen. Zuerst betrachtete ich nur sehr genau ihre Gesichter und Körper, von denen einer verführerischer war als der andere – mit Ausnahme der faszinierenden Schönheit, die mich hierhergeführt hatte und seitdem verschwunden war. Doch als ich mich etwas beruhigt hatte und vor Begierde nicht mehr wie geblendet war, bemerkte ich etwas, das mir sofort hätte ins Auge springen sollen: das sonderbare Tun der Mädchen.
In der Mitte des Tisches befand sich ein tiefschwarzes Loch, dessen Wände und Boden nicht zu erkennen waren, wahrscheinlich weil nicht genug Licht hineinfiel. Jedesmal, wenn ein Mädchen aus dem Salon zurückkam, zog sie etwas aus der Tasche ihrer Schürze, aus ihrem Ärmel, ihrem Dekolleté oder ihrem Strumpfhalter, um es in das Loch zu werfen.
Diese Geste war so schnell und automatisch, daß ich nicht darauf geachtet hatte, aber sie fiel mir mit einemmal doch auf, als nämlich eine hübsche Rothaarige ihren Rock lüftete, um einen ihrer Schenkel freizulegen und aus ihrem Strumpf einen Personalausweis zu ziehen, den sie dort hineingesteckt hatte und nun in das Loch mitten im Tisch warf. Sie tat dies ohne hinzuschauen, weil es offensichtlich völlige Routine für sie war. Ich hatte kaum Zeit gehabt, ihre milchweiße Haut zu betrachten, die von Sommersprossen übersät war. Jetzt hob sie mit zwei Fingern ein Törtchen hoch, schob es in ihren hübschen rosa Mund und kehrte tänzelnd in den Salon zurück; ihr in Pastelltönen geschminktes Gesichtchen strahlte vor fast kindlichem Vergnügen.
Von diesem Moment an sah ich, daß keine von ihnen ohne Beute, ohne mindestens einen Gegenstand zurückkam, den sie offensichtlich ihren Gästen stahlen – es konnte eine Uhr, ein Ehe-

ring, ein Portemonnaie, ein Parfümfläschchen oder sogar ein Zahn oder ein Haarbüschel sein. Alle diese Dinge landeten im selben Loch, in das die Frauen sie, ohne auch nur einen Moment hinzuschauen, hineinwarfen, selbst wenn es ein Schmuckstück war. Daß sie Geld stehlen konnten, war mir noch vorstellbar. Aber wie, zum Teufel, gelang es ihnen, Dinge zu entwenden, die so eng mit dem Körper verbunden waren wie ein Zahn, Haare oder gar ein Ehering?

Ich machte mich gerade in Richtung Salon auf, um ihnen bei ihrem Treiben zuzusehen, als plötzlich die verhängnisvolle Brünette wieder auftauchte, gefolgt von den anderen Frauen. »So, es ist jetzt soweit«, sagten sie in freudiger Unruhe. Ich sah nur noch die Brünette, die nun auf mich zukam. Himmel! Ich hatte noch nie eine so schöne Frau gesehen, geschweige denn besessen.

»Lieber Freund«, fing sie an, indem sie mich am Arm packte. »Sie müssen meine Unhöflichkeit verzeihen. Ich hätte mich viel früher vorstellen sollen ... Ich heiße Mittag, oder Mitternacht. Und dies sind meine Schwestern, die Stunden.«

Jetzt sah ich, daß sich alle Mädchen in regelmäßigen Abständen im Kreis um den Tisch herum aufgebaut hatten, genau wie die Stunden auf einem Zifferblatt. Es blieb nur ein Platz frei, den die Schönste einnahm, diejenige, die sich Mittag oder Mitternacht nannte und tatsächlich die zwölfte war.

»Sie haben sicherlich bemerkt«, fuhr die verwirrende Mitternacht fort, »daß wir unsere Gäste unter dem Vorwand, sie zu bedienen, nach Strich und Faden ausrauben. Um uns dafür zu bestrafen und gleichzeitig zu belohnen, wird jede einzelne von uns, wenn ihre Stunde geschlagen hat, auf folgende Weise gefeiert: Sobald die Uhr schlägt, muß sich der Gast, den wir ausgewählt haben, in diesem Falle Sie, hinter die entsprechende Stunde stellen – je nachdem, wie oft es geschlagen hat – und ihr von hinten in den Anus fahren. Ich weiß, das ist ein bißchen

brutal, aber ich bin sicher, daß ich auf Sie zählen kann, oder?« fügte sie hinzu, indem sie mich auf eine Art und Weise ansah, die es unmöglich machte, ihr auch nur irgend etwas abzuschlagen.
Seit ich hier drinnen war, hatte ich überhaupt keine Vorstellung mehr, wieviel Uhr es war und wieviel Zeit vergangen war. Ich hoffte nur mit klopfendem Herzen, es sei Mittag oder Mitternacht.
Ich brauchte nicht lange zu warten und zu träumen. Die Uhr begann zu schlagen, doch unglücklicherweise hörte ich nur drei Schläge. Meinem Auftrag treu stellte ich mich jedoch sofort hinter die dritte Stunde, die, beide Arme auf den Tisch gestützt, ihren Rock bis zur Taille hochgeschoben hatte und mir in dieser gebeugten Haltung ihren einladenden Hintern entgegenstreckte, der ebenso rund wie nackt war. Ich sah Mitternacht an und öffnete meine Hose, um sie auf den Boden gleiten zu lassen.
Als die Schwestern meinen aufgerichteten Schwanz erblickten, fielen sie in eine Art erotische Trance und begannen, mich mit den vulgärsten Ausdrücken anzuspornen. »Na los, rein in den Hintern von dieser Schlampe! Fick sie! Sind wir nicht alle schöne Diebesschlampen? Verdienen wir es nicht, den Hintern von deinem großen Schwanz durchbohrt zu bekommen?«
Das Mädchen spannte ihr Hinterteil so sehr und war so erregt, daß ihre Rosette sich wie von selbst geöffnet hatte und ich mit zwei Lendenstößen eingedrungen war. Sie schluchzte vor Entzücken, wobei sie »Sag's mir, sag's mir« hervorstieß, ohne daß ich jemals genau erfuhr, was ich ihr sagen sollte. Fast genau vor mir streckte eine kleine Rothaarige, die achte Stunde, ihre Zunge aus dem Mund. Sie und ihre Schwestern hatten alle ihre Röcke hochgeschoben und steckten sich reihum zwei Finger in den Po. Ich sah Mitternacht an, die sich wie die anderen hemmungslos ihrer Wollust hingab, und dann sagte ich leise:

»Schlampe.« Die Stunde, die ich gerade nahm, stieß einen Freudenschrei aus. Ich sagte es noch einmal, immer wieder, immer lauter, ohne dabei aufzuhören, in das Mädchen hineinzuhämmern.

»Das ist für dich, du Stundenschlampe«, sagte ich, indem ich ihr einen letzten heftigen Stoß versetzte. Dann ejakulierte ich.

Ich war selten so gut gekommen. Das nächste Mal, dachte ich, während ich mich anzog, werde ich aber versuchten, mittags oder um Mitternacht zu kommen. Während die Frauen sich wieder in Ordnung brachten, um mit ihrer Arbeit fortzufahren, verschwand ich durch eine Tür im hinteren Teil des Raumes.

Als ich mich wieder auf dem dunklen Gang befand, glaubte ich erneut, zwei Stimmen zu hören, die meinen Namen flüsterten. Ich drehte mich um, sah aber nichts, und da ich noch stark unter dem Gefühlsschock stand, den mir die Stunden verpaßt hatten, achtete ich nicht weiter darauf.

Ich ging eine Weile im Halbdunkel weiter und ließ auf meinem Weg mehrere Türen unbeachtet. Ich hatte das Gefühl, verfolgt zu werden, aber da meine Verfolger sich nicht zu zeigen geruhten, war es mir egal. Hier schien wirklich alles möglich zu sein, das Beste und das Schlimmste. Eine unbekannte Gefahr drohte mir jeden Augenblick ihre kalte Hand auf die Schulter zu legen, während mich gleichzeitig die verrücktesten Versprechungen verführten.

Ich war am Ende des Ganges angekommen, zu meiner Rechten und Linken befanden sich zwei Türen, und ich mußte eine von ihnen öffnen.

18

Die Menschenfresserin

»Ah, da bist du ja, mein Liebling«, sagte die dicke Frau, die auf dem Bett lag.
Die Vorhänge waren zugezogen, es war fast so dunkel wie auf dem Gang. Nur zwei Lichtstrahlen fielen auf die Laken, unter denen sich eine ungeheure Fleischmasse auftürmte.
»Na los, sei nicht so schüchtern«, fuhr sie fort. »Komm näher, damit ich dich sehen kann …«
Sie hatte eine dunkle Stimme, die ganz plötzlich hell und honigsüß werden konnte, wenn sie zum Beispiel »Liebling« sagte oder am Ende ihrer Sätze ankam.
Ich tat ein paar Schritte in Richtung Bett. Es war von Federn bedeckt. Ein Huhn fing zu gackern an, worauf andere einstimmten. Ich sah in der Dunkelheit um mich und erkannte, daß das Bettlager der Frau sich mitten in einem Hühnerstall befand.

»Hab keine Angst, Hübscher«, sagte sie. »Das ist nur meine Speisekammer.«

Sie warf den Knochen eines Hühnerschenkels, den sie gerade abgeknabbert hatte, auf den Boden. Sofort stürzte sich ein Huhn vor meine Füße, pickte gierig nach dem Knochen und ließ ihn mit hochgestrecktem Kopf und offenem Schnabel langsam in seiner Kehle versinken, bis es ihn ganz verschluckt hatte.

»Komm … komm zu mir …«, sagte die Frau.

Sie streckte mir einen dicken weißen Arm entgegen. Ich trat noch näher. Sie hatte blau geschminkte Lider und lange, wirre Haare, in denen sich kleine Federn und Daunen verfangen hatten. Sie machte ein aufreizendes Schnütchen, indem sie ihre dicken Lippen wie zu einem Kuß vorstreckte. Sie hat bestimmt einen Mund wie einen Saugnapf, dachte ich.

»Komm, mein Liebling«, sagte sie wieder, wobei sie das Laken zur Seite schlug und auf den Platz klopfte, den sie neben sich für mich vorgesehen hatte.

Ich setzte mich auf ihr Bett. Ihr Körper war ein weicher Berg, der sich langsam unter dem Laken bewegte. Sie zog mich mit der Koketterie eines jungen Mädchens zu sich, um plötzlich eine ihrer riesigen Brüste freizulegen und in meinen Mund zu schieben. Ich klammerte mich mit beiden Händen daran fest, damit sie mich nicht erstickte, und begann zu saugen.

Sie begann ihrerseits, in meiner Hose herumzuwühlen. Ich spürte, wie ihre Wurstfinger prüfend und mit erstaunlicher Geschicklichkeit mein Organ wogen und abtasteten. Es gelang ihr, mich mit ein paar Handgriffen völlig auszuziehen. Ich begann ihren nackten Leib zu betasten. Er bestand nur aus Falten und Winkeln, Fettmassen auf Fettmassen. Man hatte Lust, hineinzutauchen und sich darin zu verlieren.

Sie drehte sich auf den Rücken, und allein diese Bewegung nahm sich in dem Bett wie ein Erdrutsch aus. Als alles wieder an Ort und Stelle war, bestieg ich sie und versuchte mir durch

die dicken Lippen ihrer Vulva einen Weg zu bahnen und in sie einzudringen. Sie schrie vor Lust, was die Hühner aufweckte, die sofort anfingen, herumzufliegen und zu gackern. Ich nahm sie, selbstvergessen und völlig versunken in dieses Fleischmeer, den Kopf zwischen ihren Brüsten vergraben.

Als ich fertig war, hatte ich nur einen Wunsch: so schnell wie möglich zu verschwinden. Aber sie tat so, als merkte sie davon nichts.

»Oh, mein Liebling, du hast es mir so schön gemacht ... Du gibst mir doch noch ein bißchen mehr, oder?«

Ich stammelte ein paar vage Entschuldigungen, während ich versuchte, meine Kleider einzusammeln.

»Du wirst mich doch nicht schon wieder allein lassen«, fing sie wieder an, jetzt in weinerlichem Ton. »Eine arme Frau wie ich, die nur auf die paar Besuche zählen kann, die man ihr macht, um ein bißchen Freude zu haben ...«

Sie hatte meinen Schwanz ergriffen und fing wieder an, ihn zu massieren.

»Oh, den wirst du doch nicht einfach wieder wegstecken ... Er ist noch ganz feucht ... Komm ... Komm, ich mach ihn dir sauber ... Na komm doch, sei lieb ... Bitte ... Steck ihn mir in den Mund ... Bitte ... Ich tu' dir bestimmt nicht weh ... Im Gegenteil ... Und dann darfst du gehen, versprochen ... Ich werde dich um nichts anderes mehr bitten ... Ah, ich spüre doch, daß du Lust darauf hast ... Du weißt, wie wohl du dich dort fühlst, in meinem Mund.«

Ein Glück, daß mich niemand sieht, dachte ich. Ich kletterte wieder auf sie, setzte mich aber dieses Mal auf ihr Gesicht.

Sie war jedenfalls eine Frau, die ihr Versprechen hielt. Sie blies und lutschte genauso, wie ich es mir vorgestellt hatte. Wie ein Saugnapf sog sie mich ein, und es kam mir fast so vor, als würde sie mich völlig verschlingen. Innerhalb von wenigen Sekunden war mein Schwanz steifer, als wenn ich das schönste Mädchen

der Welt gefickt hätte. Ich wäre gerne in ihrem Mund gekommen, doch in dem Moment, wo ich schon fast den Höhepunkt erreicht hatte, ließ sie mich fallen und zwang mich, zwischen ihre Schenkel zurückzukehren.

Auch dort schien sie ein ziemlich wirksames Saugsystem zu besitzen. Ich brauchte mich nicht lange in ihr zu bewegen, da überkam sie schon wieder ein Orgasmus, der wie eine zuckende Welle durch ihr Fleisch fuhr, die mich beinahe aus dem Sattel geworfen hätte. Ich klammerte mich an ihren Brüsten fest, und auf diesen vibrierenden Wellen, die eine enorme Wirkung hatten, kam ich.

Diesmal floh ich so schnell wie möglich. Ich raffte meine Kleider zusammen, die über dem Bett und auf dem Boden verstreut lagen, und entfernte mich sofort aus ihrer Reichweite, um mich dann erst anzuziehen, während sie mit tausend Schmeicheleien und Versprechungen schon wieder versuchte, mich zu verführen. Ich nahm aus der Distanz Abschied von ihr, indem ich ihr so freundlich wie möglich versicherte, daß sie bestimmt bald einen neuen Besucher empfangen würde.

Wieder auf dem Gang, klopfte ich mich von allen Seiten ab, um jede Spur von Federn oder Daunen aus meinen Haaren und Kleidern zu entfernen. Dann öffnete ich eine der folgenden Türen.

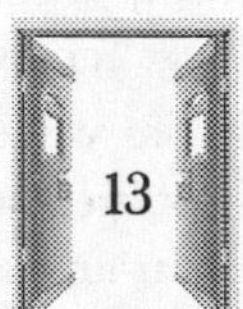

Die Matrone

Ich begann, mich an diesen Ort zu gewöhnen, dieses dunkle Labyrinth, wo mich auf Schritt und Tritt die Qualen der Wollust und der Angst verfolgten. Denn ich hoffte jedesmal, hinter einer dieser Türen eine neue und noch befriedigendere Erfahrung zu machen, und hatte doch gleichzeitig das Gefühl, von einer unsichtbaren Gefahr verfolgt zu werden, von der ich sicher war, daß sie sich irgendwann konkretisieren würde.
Ich glaubte schon nicht mehr an das Versprechen, das man mir gemacht hatte, ich würde hier alle meine Phantasien ausleben können. Ich war zwar ins Reich der Phantasmen eingedrungen, doch es war ganz eindeutig, daß ich hier von ihnen beherrscht wurde, und nicht umgekehrt. Ich war ein Spielball in ihren Händen, sie hatten ihren Spaß mit mir, und alles, was ich tun konnte, war, mich mit der Lust zufriedenzugeben, die mir ihre Manipulationen verschafften, und mich von Zeit zu Zeit der Illusion hin-

zugeben, ich selbst sei ihr Gebieter. Im Grunde ähnelte dieser Ort dem Leben.

Kaum hatte ich die Tür geöffnet, wurde ich in eine Wolke warmer Küchendünste eingehüllt. Vor einem großen Kohlenofen rührte eine kräftige, reife Frau, die mir den Rücken zuwandte, mit einem langen Holzlöffel in einem großen gußeisernen Topf. Ich zog die Tür hinter mir zu und hüstelte, um mich bemerkbar zu machen.

»Sie kommen gerade recht«, sagte sie, indem sie sich umdrehte. Sie reichte mir den Holzlöffel und sagte: »Probieren Sie einmal das hier.«

Ich tat ein paar Schritte, streckte meinen Hals vor und näherte meinen Mund dem dampfenden Löffel, den sie zwischen meine Lippen schob und Weinsauce in meinen Mund kippte, die einen so leichten und gleichzeitig berauschenden Geschmack hatte, daß mir noch, nachdem ich sie hinuntergeschluckt hatte, das Wasser im Munde zusammenlief.

»Hm!« sagte ich nur, während ich mit beiden Händen eine Geste machte, die ihr sagen sollte, es sei perfekt und sie brauche nichts mehr hinzuzufügen.

»Um so besser«, sagte sie.

Nachdem sie sich mit zwei Lappen bewaffnet hatte, hob sie den Topf mit ihren beiden starken Armen hoch und stellte ihn auf einen großen Tisch, auf dem ein Wachstuch mit kleinen blauen Vierecken lag.

»Ich muß hier nämlich für alle kochen«, fuhr sie fort. »Und Sie können mir glauben, das ist vielleicht eine hungrige Bande. Wirklich, man kann es nicht anders sagen. Die essen nicht, die schlingen. Richtige Raubtiere sind das. Wenn ich denen jemals nicht genug zu essen geben würde oder nicht gut genug, würden die mich glatt auffressen. Haben Sie Hunger?«

Ehe ich auf die Frage antworten konnte, hatte sie schon einen Teller und Besteck vor mich auf das Wachstuch gestellt, ein Glas

Wein eingeschenkt, von einem großen Brot eine Scheibe abgeschnitten und mir einen vollen Teller ihrer dunklen, dicken Sauce serviert. Dann schob sie mir einen Korbstuhl mit hoher Lehne hin und sagte vertraulich:
»Iß, Kleiner, du weißt ja nicht, wer dich essen wird ...«
Um die Wahrheit zu sagen, sah dies alles äußerst köstlich aus, und ich verspürte einen gesunden Appetit. So setzte ich mich an den Tisch, probierte den alten, schweren Wein mit seinem vollen Bouquet, der genau temperiert war, und machte mich an das Gericht, das ein bißchen an ein Reh- oder vielleicht Wildschweinragout erinnerte; es war ein festes Fleisch mit ausgeprägtem Wildgeschmack, das sie mit Pilzscheibchen so lange hatte köcheln lassen, daß die Sauce dank des geduldigen Kochvorgangs ein volles, süßes Aroma entwickelt hatte, das an Trauben erinnerte.
Die Matrone war für einen Augenblick verschwunden, um beladen mit einem Kohleeimer wieder aufzutauchen. Ich machte Anstalten, aufzustehen und ihr zu helfen, doch sie hielt mich mit ihrer lauten, heiteren Stimme mit einem einzigen Wort davon ab. Mit Hilfe einer Eisenstange öffnete sie eine Platte des Ofens, so daß ich in seinem Innern die Glut rot schimmern sah. Dann kippte sie den Inhalt ihres Eimers hinein, ein Regen von schwarzen Kugeln, die im Fallen durcheinanderpurzelten. Ich nahm mir noch einmal vom Wein und dem Wildragout.
Jetzt bereitete sie in einem Topf aus Aluminium eine Milchspeise zu. Während ich mit dem Sauerteigbrot die Sauce in meinem Teller aufnahm, sah ich mir die Frau an, die mich bewirtet hatte. Sie war eine starke, um nicht zu sagen fette Frau, die aber doch etwas Weibliches hatte. Das Oberteil ihrer Schürze spannte sich über ihrem Busen, der noch fest aussah, und ihr etwas auseinandergegangener Bauch ließ die Form ihrer Taille noch erkennen; die Beine waren wohlgeformt, und ihr Hintern war sicher genauso gemütlich wie zwei schöne große Kissen. Ihr Gesicht, das

überhaupt nicht geschminkt war, hatte alle Merkmale einer natürlichen Schönheit – einer Schönheit, die von sich selbst nichts weiß und niemals versucht, sich anderen aufzudrängen.

Ich schenkte mir noch ein Glas Wein ein und beobachtete die dunkelroten Spiegelungen darin. Diese Frau muß sehr schön gewesen sein, als sie jung und frisch war, dachte ich. Und ihr Gewicht und die Falten haben sie nicht häßlich gemacht, im Gegenteil. Diese Frau ist schön, weil sie das ist, was sie ist, und weil sie im Einklang mit sich selbst steht. Es gibt nichts Beruhigenderes, nichts Anziehenderes.

Ich war fertig mit Essen und Trinken und spürte, wie mich eine angenehme Benommenheit überkam, die von dem undeutlichen Verlangen begleitet wurde, nun diese leiblichen Genüsse durch fleischliche Lüste zu vervollkommnen.

Die Matrone, die in einem großen Schaukelstuhl in der Nähe des Ofens saß, sah mich lächelnd an.

»Hast du genug gegessen?« fragte sie.

Als Antwort nickte ich nur; mit einemmal fühlte ich mich sehr schläfrig.

»Du siehst sehr müde aus«, fuhr sie fort. »Komm zu mir, ich gebe dir etwas von meiner Milchspeise, das ist ein hervorragendes Stärkungsmittel.«

Meine Glieder waren so schwer, machten sich so sehr bemerkbar, und mein Kopf war so benebelt, daß ich das Gefühl hatte, unter der Wirkung einer Droge zu stehen, die sowohl beruhigend als auch aphrodisierend war. Ich erhob mich schwerfällig und ging langsam zu ihr, als sei jeder einzelne Schritt eine Meisterleistung. Sobald ich in ihrer Reichweite war, zog sie mich auf ihre Knie.

»Mein armes Kind«, sagte sie. »Die haben dich strapaziert, was? Komm, mein Liebling, ich werde dir etwas geben, was dir guttun wird.« Ich war so müde, daß ich mich der Wärme ihrer Schenkel hingab und, eine Wange auf ihre Brust gelegt, die Au-

gen schloß. Sie schaukelte sanft mit dem Stuhl, und ich bekam einen Ständer, wäre aber trotzdem genüßlich eingeschlafen, wenn mir nicht plötzlich bewußt geworden wäre, daß sie im Begriff war, meine Hose aufzuknöpfen.

Als sie es geschafft hatte, steckte sie mir mit einer Hand, die sie hinter meinem Kopf herführte, einen Schnuller in den Mund, während sie mit der anderen meinen Schwanz packte und anfing, ihn in aller Ruhe zu reiben.

»Saug, mein Liebling«, sagte sie mit sanfter Stimme.

Ich gehorchte ihr, damit sie nicht aufhörte, mir einen runterzuholen.

In dem Schnuller war ein lauwarmes, leicht süßliches Milchgetränk, wahrscheinlich das, was sie zuvor zubereitet hatte. Ich begann an dem Gummi zu saugen, während ich spürte, wie ihre dicken Finger im gleichen Rhythmus an meinem Schwanz auf und ab glitten. Der Brei spritzte auf meine Zunge und in meinen Gaumen, und ich schluckte ihn mit geschlossenen Augen, die Wange immer noch an ihren Busen gepreßt. Die Hand wanderte an meinem Glied auf und ab, preßte es gekonnt zusammen, und ich begann, schneller und heftiger zu atmen und zu saugen, worauf auch sie ihre Bewegung beschleunigte und auf so wunderbare Weise meinem Rhythmus folgte, daß ich den Eindruck hatte, meinen Schwengel selbst im Mund zu haben, mir selbst einen zu blasen, wobei meine Lippen den Schnuller bearbeiteten, als wollten sie meinen eigenen Saft herausziehen. Ich saugte, sie pumpte, saugen, pumpen, und das Schaukeln des Stuhls, saugen, pumpen, ich spritzte, zog die letzten Schlucke heraus, während es meinen ganzen Körper durchzuckte.

Sie ließ den Schnuller noch einen Moment in meinem Mund und meinen Schwanz in ihrer Hand. Dann befreite sie mich von beiden, gerade als ich die Augen öffnete. Ich sah noch, wie ihre Finger mein geschwollenes Glied umklammerten, an dem Sperma herunterlief. Sie löste sie, ich erhob mich, säuberte mich ein

wenig am Spülbecken und brachte meine Kleider in Ordnung. Sie rieb sich ihre Hände mit meinem Saft ein, als würde sie Creme darauf verteilen. »Macht eine zarte Haut«, sagte sie mit einem Zwinkern. Ich fuhr mit meiner Hand durch ihr Haar, ergriff ihre Finger, während ich ihr in die Augen sah, und beugte mich hinunter, um ihr die Hand zu küssen. Dann ging ich.
Als ich wieder draußen war, fiel mir auf, daß ich die ganze Zeit, die ich in dieser Küche verbracht hatte, nicht ein einziges Wort gesagt hatte. Ich fühlte mich jetzt hervorragend, entspannt und zu allem bereit. So öffnete ich gleich die erste Tür, auf die ich stieß:

Die Straße

Als ich über die Türschwelle getreten war, fand ich mich in einem weiteren Gang wieder, der jedoch viel breiter und heller war. Das Licht – es war natürlich – fiel durch die Decke, die ganz aus Glas bestand.

Als ich den Kopf hob, begriff ich erregt, daß ich unter einem Bürgersteig einer großen Stadt stand. Der Gang folgte genau dem Verlauf dieses Bürgersteigs, auf dem ich Dutzende von Menschen laufen sah. Unter diesen Passanten gab es selbstverständlich Frauen, und von diesen Frauen trugen viele Röcke, und von meiner Position aus sah ich alles, was man auf der Straße sonst niemals sieht, alles, was sie unter ihren Röcken versteckten.

Ich kontrollierte mit einem schnellen Blick, ob ich allein in dem Gang war. Dann konnte ich mir einen lustvollen Aufschrei nicht verkneifen. Ich konnte mein Glück gar nicht fassen. Dort oben

schien ein schöner Mainachmittag zu sein, die Menschen waren leicht bekleidet, ohne jedoch die übertriebene Nacktheit der Sommermonate zur Schau zu stellen. Wie so oft in dieser Jahreszeit freuten sich die Frauen offensichtlich, in leichten Kleidern herumlaufen zu können, nachdem sie monatelang zu Hosen und dicken Strümpfen verdammt gewesen waren.

Ich wußte gar nicht, wohin ich zuerst blicken sollte. Da kam ein kleines Fräulein in flachen Ballerinas, einem langen Rock und mit nackten Beinen daher. Ich ging einen Moment lang unter ihr, um ihre festen Waden, ihre langen Schenkel und ihr weißes Baumwollhöschen zu bewundern.

Dann kam ihr eine Frau mit hohen Absätzen entgegen, und ich drehte mich um, um nun hinter ihr herzugehen. Diese hier hatte sehr muskulöse Beine – es war jene feine Muskulatur, die man oft bei Frauen antrifft, die daran gewöhnt sind, hohe Absätze zu tragen, und die durch die Krümmung, zu der solche Schuhe zwingen, erst in Schenkelhöhe in ausgeprägtere Rundungen übergeht, wodurch sich die Gesäßbacken wie ein Hafen wogender, genießerischer und müßiger Weiblichkeit vom Rest abheben. Diese Frau, das war eindeutig, hatte es schon immer verstanden, in Pumps wie diesen aus marineblauem Leder, die sie in diesem Augenblick über mir klappern ließ, zu gehen. Das sah ich an der diskreten und zugleich schrecklich lasziven Art, wie sich ihr herausgestreckter Po in ihrem gerade geschnittenen Rock wiegte, und ich sah es an der perfekten scherenförmigen Bewegung ihrer bestrumpften Beine, die in echte graue Seidenstrümpfe gehüllt waren, sehr fein und schlicht und an Strumpfhaltern aus grauem Seidenbroché befestigt, die wiederum an ein hellblaues Satinhöschen geheftet waren. Das Höschen flatterte an den Rändern, so als wollte die Frau mit ihren Strümpfen und diesem Höschen einen ungehinderten Zugriff auf ihr Geschlecht ermöglichen; als wollte sie, daß man jederzeit, ohne irgend etwas entfernen zu müssen, in ihre Möse hineingleiten könnte; als

läge ihr ganzes Leben und ihre ganze Wahrheit darin wie ein Schatz in seiner Schatulle, geschützt und zur Schau gestellt; denn in diesem schwarzen Gebüsch, diesem leuchtend roten Stückchen Fleisch, das ich manchmal zwischen den Spalten ihres Höschens erahnen konnte, lag ihr Schatz und ihr Geheimnis.
Eine Frau in solch erotischen Dessous zu sehen, ist immer erregend. Sie aber aus dieser ungewöhnlichen Perspektive zu beobachten, die man mir beschert hatte, war nahezu unerträglich. Mein Glied spannte sich so stark in meiner Hose, daß ich es daraus befreien mußte. Ich ging unter der Frau in den grauen Strümpfen weiter, die Augen auf ihre Beine geheftet, kurz atmend und den Schwanz steif in der Luft, aber ohne mich zu berühren, denn ich schwor mir, daß ich einen Weg finden würde, sie zu nehmen, anstatt mich selbst zu befriedigen. Meine Eichel war schon feucht, eine Geste hätte genügt und ich wäre gekommen, doch ich wollte diesen Zustand unerträglicher Erregung so lange wie möglich ausdehnen, denn er verlieh dem Anblick, der sich mir bot, einen unerhörten Wert.
Irgendwann blieb die Frau am Rand des Bürgersteigs stehen und wartete. So hatte ich alle Zeit der Welt, voller Leidenschaft alle ihre Bänder zu betrachten, den Spann, auf dem der Strumpf leichte Falten warf, um mich dann an ihren Beinen hoch zwischen ihren Schenkeln zu verlieren, in ihrer schattigen Intimität, vom Band des Strumpfhalters bis in die Tiefen ihres zarten Höschens hinein. Dann mußte sie die Straße überqueren, und da mein Blickfeld sich auf den Bürgersteig beschränkte, verlor ich sie aus den Augen.
Mein erster Reflex war, ihr zu folgen, und ich fing an, wie wild die Mauer meines Ganges abzutasten, weil ich hoffte, eine Öffnung darin zu finden, irgendeinen Ausgang, eine Treppe, über die ich der Frau hätte nacheilen können. Doch die Mauer war undurchlässig. Ich schlug mit der Faust dagegen, um dann wieder den Kopf zu der gläsernen Decke zu heben, wo das Hin und

Her der Menschen mich meine Enttäuschung schnell vergessen ließ.

Dutzende von Mädchen und Frauen spazierten über diesen Bürgersteig, und man konnte unmöglich allen folgen. Ich blieb kurz unter dem Rock einer Frau, dann zwischen den Schenkeln einer anderen, und immer so weiter, ohne wirklich auszuwählen, aufs Geratewohl. Ich war wie ein kleines Kind oder wie ein Hund, völlig verrückt, sabbernd vor Freude, hier von einem brasilianischen Slip aus roter Spitze entzückt, der sich über einem braunen, muskulösen Hintern und einer enthaarten Möse spannte, dort von weißen Strumpfhaltern und einem geblümten Höschen unter einem Faltenrock, dann wieder von einem Büschel schwarzer Haare, die aus einem zu kleinen rosa Nylonslip herausragten, dessen Gummi sich in das weiße, weiche Fleisch hineingrub, oder von Netzstrümpfen, die sich an üppige Schenkel anschmiegten und ohne Höschen mit Stiefeln und Wildlederkleid getragen wurden, oder von weißen Söckchen und einem braven Höschen unter einem Baumwollensemble im Seemannsstil …

So lief ich vierzig, fünfzig Meter daher, mit steifem Glied und hängender Zunge, auf der Suche nach dem schwarzen Diamanten unter diesen Frauen und Mädchen. Als ich an die Straßenecke kam, hielt ich in meiner Jagd inne. Ein wundervolles Wesen mit langen blonden Haaren, das wie hineingegossen in ein weißes Kleid mit nackten Beinen am Rand des Bordsteins stand, unbeweglich, die Arme vor der Brust gekreuzt, das eine Bein zur Seite gestreckt, während sie das Gewicht auf das andere verlagert hatte. Und ich war der einzige, der wußte, daß diese makellose Blondine, die alle Männer und sogar alle Frauen im Vorbeigehen eingehend musterten, ihre goldene Haarfarbe nur ihrem Friseur verdankte. Denn obwohl ihr Kleid sehr kurz war und es vielleicht genau deshalb sehr eng an ihrem kleinen Hinterteil anlag, trug sie kein Höschen. Ihr Pelz, der sehr schmal

und sorgfältig rasiert war, war das zauberhafteste kleine Ding, das ich jemals in dieser irdischen Welt zu sehen bekommen hatte. Ich legte mich auf den Rücken, genau unter sie, um die Länge ihrer tadellosen Beine und die fleischige Frische ihrer blaßrosa Muschi zu betrachten, die so weit geöffnet war, daß ich ihren hübschen, leicht glänzenden Knopf und die dunklere Pforte ihres Spalts erkennen konnte, in deren Richtung sich mein Schwanz ganz von allein aufrichtete. Diesmal konnte ich mich nicht zurückhalten, mir alles zu geben, was mein Körper von mir verlangte, und meiner Lust freien Lauf zu lassen. Um sie herum kamen und gingen die Menschen, ohne von dem freiliegenden Wunderwerk unter ihrem Kleid zu ahnen, das nur durch ein paar Zentimeter weißen Stoffs verborgen war, diese köstliche Möse, die sich meinen Blicken darbot und für die ich mir, ohne ihr Wissen, ohne irgend jemandes Wissen, einen runterholte; und wenn sie sich in den Hüften wiegte, um das andere Bein zu belasten oder auf ihre Uhr zu sehen, öffnete sie auch ihre Hinterbacken, und einmal zeigte sie mir, ohne es zu merken, ihr kleines Arschloch und das ganze Tal, das tief in ihrem Hintern gebettet war, und ich sah alles, und mein Samen spritzte ihr wie eine Fontäne entgegen, in glänzenden Strahlen, die in dem Licht, das genau zwischen den Beinen des Mädchens durch die Glasdecke fiel, schimmerten.

Fast unmittelbar darauf sah ich, wie sie lächelte und eine Bewegung mit der Hand machte. Ein großer, athletischer junger Mann, ein arabischer Typ in Turnschuhen, Jeans und T-Shirt, trat zu ihr und umarmte sie. Sie küßten sich, eng umschlungen. Sie hatte ihre Beine wieder geschlossen, aber sie legte eine solche Leidenschaft in diesen Kuß, daß ich wußte, daß sie jetzt feucht war. Er legte eine Hand auf ihren Hintern, wegen der Menschen um sie herum jedoch nur ganz kurz, und zog sie dann ins erste Gebäude hinein. In meinem Gang befand sich auf der gleichen Höhe eine Tür. Ich öffnete sie, ohne nachzudenken.

Die beiden hatte eine wilde Lust, miteinander zu schlafen, und das wollte ich nicht verpassen. So oder so würde ich es schon schaffen, sie wiederzufinden.

21

Das Etuikleid

Vor einem Spiegel war ein junges Mädchen damit beschäftigt, ein Abendkleid anzuprobieren, ein rotes Etuikleid, in dem sich ihre schönen Kurven abzeichneten. Ich ließ meine Hand auf der Klinke der halb geöffneten Tür liegen, um jeden Moment wieder gehen zu können, denn ich fürchtete, indiskret zu sein.

»Sie sind sehr schön«, sagte ich trotzdem.

Sie drehte sich zu mir um und schien sich an meinem Eindringen gar nicht zu stören.

»Finden Sie?« fragte sie mit zweifelndem Schmollmündchen.

Anscheinend war sie nicht derselben Ansicht. Ich trat nun doch in das Zimmer ein und schloß die Tür hinter mir.

»Aber ja. Sie sind sehr, sehr schön«, wiederholte ich lächelnd.

»Na ja, ich finde das leider nicht. Sehen Sie doch. Das Kleid klebt überall an mir. Es ist lächerlich und anstößig.«

»Wenn man das Glück hat, so einen Körper zu besitzen wie Sie, ist nichts lächerlich. Und dieses Kleid ist sehr elegant.«

»So etwas nennt man Verkleidung! Ich würde mich lieber so anziehen wie Sie! Euch Männer zwingt man nicht, solche Sachen anzuziehen ... Obwohl Sie auch einen recht vorzeigbaren Körper zu haben scheinen ...«, fügte sie schelmisch hinzu.

»Möchten Sie ihn sehen?«

»Oh, wie durchtrieben ... Sie werden es nicht glauben ... Stellen Sie sich vor, meine Schwester hat das Kleid mit mir gekauft, für ihren idiotischen Abend ... Es ist überhaupt nicht ... Sehen Sie ...« Indem sie ihr Kleid hochschob, zeigte sie mir ihren Schenkel, der in einem schwarzen Strumpf steckte, der wiederum an einem Strumpfhalter befestigt war.

»Aber ... Das ist sehr hübsch«, sagte ich.

Mehr fiel mir nicht ein, und ich kam mir vor wie ein Idiot.

»Ah ja, sehr hübsch. Das gefällt euch Typen, was? Sag mal, wenn ich dich um einen kleinen Gefallen bitten würde, würdest du es tun?«

»Aber gerne. Was willst du?«

»Versprich es zuerst.«

»Versprochen.«

»Also gut. Würdest du mir deine Klamotten leihen? Bloß für einen kleinen Moment ...«

»Wozu denn das?«

»Du hast es versprochen ...«

»Kein Problem ...«

Ich begann, mich zu entkleiden, während sie, was mich sehr ermutigte, das gleiche tat. Ein schönes Mädchen, wirklich. Warum sie sich bloß in den Kopf gesetzt hatte, ihren hinreißenden Körper in Männerkleider zu stecken, die ihr viel zu groß waren ...

Als sie Hemd und Hose anhatte, betrachtete sie sich mit strahlendem Lächeln im Spiegel.
»Wie findest du mich?« fragte sie mich entzückt.
»Nicht schlecht, aber …«
»Nein, stell dir mal vor, ich wäre ein Junge. Wenn ich ein Junge wäre, wie fändest du mich?«
»Weißt du, ich achte eigentlich mehr auf Frauen als auf Männer …«
»Na gut. Dann stell dir vor, du wärst ein Mädchen und ich ein Junge, und du würdest mich angucken. Wie fändest du mich?«
»Sehr gutaussehend«, sagte ich, um das Ganze zu beenden. »Ich fände dich sehr gutaussehend.«
»Oh, ich wäre so gerne ein Junge. Nur einmal, wenigstens ein einziges Mal. Natürlich fehlt mir etwas«, sagte sie und musterte mit der größten Selbstverständlichkeit mein Geschlecht.
»Natürlich«, sagte ich. »Aber ich kann dir das Ding leihen, wenn du willst …«
»Wirklich? Das würdest du tun?«
Sie schien einen Plan zu entwickeln, der ihre Wangen erröten ließ. Dann nahm sie ihren ganzen Mut zusammen und schlug mir vor: »Und … Würde es dir etwas ausmachen, dich ein bißchen umzuziehen … Ich meine … Ich habe deine Kleider angezogen, also kannst du vielleicht … vielleicht meine anziehen … Nur so, das könnte doch lustig sein …«
»Aber da passe ich nie im Leben hinein!«
»Doch! Es ist dehnbar! Laß mich nur machen! Super, super, super!«
Es gelang ihr, mir das Kleid anzuziehen, und dann auch noch die Strümpfe und Strumpfhalter. Ihr Vergnügen dabei war köstlich.
»Sieh doch, wie schön du bist!« sagte sie, indem sie mich vor den Spiegel zog.

Das Kleid lag bei mir noch enger an, und irgendwie stimmte es, ich sah wirklich gar nicht schlecht aus.
»Ich mache noch deine Strümpfe kaputt«, bemerkte ich.
»Das macht nichts, ich hab' noch ein Paar. Los, komm, wir legen uns aufs Bett. Ich bin der Junge, okay?«
Sie legte mich auf den Rücken, mit gespreizten Beinen und hochgeschobenem Kleid. Sie zog ihre Hose aus und setzte sich so auf mich, daß mein Schwanz mit ihrer Vagina verbunden zu sein schien.
»Hast du gesehen, was für einen Kolben ich habe?« sagte sie, während sie daran herumspielte. »Willst du ihn, meinen Kolben? Ich stecke ihn dir hinein ...«
Sie führte mein Glied in ihre Möse ein und begann, auf mir zu reiten, während sie mein Kleid weiter hochschob, um mir die Brust zu liebkosen. Sie wartete mit ihrem Orgasmus auf mich, und als sie spürte, daß ich bereit war, ließ sie ihrer Wollust freien Lauf, gab mir aufgeilende Lendenstöße und sagte dabei: »Los, nimm das ...!«
Anschließend bot sie mir eine Zigarette an, und wir blieben rauchend im Bett liegen.
»Na, wie war ich?« fragte sie. »Wie war ich als Typ?«
»Sie waren vorzüglich, Miss ... Und ich, als Mädchen?«
»Hm ... Nächstes Mal versuche ich es mit einem richtigen Mädchen.«
Sie sah auf die Uhr und stellte fest, daß sie schon zu spät dran war. Ich nahm meine Jungenkleider, wie sie sie nannte, zurück und verließ sie, wobei ich ihr für das nächste Mal viel Spaß wünschte.
Die Kleine wird bestimmt interessant sein, wenn sie ein bißchen älter geworden ist, dachte ich. Und wieder verschwand ich in dem Gang, ein Lächeln auf den Lippen. Die üblichen Schatten folgten mir, bis ich wieder eine Tür öffnete.

Tür 20

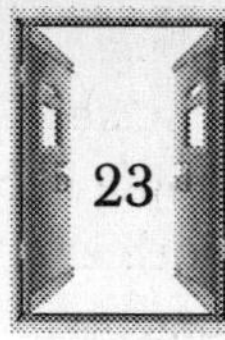

Das Paar

»Wenn es irgendwo eine Treppe gibt, müßte ich auf gleicher Höhe mit ihnen herauskommen, im selben Gebäude.« Ich öffnete die Tür, ohne mich zu fragen, was ich überhaupt in ihrer Gegenwart tun würde.

Im selben Moment bekam ich plötzlich einen kühlen Kopf, und meine sämtlichen Illusionen, meine ganze Begeisterung fielen mit einemmal in sich zusammen. Seit ich mich hier befand, war es mir nicht gelungen, in der Anordnung dieses Labyrinths auch nur irgendeine Logik zu entdecken. Warum sollte es sie jetzt plötzlich geben? Wenn hier auch nur ein Bruchteil der Logik der Außenwelt herrschen würde, wie konnten die Menschen dann auf einem Glasbürgersteig gehen, ohne es zu bemerken? Es war offensichtlich, daß man an diesem Ort nur auf das Gesetz der Lust zählen konnte und daß dieses Gesetz natürlich nicht greifbar, sondern unvorhersehbar und in ständiger Veränderung begriffen war.

Was lag mir schon an diesem Paar ... Mir war nach einer Frau.

Als ich die Tür wieder schloß, spürte ich einen fremden Atem in meinem Nacken, ein erster Atemzug und dann ein zweiter. Ich drehte mich schnell um und suchte den Gang mit den Augen ab. Als ich nach rechts sah, hörte ich zu meiner Linken das Geräusch verstohlener Schritte. Ich fuhr herum, doch es herrschte schon wieder völlige Stille. Ich blieb noch einen Moment stehen, wartete, ob sich meine geheimnisvollen Verfolger noch einmal bemerkbar machen würden, doch sie waren verschwunden.

»Du wirst eine Frau finden, vielleicht *die* Frau«, wiederholte ich mir selbst, um mir neue Energie zu verschaffen. Denn ich fühlte mich plötzlich irgendwie kraftlos. »Du hättest nicht masturbieren sollen«, sagte ich mir. »Jetzt ist das Verlangen weniger groß, und wenn man die Befriedigung einmal erreicht hat, kommt sie einem wie ein lächerliches Ziel vor.« In meiner Jugend hatte ich so oft masturbiert. Zu dieser Zeit hatte ich es aus Neugier getan; es war eine Entdeckung, die immer wieder neu war, und ich lief nicht Gefahr, ihrer müde zu werden. Aber warum sollte ich es jetzt noch tun, wenn mir ohne Probleme eine Frau Lust hätte verschaffen können? Weil es nicht das gleiche war. Weil ich von Zeit zu Zeit diese andere Lust immer noch brauchte, die einsame Lust, die keiner anderen ähnelt, selbst nicht, wenn man sich von einem anderen masturbieren läßt. Das ganze Geheimnis, die ganze Anziehungskraft dieser Lust lag in diesem einen Wort: einsam. Darum war es eine alles durchdringende Lust, die mich immer völlig leer zurückließ, mit dem einzigen Bedürfnis, alles zu vergessen oder wieder von vorne anzufangen, was auch eine Form des Vergessens ist.

Ich hatte einen eleganten Salon betreten, der sich in einem großen Hotel hätte befinden können. Auf einem niedrigen Tisch lagen ein Päckchen Zigaretten und eine Schachtel Streichhölzer. Ich nahm mir eine Zigarette, zündete sie an und setzte mich in

einen Sessel, um sie genüßlich zu rauchen. In diesem Augenblick sah ich den großen sonnenverbrannten Typ von vorhin hereingekommen, der die Blondine auf dem Bürgersteig geküßt und mitgenommen hatte.
Er ging auf mich zu, stellte sich vor, drückte mir die Hand und bat um Erlaubnis, sich einen Moment neben mich setzen zu dürfen, worauf ich ebenso selbstverständlich einging, wie er mich darum gebeten hatte.
Obwohl ich nicht sensibel für männliche Reize bin, mußte ich anerkennen, daß er ein sehr schöner Mann war, männlich, verführerisch, unaufdringlich elegant und von einer Männern und Frauen gegenüber gleichermaßen netten Art. Er betrachtete mich ein paar Sekunden mit halb genierter, halb amüsierter Miene, und sagte dann: »Ich möchte Sie um einen Gefallen bitten.«
Darauf zog er, ohne meine Antwort abzuwarten, ein Foto aus seiner Tasche und reichte es mir, wobei er hinzufügte: »Wie finden Sie diese Frau?«
Es war ein Polaroidfoto der makellosen Blondine auf der Straße. Auf dem Bild stand sie völlig nackt in einem Hotelzimmer.
»Herzlichen Glückwunsch«, sagte ich. »Sie ist sehr schön.«
»Finden Sie das auch?« sagte er.
Meine Stimme muß, ohne daß ich es merkte, zutiefst ehrlich, vielleicht sogar erregt geklungen haben, denn er schien begeistert.
»Also, es geht um folgendes«, fuhr er fort. »Ich werde direkt sein: Wären Sie damit einverstanden, sie gemeinsam mit mir zu ficken? Bevor Sie mir antworten, möchte ich dazu noch sagen, daß dies natürlich sowohl zu Ihrem als auch zu unserem Vergnügen geschehen würde. Sehen Sie, wir sind schon seit langem zusammen. Und von Zeit zu Zeit brauchen wir solche intimen Momente zu dritt, die uns auf ganz andere Weise erfüllen als das, was wir uns normalerweise gegenseitig geben können.

Wenn wir beschließen, uns zusammen mit einer anderen Frau zu lieben, holt sie sie zu uns. Und wenn uns nach einem Mann ist, na, dann kümmere ich mich um die Rekrutierung ...«
Er schwieg einen Moment und fügte dann ein letztes Argument hinzu: »Ich glaube, Sie würden ihr gefallen ...«
Ich sah mir das Foto lange an, erhob mich dann und sagte einfach: »Das dürfte auf Gegenseitigkeit beruhen.«
Er erhob sich ebenfalls und führte mich, nachdem er mir lächelnd eine brüderliche Umarmung geschenkt hatte, ans Ende des Salons, wo er mich hinter einen Wandbehang schlüpfen ließ.
Ich erkannte das Zimmer auf dem Foto wieder. Die Blondine stand nackt am Fenster. Ihr Körper war noch prachtvoller, als ich ihn mir vorgestellt hatte. Sie kam auf uns zu und sagte, während sie mich ansah: »Danke«, ohne daß ich ermessen konnte, ob dieser Dank direkt an mich gerichtet war oder an ihren Geliebten, der für einen zweiten Mann gesorgt hatte. Sie nahm uns beide an der Hand und führte uns zum Bett.
»Ich schlage dir folgendes vor«, sagte mein Kamerad. »Zuerst möchten wir dich bitten, uns die Dienste zu erweisen, die wir brauchen. Danach wird unsere Freundin, wenn du willst, ganz zu deiner Verfügung stehen, um deine heißesten Wünsche zu erfüllen. Bist du damit einverstanden?«
Ehe ich mich auf irgendein Versprechen einließ, fragte ich die beiden, was sie von mir erwarteten. Es stellte sich heraus, daß er seine Freundin einmal in den Genuß der 69er-Stellung kommen lassen wollte, ohne sich um ihren Orgasmus kümmern zu müssen. Er fand es störend, sich nicht allein auf seine eigene Lust konzentrieren zu können. Sie hingegen kam besonders gern, wenn sie einen Schwengel im Mund hatte. Es ging also für mich zunächst einmal darum, die hinreißende Muschi der Schönen zu bearbeiten, während sie sich am Schwanz ihres Geliebten ergötzen würde. Ich hatte sie, als sie sich noch außer

Reichweite befand, so lange bewundert, daß die Perspektive, ihr zu Diensten sein zu können, mich durchaus reizte.
Wir zogen uns aus und nahmen unsere Positionen ein, sie auf dem Rücken mitten im Bett liegend, mit weit gespreizten Schenkeln, und er über ihrem Gesicht hockend. Sie öffnete ihren Mund für das stattliche braune Glied ihres Geliebten, der schon einen leichten Ständer hatte, und ich tauchte zwischen ihre Beine, wo ich begann, bereitwillig ihre köstliche rosafarbene Pussi zu lecken. Sie duftete nach Heidehonig und schmeckte nach Lutschbonbon, und sie wußte genau, wie sie meine Zunge dahin führen konnte, wo sie sie gerne haben wollte: manchmal um die Klitoris herum, manchmal an den Lippenrändern, und dann wieder ganz im Inneren ihres Geschlechts. Sie fing bald an, sich heftig zu winden, benetzte mein ganzes Gesicht und kam dann mit einem gedämpften Stöhnen, da ihr Mund sich um das Glied geschlossen hatte.
Als ich mit dem Kopf auftauchte, sah ich, daß ihr Geliebter im gleichen Moment zum Orgasmus gekommen war wie sie, denn er zog sein Glied aus ihren Lippen zurück, über die sie ihre Zunge gleiten ließ, um die letzten Spermatropfen zu genießen.
Wir hatten unsere Mission erfüllt, und alle gratulierten sich dazu. Mein Kamerad, der schon wieder einen kräftigen Ständer hatte, erklärte mir, daß seine Mätresse nur unter einer bestimmten Bedingung mit ihm zum Analverkehr bereit sei, nämlich wenn sie gleichzeitig von vorne genommen wurde. Es war für sie der einzige Weg, beim Analverkehr einen Orgasmus zu haben, und es kam überhaupt nicht in Frage, daß sie sich hingab, ohne selbst einen Höhepunkt zu haben. Meine Aufgabe bestand jetzt darin, falls ich damit einverstanden war, die Geliebte meines Kameraden von vorne zu nehmen, während er dies von hinten tun würde.
Wieder nahmen wir unsere Positionen ein. Wir lagen alle auf der Seite, sie in der Mitte. Sie rieb mich ein bißchen, während

er ihren After mit einem Gleitmittel einmassierte. Dann machten wir uns gegenseitig ein Zeichen, um gleichzeitig in sie einzudringen.

Wir begannen mit Lendenstößen, wobei wir beide den gleichen Rhythmus fanden. Ich spürte, wie sein Klöppel in das Mädchen hineinstieß, genauso wie meiner, nur daß er es auf der anderen Seite tat. Wir einigten uns – wieder mit einem bloßen Kopfnicken –, wenn wir den Rhythmus wechseln oder sie vor Lust stöhnen lassen wollten. Als wir das Gefühl hatten, sie genügend erschöpft zu haben, beschlossen wir, nun selbst zu kommen, und zwar beide gleichzeitig. Indem wir uns beide an den Hüften des Mädchens festklammerten, begannen wir, mit voller Wucht in sie hineinzustoßen, ohne uns länger um ihre Reaktionen zu kümmern. Ich sah meinem Komplizen ins Gesicht, um in seinen Zügen die ersten Symptome des Orgasmus auszumachen, dem auch er in meinem Gesicht auflauerte. Wir spürten gleichzeitig, wie unser Atem kürzer wurde, und schossen gleichzeitig unser Sperma in den Körper des Mädchens hinein, die uns nun auf Gedeih und Verderb ausgeliefert war.

Anschließend klopften wir uns auf die Schultern wie zwei alte Freunde, küßten das Mädchen beide auf den Mund und gönnten uns eine kleine Pause. Als die Blondine mich kurz darauf fragte, ob sie etwas für mich tun könne, setzte ich mich auf den Bettrand und bat sie, sich auf den Teppich zu knien und mir einen zu blasen.

Sie machte sich eifrig ans Werk. Als ich sah, daß ihr Geliebter schon wieder steif war, bekam ich Mitleid mit ihm und befahl dem Mädchen, sich auch um ihn zu kümmern. Sie tat ihr Bestes, um uns beiden gleichzeitig Lust zu verschaffen; es gelang ihr schließlich, indem sie ihre Hände zu Hilfe nahm, bis wir Eichel an Eichel auf ihr Gesicht spritzten.

Ich fand, daß ich ziemlich eingehend mit ihnen bekannt geworden war, und verließ sie mit der gleichen Herzlichkeit, mit der

ich sie begrüßt hatte. Als ich durch den hinteren Teil des Zimmers hinausging, fand ich mich in einem neuen Gang wieder, der genauso dunkel und leer war wie die vorherigen. Da ich keine Lust hatte, den unheilvollen Schatten, die mich immer noch in den Gängen verfolgten, Gesellschaft zu leisten, entschloß ich mich schnell, eine der beiden nächsten Türen zu öffnen.

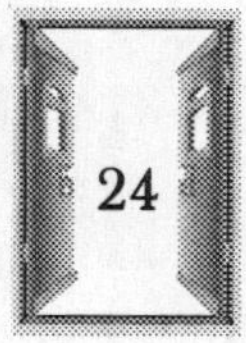

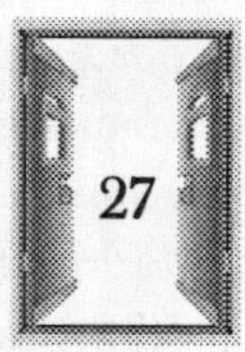

Die Schwarze

Langsam kam ich mir etwas idiotisch vor, noch länger hierzubleiben, selbst wenn ich mich in hervorragender Gesellschaft befand. Schließlich warteten hinter den Türen dieses Ganges, den ich verlassen hatte, bestimmt noch andere Abenteuer und Begegnungen auf mich. An erster Stelle natürlich die Frau, die mich suchte und die ich nicht finden würde, wenn ich so eingesperrt in diesem Zimmer blieb.

Aber ich war in meinem Verlangen nach Sex wie benebelt, und die beiden Frauen und ihr Freund rochen nach Sex, alles schien bei ihnen erlaubt zu sein, und ich hatte das Gefühl, daß sie mir noch viel mehr geben könnten, Dinge, an die ich noch nie gedacht hatte. Denn sie schienen über Erfahrungen, Freiheiten und unendliche Vorstellungskräfte zu verfügen, mit denen sie meine mir eigenen Grenzen überschreiten und all die mächtigen, unbekannten Begierden, die ich in mir spürte, erwecken

könnten. Ich befand mich mit ihnen in einer obszönen und krankhaften Intimität, in der ich mich jedoch bis zum Letzten suhlen wollte.

Ich legte mich neben Aurélie und Joseph, den Schwarzen, aufs Bett. Anna war hinausgegangen. Wir lagen uns in den Armen und schliefen ein. Nach einer Weile begannen wir uns alle drei, indem wir weiter träge vor uns hinträumten, auf alle nur erdenkliche Weise zu berühren und zu betasten und prüften unsere ineinander verschlungenen Glieder, so wie sich Tiere beschnuppern, die neugierig aufeinander sind. Aurélie, die sich in ihrem Sinneswahn wieder zum Säugling zurückentwickelt zu haben schien, klammerte sich an Joseph oder mich an und saugte an unseren Brustwarzen und an jedem Stück Fleisch, das sie mit ihrem Mund erreichen konnte.

»Sie saugt gut«, sagte Joseph lachend. »Du wirst sehen«, fuhr er fort, »wenn du sie besser kennst, wirst du sehr froh darüber sein. Sie ist ein bißchen weich, und nichts ist ihr lieber, als wenn Anna es ihr macht, aber man kann einfach alles mit ihr tun und sie alles machen lassen. Das einzige, was man nicht von ihr erwarten darf, ist, daß sie die Initiative ergreift. Stimmt doch, mein Dickerchen, oder?«

Aurélie reagierte nicht. Vielleicht hatte sie ihn gar nicht gehört. Ich hatte von ihrer Saugleidenschaft profitiert und ihr mein Glied in den Mund geschoben, an dem sie mit geschlossenen Augen lutschte, als sei sie völlig in ihrer Welt verloren.

»Mach dir nichts draus, du bist ein gutes Mädchen«, fuhr Joseph fort. Dann wandte er sich an mich: »Hast du ihn ihr schon mal zwischen die Brüste gesteckt?«

»Ja.«

»Ah, das ist geil, findest du nicht?«

Er legte seinen Penis auf Aurélies Brust, preßte ihre beiden großen weißen Kugeln zusammen und begann, sein dickes schwarzes Glied auf und ab zu bewegen.

»Das Dumme bei so einer Frau«, fing Joseph wieder an, »ist, daß du Lust hast, sie wegzuwerfen, sobald du sie benutzt hast. Großer Irrtum. Man sollte sie ganz im Gegenteil behalten. Du kannst dir gar nicht vorstellen, wie oft du noch froh sein wirst, sie zur Hand zu haben oder Freunden ausleihen zu können. Schau nicht so schockiert, sie selbst mag es doch am meisten, daß man sie benutzt, daß sie sich wie ein nützlicher Gegenstand fühlen kann. Und außerdem hat sie Spaß daran ... Bläst sie nicht gut?«

»Doch.«

»Siehst du. Sie dehnt die Lust auch noch extra in die Länge ... Ich meine ihre Lust. Sieh mal.«

Indem er eine ihrer Brüste losließ, hatte er zwei Finger mit schnellem Griff in ihre Möse getaucht, die er mir nun unter die Nase hielt. Sie waren naß.

Vor Überraschung hatte mich Aurélie beinahe gebissen. Ich begann mich etwas sonderbar zu fühlen in dieser Situation, denn während Josephs etwas unflätige Art, über Aurélie zu reden, mir unbehaglich war, sah ich doch gleichzeitig, daß er recht hatte, und daß es ein Fehler gewesen wäre, dieses Mädchen nicht so zu nehmen, wie es einem gefiel. Und plötzlich überkam mich die Lust, von hinten in sie einzudringen.

Joseph war immer noch dabei, sich zwischen ihren Brüsten zu befriedigen, und ich dachte mir, es wäre vielleicht höflicher, abzuwarten, bis er fertig wäre. Er wurde übrigens langsam immer geiler, und Aurélie, die mich heftig anpumpte und dabei vor Freude grunzte, ebenfalls. Ich sah, daß er kurz davor war, ihren Hals zu überschwemmen, und fürchtete, mich für den anderen Bestimmungsort, den ich mir vorgenommen hatte, nicht länger zurückhalten zu können. »Macht nichts«, sagte ich zu mir. »Ich nehme sie hinterher, dafür ist diese Nutte ja da«, und bereitete mich darauf vor, im gleichen Moment wie Joseph alles herauszuspritzen.

Aber weder er noch ich kamen dazu, uns zu befriedigen.
»Was ist denn das?« ertönte es mit einemmal.
Aurélie ließ sofort mein Glied los, befreite sich aus Josephs Umschlingung und lief auf Anna zu, die gerade hereingekommen war. Joseph und ich blieben auf dem Bett liegen, vor Erstaunen wie versteinert.
Anna war extrem schön und beeindruckend. Ihr tiefschwarzer Körper war ganz in Leder gehüllt, eine helle dünne Haut, die sich über ihren schwarzen Körper spannte wie über eine Trommel, so enganliegend, daß sie fast wie die Rückseite ihrer eigenen Haut aussah, so als hätte man sie – angenommen, sie wäre weiß – abgehäutet, die Haut umgedreht und ihr direkt wieder aufs Fleisch genäht.
Alles, was sie trug, war aus dieser Haut: die langen Handschuhe, die bis zu den Ellbogen reichten, das Korsett, das eng um ihre Taille spannte und ihre Brüste bis zu den Warzen einschloß, der winzige Slip, der so knapp über ihrem Spalt saß, daß es viel obszöner aussah, als wenn sie nackt gewesen wäre, und selbst die Schaftstiefel, deren schwindelerregend hohe Absätze in einer dicken Stahlschraube endeten: Diese Stiefel, die sich so eng wie Strümpfe an ihre Beine schmiegten, reichten bis zu den Schenkeln hoch, wo sie mit Strumpfbändern am Korsett befestigt waren, die ebenfalls aus Haut bestanden, aber aus unrasierter Haut, die noch von dichten, bräunlich-grauen Haaren bedeckt war, fast wie Hundehaar.
Doch das Faszinierendste und Erschreckendste an Annas Aufmachung waren die Gegenstände, die ihr als Haartracht und als Gürtel dienten. Während sie ihre Haare nach hinten gebunden hatte, wo sie ihr tief in den Rücken fielen, hatte sie auf ihrem Kopf den ausgestopften Kopf einer Hyäne befestigt, die ihre Schnauze weit aufriß, unter hochgezogenen Lefzen ihre gelben Zähne fletschte und nur noch hätte heulen müssen, um völlig lebendig zu wirken. Um ihre Taille hatte sie ein dünnes Hanfseil

gebunden, dessen Enden zwischen ihren Beinen hingen und an denen eine Schere befestigt war, die wie das Glied eines Mannes mit der Spitze nach unten unter ihrem eigenen Geschlecht baumelte, über das sich die Haut spannte.

Anna stand unbeweglich da, königlich, die Beine leicht gespreizt, wie auf der Brücke eines Schiffes bei leichtem Seegang, in der eindeutigen Pose einer Herrscherin.

»Habe ich euch nicht verboten, ohne mich zu spielen?« stieß sie mit einer Stimme hervor, deren Ton süßlich und zugleich boshaft klang.

»Ja, Herrin«, antworteten Aurélie, die sich vor ihre Füße geworfen hatte, und Joseph, der ängstlich am Ende des Bettes kauerte, im Chor.

Anna richtete ihren stechenden Blick auf mich, und ich nahm an, sie erwartete auch meine Antwort. Ich sah zu den beiden anderen hinüber und sagte mir, daß sie, falls es ein Spiel war, dessen Regeln offensichtlich mit großem Ernst befolgten, weshalb ich kein Spielverderber sein durfte.

»Ja«, sagte ich.

»Ja, wer?«

Auch sie schien nicht zu spaßen.

»Ja, Herrin.«

Ich hatte das Wort »Herrin« nur ausgesprochen, um es den anderen gleichzutun, aber sobald es über meine Lippen kam, fühlte ich mich mit einemmal ungeheuer schwach. In diesem Zustand überkam mich das heftige Verlangen, noch schwächer zu werden, zu gehorchen und mich mit Leib und Seele dieser Frau zu unterwerfen, die durch den Zauber dieses einen Wortes tatsächlich meine Herrin geworden war.

»Auf den Boden«, sagte sie.

Ich warf mich zu Boden und kroch auf allen vieren wie ein verängstigter Hund auf sie zu. Joseph folgte mir auf die gleiche Weise. Unsere Schwänze, die immer noch steif und an der Spitze

feucht waren, schleiften über den Glasboden und hinterließen Spuren wie zwei Schnecken.
»So ist es gut, so seid ihr lieb«, sagte Anna.
Sie öffnete ihre Hand, in der sie drei Zuckerstückchen versteckt hatte, und verteilte sie an uns.
Während wir unsere Zuckerstückchen knabberten, drehte sie auf perfideste Weise die Stahlschrauben ihrer Schaftstiefel knirschend in den Boden. Es tat so weh, als würde sie sie uns bis auf den Nerv unserer eigenen Zähne stoßen, und wir hielten stöhnend unsere Hände vor den Mund. Danach entfernte sie sich für einige Sekunden, überließ uns unserem Schmerz, und kam dann mit Seilen zurück, mit denen sie unsere Hände auf dem Rücken fesselte.
»Ihr wart kurz davor zu kommen, oder?«
»Ja, Herrin«, antworteten wir im Chor.
»Und ich bin die, die euch zum Orgasmus bringt, das denkt ihr doch, oder?«
»Ja, Herrin«, antworteten wir wieder, noch ergebener und hektischer als zuvor.
»Genauso ist es, genau das, was immer alle denken: die Schwarze macht es dem Schwarzen, der macht es der Weißen, und die macht es dem Weißen. Oben in der Hierarchie hat man immer einen Orgasmus, unten nie, wie sich das gehört ... Und ihr werdet mir jetzt zeigen, ob ihr wirklich wißt, wie man zum Orgasmus kommt. Ihr seid doch in der Hierarchie alle mehr oder weniger oben ...
»Dich, Aurélie – weil du glaubst, dich in ein Biest oder in ein frigides Opfer verwandeln zu müssen, um Lust zu empfinden, weil du Angst vor dem Blick der Männer hast, weil du es haßt, wenn sie dich ansehen und auch, wenn sie es nicht tun, weil die Frauen nur eine Flucht für dich sind – dich verurteile ich dazu, es ohne Mann oder Frau zu treiben, nur mit diesem Stuhlbein, ohne daß dir dabei jemand ins Gesicht sieht.

»Dich, Joseph – weil du die weiße Frau für eine Nutte hältst und die schwarze Frau für eine Nutte, die man daran hindern muß, Nutte zu werden, indem man sie heiratet, weil du Angst vor allen Frauen hast – dich verurteile ich dazu, auf diesem kleinen Teddybären zu kommen, der dich nicht allzusehr erschrecken dürfte.

»Und dich«, fuhr sie fort, indem sie sich an mich wandte, »weil du glaubst, daß die schwarze Frau und der schwarze Mann der weißen Frau und dem weißen Mann sexuell überlegen sind, weil dir Sex mit ihnen animalischer und damit freier erscheint, weil du glaubst, daß die weiße Frau Sex nur mag, wenn sie eine Hure ist – dich verurteile ich dazu, dich in diesem Strumpf zu ergießen und dich darin wohl zu fühlen wie ein Fuß.«

Mit diesen Worten brachte sie Aurélie einen Stuhl, Joseph einen Teddy und mir einen Strumpf, den sie freundlicherweise selbst über meine Rute zog, und befahl uns, ihre Anordnungen auszuführen.

Ich beobachtete, wie die große Schere zwischen ihren Beinen baumelte, und hatte große Angst vor dem, was sie damit anfangen würde, wenn ich ihr nicht gehorchte. Wir begannen alle drei, uns abzumühen, Aurélie an ihrem Stuhlbein, Joseph an seinem Plüschbären und ich in meinem Strumpf. Vorhin hätte noch eine leichte Berührung gereicht, und wir wären gekommen, aber jetzt hatten wir die Hände auf den Rücken gebunden, und obwohl wir versuchten, unsere Phantasien anzukurbeln und uns nach besten Kräften an dem Gegenstand rieben, der uns zugeteilt worden war, kam nichts als eine immer schmerzhaftere Reizung zustande.

Anna war mit dem Kommentar verschwunden, sie würde wiederkommen, und sie würde auf uns zählen. Sie kam auch wirklich wieder, aber nach einer sehr langen Zeit. Frisch und wunderschön, malerisch in eine farbenfrohe Tunika gehüllt, hielt sie

ein Baby in ihren Armen, ein ganz kleines Mädchen, das lachend eine Banane aß.
»Ah, ihr seid noch da?« gab sie ungezwungen von sich. »Na, ich hab noch zu tun, bis dann …«
Und sie wollte gehen. Wir protestierten heftig, daß wir doch noch gefesselt seien und nun gerne befreit würden.
»Gefesselt?« sagte sie und brach in schallendes Gelächter aus. Ihr fröhliches Baby stimmte in ihr Gelächter ein. Und dann ging sie.
Wir versuchten, unsere Handgelenke ein wenig zu bewegen, worauf die sehr lose gebundenen Seile sich wie von selbst lösten. Wir hatten keinen Orgasmus gehabt, aber uns stand auch nicht mehr der Sinn danach. Ich zog mich wieder an und verließ den Raum, ohne mich zu verabschieden.
Ich lief lange allein durch den dunklen Gang, immer mit dem Gefühl, von Schatten verfolgt zu werden, die mich manchmal sogar beim Namen riefen, aber jedesmal, wenn ich mich umdrehte, um sie endlich einmal zu sehen, waren sie verschwunden. Ich blieb allein in der Finsternis stehen, um sie mit zorniger Stimme und wütenden Gesten zu beschimpfen. Ich hatte wirklich mehr als die Nase voll von diesen Schatten. Schließlich öffnete ich wieder eine Tür.

16

Die Hexe

Ich trat in eine alte, dunkle Hütte, die völlig verdreckt und mit einem Wirrwarr aus Holzscheiten und Tonkrügen vollgestopft war. Im offenen Kamin stand ein Kessel auf dem Feuer, in dem irgend etwas brodelte.

Zuerst dachte ich, die Hütte sei leer, aber als ich mich von der Tür entfernt hatte, hörte ich, wie ein Riegel davorgeschoben wurde. Ich drehte mich um.

Eine alte gebeugte Frau in schwarzen Kleidern stand mit einem Schlüssel in der Hand neben der Tür und sah mich boshaft an.

Ich begann zu lachen.

»Kann es sein, daß Sie gerade versuchen, mich einzusperren?« fragte ich sie.

Mit ihren kleinen Adleraugen starrte sie mich an, ohne zu blinzeln, und versenkte dann den Schlüssel in ihrer Schürzentasche. Dann ging sie an mir vorbei, um mit einer großen Eisenkelle in

dem herumzurühren, was in dem Kessel vor sich hin kochte. Ich verzichtete auf die Bemerkung, daß ich ihre verrottete Holztür ohnehin mit einem Fußtritt öffnen könnte, oder daß ich bloß meine Hand ein bißchen fester um ihren Arm legen müßte, um ihr alle Knochen zu brechen.

»Ich weiß, was Sie denken«, sagte die Alte plötzlich mit erstaunlich heller Stimme. »Ich bin nicht verrückt. Ob Sie es wollen oder nicht, Sie werden hier mit mir eingeschlossen bleiben, bis ich Sie wieder freilasse.«

»Ach ja?« sagte ich.

Ich lachte wieder auf und wollte mich auf die Bank neben dem Kamin setzen.

»Ich mache natürlich Spaß«, fuhr die Alte fort. »Ich schließe die Tür mit dem Schlüssel ab, weil sie sich sonst immer von allein öffnet. In den Gängen zieht es überall so … Ist Ihnen aufgefallen, wie sehr es dort zieht?«

Sie war jetzt beinahe freundlich. Mit kleinen, trippelnden Schritten holte sie zwei Becher, die sie mit einer dicklichen Flüssigkeit füllte.

»Likör des Hauses«, sagte sie, indem sie mir das Glas reichte. »Ich hoffe, Sie mögen ihn …«

Sie trank ihr Glas in einem Zug leer. Ich tat das gleiche. Ihr Likör hatte einen sehr würzigen Geschmack, den ich nicht identifizieren konnte. Die kleinen Äuglein der Alten fingen an zu glänzen, und sie verzog ihren Mund zu einem zahnlosen Lächeln.

»Jetzt sind Sie eingesperrt«, sagte sie.

»Schon wieder? Das ist ja eine fixe Idee! Dürfte ich erfahren, was mir die Ehre verschafft, meiner Freiheit beraubt zu werden …«

Ein plötzliches Unwohlsein, das mit einer überraschenden, völlig unverständlichen Erektion einherging, hinderte mich daran, zu Ende zu sprechen.

»Ja«, sagte die Alte. »Natürlich dürfen Sie es erfahren. Ich will ihr Sperma.«

Ich hörte sie kaum. Ich ließ hektisch meine Hose herunter. Meine Hoden und mein Glied taten so weh, daß ich mich um jeden Preis erleichtern mußte.

»Was zum Teufel haben Sie in diesen verdammten Likör hineingemischt?« stammelte ich.

»Das ist für mich«, sagte sie, indem sie nach meinem Schwanz griff.

Dann begann sie, mir mit ihrer abgemagerten Hand einen runterzuholen. Ich ejakulierte sofort.

Sie fing das Sperma in einem ihrer Tontöpfe auf und fing wieder von vorne an. Mein Schwanz war immer noch genauso steif und angeschwollen. Als ich versuchte, selber zu masturbieren, tat ich mir weh, während die Alte genau wußte, was sie zu tun hatte, um das Beste aus dem Zustand herauszuholen, in den sie mich versetzt hatte. Ich weiß nicht, wie oft sie es schaffte, Sperma aus mir herauszupressen, aber jedesmal hatte ich ein ungeheures Lustgefühl. Ihre Hand starrte vor Schmutz, aber sie besaß eine virtuose Fingerfertigkeit.

Als sie ihr Gefäß ausreichend gefüllt hatte, zog sie den Schlüssel aus ihrer Tasche und öffnete die Tür. Ich erhob mich und ging.

Im Gang fragte ich mich, ob sie mir diese Falle gestellt hatte, um mir etwas abzuluchsen, aus dem sie einen Arzneitrank herstellen würde, oder ob es nur zu ihrem Privatvergnügen war. Ich entschloß mich, ein Stück zu gehen, ehe ich eine neue Tür öffnete, denn ich war völlig erschöpft.

Während ich durch das Labyrinth irrte, fühlte ich mich von Schatten verfolgt. Als ihre Gegenwart zu beklemmend wurde, öffnete ich wieder eine Tür.

Die Hexe

24

Die Forelle

Es war eine dieser Landschaften, die uns mit dem Leben versöhnen, die es uns sogar unglaublich lieben lassen. Ich befand mich auf einem grasbewachsenen Hang, der von Felsblöcken übersät war und zu einem wilden klaren Bergbach abfiel. Es war kühl, ein schöner Sommermorgen dämmerte heran, die Luft war ungewöhnlich klar und trotz des tosenden Wassers so still, als würde sie auf etwas warten.
Hinter mir lag terrassenförmig eine kleine Gruppe verlassener Schäferhütten am Hang, die aus großen grauen Bergsteinen erbaut waren und teilweise in sich zusammenfielen. Ich war vollkommen allein – allein, aber in Gesellschaft warmherziger Phantome, den Geistern der Menschen und Tiere, die hier gelebt hatten, den Geistern des Tages und der Nacht, die beide nicht zu dieser Welt zählten. Ich war allein und erstaunlich lebendig und in Begleitung vom Geist des Lebens, der in diesem

Moment des Übergangs offenbar in eine Art Starre verfallen war und kurz davorstand, aus ihr zu erwachen; allein, dem Moment nachtrauernd, der gerade vorüberging, und mit der unruhigen Hoffnung auf den, der folgen würde; allein, wie man sich mit Geistern immer allein fühlt, und vor allem mit den eigenen Geistern, dem Geist dessen, der man war, und dem Geist dessen, der man sein wird, in Wirklichkeit also mit einer Unzahl an Geistern, diesen hellen Phantomen der Morgendämmerung, deren wunderbare Nähe man nur in der Einsamkeit wirklich auskosten kann.

Ich stieg zu dem Bach hinab, der ziemlich breit war und wie alle Bäche dieser Art in Tausenden von Wellen auf die Steine und Felsen schlug, die an manchen Stellen Buchten bildeten, in denen sich vereinzelt Wasserpflanzen verfingen. Meine Hoffnungen erfüllten sich: In diesem klaren, sprudelnden Wasser sah ich, wie eine kleine silbrige Forelle schnell wie ein Pfeil zwischen den Steinen hindurchschoß.

Ich sah ihr nach, bis sie stromabwärts in den Windungen des Stroms verschwand, und stieg dann, meinem Instinkt folgend, wieder zu den Hütten hoch. Um sie herum wuchs eine Art wilder Spinat, der praktisch keiner anderen Vegetation Platz ließ, außer ein paar Brennesselbüscheln, um die ich einen Bogen machte.

Es waren fünf oder sechs Hütten, die meisten winzig klein, deren Dächer mehr oder weniger eingestürzt waren. Ihre schmalen Öffnungen – eine Tür oder manchmal ein Fenster – waren nicht mehr als schattige Löcher. Nur bei einer der Hütten waren noch das ganze Schieferdach, eine Holztür und ein geschlossener Laden vor einer rechteckigen Öffnung erhalten, die als Fenster diente. Innen füllten ein Eisenbett, ein Hocker, ein Tisch und ein kleiner Kamin in einer Ecke fast den ganzen Raum aus. Ich fand dort auch eine Angelrute und eine Schachtel Fliegen.

Damit kehrte ich zum Bach zurück, wo ich ein gutes Plätzchen suchte, um meine Leine auszuwerfen. Ich lief an einem Bett aus flachen Steinen entlang. Ein Stückchen weiter ragte ein großer weißer Felsen mit einem tiefen dunklen Becken, in welches Wasser hineinschwappte, leicht aus dem Bach. Ich wandte meine Augen einen Moment vom Wasser ab, um meine Ausrüstung vorzubereiten. Als ich wieder aufblickte, sah ich, daß auf dem weißen Felsen, nur ein paar Meter von mir entfernt, ein junges nacktes Mädchen lag.

Den Kopf auf einen Ellbogen gestützt, sah sie stromaufwärts, so daß ich nur die langen, nassen Strähnen ihrer grünen Haare sehen konnte, die wie Schlangen über ihren Rücken fielen, und die schlanken Umrisse dieses Rückens, durch dessen Mitte sich eine weiche, tiefe Furche zog, und überhaupt ihre ganze Silhouette, die sich in der Taille verengte und um die Hüften herum mit der Eleganz eines Saiteninstrumentes runder wurde, diese wogende Linie, die in den zarten Kurven des Hinterteils mündete, wo sie in die langgestreckte Linie der Beine überging, die sich irgendwo auf der anderen Seite des Felsens, wo ich sie nicht sehen konnte, verlor.

Ich war so ergriffen von ihrem Anblick, daß ich mich zunächst weder bewegen noch ein Wort sagen konnte. Es war, als überraschte man im tiefsten Wald ein Reh. Ich fürchtete, sie zu erschrecken, wenn ich sie anrufen würde, und sie zu verjagen. Denn wenn sie sich in diesem Aufzug dort befand, so mit Sicherheit nur, weil sie sich alleine glaubte. Aber wenn ich zu ihr hingehen würde, ohne sie vorzuwarnen, würde ich sie vielleicht noch mehr verängstigen. Eine Weile blieb ich wie angewurzelt auf der Stelle stehen und betrachtete nur ihre schlanke, zerbrechliche Schönheit, von deren Haut, die im Licht der Morgendämmerung fast transparent wirkte, ein kaltes, faszinierendes Licht ausging.

Dann drehte sie sich mit einer Bewegung zu mir um, die mir

unsagbar langsam und zugleich schnell erschien und mich in einen kurzen Moment höchster Hellsichtigkeit versetzte, in dem die Dinge gleichzeitig mit einer erstaunlichen Langsamkeit, so als seien sie in unzählige Einzelteile zerlegt, und mit einer schwindelerregenden Schnelligkeit abliefen.
Während sie sich zu mir umdrehte, tauchte sie ihre grünen, halb geschlossenen Augen in meine Augen, öffnete ihren Mund, zauberte langsam ein Lächeln darauf, das eine eindeutige Einladung war, und tauchte hinter dem Felsen unter.
Im gleichen Moment begannen die ersten Regentropfen zu fallen. Ich warf alle meine Kleider ins Gras und sprang ebenfalls ins Wasser. Sie schwamm vor mir, gegen den Strom, und ich sah, wie sich ihr geschmeidiger, lebendiger Körper in dem eisigen Wasser, das auf meiner Haut brannte, auf und ab bewegte. Um ihr zu folgen, mußte ich voller Kraft delphinschwimmen. Ich kämpfte mit allen Muskeln gegen die Strömung, und die Anstrengung begeisterte mich. Ich sah gerade so viel, daß ich die flüchtende Form erkennen konnte, die ich verfolgte, aber ich verspürte nicht die leiseste Unruhe. Ihre Flucht war wie ein Spiel, durch das sie für mich nur noch begehrenswerter wurde.
Plötzlich machte sie kehrt und schwamm so dicht an mir vorbei, daß sie mich streifte. Ich versuchte, sie zu fangen, doch sie glitt durch meine Finger und ließ sich von der Strömung wegtreiben. Vor mir flatterten ihre langen grünen Haare, als wollte sie mich auffordern, ihr zu folgen. So ließ auch ich mich von der Strömung mitreißen.
Wir kamen wieder am weißen Felsen an, um den wir herumschwammen, um auf die andere Seite zu gelangen. Ich sah sie gerade noch in dem Felsbecken verschwinden.
Als ich ebenfalls in das kleine dunkle Becken tauchen wollte, spürte ich, wie mein Geschlecht im Wasser von einem lauwarmen Mund ergriffen wurde, von Lippen, die sich wie ein Hand-

schuh darumlegten und dann mit einer solchen Kraft daran zogen, daß ich das Gefühl hatte, völlig ausgesaugt zu werden, so als konzentrierte sich mein ganzes Wesen in diesem Stück Fleisch, das unter meinem Bauch immer mehr anschwoll, immer härter wurde und von brennenden Gefühlen nach unten gezogen wurde. Ich ließ mich fallen und voller Wonne in die Tiefen dieser Schale ohne Boden hinabziehen, wo ich mich für immer den leidenschaftlich saugenden Lippen und dem Mund meiner kalten, betörenden Geliebten überlassen würde …

Ich war kurz davor zu kommen. Ich versuchte zu atmen, und erst dadurch kam ich wieder zu Sinnen. Im Bruchteil einer Sekunde wurde mir bewußt, daß ich mich auf dem Grund des Flusses befand, tief unten im grünen Wasser, wo ich nichts sehen konnte, und daß ich meine unwiderstehliche Freundin auf der Stelle verlassen mußte, wenn ich nicht für immer ihr Gefangener sein wollte. Im letzten Moment brachte ich die Energie auf, mich aus ihrem Mund zu befreien, und stieß mitten im Orgasmus, am ganzen Leib zuckend, wie ein Geschoß an die Oberfläche.

Vom Ufer aus sah ich, wie mein Samen langsam im Becken hochstieg, dann über die Ränder glitt, um in weißen, silbrigen Fäden mit dem Strom davonzutreiben. Es regnete. Die Dämmerung war vorbei, die längste Dämmerung, die ich jemals hatte erleben dürfen. Die Schöne würde nicht wiederkommen und sich nackt auf dem Felsen räkeln, sie würde nicht wiederkommen, um mich mit ihrem bezaubernden Lächeln darum zu bitten, ihr zu folgen.

Ich warf meine Leine aus und spürte sofort, wie eine Forelle zubiß und mit einer Energie zu ziehen begann, daß es mir durch den ganzen Arm fuhr. Es war eine sehr schöne, regenbogenfarbene Forelle, die mit wilden, eleganten Sprüngen lange Zeit heftig im Wasser kämpfte. Schließlich wurde sie müde, so daß ich sie einholen und in mein Hemd wickeln konnte.

Ich sammelte meine Kleider ein, die durch den Nieselregen naß geworden waren, und ging wieder zur Hütte. Durch den Regen strömten warme Gerüche aus der Erde und dem Gras, und ein kalter, metallischer Duft ging von den Steinen aus. Ich machte im Kamin mit dem Holz, das ich in einer anderen Hütte gefunden hatte, ein Feuer an und blieb lange davor sitzen, um meine Kleider zu trocknen. Dann ging ich wieder zu der Forelle. Sie war inzwischen tot.

Ich schnitt ihr den Bauch auf und säuberte sie. Es war wirklich eine schöne Forelle, deren feiner Körper in allen Regenbogenfarben schimmerte. Ich steckte einen Stock in ihr Maul, schob ihn durch ihren ganzen Leib und grillte sie über der Glut. Dann aß ich sie, mit den Fingern. Ich hatte noch nie in meinem Leben einen so delikaten, wohlschmeckenden Fisch gegessen.

Ich kehrte zum Bach zurück, um mein Hemd zu waschen, das ich anschließend zusammen mit meinen anderen Kleidern zum Trocknen vors Feuer legte. Dann streckte ich mich auf dem kleinen Eisenbett aus und entspannte mich.

Als ich mich wieder anziehen konnte, erstickte ich die Glut, räumte die Hütte auf und verließ sie. Von einem Gebirge oder Bach war plötzlich nichts mehr zu sehen, nur wieder einer dieser dunklen, mit unzähligen Türen versehenen Gänge, in dem ich wie gewohnt weiter herumirrte. Die üblichen Schatten liefen dicht hinter mir, doch ihr Geflüster ließ mich kalt, und ich versuchte gar nicht erst, einen Blick auf sie zu erhaschen. Ich öffnete eine der beiden ersten Türen, an denen ich vorbeikam.

25

Tür 24

26

25

Die Wand

Ich betrat ein kleines Hotelzimmer, das komfortabel und ruhig war. Da sich niemand darin befand, beschloß ich, dort zu warten und mich ein bißchen auszuruhen, denn ich würde bestimmt Besuch bekommen. Ich zog mich aus, duschte warm und ausgiebig und legte mich ins Bett.
In diesem Moment hörte ich, wie die Tür des Nachbarzimmers sich öffnete und wieder schloß; offensichtlich waren ein Mann und eine Frau hineingegangen. Ihrer Unterhaltung, die andauernd von Seufzern, Stöhnen, Schreien und Röcheln unterbrochen wurde, entnahm ich sehr schnell, womit sie ihre Zeit zubringen würden. Zunächst versuchte ich, die Sache humorvoll zu nehmen. Dann bemühte ich mich, an etwas anderes zu denken, um nichts mehr zu hören.
Aber ganz egal, wie sehr ich mich in meinem Bett herumrollte und drehte, ihre Stimmen drangen in meinen Kopf ein, lie-

ßen für nichts anderes Platz und erhitzten meine Phantasie. Schließlich machten sie mich so verrückt, daß ich jede Selbstkontrolle verlor.

Ich stürzte aus dem Bett, setzte mich vor der Wand, von wo die Stimmen kamen, auf den Boden und hörte ihnen – den Schwanz in der Hand, das Ohr gegen die Wand gedrückt – bis zum Schluß zu, ohne daß mir ein Wort oder ein Seufzer entgangen wäre, nicht einmal das leiseste Geräusch saugender Münder und sich reibender Haut. Nach Luft schnappend lauschte ich.

MANN: Laß mich sehen, wie schön du bist.

FRAU: Du willst mich ansehen?

MANN: Ja, bitte.

FRAU: Gut, dann setz dich da hin, auf den Boden. Ja, gegen die Wand. Und jetzt mach deinen Hosenschlitz auf. Hol ihn raus. Mein Gott, wie schön er ist! Hol ihn ganz raus. Bitte. Ich will ihn ganz sehen …

MANN: Wir wollten uns doch erst nur ansehen …

FRAU: Ja, entschuldige. Ich tu's nicht wieder. Siehst du, jetzt bin ich wieder weg von dir. Sag mir, was ich dir zeigen soll?

MANN: Dreh dich um. Jetzt geh ein Stück. Wackel schön mit dem Hintern. Ja, so. Komm auf mich zu. Näher. Noch näher. Keine Angst, ich faß dich nicht an. Heb deinen Rock hoch.

FRAU: Du mußt dich gleichzeitig streicheln, ganz langsam.

MANN: Heb ihn noch ein bißchen höher … Zeig mir dein Höschen.

FRAU: Oh, das ist herrlich. Es ist so schön, wenn du ihn streichelst.

MANN: Zeig mir deinen Hintern. Deine Strümpfe werfen an den Knöcheln Falten. Zieh sie hoch. Bück dich und zieh sie hoch. Du hast ein durchsichtiges Höschen angezogen,

und jetzt zeigst du mir deinen Hintern. Los, zieh den Rock wieder herunter ... Ja, so ... daß er schön spannt über den Schenkeln ...

FRAU: Du kleines Ferkel, geil dich nicht so auf, sonst kommst du noch zu früh. Sieh dir das an, wie hart er ist! Ich bin ganz feucht.

MANN: Sei so lieb und hol den Sessel her. Ja, hierher. Setz dich hin. Schlag die Beine übereinander. Ja, du darfst mich ruhig mit deinem Schuh streifen. Stell sie nebeneinander. Schlag sie wieder übereinander. Langsamer. Heb das Bein jedesmal schön hoch.

FRAU: So? Kannst du so genug sehen?

MANN: Ja, so. Genau in Augenhöhe, ich sehe alles. Was machst du da?

FRAU: Ich ziehe meinen Rock hoch und spreize die Beine.

MANN: O mein Gott, dein Höschen ist ganz naß.

FRAU: Ich bin dermaßen erregt ... Ich will es jetzt ... Bitte, komm ...

MANN: Nein. Nicht sofort. Zieh dein Höschen aus. Gut. Nein, bleib in dieser Position. Leg deine Beine auf die Armstützen. Jetzt streichel dich.

FRAU: Ja, ja. Aber du auch. Ich will dich dabei sehen. Ja, mach weiter. Sieh, wie gut ich es mache ... Sieh ... Mit beiden Händen ... Oh, gib mir die Kerze ... Da, auf dem Tisch neben dir ... Oh, danke ... sieh, ich mach es für dich ... Für deinen Schwanz ...

MANN: Gut ... gut. Du bist so schön. Mach weiter. Mach es ganz, bis zum Ende.

FRAU: Und du? Machst du es auch?

MANN: Ob ich was mache?

FRAU: Ob du dir auch ...

MANN: Sag es. Ich will, daß du das Wort sagst und im gleichen Moment kommst. Ja, ich hol mir einen runter, ich hol

mir einen runter. Ja, du bist lieb, jetzt kommst du, los, komm, und sag es, komm …

FRAU: Du … holst dir … einen runter … aaaah …

MANN: Und jetzt wirst du ihn selbst spüren … Los, auf alle viere …

FRAU: Ja, genau das will ich … Ich habe es gemacht, um ihn zu haben.

MANN: Bist du gekommen? War es gut?

FRAU: Ja, ja. Aber dein Ständer ist dicker … Er ist besser, ich möchte ihn haben … Ich liebe ihn, ich liebe ihn … ganz tief hinein, ich liebe ihn … Ja, so, es kommt wieder … aaaah …

MANN: Komm aufs Bett.

FRAU: Ja. Warte. Ich will meinen Rock und meine Bluse ausziehen. Zieh dich auch aus.

MANN: Dein Mieder ist so schön. Laß es an, aber drück deine Brüste oben heraus.

FRAU: Dann saug an ihnen … hm … Jetzt die andere … vorsichtig … ja … Jetzt leg dich hin. Laß mich alles machen. Ich will jetzt was von dir haben.

MANN: Hmm … ist das schön, wenn du mir in die Brustwarzen kneifst, ja, genau so …

FRAU: Ich weiß. Und wenn ich daran sauge?

MANN: Hmm … Und deine Nägel …

FRAU: Meine Nägel sind am liebsten überall … da … und da … und … spreiz sie ein bißchen … und da … Nein, hab keine Angst …, da, ganz vorsichtig … das ist gut, oder? Los, dreh dich jetzt um. Auf den Bauch. Warte, ich will ihn darunterschieben. Da … Hmm … Nein, warte. Komm wieder auf den Rücken. Ich will, daß mein Körper ihn berührt. Ich will ihn überall spüren. Da … Auf den Fußsohlen … Siehst du, ich rolle ihn wie ein Stück Knetgummi … In den Kniekehlen … oh, toll,

in den Kniekehlen! Auf dem Bauchnabel … unterm Arm … auf dem Busen … auf dem anderen … zwischen den beiden … im Nacken … auf den Augen … und da … ich streichel ihn auf den Backen … unter der Nase … Mm … Komm in meinen Mund, du schönes Ding … Oh, laß mich. Laß ihn mir noch ein bißchen …

MANN: Gut, aber dann möchte ich ihn bei dir … hinten hineintun …

FRAU: …

MANN: Willst du?

FRAU: Warte … Ich weiß nicht.

MANN: Bitte …

FRAU: Ich weiß nicht … ich habe Angst.

MANN: Aber nein, du hast keine Angst … Zuerst hast du Angst, aber dann bist du so erregt …

FRAU: Ja, aber nicht heute … Bitte, nicht heute …

MANN: Gut. Dann komm. Leg deine Beine auf meine Schultern. Und deine Hand … Ja …

FRAU: Ja, so … Los … ganz tief hinein … noch tiefer …

MANN: Du bist so schön, wenn du kommst.

FRAU: Ja … ja, das war gut. Komm jetzt. Komm hierhin …

MANN: Hast du es dir anders überlegt?

FRAU: Ja, jetzt habe ich Lust. Sieh mal, ich bin so geil, das wird ganz von alleine gehen … los … siehst du … Siehst du, wie mir das gefällt … oh, ich spüre ihn … Er ist so dick … oh, mein Geliebter, du nimmst mich von hinten … ich bin so geil …, oh, bitte, gib mir alles, sag, daß du mich von hinten nimmst und gib mir alles …

MANN: Hier, nimm das … in den Hintern …

Sie stöhnten eine Weile im Chor, dann wurde es still. Kurz darauf hörte man, wie sie sich küßten und leise miteinander lachten, und dann drangen Geräusche aus dem Badezimmer.

Auch ich ging ins Badezimmer. Ich hatte auf den Teppich und

gegen die Wand ejakuliert. Mein Samen lief in dünnen Fäden langsam die Tapete herunter. Ich hatte es für diese Frau gemacht, die ich noch nie gesehen hatte. Jetzt wußte ich, was ich wollte. Ich würde zumindest ihre Stimme wiedererkennen, wenn ich sie treffen würde …

Zuversichtlich trat ich wieder auf den Gang hinaus. Ich ließ ein paar Türen links liegen, ehe ich wieder eine öffnete, denn ich wollte nicht das Risiko eingehen, sie sofort zu treffen. Im Moment wollte ich nur ihre Stimme behalten, denn sie war die Frau, mit der ich eben geschlafen hatte.

Das Netz

Es war eine Art große Bahnhofshalle, völlig leer und still. Sobald ich eintrat, hörte ich, wie eine schrille Stimme rief: »Zu Hilfe! Bitte!«
Die Stimme hallte wider, prallte an den Wänden ab und drang durch die ganze Halle. Ich hob den Kopf zum Glasdach, durch das das Tageslicht fiel. Ganz oben, direkt unter dem First, hing eine Frau in einer netzartigen Hängematte.
»Die haben mich gefesselt!« schrie die Frau.
Ich sah, daß an den Wänden ein ganzes Geflecht von Strickleitern befestigt war, die bis zum Dach hochreichten und ein riesiges Spinnennetz bildeten, das ein bißchen an das Tauwerk eines Segelschiffes oder an die Welt der Seiltänzer im Zirkuszelt erinnerte.
Ich klammerte mich an diesem komplizierten, unsicheren Seilsystem fest und begann meinen Aufstieg in Richtung Licht.

Tür 26

Diese Übung erforderte die totale Aufmerksamkeit meines ganzen Körpers, und ich bemühte mich, weder über noch unter mich zu sehen, um keinen Schwindelanfall zu bekommen. Je höher ich kletterte, desto mehr wurde ich von einer sanften Euphorie ergriffen, die mich schließlich so sehr packte, daß ich alles vergaß, außer mein erfreuliches Ziel, hoch in den Lüften an eine nackte Frau heranzukommen, die ich befreien würde.

Ich kam am Giebel des Glasdaches an, direkt vor dem in Licht getauchten Netz. Die auf dem Rücken liegende Frau war geschickt gefesselt – weniger so, als hätte man sie quälen wollen, als um ihre weiblichen Reize zu betonen. Das geknotete Seil war so um ihren Körper gespannt, daß das Fleisch in üppigen Rundungen dazwischen hervorquoll.

Ihre Brüste waren am Ansatz so umwickelt, daß zwei völlig voneinander getrennte Gebilde entstanden. Die Arme waren auf ihrem Rücken festgebunden. Ihre Schenkel und Beine hatte man einzeln mit Schnüren umwickelt und dann mit Kordeln, die man um ihre Knöchel und Knie geschlungen hatte, zusammengebunden. Begehrenswert erschien auf diese Weise nicht einfach ihr Körper, sondern jede einzelne Partie ihres so aufgeteilten Leibes, der dalag und jedem, der sich daran erfreuen wollte, preisgegeben war.

»Sie sind gekommen«, sagte sie voller Dankbarkeit.

Ich kroch vorsichtig über die Maschen der Hängematte, die zu schaukeln begann, und hockte mich auf die Frau. Um ihre Knöchel loszubinden, fuhr ich mit meinen Händen unter ihre Taille. Sie bedankte sich mit Tränen in der Stimme. Sobald ihre Hände befreit waren, zog sie mich zu sich hin und gab mir einen langen Kuß.

»Du hast mich befreit, du bist mein Gebieter«, sagte sie. »Binde mich jetzt los. Öffne meine Beine und binde sie ganz gespreizt oben fest. Fessele dann auch meine ausgebreiteten Arme. Ich will geöffnet und gefesselt sein, um dich in mir zu empfangen.«

Sie zog unter ihrem Hintern eine Kapuze aus schwarzem Gummi hervor, die sie über ihren Kopf stülpte und die außer einem runden Loch in der Nähe des Mundes keine Öffnung besaß, nicht einmal für die Augen.
Die Hängematte schaukelte leicht; mir drehte sich der Kopf. Ich lag auf ihrem gefesselten Körper, und mein Glied wurde steif.
Dann setzte ich mich wieder auf sie, zog alle meine Kleider aus und ließ sie in die Tiefe fallen. Ich band sie wieder fest, wobei ich ihre Glieder spreizte, wie sie es gewollt hatte. Während der ganzen Aktion rieben sich mein Glied und meine Hoden am Fleisch ihrer Schenkel, an ihrem Bauch oder ihren Brüsten und an der Kordel, die darumgeschnürt war. Das Netz schaukelte heftig, wodurch meine Erregung nur noch größer wurde.
Als sie festgebunden war, legte ich mich zwischen ihre Schenkel, die weit geöffnet in der Luft hingen, und drang in sie ein. Ich hörte, wie sie vor Lust stöhnte. Aus ihrer Kapuze schoß manchmal ihre Zunge hervor. Die Kordel reizte meine Haut, das Netz schaukelte, die Frau schrie, und ich stemmte mich gegen ihren gefesselten Körper, um so tief wie möglich in diese Frau ohne Kopf einzudringen, die jetzt eine bloße Ansammlung lüsternen Fleisches war, das besessen werden wollte … Ich ejakulierte in heftigen Stößen.
Dann setzte ich mich neben die Kapuze und schob meinen Schwanz in das Loch, das ihn sofort verschluckte. Die Arme weit ausgestreckt, klammerte ich mich an den Tauen fest, kniete über der Leere, den Kopf zum Licht gestreckt.
Als alles vorbei war, nahm sie ihre Kapuze ab, ich löste ihre Fesseln, und wir blieben noch einen Moment beieinander, eng umschlungen im Netz, und betrachteten den Himmel. Dann kletterten wir hinunter, und ich trennte mich zärtlich von ihr.
An der Ecke des Ganges öffnete ich eine Tür.

Tür 26

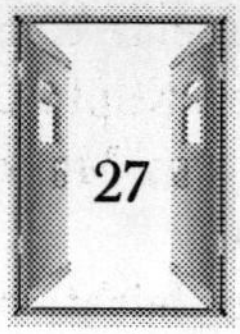

Der Fragebogen

Ich betrat eine große Bibliothek mit Holzregalen und einer gemütlichen Atmosphäre. Langsam ging ich durch das ganze Zimmer, dessen Wände mit Büchern vollgestellt waren. Auf den Regalen standen in alphabetischer Reihenfolge sowohl die großen Texte der Weltliteratur, ältere und neuere Werke, in ihren Originalsprachen oder übersetzt, als auch Bücher, von denen ich noch nie gehört hatte, seltene Ausgaben von unbekannten oder anonymen Autoren, lyrische, philosophische, erotische, esoterische Werke … Es gab eine Abteilung für Kunst, eine für Reiseberichte, eine weitere für wissenschaftliche Arbeiten.
Ich stöberte in den verschiedenen Abteilungen herum und blätterte in den Exemplaren, die mich am neugierigsten machten. Es war für mich so, als wäre ich in Begleitung alter Freunde, von denen ich die meisten zwar nicht kannte, die mir aber trotz-

dem nah waren, denn sie boten mir sofort eine innige Beziehung an, brauchten mich genauso wie ich sie und liebten meine Hände und meine Augen genauso wie ich ihre Seiten und Buchstaben. Zusammen würden wir das wunderbarste Team sein und die verrücktesten Abenteuer erleben, denn sie waren da, um mir bei meiner Suche zu helfen, mir dabei zu helfen, aus meinem Leben eine Suche zu machen, selbst wenn ich deren wirkliches Ziel nicht kannte. Durch diese Bibliothek hallte etwas wie eine großartige, schweigsame Musik, auf die ich mitten im Zimmer stehend lange lauschte.
Dann setzte ich mich an einen Schreibtisch, auf dem sich ein Stapel Schreibpapier, ein Stift und ein Fragebogen befanden, den ich ausfüllte; dabei versuchte ich immer wieder, all meiner Phantasie freien Lauf zu lassen und in mein tiefstes Inneres einzudringen.

Fragebogen

➤ Haben Sie mit zwei Zwillingsschwestern geschlafen?
➤ Haben Sie Ihre Nachbarin mit dem Fernglas beobachtet?
➤ Haben Sie nachts mit Ihrer Freundin mitten in einem Wald Analverkehr gehabt?
➤ Haben Sie eine Frau dafür bezahlt, daß sie mit Ihnen schläft?
➤ Haben Sie sich unter dem Tisch in ihrem Büro oder während eines Abendessens einen blasen lassen?
➤ Erinnern Sie sich an ihre Entjungferung?
➤ Haben Sie auf einer Leiter Sex gehabt?
➤ Haben Sie an einem ungewöhnlichen Ort, in einer ungewöhnlichen Situation oder auf ungewöhnliche Weise masturbiert?
➤ Haben Sie in einer gelben Regenjacke mit einer Seemannsmütze mit jemandem geschlafen?
➤ Waren Sie wahnsinnig verliebt?

- ➤ Haben Sie Liebesbriefe geschrieben? Haben Sie welche bekommen?
- ➤ Haben Sie mit angstvollem Herzen auf einen Anruf Ihres geliebten Wesens gewartet?
- ➤ Waren Sie eifersüchtig?
- ➤ Haben Sie einmal ein Telegramm erhalten, in dem ein Rendezvous abgesagt wurde?
- ➤ Haben Sie einmal in der Morgendämmerung geweint, weil sie allein waren?
- ➤ Hat man Sie betrogen?
- ➤ Sind Sie untreu gewesen?
- ➤ Haben Sie jemanden begehrt, den Sie nicht begehren durften?
- ➤ Haben Sie eine große platonische Liebe erlebt?
- ➤ Sind Sie verlassen worden?
- ➤ Haben Sie jemals jemanden leiden lassen?
- ➤ Waren Sie trunken vor Glück?
- ➤ Erinnern Sie sich an Momente, in denen Sie nach einem Abschied das geliebte Wesen auf einem Bahnsteig oder in einem Flughafen wiedergefunden haben?
- ➤ Lieben Sie die Einsamkeit?
- ➤ Haben Sie schon einmal das Gefühl gehabt, daß die Liebe Sie umbringen könnte?
- ➤ Haben Sie jemals wirklich geliebt?
- ➤ Haben Sie Lust, eine verflossene Liebe wiederzutreffen?
- ➤ Sind Sie im Moment verliebt?
- ➤ Haben Sie einmal leidenschaftlich, bis zur völligen Erschöpfung, mit jemandem geschlafen?
- ➤ Würden Sie Ihr geliebtes Wesen an seinem Geruch erkennen?
- ➤ Tun Sie mit dem geliebten Wesen alles, wovon Sie träumen?
- ➤ Lassen Sie alles mit sich geschehen?
- ➤ Ist es Ihnen schon einmal passiert, daß Sie Ihren Rivalen geliebt oder gehaßt haben?
- ➤ Fühlen Sie sich verantwortlich für den Tod eines Menschen?

- Haben Sie das Gefühl, viel zerstört zu haben?
- Haben Sie manchmal gespürt, wie Ihre Liebe sich in Haß verwandelte?
- Glauben Sie, daß Sie nach Ihrem Tod bei Ihrem geliebten Wesen bleiben können, egal, ob es tot oder lebendig ist?
- Was wären Sie ohne Liebe?
- Sind Sie bereit, aus Liebe alles zu geben? Alles aufzugeben?
- Lieben Sie Abenteuer für eine Nacht?
- Glauben Sie, daß Sie zu einer ewigen Liebe in der Lage sind?
- Haben Sie manchmal das Gefühl, daß Sie immer weiter auf der Suche nach einer absoluten und unmöglichen Befriedigung sein werden?
- Haben Sie manchmal das Gefühl, daß Sie nicht glücklicher und befriedigter sein könnten?
- Unter welchen Bedingungen haben Sie Ihre besten Orgasmen?
- Benutzen Sie Gegenstände beim Sex?
- Welche?
- Wie?
- Wie sieht Ihr idealer Frauentyp aus?
- Welchen Körperteil mögen Sie bei der Frau am liebsten?
- Denken Sie viel an Sex?
- Sehen Sie sich spezielle Filme und Zeitschriften an? Lesen Sie Bücher, die Sie erregen?
- Was ist Ihre erregendste Phantasievorstellung?
- Gefällt es Ihnen, wenn man von Ihnen träumt?
- Lieben Sie Ihren Körper?
- Lieben Sie Ihr Geschlecht?
- Gefällt es Ihnen, Ihren Samen zu verspritzen? Warum?
- Haben Sie Lust, zu leben, zu lieben und Orgasmen zu haben?

Ich blieb bestimmt mehrere Tage in dieser Bibliothek. Manchmal war ich in ein Buch vertieft, dann kehrte ich wieder zum Fragebogen zurück, um meine Antworten zu vervollständigen,

dann wieder versuchte ich, im Schlaf die Ruhe und die Träume zu finden, die meiner Lust und meiner Suche zuträglich sein würden.
Als der Hunger sich erneut bemerkbar machte, erwachte der Wolf wieder in mir, und ich stürzte mich erneut in den dunklen Gang. Es war ein sehr langer Gang, der so weit erleuchtet war, daß ich mehrere Kreuzungen, ein paar Emporen zwischen zwei Treppenläufen und unzählige Türen erkennen konnte. Da mich der Hunger antrieb, machte ich mir nicht die Mühe, lange zu zögern oder auszuwählen. Welche Tür auch immer ich öffnen würde, dahinter würde ich immer mich selbst finden.

32

Die Engel

In dem Moment, als ich die Tür erreichte, spürte ich, wie die Hände der mich verfolgenden Schatten sachte über meine Schultern strichen. Doch dieses Mal beunruhigte es mich überhaupt nicht. Ich drehte mich nicht um, denn nun war ich überzeugt, daß sie sich mir irgendwann von selbst zeigen würden und daß der Augenblick unserer Begegnung nicht mehr in ferner Zukunft lag. Denn genau das wollten sie mir mit ihrer leichten Berührung sagen, die mich gleichzeitig ermutigen sollte, in die nun vor mir liegende, neue Phase einzutreten.

Sobald ich die Tür öffnete, wurde ich von einer süßen, perlenden Musik eingehüllt, die ein bißchen an die Hintergrundmusik in Supermärkten erinnerte, und von einem Geruch ähnlicher Natur umnebelt, einem Duft nach Gebäck, Popcorn und Stielblumen, der den gleichen unnatürlichen Charakter hatte wie manche künstlichen Öle.

Ich trat in einen engen Gang, der an verlassenen Toiletten vorbeiführte. Die synthetische Musik wurde von einem Gezwitscher aus Lachen, Flüstern und Seufzern überlagert. Ich tat noch ein paar Schritte und erreichte die eine Seite eines riesigen Theatersaales, dessen Wände ganz mit himmelblauem Samt verkleidet waren und der ein immenses Parkett mit ansteigenden Sitzreihen, eine Unmenge an Parterrelogen, Ranglogen und Balkonen besaß sowie drei große überhängende Galerien. Zwischen Orchestergraben und Olymp flatterten Schwärme von Engeln herum, die sich in einem unbeschreiblichen Wirrwarr umschlungen hielten.
Diese nackten, schönen Wesen, von denen die meisten bisexuell waren, schienen hauptsächlich damit beschäftigt, in den oft halb eingedrückten Sesseln unter einem Regen aus Federn und Daunen, die aus ihren Flügeln fielen und im ganzen Saal eine neblige Atmosphäre verbreiteten, ununterbrochen ihrer Wollust zu frönen.
Doch die gigantische Bühne, deren Vorhänge offensichtlich schon seit langem heruntergerissen worden waren, denn es hingen nur noch ein paar schmutzig-rote, verblichene Fetzen daran, und deren Bohlen unter einer dicken Staubschicht verschwanden, diese wundervolle Bühne, die die Form eines Halbmondes hatte, war völlig leer.
Ich bahnte mir langsam einen Weg durch die erste Sitzreihe. Von allen Seiten streiften mich Engel, die umeinander herumflatterten, ohne sich um mich zu kümmern, und die unaufhörlich plapperten, lächelten und von einer ewigen Jugend zu sein schienen. Sie alle hatten harmonische, schlanke und leicht muskulöse Körper, weiches, verlockendes Fleisch und eine glatte, völlig unbehaarte Haut. Viele von ihnen besaßen zweierlei Geschlechtsmerkmale: herrliche feste, runde Brüste und gleichzeitig einen Penis und Hoden. Manche waren ausschließlich weiblich oder männlich, andere besaßen überhaupt kein Geschlecht

und hatten zwischen den Beinen eine merkwürdig glatte Stelle, und wieder andere waren Zwitter.

Letztere trugen manchmal das weibliche Geschlechtsteil direkt über dem männlichen Glied zur Schau; während bei anderen umgekehrt die männliche Rute über dem weiblichen Spalt hing. Sie paarten sich auf eine Weise, die mir nahezu perfekt erschien, indem nämlich der erste seinen oberen Schwanz in die obere Spalte des zweiten steckte, während der zweite seinen unteren Schwanz in den unteren Spalt des ersten steckte. Jeder drang gleichzeitig ein und empfing, jeder war für den anderen gleichzeitig Mann und Frau. Ich stellte mir vor, daß sie sich auf diese Weise in die höchsten ekstatischen Zustände versetzen konnten.

Auch die anderen Engel hielten sich pausenlos, ohne jeden Unterschied hinsichtlich des Geschlechts zu machen, umschlungen; sie klebten aneinander, flatterten von einem zum nächsten, vom Parkett zum Balkon, von Rangloge zu Parterreloge, und in diesem allgemeinen Durcheinander nahmen sie alle Positionen ein, die man sich bei solchen Wesen, die von den Gesetzen der Schwerkraft befreit sind, nur vorstellen kann.

Die Glieder waren in ständiger Erektion, die Vulven immerzu geschwollen. Es hätte obszön wirken können, wie alle diese haarlosen Geschlechtsteile sich zur Schau stellten. Doch am merkwürdigsten erschien mir – denn seit ich in diesen kleinen Zirkus gekommen war, hatte ich bemerkt, daß man hier von dieser Sorge befreit war –, daß alle Geschlechtsteile, selbst die weiblichen, bis zum Anus von einer Art hochentwickeltem Präservativ überzogen waren, einer sehr feinen Latexhaut, die sich so perfekt an die natürliche Haut zwischen den Beinen anschmiegte, daß man sie gar nicht mehr wahrnahm. Alle diese Präservative waren zart getönt, und zwar in Regenbogenfarben, wie mir bald auffiel. Wenn diese Wesen sich schützen müssen, dachte ich, dann habe ich vielleicht, obwohl es nicht

so aussieht, hinter dieser Tür eine Welt gefunden, die der Welt draußen – die wir normalerweise die reale Welt nennen – ungeheuer ähnlich ist …

Mir fiel auf, daß der Boden zwischen den Federn und verstreuten Daunen mit Popcorn übersät war. Ich hob davon so viel auf, daß mein gröbster Hunger gestillt wurde, und begab mich dann ans andere Ende des Saals, wo ich die Treppe fand, die zu den oberen Galerien führte. Ich hatte ein solches Verlangen, mich unter diese nackten Wesen zu mischen, daß ich alle meine Kleider auf dem Treppenabsatz liegen ließ und in den Olymp hochstieg.

Dort oben herrschte die gleiche Atmosphäre wie im Parkett, wobei durch die relative räumliche Enge vielleicht ein noch größeres Durcheinander entstand und auch mehr Phantasie eingesetzt wurde, denn den Engeln machte es ein besonderes Vergnügen, das Geländer für ungewöhnliche akrobatische Kunststückchen zu benutzen.

Ich hatte auch einen guten Ausblick auf die leere, verlassene Bühne, die mir inmitten dieser ganzen Unruhe noch öder erschien. Mir fiel auf, daß keiner der Engel jemals einen Blick darauf warf, so als hätten sie gewußt, daß dieser Anblick zu traurig, beinahe unerträglich war und womöglich ihre Freude überschattet hätte.

Ich beschloß, es ihnen gleichzutun, stürzte mich mit dem Rücken zur Bühne in das Gewühl, und versuchte langsam, aber sicher, an ihren munteren Spielchen teilzuhaben. Ich begann, um mich herum Zärtlichkeiten zu verteilen, wobei ich zuerst versuchte, mir meinem bisherigen Geschmack entsprechend weibliche Engel auszusuchen. Doch die Geschlechter waren zu vermischt, und es waren einfach zu viele da. Als ich merkte, daß ich den üppigen Busens eines Wesens küßte, das sich plötzlich als Inhaber eines Penis herausstellte, der ebenso groß und steif war wie mein eigener, verzichtete ich darauf, Unterschiede zu machen, die an diesem Ort anscheinend völlig sinnlos waren.

Ich begann nach und nach, alles zu berühren, was sich mir anbot, und so kam es, daß sich plötzlich zum ersten Mal in meinem Leben ein Schwanz in meinem Mund befand, den ein hermaphroditischer Engel ungefragt hineingesteckt hatte, als er vor meinem Gesicht herschwebte. Mit dem Präservativ darum schmeckte er fast wie ein Anislutscher, und ich behielt ihn gerne im Mund, während ich die hübsche Muschi bewunderte und streichelte, die sich unter seinen Eiern öffnete und ebenfalls von einer feinen grünen Latexschicht überzogen war. Bald plazierte sich ein männlicher Engel hinter ihn und drang in sein weibliches Geschlecht ein, während ich mich weiter seines anderen Geschlechtsteils annahm.

Wirst du von uns beiden nicht schön verwöhnt, mein Hübsches? dachte ich. Es dauert bestimmt nicht mehr lange, bis du kommst. Und ich fragte mich, wie sie nach dem Höhepunkt diese Präservative abnehmen und austauschen würden, die so fest an ihrer Haut zu haften schienen. Aber nach einer Weile zogen sich beide zurück, um jeder in eine andere Richtung weiterzufliegen, ohne zum Orgasmus gekommen zu sein.

Ich für meinen Teil war sehr erregt. Ich stürzte mich auf einen weiblichen Engel neben mir und drang sofort in ihn ein. Er hatte große Rehaugen und war der erste, der mich mit seinem wirklich engelhaften, rührenden Gesicht überhaupt einmal ansah. Ich streichelte seine langen blonden und seidigen Haare und beschloß, mich trotz meiner Wollust nicht zu sehr zu beeilen, damit auch er genügend Zeit hätte, mit mir den Höhepunkt zu erreichen.

Doch in diesem Augenblick spürte ich etwas, das ich in meiner Eile übersehen hatte. Ich war wieder an einen Zwitter geraten. Sein aufgerichteter Schwanz, der versuchte, sich zwischen meinen Hinterbacken seinen Weg zu bahnen, ließ daran keinen Zweifel. Erschrocken zog ich mich mit einem Ruck aus ihm zurück. Ich bedauerte diese grobe Bewegung sofort und hätte mich

gerne entschuldigt, doch war dies unnötig, denn er suchte schon wieder nach anderen Gespielen, immer noch lächelnd und völlig ungerührt.

All diese Abenteuer hatten in mir ein höchst frustriertes Gefühl erzeugt. Du bist nicht locker genug, sagte ich mir. Sei wie die anderen, laß dich gehen, laß es mit dir geschehen, dann wirst du die gleichen Glückseligkeiten erleben.

Um mich herum begannen sich die Engel in Gruppen zu formieren. Die männlichen und Zwitterwesen unter ihnen nahmen sich jetzt gegenseitig in einer Reihe, einer hinter dem anderen. Die Kette bestand schon aus dreißig bis vierzig Mitgliedern und wurde von Minute zu Minute länger. Ohne weiter darüber nachzudenken, drang ich mit einem energischen Stoß in den rosafarbenen Hintern, der sich vor mir öffnete. Dann baute sich ein anderer Engel hinter mir auf, denn so wollte es das Kettenspiel, und dieses Mal ließ ich ihn machen. Ich spürte, wie die Spitze seines Schwanzes sich vorsichtig in meinen Anus schob und langsam hineinglitt, bis er ganz hineingetaucht war. Er begann sich zu bewegen, im gleichen Rhythmus, in dem ich den Engel vor mir stieß, im Rhythmus der ganzen Kette. Der Schmerz war einer fremdartigen Lust gewichen, und ich brüllte vor Wut und Wonne zugleich.

Um uns herum liebten sich die weiblichen Engel untereinander, oder ließen es sich von den asexuellen Engeln machen, die sich vielleicht am unersättlichsten aller Geschlechter bedienten, auch wenn sie dazu nur ihre Münder und Hände benutzen konnten. Andere Engel, die über einen Schwanz verfügten, lösten sich aus der Kette, um sich ihren Spielen anzuschließen, was auch ich tun wollte, sobald ich mit den Männern fertig wäre.

Mir fiel auf, daß merkwürdigerweise niemand den Orgasmus abgewartet hatte, um dann erst ein anderes Vergnügen zu suchen. Da es für mich die erste homosexuelle Erfahrung war, lag mir daran, sie bis zum Ende durchzuspielen, um zu wissen, wie

es sich anfühlte, in den festen Hintern eines Mannes zu ejakulieren, und dabei zu spüren, wie mein eigener von einem anderen Kolben erfaßt und durchbohrt wurde. Ich brauchte nicht mehr lange, um zu kommen. Ich stieß einen Schrei aus, und mein Saft schoß hervor wie ein Pfeil.
Im selben Moment begann auch der Engel, den ich gehabt hatte, zu schreien und trennte sich von mir, um weinend auf dem Boden zusammenzusinken. Gleichzeitig hatte sich der Engel hinter mir ruckartig herausgezogen, und innerhalb weniger Sekunden hatte sich die ganze Kette aufgelöst. Auf der ganzen Galerie herrschte plötzlich eine Art von Niedergeschlagenheit, die sich langsam in Wut und Raserei verwandelte. Engel rissen sich die Federn aus, andere zerkratzten sich die Brust oder wirbelten im Kreis herum. Vor meinen Augen lösten sich ihre Gesichter auf, und ihre Körper sackten in sich zusammen; ihr herrliches Fleisch wurde weich und verquollen, verformte sich auf erbarmenswerte Weise, und in die Haut um ihre Augen, auf den Wangen und der Stirn gruben sich Falten … Dann drehten sie sich zu mir um und versuchten, um mich zu beeindrucken, ihre Flügel auszubreiten, die nur erbärmlich knirschten und auseinanderbröckelten, und zeigten alle gemeinsam mit dem Finger auf mich.
»Was ist denn los? Was habe ich getan?« fragte ich verdutzt.
»Er ist gekommen!« schrie ein Chor von Klageweibern.
»Ich verstehe nicht … Warum hätte ich nicht kommen dürfen?«
»Gotteslästerer! Alles zerstört! Wisse, daß wir niemals den Höhepunkt erreichen, du Elender, denn wir haben gelernt, die höchste Wollust zu vergessen! Vergessen! Darum waren wir so schön! So rein! So vollkommen! Sieh, was du aus uns gemacht hast!«
Sie klammerten sich an mich und schlugen mit haßerfüllten Blicken auf mich ein. Plötzlich merkte ich, wie ein Gefühl der Ungerechtigkeit und des Aufbegehrens in mir wach wurde, und ich begann ebenfalls zu schreien.

»Die Elenden seid ihr selbst! Ihr seid doch nur das jämmerliche Publikum eines Abgrunds, vor dem ihr die Augen verschließt! Was tut ihr denn noch in diesem Theater, wo niemand mehr die höchste Erregung kennt? Eingeschlossen hockt ihr aufeinander und begehrt euch, ohne jemals zum Orgasmus zu kommen!«

Doch meine letzten Worte versetzten sie in Rage. Viele von ihnen schienen völlig verrückt zu werden. Sie hielten sich beide Ohren mit den Händen zu, brüllten hysterisch und warfen den Kopf hin und her, so als wollten sie alles leugnen, was ich getan und gesagt hatte. Andere wurden gewalttätig und wollten mich lynchen. Glücklicherweise hatte ihnen meine Lust viel von ihrer Kraft genommen, und es gelang mir zu fliehen.

Ich verließ das Paradies, sammelte im Flur meine Kleider ein, zog mich wieder an und nahm den ersten Ausgang, worauf ich mich am Fuß einer Treppe wiederfand. Ich fühlte mich angeschlagen und erschöpft. Und auch traurig, so als hätten diese bemitleidenswerten Wesen es geschafft, mich mit ihrer Lebensfeindlichkeit anzustecken. Ich spuckte auf den Boden, um sie zu verfluchen.

Ich befand mich an der Kreuzung mehrerer Gänge; eine einzige Tür bot sich mir.

33

Der Hund

Es war völlig dunkel. Die Hand auf der Türklinke, zögerte ich einen Moment, doch dann siegte meine Neugierde, und ich trat ein.

Ich tastete mich an der Wand entlang und stieß auf eine erste Ecke, dann auf eine zweite, so als würde ich in ein neues Zimmer gelangen. Dann hörte ich plötzlich, wie ein Gitter von oben herabfiel, und ich war eingeschlossen in einem winzigen, von Gittern umgebenen Raum.

Ich begann zu rufen, doch nichts tat sich. Nachdem ich alle Wände des spärlichen Raumes abgesucht hatte, in der Hoffnung, irgendeinen Ausgang zu finden, und mehrmals mit aller Kraft an dem Gitter gerüttelt hatte, legte ich mich schließlich zusammengekauert auf den Boden und versuchte einzuschlafen, um die Angst zu verjagen, die die Stille, das Dunkel und das Gefühl, daß die Zeit stehengeblieben war, in mir erzeugten.

Ich war gerade eingeschlafen, als ich durch einen Fußtritt in den Oberschenkel brutal geweckt wurde. Grelles Licht fiel auf mich. Ich zwinkerte mit den Augen und sah unter dem hochgeschobenen Gitter eine Frau in Anglerstiefeln und glänzenden Dessous, die mich durch ein Hundehalsband, das um meinen Hals gebunden war, an der Leine hielt.

»Komm aus deiner Hütte, du dreckiges Tier«, sagte die Frau und zog heftig an der Kette. Ich wollte aufstehen, erhielt jedoch einen weiteren Tritt ihres spitzen Anglerstiefels.

»Auf alle viere!« befahl sie in einem Ton, der jede Diskussion verbot.

Ich gehorchte. Während ich hinter ihr herkroch, ließ ich meinen Blick von ihren Pfennigabsätzen zu ihrem kleinen Hintern hochwandern, der aus einem sehr engen Slip herausquoll und munter hin und her wackelte. Sie war schlank und gut gebaut, sehr erotisch in ihren enganliegenden, glänzenden Dessous aus Kunstleder. Das im Rücken gebundene Korsett unterstrich die Wölbung ihres schön geschwungenen Gesäßes.

Ich folgte meiner Herrin in den Salon. In einer Ecke des Zimmers machte es sich ein dicker Mann, der einen seidenen Morgenrock trug und eine Zigarre rauchte, auf einem Sofa bequem.

»Dieses dreckige Tier hat schon wieder Unfug gemacht«, sagte der dicke Mann, indem er mich böse ansah. »Wenn das so weitergeht, werden wir ihn einschläfern müssen.«

»Keine Sorge, ich bändige ihn schon«, sagte die Frau.

Sie zog mich in die Küche. Mir taten langsam die Knie weh. Sie tat einen großen Haufen Hackfleisch in einen Napf, ging in den Salon zurück und stellte ihn vor das Sofa.

»Iß«, sagte sie.

Und ohne meine Kette loszulassen, setzte sie sich neben den dicken Mann, öffnete seinen Morgenrock und fing an, ihm einen runterzuholen. Ich legte versuchsweise meine Hand auf ih-

ren Schenkel, in der Hoffnung, an ihrem Spiel teilnehmen zu dürfen, bekam jedoch sofort einen Fußtritt in die Rippen.
»Du fettes Schwein!« schrie die Frau. »Wirst du wohl dein Fleisch essen!«
Ich beugte mich über den Napf und nahm drei Bissen, die ich mühsam hinunterschluckte.
»So ist es gut, du bist ein guter Hund«, sagte meine Herrin, indem sie mir den Nacken streichelte. »Zur Belohnung darfst du jetzt lecken«, fügte sie hinzu und hielt mir ihren Fuß hin.
Ich begann, mit der Zunge über die Spitze ihres Stiefels mit seinen schwindelerregend hohen Absätzen zu fahren. Der Dicke beobachtete mich dabei mit lasterhaftem Blick. Die Frau war zu seinem kleinen Schwengel hinabgetaucht, der jetzt steif zu werden begann, und fing an, daran zu saugen.
Ich leckte gewissenhaft weiter an den Stiefeln. Als ich sah, daß die beiden zu sehr in ihr unzüchtiges Tun vertieft waren, um auf mich achtzugeben, knöpfte ich schnell meine Hose auf und behalf mir selbst, während sie weitersaugte; dabei rieb ich mich an ihrem Bein, genauso, wie ein Hund es getan hätte.
Ich kam schneller als der Dicke. Sie hatten nichts bemerkt. Ich befreite mich von meinem Halsband und ging unauffällig auf die Tür zu, wobei ich einen letzten Blick auf meinen Saft warf, der an ihrem Anglerstiefel aus Vinyl herunterlief. Ich mußte lachen.
Im Gang knöpfte ich meine Hose wieder zu und stieß die nächste Tür auf.

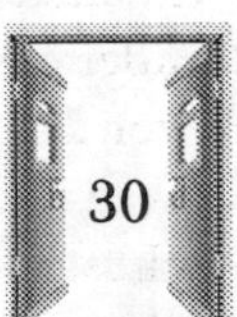

Jane und der Marsupilami

Alles war grün. Alles, außer dem Fluß mit seinem türkisfarbenen Wasser und den Hütten aus Palmwedeln und rotem Holz auf der Lichtung. Es war ein undurchdringlicher Urwald, in dem der Gesang von Kolibris und Kakadus und das leise Rascheln von Schlangen zwischen den Blättern widerhallte. Ich entfernte mich vom Waldrand, um auf die Hütten zuzugehen, die neben einem Pfad errichtet waren.

Es waren etwa zehn; kein Mensch war zu sehen, und doch mußte es hier menschliches Leben geben, denn an zwei der Hütten war ein Schild befestigt: an der langgestreckten stand CAFÉ geschrieben, während die kleinste, deren Dach mit einer ganzen Anzahl komplizierter Antennen versehen war, sich als BANK auswies. Sie schienen gut in Schuß und nicht verlassen zu sein.

Ich ging bis zum Fluß weiter, den ich zwischen den Blättern glitzern sah, und stellte fest, daß er an beiden Ufern, soweit ich

blicken konnte, von einer etwa fünfzig Zentimeter hohen Mauer aus aufeinandergelegten Steine gesäumt war. Ich setzte mich auf das Mäuerchen, um mir den funkelnden Fluß anzusehen. Da sah ich plötzlich, wie ein abscheulicher Kopf aus dem Wasser auftauchte, der zuerst lautstark schnaufte und dann kehlige Schreie ausstieß.
Ich war mit einem Satz aufgesprungen. Aber es war nur ein Mann, irgend jemand aus der Gegend, dessen Gesicht halb von einer alten Tauchmaske verdeckt war, und der offensichtlich guter Laune war. Er stieg aus dem Wasser, die Arme in Siegeshaltung in die Höhe gestreckt, lachte und ließ dabei auf komische Weise seine schwächlichen Beine tanzen, die sich in seinen viel zu großen, durchnäßten Shorts verloren. Über die sonnenverbrannte Haut seines Oberkörpers zog sich vom Schlüsselbein bis quer zum Brustbein eine Narbe, die von einem Messerstich zu stammen schien.
Er kam auf mich zu, wobei er immer noch vor Freude hüpfte und ganz außer Rand und Band war, und öffnete direkt vor meinem Gesicht seine Hände. Ich wich etwas zurück, denn er hielt das, was er mir zeigen wollte, so nah an mich heran, daß ich schielen mußte. In seinen beiden Handflächen glänzte ein großer Goldklumpen.
»Das ist Gold, Kamerad!« sagte er. »Gold!«
Und indem er seine Maske vom Gesicht zog, zeigte er auf die Steinmauern.
»Das da. Das habe ich alles aus dem Fluß geholt, um besser ranzukommen. Schönes Stück Arbeit, was?«
Er betrachtete voller Stolz sein Werk – Tausende von Steinen, die er geduldig gesammelt und aufgetürmt hatte.
»Jetzt gibt es nur noch die Goldklumpen. Jetzt muß man nur noch reintauchen und sich bedienen. Da, nimm, Kamerad!«
Und er drückte mir einen Goldklumpen in die Hand.
»Nimm! Nimm! Ich geb' ihn dir!«

Er war begeistert über mein überraschtes, ungläubiges Gesicht, begeistert von seiner eigenen Großzügigkeit. Seine kleinen, haselnußbraunen Augen glänzten.

»He, he! Los, Kleiner, komm, ich geb' einen aus!«

Er zog mich in Richtung Bar. Unterwegs sah ich mir den Goldklumpen an. Er hatte die Form eines Hinterns, oder eines Herzens, je nachdem, wie man ihn hielt. Ich fragte mich, ob ich ihn behalten oder verkaufen sollte. Alles hing von seinem Wert ab. Heutzutage war es vielleicht interessanter, eine Kreditkarte zu finden als einen Goldklumpen. Ich steckte ihn in meine Tasche.

Die dunkle Bar, die ganz aus Holz war, hatte etwas von einem Saloon. Als wir eintraten, drehten sich die vier Säufer am Tresen gleichzeitig nach uns um, alle mit der gleichen langsamen Kopfbewegung, ohne auch nur zu zwinkern, und ohne ihren restlichen Körper aus seiner starren Haltung zu lösen. Es waren ein kleiner alter Mann, der ein verschlagenes Gesicht hatte, eine Bohnenstange mit dümmlichem Grinsen und zwei mittelgroße Männer mit roten Köpfen, die kräftig gebaut, etwa dreißig bis fünfunddreißig Jahre alt waren und sich wie Brüder glichen.

»Ich geb' einen aus«, wiederholte mein Goldsucher dem Barkeeper, einem großen Mann mit Schnurrbart und Pferdeschwanz, der sechs Biergläser auf dem Tresen aufbaute.

Von nun an gab jeder reihum eine Runde aus. An der Decke wälzte ein riesiger Ventilator die stickige Luft um, während die Männer sich ihre letzten Goldsucher-Abenteuer erzählten oder für mich alte Geschichten hervorholten, die alle schon kannten und in denen es um Goldadern ging, von denen eine phantastischer war als die andere, und um Reichtümer, die innerhalb weniger Tage gewonnen und wieder zerronnen waren.

Mein »Freund« machte ihnen weis, daß ich vor seinen Augen einen Goldklumpen gefunden hätte, einfach so, durch Zufall, ich hätte mich nur gebückt, und er forderte mich auf, ihn ihnen

zu zeigen, wobei er behauptete – und das tat er mit einer mysteriösen Selbstgefälligkeit –, er hätte noch nie einen Typen mit soviel Glück getroffen wie mich. Die anderen betrachteten meinen Schatz, wobei sie sichtlich beeindruckt die Köpfe hin und her wiegten. Da ich eine Art Held geworden war, lud ich zu einer neuen Runde ein.

Ich hatte bestimmt schon literweise Bier in mich hineingeschüttet, doch es war immer noch genauso heiß. Das Gespräch wurde immer vorworrener, und mein Hemd klebte mir auf der Haut. Ich erkundigte mich nach dem Weg zu den Toiletten. Man zeigte mir einen Gang am Ende des Raumes.

Er war nur durch das schwach flackernde Licht eines Schildes am anderen Ende erleuchtet, das auf die Toiletten hinwies. Ich ging, durch das Bier ein wenig schwankend, darauf zu. Als ich mich gegen die Wand stützen wollte, um leichter meinen Weg zu finden, bemerkte ich, daß meine Hände auf beiden Seiten nur Gitter berührten.

Gleichzeitig wurde mir bewußt, daß sich hinter diesen Gittern etwas ereignete, denn ich hörte plötzlich reibende und keuchende Geräusche. Zuerst hatte ich das Gefühl, mich in dem engen Gang einer Zirkusmenagerie zu befinden, zwischen den Käfigen der Affen und wilden Tiere. Aber mein Gehirn war zu vernebelt, als daß ich mir weitere Fragen gestellt hätte, und mein dringendstes Anliegen bestand darin, die Toiletten zu erreichen, um dort endlich diese unmäßige Flüssigkeitsmenge, die wie ein unruhiges Meer durch meinen Körper wogte, herauszubefördern.

Als ich wieder zur Bar zurückging, hörte ich, daß man mich aus den Käfigen heraus von allen Seiten anrief. Es waren wispernde Stimmen, die jedoch nicht denen der Schatten im Gang glichen, die mich immer beim Namen nannten, während diese hier sich der Sprache der Prostituierten bedienten, wie »Kommst du, Liebster?« und anderer süßer Worte. Obwohl ich noch betrun-

ken war, begriff ich alles: In diesem Dorf, das nur aus ein paar Hütten primitiver Goldsucher bestand, gab es dennoch eine Bank, die zwar klein, jedoch über moderne Kommunikationsmittel mit den Banken und Börsenplätzen der ganzen Welt verbunden war, eine Bar, wo Bier und Schnaps in Strömen flossen, und einen Puff.

Ich lehnte mich gegen die Gitter eines Käfigs, um irgend etwas im Inneren erkennen zu können, worauf die Tür von selbst aufging. Am Ende des Raumes sah ich auf der rechten Seite ein Bett, auf dem sich die sinnlichen Umrisse einer jungen nackten Frau erkennen ließen, die mir den Rücken zuwandte.

»Komm, o bitte, komm schnell«, flüsterte sie mehrmals mit einer vor Lust brennenden Stimme.

Ich entledigte mich meiner Kleider, die ich auf den Boden fallen ließ, und gesellte mich zu ihr auf das Bett. Sie wandte mir weiter den Rücken zu, doch ihr herrliches Gesäß war so wohlgeformt, daß ich gar nicht auf die Idee kam, mich über ihre Position zu beschweren, sondern sie an den Hinterbacken packte und mit meinem Schwanz dazwischenstieß, wo er wie von allein in sie hineinglitt, denn das Mädchen war so erregt, daß sie eine glitschige Salbe zwischen den Beinen zu haben schien. Sie ließ es mit sich geschehen, ohne ein Wort zu sagen.

Sie hatte eine weiche Haut und einen geschmeidigen Körper und war erstaunlich gefügig; ihre Vagina war so elastisch, daß sie einem den Penis gleichzeitig aussaugte und massierte, als würden ein erfahrener Mund und eine geübte Hand gemeinsam ihr Talent entfalten. Wegen des Alkohols mußte ich mich recht lange betätigen, bis ich spürte, wie langsam die Erregung hochstieg und ich mich in dem Mädchen ergoß. Ich schlief sofort ein, wobei ich sie fest in meine Arme nahm, ohne mich aus ihr zurückzuziehen.

Erst als ich aufwachte, wurde mir bewußt, daß ich eine aufblasbare Puppe gevögelt hatte, deren lüsterne Rufe aus einem klei-

nen Kassettenrecorder drangen, der auf dem Nachttischchen stand. Jetzt, wo meine Augen sich an die Dunkelheit gewöhnt hatten, betrachtete ich sie mir genau von allen Seiten. Sie hatte verdammt tolle Kurven, besaß ein Paar schöner, spitzer Brüste und ein niedliches Gesicht mit großen, flehenden Augen und einem fleischigen Mund, der gerade ausreichend geöffnet war, um einen Schwanz darin in Empfang zu nehmen.

»Da hast du mich also angelogen, du kleines Miststück«, sagte ich zu ihr.

Und um sie zu bestrafen, stellte ich mich mit gespreizten Beinen über sie und pinkelte ihr ins Gesicht. Dann packte ich sie bei den Haaren und steckte ihr meinen Kolben in den Gummimund.

»Na, was sagst du dazu?«

Sie sagte nichts dazu, aber man hätte meinen können, zwischen ihren Lippen befände sich ein Saugnapf. Ich ließ ihren Kopf vor- und zurückschnellen, indem ich sie an den Haaren festhielt; ihre großen starren Augen sahen mich immer erstaunter an, und sie saugte mit der Wirksamkeit einer Orgasmusmaschine an meinem Klöppel, während ich die Situation nutzte, um sie mit Beschimpfungen und Obszönitäten zu überschütten. All diese Schweinereien, mit denen ich mich an der Täuschung rächte, die mir widerfahren war, stiegen mir zu Kopf. Ich begann, ihren Hals zwischen meinen beiden Händen zusammenzuquetschen, wobei ich mit aller Kraft meine Daumen zusammendrückte, und genau in dem Moment, als der Latex unter dem Druck zerplatzte, ejakulierte ich.

Auf allen vieren durch den Käfig rutschend, suchte ich nach meinen Kleidern. Doch sie waren verschwunden. Ich fand nur ein winziges Höschen aus Leopardenimitat, ein lächerliches Teil, das ich trotzdem anzog, da ich nichts Besseres hatte.

Die Bar war offensichtlich geschlossen. Sie war leer, und die Tür war von innen verriegelt. Ich war fast erleichtert darüber, denn

ich legte keinerlei Wert darauf, mich in diesem Aufzug zu zeigen. Ich sah durch die Scheibe nach draußen. Auch keine Menschenseele. Außer einem kleinen alten Mann, der im Schatten auf dem Boden kauerte. Sehr gut. Ich öffnete die Tür, trat hinaus und ging auf ihn zu.

Sobald er mich sah, prustete er los, schlug sich auf die Schenkel, zeigte mit dem Finger auf mich und brach in ein idiotisches Gelächter aus, in das sich ein heftiger Schluckauf mischte. Ich hätte ihn gerne mit einem Fausthieb zum Schweigen gebracht, doch er war wirklich zu schwächlich.

»Wo sind meine Klamotten?« fragte ich ihn in ziemlich drohendem Tonfall, damit er mir auch ja antwortete.

Immer noch von seinem Schluckauf geschüttelt, zeigte er mit dem Finger auf eine Baumspitze. Als ich auf den mächtigen Stamm zuging, sah ich, daß meine Kleider auf einem dicken Ast abgelegt worden waren, sorgsam gefaltet, die Schuhe obenauf. Zum Glück hing von demselben Ast eine stabile Liane herunter.

Ich begann, mich wie an einem Kletterseil daran hochzuziehen. Der Ast war mehrere Meter vom Boden entfernt. Jedesmal, wenn ich meinen Körper ausstreckte, um mich weiter hochzuziehen, rieb sich mein Geschlecht, das frei unter dem Stückchen Stoff baumelte, welches eigentlich meine Scham schützen sollte, sanft an der Liane. Als ich am Ziel angekommen war, hatte ich einen Ständer und bedauerte fast, daß die Reise schon beendet war.

Dieser Baum hatte etwas Eigenartiges. Es war nämlich eigentlich ein künstlicher Baum, ein Zierbaum. Das Holz, die Rinde, die Blätter, die Lianen, alles war nachgemacht. Ich blickte zu den anderen Bäumen im Dschungel hoch, um zu sehen, ob sie genauso unecht waren wie meiner. Da erst sah ich, daß in den Ästen eines Nachbarbaumes ganz entspannt ein wunderbares Wesen aus Fleisch und Blut saß, eine wunderschöne Frau, die

nur mit einem Höschen bekleidet war, das meinem glich. Meinem Höschen, das sie wie gebannt anstarrte, wobei sie mit der Zunge über ihre Lippen fuhr.
Ich senkte meinen Blick auf den Gegenstand ihrer Neugier und Begierde und sah, daß mein durch die Liane steif gewordener Schwanz, der noch steifer war, seit ich dieses nackte Pin-up-Girl erblickt hatte, das Stück Stoff so weit hochgeschoben hatte, daß die Eichel heraussah.
Ich sah wieder zu dem Mädchen hinüber, das sich nach wie vor für nichts anderes als meine Männlichkeit interessierte, und zwar so sehr, daß sie jetzt sogar ihre Brüste massierte und dann mit den Händen über ihren Bauch und ihre Schenkel glitt, um schließlich weit die Beine zu spreizen, ihren Schurz zu lüften und sich leidenschaftlich zu streicheln, den Blick immer noch auf meinen Schwanz geheftet, der steifer war als je zuvor.
Ich griff nach einer Liane und schwang mich daran wie an einem Pendel in ihre Richtung, ohne den Blick von ihr abzuwenden. Der Anblick, den sie mir bot, und die Berührung mit der Liane, führten fast dazu, daß ich bereits in vollem Flug kam. Doch es gelang mir, mich zu beherrschen, und ich traf genau in dem Moment bei ihr ein, als sie selbst zum Orgasmus kam. Während sie sich ihrer Wonne hingab, preßte ich meinen Schwanz auf ihren Bauch, und es durchzuckte sie noch heftiger. Dann drang ich in sie ein, indem ich ihre herrlichen Beine über meine Schultern legte.
Mein Naturkind hatte platinblonde Haare, die in eine tadellose Wasserwelle gelegt waren, Augen, die durch die raffinierte Schminke größer wirkten, rot bemalte Lippen, perfekt enthaarte Beine, Achselhöhlen und Geschlechtsteile, zwanzig lackierte Nägel und eine Haut, die den Duft eines luxuriösen Parfüms verströmte. Die heller gebliebenen Stellen in Form eines Bikinis hoben die wenigen Teile ihres Körpers hervor, die sie am Strand aus Gründen der Schicklichkeit normalerweise nicht zur Schau

stellte. Sie begann wieder, sich schreiend aufzubäumen, und ich bemühte mich, die Szene möglichst lange andauern zu lassen, denn die Komödie der Wollust, die sie darbot, war von einer solchen Intensität, daß man sofort Lust bekam, das Ganze noch einmal zu erleben.

Nach einer Weile meinte ich, sie genug von vorne gesehen zu haben, ließ sie sich umdrehen und nahm sie von hinten. Sie klammerte sich an die Äste und ließ in wildem Rhythmus ihren Unterleib tanzen, wobei sie miaute und brüllte und ihre lackierte Mähne hin und her schüttelte. Das war zu viel für mich.

Ich war kurz davor, zusammen mit ihr zu kommen, als plötzlich ein behaartes gelbes Monster mit schwarzen Tupfen vom Himmel zu fallen schien und sie mir entriß. Ehe ich irgend etwas begreifen konnte, hatte sie sich mit einem Freudenschrei an es geklammert, und mit wenigen Sprüngen hatte es sie in die Wipfel des Nachbarbaumes entführt.

Ich war allein, mein geschwollenes, schmerzhaft im Stich gelassenes Geschlecht hing in der Luft. Dort oben bebte meine Jane vor Freude, während sie sich mit dem Schwanz des Marsupilami vergnügte, denn er war es tatsächlich (ich hatte ihn an seinem Siegesruf erkannt, diesem unverkennbaren »houba, houba«, mit dem er mich verhöhnte). Jetzt war ich natürlich aus dem Rennen. Mit seinem Schwanz konnte er sie auf unschlagbare Weise befriedigen, zum Beispiel indem er in sie eindrang und sie dabei gleichzeitig fesselte. Sie wand sich vor Wollust.

So gab ich mich damit zufrieden, den Voyeur zu spielen. Rittlings auf einem Ast sitzend, machte ich es mir, während ich die beiden beobachtete.

Mein Sperma schoß wie eine Fontäne heraus und tropfte von Ast zu Ast, von Blatt zu Blatt, bis auf den Boden, wo es die Erde befruchtete.

Ich kehrte auf meinen Baum zurück, streifte den Schurz ab, zog meine Kleider an und ließ mich an der Liane wieder hinab. Als

ich unten war, suchte ich den Goldklumpen in meiner Tasche. Er war immer noch da. Und wie schön er war! Ich drehte ihn gerührt zwischen meinen Fingern. Dann sah ich zu den Hütten hinüber und versuchte, zwischen den Zweigen die Ufer des Flüßchens zu entdecken. Ich wollte mich doch von dem, der sich so großzügig mir gegenüber gezeigt hatte, verabschieden, selbst wenn ich nicht das geringste Verlangen hatte, die anderen wiederzusehen.

Ich ging auf den Fluß zu, die Hände in den Taschen und den Goldklumpen in der Faust, als ich plötzlich spürte, wie der Klumpen durch die Wärme meiner Hand weich wurde und sich verformte. Ich wagte kaum, es mir anzusehen. Als ich dann doch meine Hand öffnete, war sie braun verschmiert, was von einer dunkelbraunen Masse herrührte, die durch das zerrissene Goldpapier quoll.

Ich warf den Schokoladenklumpen auf den Boden ins künstliche Gras, leckte meine Handfläche ab, um sie zu säubern, und kehrte an den Ort zurück, wo ich hereingekommen war, zu der Tür am Ende des Dekors, die mich wieder den dunklen Gängen zuführte, wo sich mir zwei neue Türen anboten.

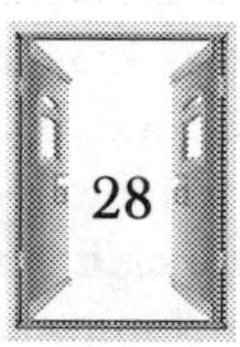

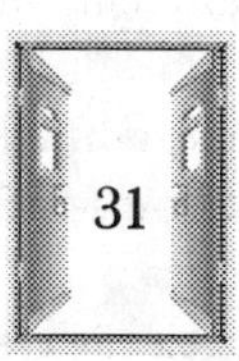

Die Spielerin

»Schnell, schnell, Mariella wartet auf Sie!«
Der Mann zog mich durch den Umkleideraum in eine Praxis für Krankengymnastik. Ausgestreckt auf dem Massagetisch empfing mich lächelnd eine Tennisspielerin in einem weißen Röckchen.
»Sie vertreten also Paul?« sagte sie, indem sie mir die Hand reichte. »Ich nehme an, er hat Ihnen alles erklärt. Er massiert mir immer die Unter- und Oberschenkel, bevor ich auf den Platz gehe.«
»Natürlich«, antwortete ich und erwiderte ihr Lächeln.
Sie hatte herrliche Beine, lang, schlank und muskulös, und wenn sie mich für den Vertreter ihres Masseurs hielt, nun, dann war es an mir, sie nicht zu enttäuschen. Wenn ich mir ein bißchen Mühe gab, würde ich schon einen Weg finden, diese wunderbaren Muskeln zu erwärmen, wie es sich gehörte.

Mariella schloß die Augen und wartete darauf, daß ich mich an die Arbeit machte. Ich trat an den Tisch. Wie sie so dalag, ließ sie mich an einen Leckerbissen denken, den ich gerne verspeist hätte. Ich packte ihr linkes Bein und spreizte es vom rechten ab. Ihre Haut war elastisch, glatt und glänzend. Ich knickte ihr ein wenig das Knie ein und begann, ihren Unterschenkel zu massieren, wobei ich meine Finger auf der ganzen Länge über ihr weiches und dabei festes Fleisch gleiten ließ.

Ein angedeutetes Lächeln des Wohlgefühls zeigte sich auf ihrem Gesicht. Sie war sehr feminin und hinreißend mit ihren feinen dunkelbraunen Haaren, die sie am Hinterkopf mit einem bunten Band zusammenhielt, den kleinen lockigen Strähnchen, die sich aus ihrer Frisur lösten, ihrem ovalen Gesicht, den hochliegenden Backenknochen, ihrer kleinen Nase, dem diskreten Make-up und diesem Flair von Entschlossenheit, gepaart mit der erstaunlichen Frische und Fröhlichkeit, die sie ausstrahlte.

Ich glitt langsam zu ihrem schlanken, runden Knie hoch. Unter dem weißen Body hoben sich, jedesmal wenn sie einatmete, ihre kleinen prallen Brüste. Unter ihrem kurzen Plisseerock konnte ich ihr Höschen erkennen, das zwischen den Beinen durch drei Druckknöpfe geschlossen war. Ich massierte lange ihre beiden Schenkel, einen nach dem anderen, wobei ich mich so weit vorwagte, wie meine Rolle es zuließ. Ich hatte einen Ständer.

Dann erhob sie sich und bat mich, sie während des Matches nicht aus den Augen zu verlieren, für den Fall, daß sie weiter auf meine Dienste angewiesen sein sollte. Ich drückte ihr die Daumen, um ihr viel Glück zu wünschen, und ging dann auf die Tribüne, während sie den Platz betrat.

Bei ihrer Ankunft spendete das Publikum tosenden Beifall. Ihre Gegnerin war schon da, eine große, derb aussehende Blondine, die schlank, aber kräftig gebaut war. Während des ganzen Mat-

ches schlug sie hartnäckig und methodisch kraftvolle Bälle von der Grundlinie, während die schnelle, bewegliche Mariella unermüdlich ans Netz ging und auf dem gestampften Boden hin und her wirbelte, als würde sie ein Ballett tanzen oder die Riten einer kosmischen Zeremonie ausführen, deren Trance daraus erwuchs, einen begrenzten Raum in seiner Gesamtheit zu glorifizieren.

Ich saß in der ersten Reihe. Wenn sie mit dem Gesicht zu mir spielte, konnte ich Mariellas mörderischen Blick im Moment des Aufschlags sehen, ein Blick, mit dem sie sich die unerschütterliche geistige Stärke und die soliden technischen und körperlichen Qualitäten ihrer Gegnerin gnadenlos zu unterwerfen suchte. Und wenn sie sich seitlich von mir befand, konnte ich aus nächster Nähe das Spiel ihrer Beine und ihres Höschens bewundern.

Ihr Höschen offenbarte sie mir ganz, wenn sie in Erwartung des gegnerischen Aufschlags auf der Stelle herumtrippelte und dabei ihren Schläger von links nach rechts schwang, und auch jedesmal, wenn sie die Arme hochriß und ihren ganzen Körper kraftvoll nach vorne schnellen ließ, um einen Aufschlag oder einen Schmetterschlag auszuführen, und dabei ihr Rock hochflog.

In den Pausen rief sie mich zweimal herbei, damit ich ihr schnell den rechten Schenkel massierte, der leicht verspannt war. Aber das Match war sehr hart, und ich hatte jedesmal das Gefühl, daß sie weder mich noch ihre Außenwelt wahrnahm, so sehr konzentrierte sie sich auf sich selbst. Sie gewann schließlich in drei Sätzen mit 7-6, 6-7, 8-6.

Vor Freude über ihren Sieg hob sie die Faust. Solange sie auf dem Platz blieb, war sie glückstrahlend, so als würde sie völlig beherrscht von dem Applaus, der über sie hereinbrach. Doch sobald sie hinter die Kulissen zurückgekehrt war, sah ich, wie extrem ernst sie wirkte, und daß sie, weit entfernt davon, die

Spannung des Matches abgelegt zu haben, noch stärker in sich zurückgezogen und auf ihre Ängste fixiert war.
Sie zog mich in den Massageraum. Dort öffnete sie einen Eisenschrank, stellte sich auf die Zehenspitzen, um an den hintersten Teil des obersten Regals zu gelangen, und zog eine Reitpeitsche hervor, um sie mir zu reichen. Dann hockte sie sich auf den Massagetisch, öffnete die Druckknöpfe ihres Höschens, dessen beide Teile sie bis zur Taille hochschob und sagte, indem sie mir ihre nackten, hinreißenden Pobacken hinhielt, die weißer waren als ihre gebräunten Schenkel: »Los.«
Ich stammelte ungläubig ein paar Worte und wagte kaum zu begreifen, was sie von mir wollte. Sie wandte mir ihr verschlossenes Gesicht zu und wiederholte: »Los.«
Ihr draller Po reckte sich mir entgegen. Man hätte meinen können, daß er mich ansah. Ich hob die Peitsche und schlug zu, ganz vorsichtig.
Als der Lederriemen ihr Fleisch berührte, zuckte sie zusammen. Der Schlag hatte eine leichte Spur auf ihrer Haut hinterlassen, die sich langsam rosa färbte. Doch sie streckte mir ihren Hintern noch mehr entgegen, wie eine Aufforderung. Ich fing wieder an, jetzt mehrmals hintereinander.
So fuhr ich fort, ängstlich darauf bedacht, sie nicht wirklich zu verletzen. Ihre Pobacken waren jetzt leuchtend rosa gestreift, aber sie wollte immer noch mehr. Ihr Hintern zuckte bei jedem neuen Schlag, doch ansonsten bewegte sie sich nicht.
Einmal ließ sie dann doch ein schmerzvolles Stöhnen vernehmen. In diesem Moment kam mir, warum, das weiß ich nicht, ein Blutgeschmack in den Mund, und ich ließ plötzlich die Reitpeitsche mit aller Kraft niedersausen. Der Riemen peitschte auf sie herab, sie stieß einen Schrei aus, und eine rote Spur erschien auf ihrer Haut.
Ich atmete inzwischen sehr schwer, so als würde ich von Krämpfen geschüttelt. Mein Arm hob sich erneut, und ich fing wieder

an, und dann wieder, und noch einmal, wurde immer erregter, je mehr sie unter den Schlägen stöhnte und schrie, je mehr rote, glänzende Tränen aus jedem Riß in ihrer Haut perlten. Schließlich stürzte ich zu ihr auf den Tisch, hockte mich auf den Knien hinter sie, ließ meine Hose herunter und drang in sie ein. Sie heulte auf, verdrehte sich, schnappte wie unter einem plötzlichen Nervenzusammenbruch nach Luft, und ich mußte sie, während ich mich mit heftigen Stößen in sie wühlte, an den Schultern festhalten. Dann begann sie zu schluchzen. Ich kam genauso wie ich sie geschlagen hatte, auf die gleiche, animalische Weise.

»Danke«, sagte sie, während sie sich aufrichtete.

Sie wischte sich, offensichtlich wieder beruhigt, die Tränen ab und legte ein weißes Handtuch über ihren Hintern, das sich rot verfärbte. Ich fing an zu bedauern, was passiert war, zumal ich nicht gesehen hatte, daß sie auch nur einen Moment lang selbst Lust verspürt hatte.

»Aber Sie haben keinen Höhepunkt gehabt«, sagte ich.

»Das ist nicht das, was ich im Schmerz suche«, antwortete sie. »Der Schmerz erregt mich nicht.«

»Aber warum dann ...?«

»Weil ich diese Form von Schmerz brauche, um mich von einem anderen Schmerz abzulenken, einem weitaus grauenerregenderen Schmerz, dessen Ursache und Bezeichnung ich nicht kenne, der aber jedesmal, wenn er sich einstellt, unerträglich zu werden droht. Man könnte sagen, daß ich den Schmerz suche, um nicht an einem größeren Schmerz zu sterben.«

»Und warum versuchen Sie nicht, diesen unerträglichen Schmerz einmal in der Lust zu vergessen?«

»Ich liebe die Lust viel zu sehr, um sie auf diese Weise zu verderben. Meine Lust lebe ich aus, wenn ich mich gut fühle. Denn dann ist sie am intensivsten ...«

Als ich mich anschickte, das Zimmer zu verlassen, schenkte sie

mir einen kleinen Abschiedsgruß und fügte hinzu: »Hat man denn eine Chance, jemals etwas vom Leben zu verstehen?« Worauf sie in der Dusche verschwand.
Um ihr nicht zu folgen, wusch ich mich in der Toilette und fragte mich dabei, ob ich wirklich die Kontrolle verloren hatte, oder ob dieser Eindruck, die Kontrolle zu verlieren, nicht bloß ein Trugbild war, das mein Kopf absichtlich produziert hatte, um mich von der Last meines Tuns zu befreien.
Ich trat wieder in die dunklen Gänge hinaus, in denen ich lange herumirrte, ehe ich wieder eine Tür öffnete.

33

Die Sammlung

Ich fand mich in einem Aufzug wieder. Ich hätte ihn vielleicht sofort wieder verlassen, wenn nicht bereits ein junges Mädchen darin gestanden hätte, die mich lächelnd begrüßte. Sie drückte auf einen Knopf, und wir begannen hochzufahren.

Wir lehnten beide in einer Ecke, einander schräg gegenüber. Sie war ein ganz schlichtes Mädchen in Jeans, Stiefeln und Blouson. Sie hatte eine große Fototasche neben sich abgestellt und trug eine Kamera um den Hals. Mit offenem, direktem Blick musterte sie mich von oben bis unten.

»Möchten Sie, daß ich mich umdrehe?« fragte ich amüsiert.

»Ich möchte Ihnen etwas zeigen«, sagte sie.

Sie bückte sich, zog einen Ordner aus ihrer Tasche und trat auf mich zu. Darin befand sich eine Sammlung pornografischer Fotos mit männlichen und weiblichen Körpern und Geschlechtsteilen, mit Paaren in Aktion.

»Machen Sie die?« fragte ich.

»Ich habe mehrere Kundinnen ... Sammlerinnen ... Sie zahlen gut.«

»Herzlichen Glückwunsch.«

»Möchten Sie für mich Modell stehen?«

»Für eine reiche Sammlerin?«

»Ja. Hier im Aufzug, das wäre ideal. Öffnen Sie ihr Hemd, lassen Sie ihre Hose herunter, das reicht schon ... Danke, das ist nett. Oh! Ich bin sicher, daß sie begeistert sein werden ...«

Sie maß das Licht vor meinem Unterleib und schoß eine erste Serie mit mehr oder weniger nahen Einstellungen. Sie ermunterte mich, verschiedene Positionen einzunehmen:

»Sehr gut ... Ja, genau so ... Sehr schön ...«

Dann kniete sie sich vor mich hin und fing an, mir einen zu blasen. Ich dachte, daß die Sitzung sie erregt hätte, begriff dann jedoch, daß sie mir nur einen Ständer verschaffen wollte, um ihre Reportage mit meinem erigierten Glied weiterzuführen. Sobald es steif war, fing sie wieder an, Bilder zu schießen.

Sie fotografierte mich weiter von allen Seiten, mit aufgerichtetem Schwengel, und forderte mich dann auf, so zu tun, als würde ich mir einen runterholen. Schließlich war sie so freundlich, es mir mit ihrem Mund zu Ende zu machen. Ich hatte jedoch noch nicht meinen ganzen Beitrag geleistet. Denn sobald sie merkte, daß ich kurz davor war zu kommen, ließ sie von mir ab, legte meinen Schwanz wieder in meine Hand und griff nach ihrem Apparat. Ich ejakulierte direkt ins Objektiv.

Als ich den Aufzug verließ, warf sie mir mit der Hand einen Kuß zu. Die Tür ging zu, und der Aufzug trug sie davon.

Während ich weiter durch den Gang ging, versuchte ich mir vorzustellen, welche Wirkung meine Fotos auf die reichen Sammlerinnen haben würden, die sie kauften. Was genau würden sie damit tun? Hoffentlich war unter diesen Schlampen we-

nigstens eine hübsche Frau … Eine hübsche Frau, die genauso von mir träumte, wie ich gerade von ihr …
Dann hörte ich auf, weiter darüber nachzudenken, und öffnete eine Tür.

28

Der Austausch

Ich trat in ein rustikales Haus, eine Scheune aus grob gehauenen Steinen, die mit Erde zusammengehalten wurden. In einer Ecke des einzigen großen Raumes schwelte in einem Kamin langsam ein Holzscheit vor sich hin. An der gegenüberliegenden, weiß verputzten Wand, der einzigen Wand, deren Steine man verdeckt hatte, und an der sich mehrere mit Büchern bestückte Regale befanden, war ein Berg von Holzscheiten aufgetürmt.
Die Einrichtung war eine Mischung aus Rustikalem und Komfort – ein rosa getönter Betonfußboden, ein sehr bunter Teppich, dessen weißer Grund den Staub auffing, ein schwarzes Stoffsofa mit kleinen weißen Motiven, zwei weiß lackierte Korbsessel und im Küchenteil alle möglichen modernen Küchengeräte, ein großer Tisch auf Böcken und zwei Bänke aus grobem Holz.
Drei chinesische Lampenschirme aus rotem Papier, die zwischen den Balken der niedrigen Decke hingen, ließen ein

bißchen an eine Spielhölle denken, während die Tür des Badezimmers, die seit langem darauf wartete, einmal gestrichen zu werden, und keine Klinke hatte, den provisorischen Eindruck verstärkte, der dem Ganzen anhaftete. In der Mitte des Zimmers war durch eine große viereckige Öffnung in der Decke die erste Etage zu sehen, in die man über eine Leiter gelangte. Dieser Durchbruch war von einem Holzgeländer umgeben, und ich hätte mich nicht gewundert, wenn dort eine Gruppe junger Mädchen in Unterröcken aufgetaucht wäre und mir von oben zugelächelt hätte. Ich hätte mich genau unter ihnen in die Mitte gestellt und von diesem idealen Platz aus meine Wahl treffen können. Aber es erschien niemand.

Als ich an dem großen, weinrot gerahmten Spiegel vorbeikam, der unter der Leiter stand, überprüfte ich kurz mein Aussehen, so als rechnete ich mit einem Rendezvous, und stieg dann hoch.

Der Raum unter dem Dach war in drei stufenförmig angelegte kleine Zimmer oder Schlafräume eingeteilt. Eins dieser Zimmer war durch mehrere an den Balken befestigte Stoffe von den anderen getrennt. Ich schob ein Tuch zur Seite und drang in diesen letzten Raum ein.

Er wurde fast ganz von einem hohen, großen Bett mit Eisenpfosten ausgefüllt, das vor einer Fenstertür stand, durch die man auf eine leuchtende, wundervolle Berglandschaft sah, die mit Schnee bedeckt war. In dem Bett lag zwischen zwei großen Kopfkissen halb ausgestreckt eine Frau. Auf ihren Schenkeln hielt sie einen Aktendeckel aus steifer Pappe, worauf ein weißes Blatt Papier lag, das sie mit blauer Tinte beschrieb.

»Guten Tag«, sagte sie. Und dann, auf das Bett zeigend: »Setzen Sie sich, bitte. Wenn Sie mir noch ein paar Minuten Zeit lassen möchten … Ich müßte nur noch eine kleine Beschreibung fertigstellen, dann bin ich ganz für sie da …«

Und sie schrieb weiter.

Hinter dem Bett bildeten zwei mit Büchern gefüllte Regale vor den roten Stoffvorhängen, die den Eingang zum Zimmer bildeten, zwei Trennwände. Es war das gleiche dunkle, theatralische Rot, das den großen Spiegel im Erdgeschoß umrahmte und das hier nicht nur einen weiteren großen ovalen Spiegel zierte, sondern auch die Decke auf dem Bett, die als Tagesdecke fungierte. An der niedrigsten Stelle des Daches lehnte auch ein Rahmen, an den verschiedene Postkarten und Fotos geheftet waren, auf denen ich Kafka und Poe erkannte, Céline in seinem Garten, Rimbaud, Verlaine im Bistro vor einem Glas Absinth, Baudelaire, Tolstoi mit seinem Bettlerstab … Und eine Reproduktion des *Grübelnden Philosophen* von Rembrandt, einem Stich, der die Ruinen einer römischen Kirche inmitten von Kiefern und Sandhügeln abbildete … Und Fotos … Ein kleiner Junge, der, das Kinn auf die Knie gestützt, an einem Strand liest, ein nacktes, rundliches Baby, das in einem Sessel an seinem Daumen lutscht, eine junge Frau in Shorts, die auf einer Parkbank schläft, und die niemand anders war als die Frau, die gerade in ihrem Bett etwas aufschrieb, ein junger Mann mit Hut und dunkler Brille, der ausgestreckt auf einer Straße liegt, der gleiche junge Mann, wie er auf einem Hotelbett liest, im Fenster die dunkle Nacht und der Vollmond …

Ich blickte wieder auf die Berge.

»Sehen Sie den Gipfel dort gegenüber, mit der großen Antenne? Das ist der Pic du Midi«, sagte sie, ohne dabei ihr Schreiben zu unterbrechen. »Von dort oben machen sie die besten Fotos der Korona. Und nachts wird der Himmel beobachtet … Das ist schön, nicht?«

Sie schien wie verzaubert. Ich stimmte ihr höflich zu, wobei ich mich fragte, worauf sie hinauswollte. Sie sagte nichts mehr. Ich streckte eine Hand nach ihrem Bein aus, das unter der Decke lag. Doch sie zog es mit amüsierter Miene weg. Sie war immer noch in ihr Schreiben vertieft.

»Ihre Beschreibung ist noch nicht fertig?« fragte ich sie leicht gereizt.

»Doch, jetzt. Wir werden uns miteinander unterhalten.«

Doch sie schrieb weiter. Ich beugte mich über ihr Blatt und sah, daß sie die Frage, die ich ihr gestellt hatte, und die Antwort, die sie mir gegeben hatte, Wort für Wort aufgeschrieben hatte. Und jetzt notierte sie, daß ich dabei sei, ihr Blatt zu lesen.

»Was machen Sie da eigentlich?« fragte ich.

Sie sah mir, immer noch weiter kritzelnd, in die Augen. Sie hatte dunkle, glänzende, weit geöffnete Augen, die sie fast ein wenig irre aussehen ließen.

»Ich werde es dir erklären«, sagt sie. »Können wir uns duzen? Paß auf: Ich bin diejenige, die deine Abenteuer schreibt.«

»Du bist Reporterin?«

»Nein, nicht ganz. Um eine Reportage zu schreiben, müßte ich dich verfolgen …«

»Ah, ich verstehe. Du bist diejenige, die mich in den Gängen verfolgt?«

»Nein, nein, das bin ich nicht. Ich bleibe immer hier, in meinem Bett. Um dir die ganze Wahrheit zu sagen, ich habe mir das alles ausgedacht, das Reich des Eros, die Türen, die Schatten, die dich in den Gängen verfolgen, die Abenteuer, die Figuren, die Frau deines Lebens … und natürlich auch dich.«

»Aha. Wenn ich dich richtig verstehe, dann existiere ich nur in deiner Vorstellung.«

»Natürlich nicht, zumindest nicht nur. Los, berühr dich selbst. Du siehst doch, daß du aus Fleisch und Blut bist. Vor allem übrigens aus Fleisch, ich hoffe, du hast mehr als einmal die Gelegenheit gehabt, das zu überprüfen, seit du hier hereingekommen bist …«

»Und wie soll ich gleichzeitig in deinem Kopf und in meinem Körper sein?«

»Das weiß ich nicht. Ich bin auch in deinem Kopf und bleibe

gleichzeitig in meinem Körper. Siehst du, auch jetzt in diesem Moment erfindest du mich, genauso wie ich dich erfinde …«

Ich schwieg einen Augenblick, dann sagte ich: »Wenn alles schon geschrieben ist … das heißt, daß ich nicht Herr meines Tuns und meines Schicksals bin …«

»Nichts ist im voraus geschrieben. Alles wird nach und nach geschrieben, während wir es erleben. Das ist nur eine Frage der zeitlichen Wahrnehmung. Weiß man wirklich, wo die Gegenwart ist? Sie ist in der Vergangenheit, in der Zukunft, sie ist überall und nirgends …«

»Vielleicht … Jedenfalls ist das alles ja schön und gut, aber da ist etwas, womit ich überhaupt nicht einverstanden bin. Du weißt alles, was ich mache, du erlebst mich selbst in den intimsten Situationen, aber ich, ich bekomme nichts von dir mit. Und wenn wir jetzt mal ein bißchen von dir reden würden? Zum Beispiel, um einmal das Thema zu wechseln: Was erregt denn dich?«

»Du bist wirklich ungerecht. Oder blind? Ich bin doch ununterbrochen dabei, mich zur Schau zu stellen. Du siehst genausoviel von mir wie ich von dir: Sämtliche Gänge, durch die du gehst, führen durch mein Gehirn, alle Türen, die du öffnest, öffnest du in mir. Wir haben Myriaden von Türen da drinnen«, fügte sie hinzu, indem sie auf ihren Kopf zeigte. »Es gibt Menschen, die in ihrem ganzen Leben nur ein paar davon öffnen, während du und ich dieses Labyrinth in ein leidenschaftliches Abenteuergelände verwandeln. Jedesmal, wenn du eine Tür öffnest, öffnest du sie sowohl in meinem Kopf als auch in deinem. Letzten Endes weißt du genausoviel über mich wie ich über dich …«

»Na ja … Du läßt mich aber trotzdem das tun, was du willst, während das Gegenteil nicht möglich ist.«

»Glaubst du das wirklich? Du hättest mich mal hören sollen, als ich genug von deiner erotischen Raserei hatte. Ich gebe zu, daß ich mich in solchen Momenten manchmal in höchst unelegan-

ten Ausdrücken über dich ereifert habe. Von Zeit zu Zeit hatte ich von deiner sexuellen Versessenheit wirklich die Nase voll. Aber ich führte meine Aufgabe fort … für dich …«
»Jetzt verstehe ich, warum du mich ein paar ziemlich merkwürdige Dinge hast erleben lassen … Und jetzt, darf ich wissen, was mir passieren wird? Werde ich die Frau finden?«
»Alles hängt von dir ab. Davon, wie du die letzten Prüfungen überstehst. Aber erst einmal ist es jetzt an der Zeit für dich, die Schatten kennenzulernen.«
»Und … du und ich?« fügte ich in komplizenhaftem Ton hinzu, wobei ich mich zu ihr vorbeugte.
»Alles ist du und ich. Das ist doch schon viel, oder?«
Sie erhob sich, stieg die Leiter hinunter, öffnete die Tür der Scheune und ging mit mir in den Gang hinaus.
Jetzt waren sie da. Zwei unbewegliche Silhouetten in der Dunkelheit, die eine in dunkelrote, die andere in schwarze Wäsche gehüllt. Mein Herz schlug mir bis zum Hals.
»Darf ich dir den Schatten der verlorenen Liebe vorstellen?« sagte meine Begleiterin.
Der Schatten in Rot kam auf mich zu, nahm meine Hand und sagte mit einer warmen, pathetischen Stimme: »Komm.«
»Und das ist der Schatten deiner selbst.«
Der Schatten in Schwarz trat vor, nahm meine andere Hand und sagte mit ernster voller Stimme: »Komm.«
Am Ende des Ganges zeigte ein erleuchtetes Schild den Ausgang an. Ich begriff, daß ich am Ende meiner Reise angelangt war. Es blieben nur noch zwei Türen, aber ich konnte sehr gut auf sie verzichten.
Ich drehte mich zu meiner Begleiterin um, die schon im Begriff war, mich zu verlassen.
»Und die Frau?« fragte ich.
»Draußen«, sagte sie. »Du wirst sie draußen finden.«
In meinen Adern entbrannte ein erbitterter Kampf zwischen

Angst und Begehren. Ich war jetzt ohne Zweifel nicht mehr weit von dem großen Augenblick entfernt. Alles würde von der Wahl abhängen, die ich treffen würde:

- dem Schatten der verlorenen Liebe folgen:

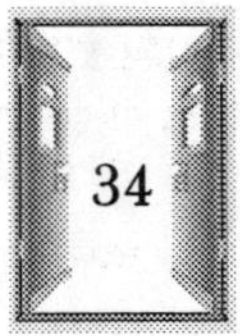

- dem Schatten meiner selbst folgen:

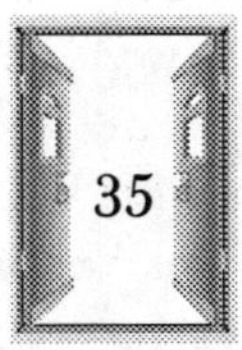

- weder dem einen noch dem anderen folgen:

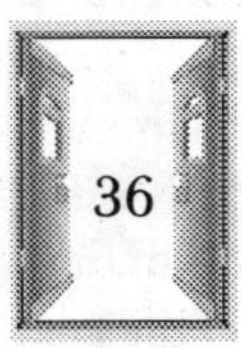

Der Schatten der verlorenen Liebe

»Wer bist du?« fragte ich den Schatten der verlorenen Liebe.
In der Dunkelheit konnte ich ihre dunkelrot umhüllte Silhouette und den weißen Schimmer ihrer langen Haare nur erahnen. Sie senkte den Kopf, und ihr Gesicht versank in der Finsternis.
»Ich bitte dich, komm …«, wimmerte sie.
Mit einemmal kam mir eine Kindheitserinnerung in den Sinn. Unsere Hündin war verschwunden. Trotz hartnäckiger Suche konnten wir sie erst sieben Tage später wiederfinden. Ein Jäger hatte sie auf dem Boden eines ausgetrockneten Brunnens gefunden, mitten im Wald. Als wir mit ihm dorthin gingen, um sie mit Seilen herauszuheben, hörten wir sie leise wimmern. In diesem verhaltenen Klagen drückte sich ihre ganze Erschöpfung aus, aber auch ihre Liebe und Treue. Da ging das Kind, das ich damals war, am Rand des Lochs in die Knie, verbarg sein Gesicht

in den Händen und weinte mit der Hündin, aus lauter Mitleid und Angst vor dem Nichts.

Und jetzt kam es mir so vor, als sei auch der Schatten der verlorenen Liebe auf den Grund eines Brunnens gefallen und wartete darauf, von mir gerettet zu werden. Ich nahm seine Hand und folgte ihm.

Sie ließ mich durch eine Polstertür in ein rosafarbenes rundes Zimmerchen eintreten. Das Bett, ebenfalls rund, stand in der Mitte des Zimmers. Es war das einzige Möbelstück und füllte den sehr engen Raum fast völlig aus. Das Ganze wurde von der gewölbten Decke aus in ein schwaches, opalartiges Licht getaucht.

Der Schatten hatte mit dem Rücken zu mir ein paar Schritte getan. Seine merkwürdige, herrliche Haarmähne wogte bis zur Taille hinab und hob sich auffällig von dem scharlachroten Stoff ab, der ihn wie eine antike Tunika umhüllte.

»Hast du gesehen, wie weiß meine Haare durch das viele Warten geworden sind?« sagte sie. »Aber jetzt bis du wieder da, und wir werden endlich und mehr als je zuvor in feuriger Leidenschaft vereint sein … Ich gehöre dir.«

Sie hob ihre rechte Hand an ihre linke Schulter, der Stoff fiel zu Boden, und sie war nackt.

Ihre Schönheit nahm mir den Atem. Eine Statue, hätte man meinen können. Sie war die Venus, die, mir den Rücken zugewandt, den Fluten entstieg. Ich trat an sie heran und legte meine Hände auf ihre Hüften. Ihr Gesäß war so schön geschwungen, als hätte ein Gott es geschnitzt.

»Du bist sehr schön«, sagte ich.

War es ihre Schönheit, die ihr einen so rührenden Anblick verlieh? Oder schien sie so schön durch die Ergriffenheit, die sie ausstrahlte? Als ich sie dazu bewegen wollte, sich zu mir umzudrehen, weigerte sie sich.

»Du darfst mich nicht sehen«, sagte sie.

»Aber warum nicht?«

»Ich will nicht, daß du mich siehst. Ich flehe dich an ...«

Ich war fassungslos.

»Zieh dich aus«, flüsterte sie.

»Aber das macht doch keinen Sinn.«

»Bitte.«

Ich zog meine Kleider aus. Dann hob ich mein Hemd auf, riß einen Streifen Stoff heraus und verband mir damit die Augen.

»Jetzt kann ich dich nicht mehr sehen«, sagte ich zu ihr und legte dabei sanft meine Hand auf ihre Schulter.

Sie drehte sich um und küßte mich lange auf den Mund, wobei sie sich an mich drückte.

Ich zog sie aufs Bett, das gleich hinter uns stand. Wir tauschten weitere Küsse und Zärtlichkeiten aus. Ich fühlte mich fiebrig und ungeschickt, wofür sicher die heftige Gemütsbewegung, die mich ergriffen hatte, seit ich dieser Frau gefolgt war, und auch das Verbot, sie anzusehen, verantwortlich waren. Trotz des wundervollen Körpers in meinen Händen bekam ich kein steifes Glied.

Sie glitt über meinen Oberkörper und nahm dann mein Geschlecht in den Mund. Trotz all ihrer Bemühungen tat sich bei mir nichts. Ich fühlte mich immer unwohler. Um sie meine enttäuschende Reaktion vergessen zu lassen und ein bißchen Zeit zu gewinnen, kniete ich mich hin und vergrub mein Gesicht so lange wie möglich zwischen ihren Beinen. Sie hielt mich am Hals fest, streckte ihre Hüften vor und tat ihr Bestes, um in Erregung zu geraten. Doch schon bald wurde deutlich, daß auch sie nichts erreichen würde.

Plötzlich ertrug ich das Band vor meinen Augen nicht mehr. Wütend riß ich es herunter. Und sah sie.

Nackt, in der Mitte des runden Bettes ausgestreckt. Ihr Alabasterkörper war so, wie ich ihn erfühlt hatte, wunderbar proportioniert. Ihre langen weißen Haare schimmerten wie eine

Aureole um ihr Gesicht und ihren Oberkörper. Sie hatte das Antlitz einer Madonna, von überwältigender Anmut und Ergebenheit. Ihre Lippen waren zart und rosa, genauso wie der Warzenhof ihrer kleinen, runden Brüste. Ihr Körper war von einer ausgesprochenen Harmonie; ihr Bauch war fest, der Nabel schön und wohlgeformt wie ein Herzchen, ihr seidiger Pelz so weiß und unwiderstehlich wie ihr Haar, die rundlichen Schenkel und Waden anmutig geschwungen, die Füße klein, mit zarten Fesseln, die Hände fein und die vollen Arme sanft gerundet, die Schultern von großer Sinnlichkeit, ein eleganter Hals und zart geschnittene Ohrläppchen, die ihr liebliches Gesicht umrahmten ... Alles an dieser Frau war hinreißend, alles war vollkommen. Außer ihre Augen. Ihre glasigen, verdrehten Augen blickten ins Leere.

Ich hatte sie bestimmt ziemlich lange betrachtet, unbeweglich über ihrem Körper kniend. Plötzlich begriff ich alles. Sie richtete sich mit einem Ruck auf und tastete über mein Gesicht. Ich entzog mich ihr nicht. Als sie festgestellt hatte, daß ich die Augenbinde abgenommen hatte, ließ sie sich auf den Bauch fallen und fing an zu weinen, das Gesicht zwischen den Armen vergraben.

»Weine nicht ... Bitte, weine nicht«, sagte ich zu ihr, während ich sie langsam streichelte.

Sie war schöner als je zuvor. Die Begierde überkam mich ganz plötzlich. Mein Glied war so steif, daß es mir fast weh tat. Aber ich wollte weiter nett zu ihr sein. Ich zwang sie sanft, sich zu mir umzudrehen. Die Tränen flossen in Strömen aus ihren weißen Augäpfeln und benetzten ihre Wangen, ihr Haar, ihren Hals und selbst ihre Brüste. Ich ließ sie sich auf den Rücken legen und drang in sie ein.

Sie stieß einen tiefen Seufzer aus und weinte dann unvermindert weiter, doch in ihrem Stöhnen vermischten sich Lust und Schmerz. Ich beugte mich über sie, um ihre feuchten Lippen,

ihren feuchten Hals und ihre feuchten Brüste zu küssen, dann blickte ich auf meinen Schwanz, den sie nicht sehen konnte, wie er tief zwischen ihren Schenkeln, die ich weit geöffnet hielt, verschwand und wieder hervorkam, und wieder genoß ich den salzigen Likör, der in klagendem, köstlichem Entzücken aus ihren verdrehten Augen floß, und ich bat sie, nicht mehr zu weinen, während mich ihre Tränen zugleich aufs äußerste erregten.

Im letzten Moment zog ich mich aus ihr zurück, um auf ihr blindes und bereits benetztes Gesicht zu ejakulieren. Das Sperma spritzte hervor und lief über ihre Wangen.

Mit der Binde, die ich aus meinem Hemd herausgerissen hatte, trocknete ich zärtlich ihr Gesicht.

»Oh, mein Geliebter«, sagte sie, »ich will nicht mehr getrennt von dir sein, nie wieder.«

»Ich auch nicht«, sagte ich und nahm sie in meine Arme. Sie war die Frau, die ich schon immer geliebt hatte.

»Wirst du mich verlassen?« flüsterte sie.

»Warum sagst du das? Ich liebe dich, ich will bei dir bleiben.«

»Aber ich werde diesen Ort hier nicht verlassen können. Sie werden mich nicht gehen lassen, das weiß ich.«

»Mach dir keine Sorgen. Ich bin da. Ich werde dich mit mir nehmen. Vertrau mir.«

»Oh, hätten wir uns doch niemals voneinander getrennt ... Siehst du, was der Kummer aus mir gemacht hat? Mein Haar ist ganz weiß geworden, ich habe das Augenlicht verloren ...«

»Aber du bist jetzt noch schöner ... Und auch ich bin unglücklich gewesen ... So unglücklich ...«

Ich nahm sie noch fester in meine Arme und fing an, leise zu weinen, genau wie sie.

Ich weiß nicht wovon, doch die Tränen, die aus mir flossen, befreiten mich von etwas. Ich drang erneut in sie ein, und wir lieb-

ten uns eng umschlungen. Im Augenblick des Orgasmus hatte ich das Gefühl, daß auch aus meinem Glied Tränen schossen, was die süße Heftigkeit des Augenblicks krönte.

Sie legte ihren Kopf auf meine Schulter und schlief ein. Ich blieb wach, nachdenklich, die Augen auf die Wände und die gewölbte Decke geheftet. Es kam mir so vor, als wären alle Wände des Zimmers näher an das Bett gerückt. Das Zimmer wurde immer winziger und erdrückender; mir schwirrte der Kopf; mal erinnerte ich mich genau an die Liebesmomente, die ich mit dieser Frau neben mir erlebt hatte; mal überkam mich ein lebhaftes Gefühl von Lüge und Irrealität.

»Geliebte«, flüsterte ich, »ich werde dich nie mehr verlassen, nie mehr …«

Ja, ganz sicher war es das, was ich wollte. Hatte ich nicht ein unerhörtes Glück, die verlorene Liebe, der normalerweise alle Menschen zeit ihres Lebens nachtrauern, auf immer umarmen und lieben zu können?

Ich erhob mich vorsichtig, um sie nicht aufzuwecken, und trat in den Gang hinaus.

Da sah ich, wie der Schatten meiner selbst, immer noch in Schwarz gehüllt, auf mich zutrat. Die Tür ihres Zimmer hinter ihr stand weit offen, und ich konnte darin ihr Bett in Form eines Schiffes sehen.

»Nimm«, sagte sie, indem sie mir einen Stein entgegenhielt. »Behalt ihn bei dir.«

Ich beugte mich vor, um ihn mir anzusehen. Es war ein schön polierter Kieselstein. Ich steckte ihn in meine Tasche.

Es war jetzt an der Zeit für mich, diesen Ort zu verlassen. Doch eine dumpfe Angst hinderte mich daran, allein zu gehen. In meiner Brust machte sich das Gefühl einer Ausweglosigkeit breit, das ich zu vertreiben versuchte, indem ich mich vor eine Wahl stellte. Ich redete mir mit aller Macht ein, daß ich angesichts des Ausgangs, dessen unmittelbare Nähe durch ein grün-

liches Licht am Ende des Gangs angezeigt wurde, immer noch frei war, denn ich konnte:

- zum Schatten der verlorenen Liebe zurückkehren und sie mit mir nehmen, wie ich es ihr versprochen hatte:

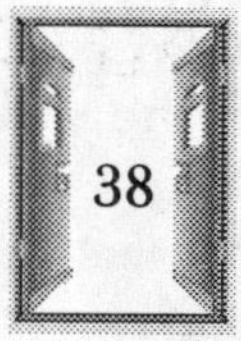

- oder den Schatten meiner selbst, von dem ich mich unwiderstehlich angezogen fühlte, an der Hand nehmen und mit mir zum Ausgang ziehen:

35

Der Schatten meiner selbst

»Ich bin entzückt, Sie hier zu treffen«, sagte der Schatten meiner selbst.
»Ganz meinerseits«, antwortete ich ziemlich albern.
Ich drückte ihre Hand, die sie schon in meine gelegt hatte. Es schien mir in der Dunkelheit, als würde sich ein Lächeln auf ihrem Gesicht abzeichnen, dessen Umrisse ich jedoch kaum erkennen konnte. Bestimmt amüsierte sie sich über meine linkische Art. Diese Frau schüchterte mich ein, doch ich verspürte ein zwingendes Bedürfnis, sie kennenzulernen. Ich war sicher, daß sie und ich gemeinsam große Dinge vollbringen könnten, und genau diese Vorstellung machte mich so nervös.
»Dürfte ich Sie auf ein Glas einladen?« sagte sie. »Bei mir werden wir uns wohler fühlen als in diesem dunklen Gang ...«
Ich folgte ihr, und sie ließ mich in ein großes viereckiges Zimmer eintreten, dessen Boden und Decke von einem sehr alten

Mosaik bedeckt waren, das von einer außergewöhnlichen Eleganz und Farbenpracht war.
Vor den Wänden standen einige schwarze Schränke. In einer Ecke des Raumes befand sich ein runder Tisch, der von ein paar Sesseln umgeben und reichlich mit Essen und alkoholischen Getränken beladen war. Es gab auch ein großes Bett in Form eines Schiffes, dessen Umrandung von innen mit einem Kaleidoskop Tausender winziger Spiegel ausgekleidet war.
Ich drehte mich zu dem Schatten um, in ängstlicher Erwartung, sein Gesicht zu sehen. Sie war dabei, ihren Umhang abzulegen, und stand jetzt völlig nackt vor mir. Es war eine sehr hübsche Frau, reif, aber noch schlank, ohne dabei mager zu sein, mit kleinen, festen Brüsten, einer ausgeprägten Taille, wohlgeformten Beinen und vollen Hinterbacken und Schenkeln, die ihre Weiblichkeit unterstrichen.
Sie trug schwarze Stiefel aus glänzendem Leder und mit hohen Absätzen, die über ihren Waden eng geschnürt waren. In ihrem schwarzen Haar, das sie in einem ägyptisch anmutenden Pagenschnitt trug, steckte eine mächtige Diamantenkrone. Ihre großen, dunklen, glänzenden Augen reichten durch das betonte Make-up bis über die Wangen, und ihr Mund war blutrot geschminkt, im gleichen Rot, das auch die langen Nägel ihrer schlanken Finger schmückte. Sie hielt sich wie eine Königin, sie war herrlich. Und trotz ihres beeindruckenden, theatralischen Gebarens zeigte sich ein Hauch jugendlicher Fröhlichkeit und lebhafter Intelligenz auf ihrem Gesicht.
»Laß mich dich anschauen«, sagte sie.
Und sie fing an, mich auszuziehen.
»Du bist schön«, fügte sie hinzu, als ich nackt war.
Ich erwiderte ihr Kompliment, nahm ihr Gesicht in beide Hände und küßte sie. Ihr warmer, sinnlicher Körper bebte. Sie war sehr erregt. Sie rieb ihr Geschlecht gegen meins, und schon diese Berührung schien sie fast zum Orgasmus zu bringen.

»Weißt du, daß ich dich jede Nacht sehe?« flüsterte sie in mein Ohr. »Wenn du nackt in deinem Bett liegst, beuge ich mich über dich, schenke dir erotische Träume, und schlüpfe dann zwischen deine Laken, um dich zu streicheln und zu lecken ...«
Ich hob sie hoch, sie schlang ihre Hände um meinen Hals, die Beine um meine Hüften, und ich spießte sie auf der Stelle auf. Sie stieß einen zufriedenen Seufzer aus und stammelte immer wieder: »Mach es mir, los, mach es mir ...«
Ohne zu unterbrechen, trug ich sie aufs Bett. Ich hielt ihre Beine, die Stiefel auf meinen Schultern gelegt, und sie antwortete auf jeden meiner Stöße, indem sie kreisförmig ihr Becken bewegte.
»Ich habe es aber auch verdient, weißt du«, sagte sie. »Denn jedesmal, wenn du jemanden liebst, jedesmal, wenn du dir einen runterholst oder eine andere Frau bumst, dann bin ich da, bei dir, und ich bin es auch, die dir die Eier streichelt, um dich zu erregen und dir dabei zu helfen, dich zu ergießen ... So ...«
Indem sie mit einer Hand unter meinen Hintern fuhr, begann sie, meine Hoden mit ihren langen Nägeln zu bearbeiten und befahl mir dabei: »Jetzt bring mich zum Orgasmus«; sofort darauf kam sie, den Kopf ins Genick geworfen, gespannt wie ein Bogen und mit heftigen Zuckungen, die sich von ihrer Taille aus über den ganzen Körper ausbreiteten. Auch ich konnte dem Kratzen ihrer Nägel nicht länger widerstehen und kam im selben Augenblick wie sie, mit einem solchen Gefühl der Freude und Befreiung, daß ich lachend ejakulierte.
Ich ließ mich neben ihr zurückfallen und streichelte mit leichter Hand ihr Gesicht und ihre Brüste. Sie war ebenso erschöpft und glücklich wie ich.
»Stimmt das, was du mir gesagt hast?« fragte ich sie. »Du schlüpfst nachts in mein Bett? Und du bist immer bei mir, wenn ich mit jemandem schlafe?«

»Natürlich. Und nicht nur, wenn du mit jemandem schläfst. Ich bin immer bei dir, und ich liebe dich.«

»Du bist also mein Schutzengel?«

»So kannst du es sehen … Nur daß ich nicht bloß da bin, um dich zu beschützen, sondern auch um dich zum Träumen, Lieben, Begehren, Erobern zu bringen … und auch zum Leiden … Hoffen, Verzweifeln … dich erregen, befriedigen … Ich bin dir ganz zu Diensten, und du gehorchst mir … Ich bin deine Dienerin und deine Herrin, deine Hure und deine Verbündete …«

Sie sprach immer abgehackter, denn während sie noch redete, hatte sie angefangen, uns beide zu befriedigen.

»Oh, laß es uns zusammen machen, ja?« sagte sie. »Ich habe es so gerne, wenn du es machst … Jedesmal bin ich da und beobachte dich … Und du erregst mich dermaßen, daß ich es auch mache … Ich masturbiere so gern … Laß es uns zusammen machen, ja?«

Sie erhob sich, öffnete einen der schwarzen Schränke und holte daraus einen phallusförmigen Goldbarren, eine Tube Gleitcreme, eine Schere, eine Dose Rasierschaum und einen Rasierer hervor.

»Zuerst müssen wir uns vorbereiten«, sagte sie.

Sie ließ sich mit geöffneten Schenkeln am Rand des Bettes nieder und forderte mich, indem sie mir die Schere reichte, auf, ihr die Schamhaare zu schneiden, die bei ihr ziemlich üppig waren. Ich begann zu schneiden. Sie klammerte sich in einer Mischung aus Angst und Erregung an die Bettkante. Die Metallklingen streiften ihre weiße Haut und ihre roten, vor Erregung glänzenden, geschwollenen Lippen, und knirschten, wenn sie sich über den schwarzen Haarbüscheln schlossen. Ich schnitt alles ab. Dann rieb ich sie mit Rasierschaum ein und beendete mein Werk mit der Rasierklinge, bis ihre Möse ganz glatt und nackt dalag. Schließlich rieb ich ihre Lippen, die Klitoris und – auf

ihren Wunsch hin – das Äußere und Innere ihres Anus großzügig mit der Gleitcreme ein. Während der ganzen Prozedur stöhnte und keuchte sie, hielt aber den Orgasmus zurück.
Jetzt war ich an der Reihe. Ich lehnte mich mit gespreizten Beinen ans Bett. Sei verteilte die Gleitcreme mit einem solchen Fingerspitzengefühl auf meinen Hoden, meinem Glied und sogar bis in meinen Anus hinein, daß auch ich mich zurückhalten mußte, um nicht sofort zu kommen. Dann ließ sie sich wieder mir gegenüber nieder, und wir begannen gleichzeitig zu masturbieren, wobei wir uns vornahmen, die Sache so lange wie möglich auszudehnen.
Ich nahm meinen bereits steifen Schwanz in die Hand und begann, langsam den Schaft herauf und wieder herunter zu fahren, während ich zusah, wie sie sich selbst berührte. Sie schob den Goldphallus in ihre Backen und tief in den Gaumen hinein, leckte und saugte daran, ohne mich aus den Augen zu lassen. Dann massierte sie ihren ganzen Körper damit, wobei sie länger auf den Ohrläppchen, den Brustwarzen und dem Bauch verweilte, bis sie ihn auf ihre Klitoris richtete, wo sie ihn mit einem besonders heftigen Zucken und Stöhnen begrüßte, und ließ ihn im gleichen Rhythmus, in dem sie mich masturbieren sah, in ihrer Möse vor- und zurückgleiten; indem sie ihre Klitoris mit einer kreisenden Fingerbewegung streichelte, geilte sie sich immer weiter auf und redete dabei mit vor Lust rauher Stimme. »Hol dir einen runter, mach es dir gut, Geliebter … Da, geh ganz hoch bis zur Eichel … Das gleitet gut, ich hab dich gut eingecremt, oder? Jetzt runter bis zur Wurzel … Oh, wie warm und hart dein Kolben sein muß … Du spürst bestimmt das Blut unter der Haut pochen … Wie gut sich das anfühlen muß, ihn in der Hand zu haben … Massier ihn gut, Liebling, er ist so schön … Massier ihn vorsichtig … Und streichle deine Hoden mit der linken Hand Deine dicken, geschwollenen Hoden … Ja … Noch mehr … Oh, du bringst mich zum Orgasmus … Warte …«

Da gab sie mir den Goldbarren und flehte mich an, ihn mir hinten hineinzustecken. Denn wir müßten uns unbedingt den Anus erweitern, für nachher, fügte sie hinzu.

»Vertrau mir. Gemeinsam werden wir große Lüste erfahren, aber es werden keine normalen Lüste sein. Das ist notwendig, verstehst du? Mach es wie ich, mein Geliebter ... Siehst du, zuerst entspanne ich mich, dann lasse ich ihn um den Rand wandern, das ist gut, nicht, und dann, vorsichtig ... das geht ganz von alleine, das gleitet ... Und jetzt machen wir es uns ganz fest ... Wenn du wüßtest, wie schön du bist ... Beweg ihn in deinem Hintern, reib deinen dicken Schwengel, der mich zum Orgasmus bringt, und komm, komm ...«

Ich ejakulierte im selben Moment, in dem sie sich in den Zuckungen ihres Orgasmus wand.

Wir blieben eine ganze Weile bewegungslos, wie benommen liegen. Dann kroch sie auf allen vieren auf mich zu und flüsterte mir schelmisch zu: »Hast du keinen Hunger?«

Auf dem Tisch standen mehrere Teller mit Meeresfrüchten, kaltem Fleisch, Salaten, Käse, Kuchen, Obstkörbe, Rot- und Weißwein ... Ich war wie ausgehungert. Auch sie hatte einen zügellosen Appetit. Wir aßen und tranken, unterhielten uns und lachten miteinander und wurden immer fröhlicher, je mehr uns das Essen und der Wein erhitzten.

Unser Festmahl beendeten wir mit einem großen Joint, den wir bequem in die Sessel zurückgelehnt rauchten, einander gegenüber, die Beine über den Armlehnen gespreizt. Im braunen Warzenhof ihrer kleinen, spitzen Brüste wurden ihre Brustwarzen hart und richteten sich auf. Ihre Vulva, die durch das Rasieren nackt dalag, öffnete sich langsam wie eine Muschel.

Wir kehrten auf das Bett zurück und begannen, mit unseren Mündern zu vögeln, der Kopf des einen bei den Füßen des anderen. Wir waren eine Ewigkeit damit beschäftigt, ohne die Position zu wechseln, außer daß wir von Zeit zu Zeit übereinan-

derrollten, um uns abwechselnd auf dem Bett auszuruhen. Als wir beide fertig waren, erhob ich mich und sah, wie es zwischen ihren gespreizten Beinen weiterzuckte, bis eine dicke schwarze Spinne aus ihrer Vagina kroch und im Zimmer herumlief, um sich schließlich in die leere Weinflasche zu flüchten, die neben dem Bett lag. Erst dann ließ sich der Schatten erleichtert zurücksinken.

Als wir uns trennten, hob sie die Flasche auf, die immer noch neben dem Bett lag. Darin befand sich nun anstelle der Spinne ein Stein. Sie warf die Flasche auf den Boden, wo sie klirrend zerbrach.

»Behalt ihn«, sagte mir der Schatten und reichte mir den Stein. Es war ein schöner polierter Kieselstein. Ich steckte ihn in meine Tasche.

Wieder im Gang, fragte ich mich, was ich nun tun würde:

♦ hinausgehen und die Frau suchen:

40

♦ hinausgehen und alleine verschwinden:

37

- oder diesen Schatten, den ich liebte, weil er vielleicht *die* Frau war, die Frau meines Lebens, mit mir hinausnehmen:

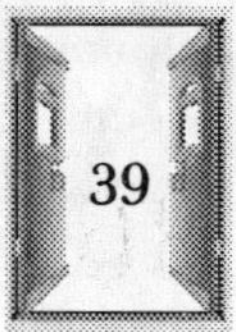

Das Monster

Die beiden Schatten warteten auf mich und drückten mir die Hände.

»Es tut mir leid«, sagte ich. »Ihr seid wirklich reizend, und ich muß gestehen, daß mich eure Einladung verführt und berührt. Aber es ist Zeit für mich, meinen Irrgang durch dieses Labyrinth zu beenden. Draußen wartet ein ganz reale Frau auf mich, und ich will die Chance, sie zu finden, nicht aufs Spiel setzen.«

Ich ließ ihre Hände los und ging auf den Ausgang zu.

Am Ende des Ganges schien das Leuchtschild wie ein Hoffnungsschimmer, eine Erlösung, ein Abenteuer nach mir zu rufen. Würde diese letzte Tür mir Glück bringen? In mein Verlangen, wieder die Luft der Welt draußen zu atmen, mischte sich plötzlich ein leichtes Gefühl der Angst. In diesem dunklen Reich hatte ich merkwürdige Begegnungen und ein-

zigartige Lüste erlebt, auch wenn die Reise nicht immer einfach gewesen war. Würde ich im Tageslicht zu ebenso starken Gefühlen fähig sein? Würde ich mich mit der gleichen Mischung aus Unruhe und Begierde, mit dem gleichen spielerischen Sinn bewegen? Würde ich mich nicht durch die monotone Banalität des Alltags und seine Notwendigkeiten überwältigen lassen? Würde es mir gelingen, all den Fallen zu entgehen, die in dieser Welt das unglückliche Wesen namens Mensch bedrohen – das Gefühl der Absurdität, der Verblendung, die Ergebenheit in das Schicksal, die Langeweile, die Entsagung und die Angst? Würde ich diese Frau, die auf mich wartete, lieben können?

Bevor ich das Ende des Ganges erreichte, drehte ich mich noch einmal um. Ich konnte die Schatten, die fast von der Dunkelheit verschluckt wurden, gerade noch wahrnehmen. Sie hielten sich eng umschlungen. Es sah so aus, als würden sie sich wie ein Liebespaar küssen. Dann verschwanden sie in einer der beiden Türen.

Sie waren mir auf meinem ganzen Weg heimlich gefolgt, und jetzt war ich im Begriff, die einzige Chance zu verpassen, die ich jemals haben würde, ihnen offen ins Gesicht zu sehen. Ich drehte mich auf der Stelle um und ging schnell dorthin zurück, wo ich sie hatte verschwinden sehen. Die Tür stand noch halb offen.

Ich schlüpfte vorsichtig durch den Türspalt und entdeckte vor mir ein großzügiges quadratisches Zimmer, das wie ein antiker Palast ganz mit Mosaiken ausgekleidet war. Die beiden Schatten waren da, nackt. Ich erkannte den Schatten der verlorenen Liebe an seiner langen weißen Mähne wieder. Es war ein wundervolles Mädchen, eine lebende Skulptur, das anmutige, leibliche Werk eines Ästheten, die Inkarnation eines zutiefst menschlichen Ideals.

Der Schatten meiner selbst dagegen war eine reifere, aber noch

schöne Frau, die mit ihrem dunklen, intelligenten und ungewöhnlich lebhaften Blick und ihrer gebieterischen Haltung ebenso faszinierend war.
Sie trug hochhackige Schnürstiefel, die sich eng an ihre schlanken Waden schmiegten, und in ihrem schwarzen Haar, dessen Pagenschnitt an den Stil der alten Ägypterinnen erinnerte, steckte eine funkelnde Diamantenkrone. Ansonsten war sie ebenso nackt wie ihre Begleiterin. Die Tücher, in die sich beide im Gang gehüllt hatten, das eine purpurrot, das andere schwarz, lagen auf dem Boden.
Da sie mich nicht hatten kommen hören, blieb ich im Türspalt stehen und wagte es nicht, sie zu stören. Von beiden ging ein merkwürdiger Zauber aus, der mich nahezu hypnotisierte. Die Scham des Schattens der verlorenen Liebe war vom gleichen seidigen Weiß wie ihr Haar. Ich konnte mich gar nicht satt sehen an ihrem Körper, ihren Kurven, ihrem wohlgeformten, sinnlichen Gesäß, ihren runden, schimmernden Brüsten … Und nicht nur ich erlag ihrer Schönheit: Der Schatten meiner selbst hatte sich vor ihr auf den Boden geworfen und küßte leidenschaftlich ihre Füße.
Der weiße Schatten begann zu stöhnen, und erst jetzt kam ich auf die Idee, ihr ins Gesicht zu sehen. Ich mußte feststellen, daß ihre Augen verdreht waren oder ihnen gar die Pupillen fehlten, denn zwischen ihren Lidern rollten nur zwei völlig weiße Bälle. Warum hatte ich das nicht früher bemerkt? Es war fast so, als hätte diese Schönheit, die nicht sehen konnte, die Macht, auch einen selbst blind zu machen.
Bei dieser Entdeckung drehte sich mir fast der Magen um, und doch mußte ich zugeben, daß es die faszinierende Anziehungskraft dieser Frau nur noch erhöhte. Ich hatte zwar bis dahin schon hingerissen ihren nackten Körper bewundert, voller Entzücken auch den ihrer Begleiterin betrachtet, und erfreut zugesehen, wie die beiden langsam in ein Liebesspiel verfielen, doch

erst in dem Augenblick, als ich diesen leeren Blick sah, bekam ich ein steifes Glied.

Im selben Moment drehte sich der Schatten meiner selbst zu mir um und schenkte mir ein komplizenhaftes Lächeln, wobei sie mir mit einer Geste befahl, keinen Lärm zu machen. Dann nahm sie den weißen Schatten in ihre Arme und trug ihn mit einer Kraft und Leichtigkeit, die mich sprachlos machte, zum Bett, das die Form eines Schiffes hatte. Aus einer Ecke des Zimmers holte sie dann einen Sessel, stellte ihn neben das Bett und machte mir, immer noch schweigend, ein Zeichen, mich hineinzusetzen.

Der Schatten der verlorenen Liebe lag unbeweglich auf dem Bett, in derselben Haltung, in der sie hingelegt worden war, auf dem Rücken und mit gespreizten Beinen. Als ich an die beiden herantrat, kam der schwarze Schatten auf mich zu, öffnete meinen Gürtel und meine Hose und ließ sie auf meine Füße hinunterrutschen. Ich wollte sie küssen, doch sie hinderte mich daran.

»Zu spät«, sagte sie. »Du hast uns nicht folgen wollen, als es an der Zeit war ... Jetzt bleibt dir nichts anderes übrig, als uns nachzutrauern ...«

»Ist er da?« schrie der weiße Schatten und richtete sich verstört auf. Sie begann zu weinen und stammelte: »Oh, warum bist du gegangen, warum bist du gegangen?«

Jetzt streckte ich meine Hand nach ihr aus, doch der schwarze Schatten hielt mich wieder zurück.

»Tu das nicht«, sagte sie. »Glaub mir, du darfst das nicht tun. Dich erwartet eine andere Aufgabe, von der unser aller Schicksal abhängt. Ich bitte dich, hör mich an und bleib, wo du bist, denn wir werden dich gleich brauchen. Sei jetzt erst einmal so gut und nimm das einzige Vergnügen an, das wir dir bereiten können.«

Sie zwang mich sanft in den Sessel, nahm meine rechte Hand,

küßte sie und legte sie um meinen Schwanz. Sie war so überzeugend gewesen, war mir so überlegen in ihrer Kenntnis um die Geheimnisse des Lebens erschienen, daß ich begonnen hatte, sie noch leidenschaftlicher zu begehren als ihre junge Begleiterin. Doch ich schenkte ihr völliges Vertrauen und war bereit, mich ihren Anordnungen zu fügen, selbst wenn mich dies zwang, weder die eine noch die andere zu berühren.
Sie begab sich zu ihrer Freundin aufs Bett und begann, sie zu trösten. Dicke Tränen flossen aus deren weißen Augen, benetzten ihr Gesicht und ihren Hals, liefen über ihre Brustwarzen, die sich aufrichteten. Sie nahm sie in ihre Arme, öffnete ihr mit der Zunge den Mund und küßte sie lange, wobei sie ihre Brust, den Bauch und die Innenseiten ihrer Schenkel streichelte, bis die schöne Verzweifelte selbst ihre Beine spreizte, um ihre Muschel den erfahrenen Fingern entgegenzustrecken, die sie massierten.
Da erhob sich der Schatten meiner selbst, um aus einem der schwarzen Schränke, die an den Mosaikwänden standen, einen kleinen Plastiktopf zu holen. Dann befahl sie dem weißen Schatten auf dem Bett, sich hinzuhocken, hielt den Topf zwischen ihre geöffneten Schenkel und sagte in gebieterischem Ton:
»Hör auf zu weinen. Pinkel lieber.«
Das Mädchen gehorchte sofort. Ich sah, wie der Strahl plätschernd zwischen ihren Schamlippen hervorschoß, und mußte den Druck meiner Hand auf meinem Schwanz vermindern, um nicht zu ejakulieren.
Der schwarze Schatten stellte den Topf vor das Bett und vergrub sein Gesicht in der feuchten Möse. Ihre junge Freundin stöhnte, keuchte und streckte vor Erregung ihre herrlichen Brüste hervor. Dann drang der schwarze Schatten mit seiner Zunge in sie ein, und massierte dabei ihren Rosenknopf mit dem Daumen. Sie war wie besessen und taumelte, sich aufbäumend und mit einem kehligen Röcheln, in den Orgasmus.

Als sie die Rollen tauschten und der weiße Schatten mit seinem Gesicht in die Scham der Freundin eintauchte, vergaß ich den Befehl, den man mir gegeben hatte. Ich war es langsam satt, ihren Frauenspielen zuzusehen. Der weiße Schatten leckte eifrig, auf allen vieren zwischen den Schenkeln seiner Herrin hockend, und ließ rhythmisch seine kleine rosa Zunge hervorschnellen, wie eine Katze vor einem Teller Milch, während ihr köstlicher Hintern, der zur Decke zeigte, hin und her wackelte, als würde sie von einem unsichtbaren Phantom geführt. Es war ganz eindeutig, daß ihr etwas fehlte, etwas, das nur ich ihr in diesem Raum geben konnte.

Wer hätte den Anblick dieses bewundernswerten Hinterns, den es nach Liebe verlangte, widerstehen können? Ich stieg auf das Bett, hockte mich hinter sie und drang in sie ein. In ihrem Aufschrei vermischten sich Überraschung, Wut und Lust, und ich ejakulierte sofort im tiefsten Innern meiner schönen verlorenen Liebe.

Sofort verjagten mich die beiden aus dem Bett, schrien dabei und regten sich unendlich auf, so als hätten sie fürchterliche Angst und rechneten damit, daß mein Ungehorsam entsetzliche Folgen haben würde. Besonders der weiße Schatten schien einem Anfall von Wahnsinn zu erliegen. Sie fing an, sich das Gesicht und ihren Körper bis aufs Blut zu zerkratzen. Ich half dem schwarzen Schatten dabei, ihre Arme festzuhalten, um sie daran zu hindern, sich noch mehr zu verletzen. Ich zog mein Hemd aus und riß einen Streifen Stoff heraus, mit dem ich ihre Handgelenke am Bug des Schiffes festband.

Sie lag auf dem Rücken und beruhigte sich langsam. Da erst bemerkte ich, wie bleich sie war. Ihr Haut war durchsichtig geworden, und auf ihrem ganzen Gesicht und Körper schimmerten ihre blauen, hervorspringenden Adern. Gleichzeitig begann ihr Bauch auf eindrucksvolle Weise anzuschwellen. In der Hoffnung auf Hilfe oder eine Erklärung sah ich zum Schatten meiner

selbst hinüber. Doch sie weinte nur und zitterte schweigend, während sie die Stirn ihrer Freundin streichelte.

Da sie nun leider Gottes allzu ruhig geworden war, wollte ich die Fesseln der Kranken lösen. Doch sie begann sofort wieder, sich auf die Füße gestützt mit gespreizten Beinen aufzubäumen. Aus ihrem Gesicht sprach jedoch weder Schmerz noch irgend etwas anderes. Es war fast so, als hätte das, was in ihr geschah, gar nichts mit ihr zu tun. Im Grunde hätte man meinen können, sie sei schon tot, und irgend etwas würde nun versuchen, aus ihr herauszubrechen.

»Jetzt ist der Moment gekommen, wo wir dich brauchen«, sagte der Schatten meiner selbst.

Der Klang ihrer Stimme überraschte mich. Sie öffnete einen ihrer schwarzen Schränke und reichte mir ein großes Küchenmesser.

Manchmal habe ich den Eindruck, daß ich mich nicht mehr ganz genau an das erinnere, was dann wirklich passiert ist. Und manchmal, wenn ich überzeugt bin, alles vergessen zu haben, kommen mir plötzlich Bilder von halluzinatorischer Klarheit in den Sinn. In solchen Momenten habe ich das Gefühl, daß mein ganzes Leben nur darin besteht, auf einem Seil oder auf einem Netz von Seilen zu wandern, in einer Art Schwebezustand, der es mir ermöglicht, das permanente Risiko eines Sturzes und auch die Anstrengung zu vergessen, die es mich ununterbrochen kostet, ein so wackliges Gleichgewicht zu halten.

Eine riesige Schabe war dabei, sich aus dem Bauch des Schattens der verlorenen Liebe zu quälen. Gleichzeitig verlor sie ihr ganzes Blut, das in langen, glänzenden Bahnen aus ihrem Geschlecht floß. Ich hielt das Messer in der Hand und konnte mich nicht rühren.

Dem Monster war es jetzt gelungen, sich aus den Schenkeln des weißen Schattens zu befreien; es sah zu mir hoch, und seine

überraschend traurigen Augen schienen mich um Vergebung zu bitten.

»Es ist ein Weibchen«, sagte der Schatten meiner selbst. »Sie hat den Bauch voller Ungeziefer. Töte sie, gib ihr nicht die Zeit, sich zu vermehren! Töte sie, sonst breiten sie sich überall aus!«

Das Tier sah mich weiter aus seinen merkwürdig menschlichen Augen an. Ich trat ans Bett, stieß das Messer gleich hinter dem Kopf in seinen Panzer, zog es heraus und stieß es wieder hinein, mehrmals hintereinander und mit aller Kraft, die ich besaß. Es zappelte ungeschickt auf seinen mageren Beinen, während aus jeder Verletzung eine dicke, weiße Flüssigkeit quoll. Ich mußte daran denken, daß es vielleicht mein eigenes Sperma war, und fühlte mich verraten und betrogen. Ich stieß weiter auf die Schabe ein, damit sie mir wiedergab, was sie mir genommen hatte und was ich ihr nicht hatte geben wollen. Das Tier fiel auf den Boden, wo es sich auf dem Rücken wiederfand, zappelte noch eine Weile mit den Beinen und hörte dann auf, sich zu bewegen.

»Es ist zu Ende«, sagte der Schatten meiner selbst und hielt meinen Arm fest.

Sie nahm das Messer und schlitzte den Bauch des Monsters auf. Darin wimmelte es von Tausenden von winzigen, agonisierenden Schaben.

Der schwarze Schatten sah mich an und wandte sich ab, um sich zu übergeben. Ihr gebeugter Oberkörper wurde heftig geschüttelt, und sie spuckte schließlich einen Stein in ihre Hand. Auf dem Bett lag der weiße Schatten, tot. Ich ließ mich zu Boden sinken, schlug die Hände vors Gesicht und fing an zu weinen.

»Es mußte sein«, sagte der schwarze Schatten und legte seine Hand auf meine Haare.

Ich verharrte niedergeschlagen in meiner Haltung, so als hoffte ich, alles auslöschen zu können, was passiert war, indem ich einfach die Zeit verstreichen ließ.

»Los, steh jetzt auf«, sagte der Schatten schließlich. »Hilf mir.«
Der Mosaikboden bestand aus Falltüren, unter denen sich Gräber befanden.
»Du lebst ja über einem Friedhof«, sagte ich etwas angewidert zu dem Schatten.
Sie sah mich wie einen Idioten an und sagte einfach: »Natürlich.«
Wir begruben die beiden Körper und weinten gemeinsam um die verlorene Liebe, um diesen weißen Schatten, den wir geliebt hatten, der so schön gewesen war und den wir nun betrauern mußten. Dann half ich ihr, den Raum zu säubern.
Als wir uns trennen mußten, hielt mir der Schatten meiner selbst den Stein hin, den sie erbrochen hatte. Es war ein schöner polierter Kieselstein.
»Behalt ihn«, sagte sie und fügte hinzu: »Von nun an werden wir immer verbündet sein.«
Ich gab ihr einen langen Kuß. Wir liebten uns, weinten erneut und schliefen, uns in den Armen haltend, ein.
Dann steckte ich den Stein in meine Tasche und verließ sie. Ich wußte, daß wir uns so oder so immer nahe sein würden, und daß ich immer auf sie würde zählen können, genauso wie sie auf mich zählen konnte.
Als ich auf den Ausgang zuging, sagte ich mir, daß ich mich draußen noch einmal würde entscheiden müssen, entweder:

♦ mit der Frau, die ich dort finden würde, wegzugehen:

♦ oder alleine wegzugehen:

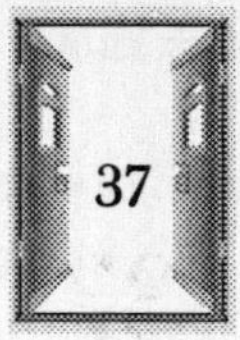

37

Der Eremit

Heute nachmittag ist Émilie gekommen. Sie hatte ein Mountainbike gekauft. Sie kam ganz außer Atem und mit rotem Kopf an, aber rundum zufrieden mit ihrem neuen Spielzeug, dessen Eigenschaften sie mir in allen Details anpries. Sie sagte, daß sie jetzt häufiger kommen könnte, um mich zu sehen. Zu Fuß sei der Weg doch sehr weit gewesen.
Da das Wetter schön war, stellte ich den Tisch vor die Höhle, um zu zeichnen. Sie holte Kirschen und Tabak für mich aus ihrem Rucksack. Ich machte einen Tee, und wir setzten uns in die Sonne, um zu plaudern.
Sie wollte wieder über Alaska reden, und diesmal hatte sie sogar ein kleines Heft mitgebracht, um sich Notizen zu machen. Sie sagte, daß sie eines Tages dorthin fahren würde, genau dorthin, wo auch ich gewesen sei. Sie sagte, daß sie eines Tages überall hingehen würde, wo ich gelebt habe, und daß sie mein Leben

niederschreiben würde. Ich weiß, was sie mit »eines Tages« sagen wollte: Sie wollte sagen, wenn ich tot bin. Ich habe ihr das nicht gesagt, weil es ihr zu weh getan hätte. Aber sie und ich wissen, daß ich ein alter Mann bin, und daß meine Tage gezählt sind.

Émilie ist der einzige Mensch, der nicht versucht, mich dazu zu überreden, wieder ins Dorf hinabzusteigen. Dort glauben alle, daß ich, wenn ich mich weiter fern von den Menschen und Ärzten halte, eines Tages hier sterben werde, allein, auf dem Berg. Ich werde dort sterben, wo ich sterben will.

Émilie wurde ganz rot, als sie mir von dem Buch erzählte, das sie über mich schreiben will. Ich habe schon verstanden, daß es ihre Art ist, mir ihre Liebe zu erklären. Dann fragte sie mich, ob ich sie dazu autorisieren und ihr dabei helfen würde, indem ich ihr alles erzählen würde. Das war ihre Art, mich darum zu bitten, ihre Liebe anzuerkennen.

Darauf habe ich nicht sofort geantwortet. Wäre es nicht besser für sie, sich mit Freunden ihres Alters zu amüsieren, anstatt immer den strapaziösen Weg hier herauf zu mir zurückzulegen, um mich zu sehen?

»Nur für das Buch«, fügte sie hinzu, so als könnte sie in meinen Gedanken lesen. »Bitte, es ist sehr wichtig für mich …«

Ich habe ja gesagt.

*

Ich heiße Émilie und bin siebzehn Jahre alt. Der Eremit ist tot. Ich habe ihn geliebt.

Nicht ich habe seinen Körper gefunden. Es war der Bäckerssohn, der wie jede Woche hochgestiegen war, um ihm Brot und Proviant zu bringen. Er war schon einige Tage zuvor gestorben. Es wäre mir so wichtig gewesen, ihn wissen zu lassen, warum ich in letzter Zeit nicht mehr gekommen bin.

Es war mehr als einen Monat her, daß er sich bereit erklärt hatte, mir sein Leben zu erzählen. Ich hatte alles notiert, die Reisen, die Berufe, die Liebesgeschichten … Bei diesem Thema versuchte ich, mir nichts anmerken zu lassen, aber ich war ziemlich eifersüchtig. Oh, er hatte sie geliebt, die Frauen! Und nach dem, was er erzählte, sind sie ihm alle in bester Erinnerung geblieben.

Einmal konnte ich es mir aber nicht verkneifen, ihn bezüglich einer Frau zu fragen: »Wenn sie so gut war, warum sind Sie dann nicht bei ihr geblieben?«

Da hat er mir von dem kleinen Zirkus erzählt. Wie er in seiner Jugend eine Reise durch ein merkwürdiges Labyrinth gemacht hätte, auf der Suche nach der Frau seines Lebens, und wie er am Ende seines Weges schließlich darauf verzichtet hätte, diese Frau zu lieben. Natürlich habe ich ihn gefragt, warum.

»Das weiß ich nicht«, antwortete er. »Mein Leben wäre bestimmt genauso schön gewesen, wenn ich es zusammen mit dieser Frau verbracht hätte … Aber man hat nur ein Leben und muß eben Entscheidungen treffen. Ich habe mich dazu entschieden, allein zu leben und zu sterben …«

»Aber Sie sind niemals allein gewesen!«

»Viele Frauen haben mich geliebt, das stimmt … Sie haben mich begleitet … Wie du es jetzt tust, liebe Émilie … Aber im Grunde meiner Seele bin ich immer allein geblieben. Ich habe darunter gelitten, aber ich habe auch kostbare Freuden daraus gewonnen. Denn das wollte ich ja: mit meinem Schatten Zwiegespräche führen …«

Dann zog er einen schönen polierten Kieselstein aus der Tasche, den er in seiner Hand hin und her drehte, ehe er ihn wieder in seiner Jacke verschwinden ließ.

Ich wußte nicht, was das bedeutete, als ich ihn das letzte Mal sah. Ich bin nicht sicher, ob ich verstanden habe, was er sagen wollte. Ich hätte noch einmal kommen müssen, damit er mir

mehr darüber anvertraute. Aber am Tag, nachdem er mir diese Geschichte von dem kleinen Zirkus erzählt hatte, ist so einer ins Dorf gekommen. Normalerweise interessieren mich solche Attraktionen nicht besonders, aber jetzt war ich plötzlich wie fasziniert. Sobald ich ihn am frühen Nachmittag erblickt hatte, bin ich davor stehengeblieben.

Alles war ruhig; die Leute hielten wahrscheinlich gerade in ihren Wohnwagen einen Mittagsschlaf, denn es war sehr heiß. Ich trat näher an ein paar Käfige der Menagerie heran und blieb vor dem des Tigers stehen. So habe ich Pablo kennengelernt. Er stand plötzlich hinter mir und fragte mich scherzhaft, ob er mir nicht diesen Beruf beibringen sollte, denn sie bräuchten eine Dompteuse. Oh, Pablo, Pablo mit den schwarzen Augen, den weißen Zähnen und der dunklen Haut, ich habe dir mit ja geantwortet. Es war das erste Mal, daß ich einfach so ja gesagt habe. Du hast mich in deinen Wohnwagen geführt, und wir haben uns sofort geliebt.

Abends gab es eine Vorstellung, und am nächsten Tag bin ich mit ihm fortgegangen, mit dem kleinen Zirkus. Ich bin erst gestern wiedergekommen, am Ende des Sommers. Und da war der Eremit schon tot. Ich hätte ihm so gerne erzählt, was mir passiert ist, und ihn um Rat gefragt. Und ihn vor allem wissen lassen, daß ich ihn nicht verlassen habe.

Ich frage mich, woran er gedacht hat, als er starb. Ich habe den Kieselstein in seiner Höhle gesucht und gefragt, ob man ihn nicht bei ihm gefunden hat, aber offensichtlich war er nicht mehr da.

38

Der Verrückte

Sobald ich durch den Vorhang getreten war und den kleinen Zirkus verlassen hatte, war sie verschwunden. Der Schatten der verlorenen Liebe. Draußen schien die Sonne so stark, daß ich die Augen zukneifen mußte, und dann habe ich nichts mehr gespürt, die Hand des Schattens in meiner Hand, ich habe sie nicht mehr gespürt, ich habe mich umgedreht und sie nicht mehr gesehen. Was blieb mir jetzt noch? Der Kieselstein, den hatte ich ihr gegeben, aber dann hat man mir alles genommen, meinen schönen Schatten, den Kieselstein, alles. Es stimmt, daß ich zuerst geglaubt hatte, es sei nicht so schlimm, ich erinnere mich kaum an all das, ich habe ein paar Schritte in der Sonne getan, und schon war alles vergessen, ich bin in mein Auto gestiegen und bin gefahren, bin sehr schnell gefahren, das tat gut. Erst später habe ich es begriffen, habe ich begriffen, daß mir nichts mehr blieb. Ich habe alle Frauen geliebt, aber keine hat

mich mehr so geliebt, keine hat mich mehr so geliebt, wie ich es wollte, und ich wurde so nervös, daß ich irgendwann mit allem aufgehört habe, ich wußte übrigens nicht mehr, wie man mit einer Frau schläft, ich bin zu einer Frau gegangen, die man bezahlt, aber es hat nicht geklappt, und ich hätte mich gerne in die Gosse gelegt, mich hingelegt und wäre mit dem Wasser der Gosse weggeschwommen. Ich habe Drogen genommen und aufgehört, Fleisch zu essen, ich bin gläubig geworden, und dann habe ich aufgehört, ich bin wieder zu den Frauen gegangen, aber sie liebten mich immer weniger, und ich erinnerte mich nicht mehr an den Schatten der verlorenen Liebe, ich lief über Strände und sammelte Steine, aber ich erinnerte mich nicht einmal mehr daran, daß sie meinen Stein genommen hatte, oh, warum habe ich sie mit mir nehmen wollen? Manchmal erinnerte ich mich daran, ich suchte überall nach dem kleinen Zirkus, ich war wie ein Bettler, ein Vagabund, ich irrte auf der Suche umher, und dann vergaß ich schließlich wie immer, vergessen, was ich damals tat, ich suchte trotzdem weiter, man muß ja irgend etwas tun, und dann hörte ich auf und fing wieder an, die Frauen liebten mich nicht mehr, und ich liebte sie viel zu sehr. Ich bin Dichter geworden und habe alles verbrannt, ich bin Künstler geworden und habe alles zerschlagen, ich bin verrückt geworden und habe begriffen, daß ich alt geworden bin, und bin gegangen, bin gegangen, um auf dem Berg zu sterben. Im Dorf hat man mir gesagt, daß es einen alten Eremiten auf dem Berg gäbe, ein Mann mit guten Ratschlägen, also bin ich gegangen, es herrschte schwerer Nebel an diesem Tag, und der Weg war beschwerlich, der Eremit erwartete mich vor seiner Tür, und ich habe gesehen, daß er mir wie ein Doppelgänger glich. Ich will sterben, habe ich ihm gesagt, auf dem Berg sterben, da hat er mir seine Tür geöffnet, ich bin in seine Höhle hineingegangen, er ist woanders hingegangen, um zu leben, und ich bin gestorben.

Der Tote

Sie sind alle da: meine Witwe und meine Familie, tränenüberströmt, meine angeblichen Freunde, meine vorgeblich engsten Mitarbeiter, und selbst ein Regierungsvertreter. Ein schöner Trauerzug hinter einem leeren Sarg. Ah, sie haben immer noch nicht aufgehört, zu kalkulieren und sich zu hassen. Mein Vermächtnis, im eigentlichen und im übertragenen Sinne. Sie haben meinen Körper nicht finden können. Das Meer hat ihn verschluckt.
Ich habe schnell begriffen, worin der Fehler lag, mein Fehler. Ich hätte den Schatten meiner selbst nicht aus dem kleinen Zirkus herausbringen sollen. So habe ich sie verloren. Ich hatte kaum den Vorhang hinter mir gelassen, da war sie schon verschwunden. Einfach entschwunden. Später habe ich gemerkt, daß ich vermutlich im selben Moment auch den schönen polierten Stein verloren hatte, den sie mir gegeben hatte.

Danach war nichts mehr wie vorher. Langsam, aber sicher wurde mir bewußt, daß ich unfähig geworden war, zu lieben, daß mir nichts von meiner Freude und Sorglosigkeit geblieben war. Die Welt ekelte mich an. Ich habe mich dem Geld und der Macht verschrieben. Ich habe alles zusammengerafft, was ich auf diesen beiden Gebieten anderen wegnehmen konnte. Je zynischer und herablassender ich wurde, desto mehr bemühten sich die Frauen und Männer darum, in meiner Gunst zu stehen, obwohl sie mich dabei verabscheuten.
Ich habe eine Frau geheiratet, die bald nur noch von Scheidung und Unterhaltszahlungen träumte, das einträglichste Geschäft, das sie mit mir abschließen konnte. Doch weit entfernt davon, ihr diesen Dienst zu erweisen, habe ich ihr ein Kind aufgezwungen, das weder sie noch ich liebten. Da ich mich selbst an nichts mehr erfreuen konnte, habe ich auch niemandem um mich herum erlaubt, dies zu tun.
Ich habe mir Unmengen von Mädchen und alle möglichen Orgien gekauft. Ich habe mich mit Mitteln vollgestopft, um stundenlang ohne Unterbrechung vögeln zu können, immer mehr. Ich habe ein Schiff gekauft. Ich habe die schönsten Mädchen der Welt dorthin bestellt, und auch die verdorbensten, um sie auf diesem Schiff zu bumsen. Ich wollte eine Liebesgeschichte erleben und habe meine Auserwählte eingeladen, um sie auf diesem Schiff zu lieben. Ich habe auf tausend verschiedene Arten und mit tausend verschiedenen Menschen auf diesem Schiff gebumst und ejakuliert. Aber es hatte keinen Sinn. Ich empfand keine Lust mehr.
Eines Nachts habe ich die sechs Idiotinnen, die sich darauf versteift hatten, mich in Wollust zu versetzen, sitzengelassen und bin auf die Brücke gegangen. Ich habe mich in den Bug des Schiffes gesetzt, und dann sah ich sie im dunklen Wasser. Der Schatten meiner selbst. Ich bin gesprungen.
Auf dem Grund des Meeres sah ich, wie sich ein leuchtender

Gang öffnete. Sie war da, am Ende des Ganges. Sie wartete auf mich. Mein Herz schlug wie wild, und ich ging los, um wieder bei ihr zu sein.

Ich müßte jetzt jeden Moment ankommen. Der Gang wird immer dunkler, aber ich bin sicher, daß sie immer noch auf mich wartet, ganz am Ende. Ich hoffe es so sehr.

Die Jongleure

Ich wartete am Ausgang des kleinen Zirkus auf sie, und auf diese Weise haben wir uns das erste Mal verpaßt. Denn sie wartete ebenfalls auf mich, nur ein Stückchen weiter. Wie es kam, daß wir uns nicht gesehen haben, weiß ich nicht. Jedenfalls haben wir aufeinander gewartet, und dann hatten wir beide die gleiche Idee: uns noch am selben Abend die Zirkusvorstellung anzusehen.
Auch da haben wir uns nicht gesehen. Erst nach der Vorstellung haben wir uns wiedererkannt. In der kleinen Bar, auf der anderen Seite des Platzes.
Fast alle Zirkusleute waren auch dort, und wir haben uns mit ihnen angefreundet, denn die allgemeine gesellige Stimmung machte es uns leichter, einander näherzukommen. Am Ende des Abends saßen sie und ich Seite an Seite am Tresen und lachten zusammen und mit den anderen. Hinter diesem Lachen verbarg sich so viel …

Es war sehr spät, und die Leute begannen aufzubrechen. Wir fragten den Barbesitzer, ob es in dem Dorf ein Hotel gäbe. Es gab nur ein einziges, und das war belegt. Da sagten die Jongleure zu uns: »Keine Bange, ihr Turteltäubchen, wir finden schon ein Bett für euch.« Und sie haben uns ihren Wohnwagen geliehen. Es war unsere erste Liebesnacht.

Und auch die letzte für eine ganze Weile. Sie hatte ihr Motorrad und ich mein Auto. Bevor wir am nächsten Morgen losfuhren, haben wir unsere Telefonnummern auf Streichholzschachteln geschrieben und ausgetauscht. Und wir haben sie verloren. Beide. Mir wurde bewußt, daß ich noch nicht einmal ihren Namen kannte. Ich konnte sie nicht einmal im Telefonbuch suchen. Und da sie mich auch nicht anrief, dachte ich, sie hätte keine Lust mehr, mich zu sehen.

Ein Jahr verging. Ich hatte ein paar Abenteuer, aber ich war nicht mit dem Herzen dabei. Von Zeit zu Zeit betrachtete ich den Stein, den mir der Schatten meiner selbst gegeben hatte. Dann faßte ich wieder Hoffnung, was die Liebe, mich und alles andere betraf.

Ich hatte die Vorstellung, daß ich nicht mehr an sie denken würde, aber als ich im folgenden Sommer durch Zufall sah, daß der kleine Zirkus in einem Dorf auftrat, durch das ich fuhr, hielt ich an. Auch sie war durch Zufall vorbeigekommen, auch sie hatte angehalten.

Von diesem Augenblick an haben wir uns nie wieder verlassen. Wir hatten beide unser bisheriges Leben satt. Eine Weile waren wir mit dem Zirkus unterwegs und haben jonglieren gelernt. Zusammen haben wir eine neue Nummer mit einem Hauch ganz persönlicher Poesie entwickelt, die viel Erfolg hatte.

Später haben wir den kleinen Zirkus verlassen, um unser Glück mit etwas anderem und an einem anderen Ort auf der Welt zu versuchen. Wir haben Kinder bekommen, und Enkelkinder. Es

gab Streitereien und Versöhnungen. Glückliche Momente und Kummer. Alles, was ein Leben ausmacht.
Erst heute nachmittag haben wir uns ein kleines Fest der Liebe und des Sex gegönnt. Spiel, Leidenschaft, Lust ... Wieder einmal haben wir uns virtuos all das zugespielt, was wir hinter den Türen des kleinen Zirkus gelernt haben. Wir sind immer noch Jongleure ...